中公文庫

卍どもえ

辻原　登

中央公論新社

目次

卍どもえ

第一章

1

瓜生甫《うりゅうはじめ》は、プールの壁を蹴っていったん水底まで沈み込み、コースのセンターラインに沿って四、五メートル進んでからゆっくり浮上し、シュノーケルの水をクリアして、フィンで水のかたまりを後方に押し出しながら滑るように水面を移動してゆく。

彼は三十代から四十代にかけて、スクーバダイビングに熱中し、伊豆の城《じょう》ヶ《が》崎《さき》海岸にある通称〝海洋公園〟をホーム・グラウンドにして、五百本を超える経験本数を積み重ねて来た。彼らの世界では、スクーバダイビング経験を、使用したタンクの本数をもとに「一本」「二本」と数える。

現在、五十一歳になり、スクーバからは離れたもののプール・トレーニングは続けており、ここ、伊豆高原のリゾート、赤沢温泉郷のプールハウスに、毎月末の日曜日に通って来ている。リゾートに七コースの五十メートルプールがあるのは珍しい。都内や横浜市にもフィンが使えるプールはあるが、団体専用で個人では申し込めない。彼はパソコンで検索していて、このプールを見つけ、ダイビング関係者以外、利用する人が少ないことを知り、早速電話で問い合わせて、月一回、訪れることに決めたのである。

実際この日も、水泳専用の一コースを豹《ひょう》柄の水着を着た高齢の女性が泳いでいるだけで、フィン専用の五コースは彼が独占しており、隣の六、七コースはコースロープが取り払われて、やはり高齢の男性が水中ウォーキングしているのみ。日曜日にもかかわらず、午前中は五十メートル七コースのプールに、三人しか利用者がいないのである。

彼は千メートルを、フィンを装着して泳いだあと、十分の小休止を挟んで、往《い》きをクロール、帰りはバックで四往復する。これを二セット行うと、施設の壁の時計で正午過ぎであることを確認し、最後にバックでクールダウンして水から上がり、プール脇のデッキチェアに寝転んで、小テーブルに置いたウーロン茶を飲み始めた。

こうして約一時間半、体を激しく動かした疲労感から、彼は瞑目《めいもく》し、水に入る前にスタート台の下で見つけた小さな蜘蛛の巣のことを思い出しているうち、うとうととして、しばらくのち、左右にスライドするプールハウスの扉を誰かが閉める音で目が覚めた。

ポリエステル繊維を素材にした全天候型、可動式の屋根から差し込む日差しが肌に心地よい。四月半ばだが、パネルヒーターによる暖房が入っているため、プール周りは少しも寒くない。彼は再び目を瞑《つむ》ろうとしたが、空腹であることに気づいてウーロン茶を飲み干し、マスク、シュノーケル、フィンの三点セットを片手にプールハウスを出た。

左右に蘇鉄《そてつ》とカナリー椰子《やし》が一列に植えられたウッドデッキの階段を上がり、別棟になっているレセプションとレストランがある建物に向かう。

シャワーを浴び、更衣室で着替えたのち、レストランで昼過ぎからワインかビールを飲み、バイキングスタイルのランチを、毎回取り合わせを変えて試してみるのも、ここを訪れる楽しみの一つである。

プールハウスの周囲はスダジイやクスノキ、クロマツ、ヤマモモ、ツバキなどの自然林に覆われていて、時間に余裕があると、森の中を散策することもある。巨大なクスノキの根方に腰を降ろして、シガーのモンテクリスト・エスペシャルナンバー2を、樹冠を渡る風の音や、遠くから響く潮騒《しおさい》に耳を傾けながら、時間をかけて賞味する。

近くには小さな渓流がある。天城《あまぎ》から落ちて来る水だが、彼は水辺まで降りて行って、ポケットからチタン製のヒップ・フラスクを取り出し、ローワンズ・クリークをキャップに移し、渓流の水を掬《すく》い、指先から数滴垂らして飲む。味に不思議なまろやかさが生まれて、口中を駆けめぐる。更に、ちぎって来たクスの鬚根《ひげね》を水で洗って噛むと、肉桂《にっけい》の香りが加わって、味は変化に富んだものとなる。

至福の時である。気持を切り替えるのにこれにまさるものはない。心地よい疲れが、大抵のことは何とかなるという楽天的な気持を湧き上がらせてくれるのだ。

楽しみはもう一つある。彼は新横浜駅から新幹線「こだま」で熱海駅へ、そこで伊豆急下田行き「リゾート21」に乗り換えて、伊豆高原駅まで来るのだが、車体にトリコロール・カラーを取り入れたこの電車に行き帰りとも乗車するのが気に入っていて、先頭の展望車のチケットが入手出来て、女性運転士の制服の背中を見ながら、小旅行気分が味わえれば最高だと考えている。

ワイドビューの車窓から見える風景は、相互乗入れのJR伊東線からの眺めとはまるで異なり、川奈《かわな》駅を過ぎて、ゴルフ場の向こうに広がる相模湾と沖合に浮かぶ伊豆大島を目にすると、彼の胸は訳もなく期待でふくらみ、高鳴り始めるのである。


彼は横浜市都筑《つづき》区に住んでいる。最寄駅は市営地下鉄（ブルーライン）の仲町台《なかまちだい》駅である。

彼は伊豆高原のプールハウスの他に、この四月から毎週土曜の午前中、横浜市緑区にある英知女学院大学生涯学習センターの公開講座の一つ「英語の小説・詩を読む」のクラスに通い始めていて、通学用のリュックや電子辞書、ペンケース、ノートなどを買い揃え、新しい趣味道楽に心を奪われていた。

ブルーライン仲町台駅から新横浜駅へ、JR横浜線に乗り換えて十日市場《とおかいちば》駅で降り、駅前から出ている通学バスに乗り込み、十五分ほど揺られてキャンパスに着く。

英語のクラスに出席しているのは計七人で、会話のクラスだとおおよそ倍の十数人の参加者がいるのだが、文法やボキャブラリー、解釈のクラスではせいぜい六、七人といったところか。

講師はこの大学の名誉教授で、西脇順三郎《にしわきじゅんざぶろう》の直弟子だと称する老学者である。出席を必ずチェックし、教え方も丁寧だが、英語の早口言葉や駄じゃれを好み、しばしば脱線して、その方面の蘊蓄《うんちく》を傾ける癖がある。

瓜生は、tongue twister という言葉をはじめて知り、She sells seashells on the seashore. という例文は一回で記憶出来た。

現在、日本ではほとんど知られていない十九世紀末アメリカの女性作家 Sarah Orne Jewett（セアラ・オーン・ジュエット）の短篇“A White Heron”（シラサギ）を読んでいる。シラサギの巣のありかをめぐる、少女が主人公の物語だ。

年老いた雌牛と一緒に森を歩き回る灰色の瞳の少女シルビアは九歳、祖母と二人で暮らしている。ある日、森に突然、銃を肩にかけた背の高い若者が現れ、少女を驚かす。彼はシラサギを追いかけている。撃ち落として剝製にするつもりだ……。

九十分の授業が終わったあと、瓜生は隣接する「三保《みほ》市民の森」を端から端まで小一時間散策し、バードウォッチングを楽しんで帰路につく。

Wikipedia では、彼のことを以下のように紹介している。
瓜生甫（うりゅうはじめ）。アート・ディレクター／クリエイティブ・ディレクター／グラフィック・デザイナー。一九五五年生、神奈川県出身。横浜翠嵐《すいらん》高校、多摩美術大学グラフィックデザイン学科卒業。博報堂入社。入社していきなり任された、陶芸の里、丹波篠山《ささやま》・立杭《たちくい》の谷間を流れる四斗谷《しとだに》川に新たに架ける小型橋のデザイン「見えない橋」で、その年のADC賞を受賞。八五年に博報堂を退社して、南青山にStudio Arkを設立。その後、サッポロビール「極《きわ》め缶」のデザインとプルトップ・キャンペーンを始めとして、NTTドコモ、日立、マツダ、セブン-イレブン、イオン、積水ハウスなど大手企業の扱う商品開発やシンボル・マーク、キャラクター・デザイン、キャンペーン広告の制作に携わるほか、博物館や美術館、動物園、交響楽団といった公共施設・事業のシンボル・マークやロゴマーク及びトータル・プロデュースなどを手掛ける。

先述したADC賞を始め亀倉雄策《かめくらゆうさく》賞、朝日広告賞、日経広告賞など、新聞社主催の広告賞を総ナメにしている。現在は、それらの賞の審査員を務めるとともに、多摩美術大学の特別招聘教授として年に数回、教壇にも立つ。大貫卓也《おおぬきたくや》、佐藤可士和《さとうかしわ》らは、共に多摩美術大学、博報堂を通じて瓜生の後輩に当たる。


瓜生は起床すると、新聞やテレビ、パソコンのニュースをチェックし、妻が朝食の仕度をする傍ら、ベランダで朝日を浴びながら呼吸体操をする。

これは妻が、龍村修《たつむらおさむ》というヨガの専門家からレッスンを受けて習い覚えて来たもので、筋肉や関節を大きく動かしながら深呼吸を繰り返す。体操と名づけられているものの、準備運動ではなく、体内に気を通すことを目的にしている。

そのあと、朝食兼昼食をデザートまで含めて時間をかけて摂《と》って、十一時にオフィスに着くよう家を出るのを日課にしている。

彼は半蔵門線の表参道駅「青山学院方面」の改札を抜けて、地下道を歩いたのち、エスカレーターを避けて、踊り場が三つある狭い真っすぐな階段をゆっくりしたペースで、深く息を吸って空気を肺の底まで届かせ、惜しむように吐き出しながら上がって、青山通りに面したスパイラルビルの前に出る。

そこから左に折れて骨董《こっとう》通りに入ると、今日の仕事の内容や段取りが頭に浮かび始めて、通りの左右のブランドショップやレストランなど眼中に入らなくなる。

オフィスから帰る際には周囲を観察しながら歩く余裕があるのだが、その時分にはコンビニ以外どの店もシャッターを降ろしているから、周辺の店についてはほとんど不案内といってよい。

骨董通りを四百メートルほど進んで、「ハンティング・ワールド」の角を右折して、「南青山六丁目児童遊園」の前を通りかかると、彼は公園の片隅のケヤキの木蔭にひっそりと佇《たたず》む小さな時計塔に目をやり、午前十一時前であることを確認して足を速める。

次の角を右に曲がってすぐ左の六階建てのマンション、南青山ハイムの二階に彼のオフィス Studio Ark がある。南青山ハイムは一、二階がオフィス・フロアで、三階から上は居住フロアになっている。

いつも彼は十一時に出社し、夜はスタッフがいなくなったあと、九時、十時頃までオフィスにいる。

84㎡の広さのフロアには、二本の太くて真四角な鉄筋コンクリートの柱以外、あいだに壁もパーティションもない。柱にはオフホワイトのタイルが張られていたが、瓜生がここにオフィスを設ける際、張り替えるつもりでタイルを剝《は》がしたところ、ざらついた剝《む》き出しのコンクリートに意外な趣きを発見したため、そのままにしてある。

七人のスタッフの机は、みな特注のオークの頑丈な一枚板で、腰掛ける側の縁は深く彎《わん》曲《きょく》していて、キャスター付きの回転椅子をデスクトップに向かって滑らせる時、彼らは一様に、舟を漕いで小さな湾に入って行くような感覚を味わう。七つの机とミーティング兼来客用の楕円形テーブルは、一見無秩序に散らばっている。しかし、彼らがいったん立ち上がって、出入口のドアに向かう時、あるいはミーティングテーブルに集まったり、打ち合わせのために同僚の席に移動する際、自分の歩行がごく自然で、効率のよい曲線軌道を描いていることに気づく。

瓜生自身がこのような配置を決めたのだが、スタッフからの反対意見に対して、縦に横に整然と並べるなんて野暮天《やぼてん》もいいとこだろ、Studio Ark は銀行や学校じゃないんだから、と耳を貸さなかった。クリエイティブな仕事は、まず自身の仕事場のデザイン化から始める。彼の持論の一つである。

――クライアントとの関係は双方向的でなければならない。第一回のプレゼンテーションをクライアント先でやれば、二回目はクライアントに Ark まで足を運んでもらう。我々のアトリエの雰囲気が彼らを刺激するだろう。一回きりでなく、往来を繰り返すことが何より大切だ。往来が創造の場となる。これもまた彼の持論であり、これまで方針を変えたことは一度もない。

瓜生自身の机はスタッフのものより二倍の大きさがあり、フロアの東南の角、対角線上に置かれている。彼の席からはほぼフロア全体を見渡すことが出来る。やはりオークの一枚板で、縁は同じく彎曲しているが、机の右脇から大きな鉢植えのゴムの木が枝を伸ばして、デスクトップの上にアーチ状に架かっている。彼は三日に一度、湿らせた布巾で、二、三十枚はある幅広でぶ厚い葉を丁寧に拭く。席の左右は東と南に向かって大きく切った窓で、天気の良い日は、朝から夕方近くまで、ブラインドのスリット越しの光がゴムの葉の上で躍っている。

瓜生に最も近いのがマネージャーの曽根《そね》一美《かずよし》の席で、曽根の左斜め後方にコピーライターの竹井《たけい》翠《みどり》が控え、竹井の左右と後方に五人のデザイナーの机が散らばっていた。

伊豆高原のプールハウスから帰った翌日の月曜日、瓜生はこの日も十一時きっかりにオフィスのドアを開けた。彼が姿を見せるとスタッフ全員がミーティングテーブルに集まり、「キックオフ」と称する、立ったままでの打ち合わせが始まる。瓜生は常時、大小二十から三十のプロジェクトを動かしている。チームを組んでいるプロジェクトもあれば単独のものもある。

彼は、デザイナーからそれぞれのプロジェクトの進捗《しんちょく》状況を聞く。アドバイスと指示が矢継《やつ》ぎ早《ばや》に飛んだ。

「このデッサンは誰かな？　天知《あまち》くんか。これ、もうクライアントに見せたの？　見せたのか。最初にこの図柄から、見せちゃ駄目なんだよ。これの手前のかたちから見せて、その次にこのレベルに持って行かないと相手は納得しないよ。一段階手順をはぶくと、かえって面倒な結果を招くんだ」

ミーティング時間は短く、二十分を超えることはない。デザイナーたちは席に戻った。テーブルには瓜生と曽根と竹井が残った。曽根から新しく入ったオファーの説明があり、三人で検討し始める。やがて瓜生が頭上で手を拍《う》って、

「三留《みとめ》さん、桑《くわ》くん、黛《まゆずみ》さん！」

と三人のデザイナーに招集をかける。

――日比谷公園向かいにある三信《さんしん》ビルディングは地下二階、地上八階の昭和初期を代表する名建築の一つだが、老朽化を理由に来年（二〇〇七）五月から解体工事が始まる。解体の発表があったのは昨年の一月で、ただちに日本建築家協会は保存要望書をビルの所有者である三井不動産に提出し、市民による保存運動も始まった。しかし、三信ビルに隣接する日比谷三井ビルも建て替えが決まっていて、将来は二つの跡地を一体化した再開発構想があり、解体は避けられない情勢だ。

三井不動産は再開発に着手するまでの数年間、三信ビル跡地を「日比谷パティオ」と銘

打って、様々な美術展示やライブ・パフォーマンス、フードワゴン、ワークショップの広場として暫定利用する計画である。Studio Ark へのオファーとは、三信ビル解体工事中の仮囲いのデザインだった。

「僕らはみんな保存要望書に署名しているけどね」

と瓜生は皮肉な調子で言った。

「相手は大クライアントだ。『日比谷パティオ』プロジェクトには是非参加したい。何しろロゴ、ポスター、テレビコマーシャル、パビリオンのデザイン……、宝の山だからね。仮囲いはその端緒だ。この緒《ひも》をしっかり摑《つか》んで本体を引っ張り出す」

「わたし、あのビル、好きなんです。外観写真をモノクロで撮ってます」

黛が胸のペンダントに指先で触れながら口にする。

「今はもうありませんが、戦前は、あのビルの二階まで吹抜けのアーケードの天井に、黄道十二宮《こうどうじゆうにきゆう》の星座が描かれていたんですって。アール・デコ調の……、確か『東京人』で読んだことがあります、五年くらい前だったか」

「そうか！　黄道十二宮とアール・デコの雰囲気につながる仮囲いの絵柄っていいかもね。まず、国会図書館で『東京人』その他、日本の近代建築関係の本を捜して、図版を見つけて欲しい。モノクロでいいから、星の散らばり具合とかが分かれば。もちろん三井不動産にも連絡して、社史に写真を使っていないか確認しないとね。

周囲の宝塚劇場とかシャンテ・シネも意識したいし、帝国ホテルも忘れちゃいけないよな。環境との調和ってことだけど。きみたち三人、資料をベースにして、ラフ・スケッチを作ってみて。一週間後、それを見ながら、時間をかけて検討しよう。今日はここまで」

桑洋一と黛エリカの二人は瓜生の母校の後輩で、共にシンボル・マークやビジュアル・サイン、ロゴマークなどを得意としている。才能もあり、瓜生は目を掛けている。彼らがベーシック・マークを考案し、そこから何十種類ものバリエーションを作る。その中から瓜生が数点選び、ブラッシュ・アップしてクライアントに提示する。二人に対するクライアントの評価も高い。

マネージャーの曽根は、密《ひそ》かにこの二人は出来ているのではないかと疑っている。オフィスでは微塵《みじん》もそのような素振りを見せたことはないし、朝、別々に出社して、夜は別々に帰って行く。しかし、オフィスに顔を出す前に、その日待っているいくつもの案件について、入念に打ち合わせて来ているフシがある、というのが曽根の疑いの根拠だ。出来ていたってかまわないが、何故隠そうとするのか、水臭いじゃないか、という気持が働いてもいる。

瓜生は、来年（二〇〇七）八〜九月に大阪で開催される世界陸上競技選手権大会のエンブレムを決める昨年末のコンペで、最終選考に残ったものの落選の憂《う》き目を見ていた。日本デザイン界の草分け的存在である亀倉雄策を尊敬し、亀倉の仕事で一番好きなデザインは、一九六四年東京オリンピックのエンブレムだと公言している彼にとって、オリンピックまたはそれに類する国際的な競技大会のエンブレムをいつか何としても手掛けたい。そのためにも桑と黛、二人のアシストは欠かせない。曽根の疑念が正しいなら、結婚に際しては、仲人を買って出てやろうとまで考えている。

瓜生は、二〇〇九年の世界陸上ドイツ大会の国際コンペに応募するつもりでいる。リターン・マッチで負ける訳にはいかない。


瓜生は、二、三日に一度の割でオフィスを抜け出して通う場所がある。青山通りから骨董通りを進み、「ハンティング・ワールド」の信号を右に曲がるのがオフィスへの道だが、反対方向へ信号を左に取って三百メートルほど進んで、表参道から青山霊園の方へ下る通りとぶつかる角に喫茶店「FiGARO」がある。

二十年程前のことだが、スタイリストの女性との打ち合わせ場所としてよく利用していた。

彼女は都内のあちこちのデパート、ブティック、メーカーを訪ねて、衣裳や小物など撮影に必要な商品を借り集め、撮影が終わると返却して回るのだが、自然と外回りに費《つい》やす時間が長くなる。そのためスタイリストにとって、常に差し迫った問題はトイレであり、普段からきれいな使い勝手のいいトイレのリサーチは欠かせない。

「トイレならどこでも、ってことにはならないのよ」

と彼女は言った。

「FiGARO の隣にあるブティックビルの三階の共用トイレは、いま現在、東京一きれいなトイレかも」

そのビルは、外壁にチョコレート色のレンガを嵌《は》め込んだ凸凹のある奇抜なデザインの五階建てで、内部は入り組んだいくつもの廊下と階段で構成され、外観以上に複雑な構造を呈している。一体何軒のブティックが入っているのか見当もつかない。

「そのトイレ、男女共用？」

「そのビルで働く人だけじゃなくて、外部の人間も使えるという意味の共用。でもはじめての人は、すんなりとはたどり着けないわね。階段を上がって、降りて、廊下をひとめぐりして……やっと、という感じ。男性用は、ドアが濃いマリンブルーで、女性用は……」

教えられた数日後、瓜生は興味半分でそのビルに入ってみたが、確かに捜し当てるのに苦労した。

しかし、なるほど驚くほど清潔できれいなトイレで、換気も完璧だ。天井と床と壁は、扉同様鮮やかなマリンブルーの十センチ四方のタイルで覆われ、アイボリーホワイトの便器のフォルムも機能的で優美なことこの上ない。しかも、分かりにくいロケーションのせいで、外部からの利用者はほとんどいない。

以来、瓜生はアイデアに詰まったり、頭を整理する必要を感じるとここに来て、「考える人」になる。自分だけが知っている秘密の隠処《かくれが》のつもりでいるが、スタッフにはとっくにばれている。

件《くだん》のスタイリストは、その後、ファッション業界から姿を消した。瓜生は時折、顔を思い出すことがあったが、それから十数年後、たまたまクエンティン・タランティーノの新作「キル・ビル」を渋谷で観ていたら、クレジットに、コスチューム・デザイン担当として彼女の名前が出ていたので驚いた。

今でも、ハリウッド近辺で、おしゃれなトイレを捜して歩いているのだろうか……。

2

いつもオフィスを最後に出るのは瓜生だが、木曜日だけは午後七時頃に切り上げ、田園都市線あざみ野駅でブルーラインに乗り換え、センター北駅で妻と落ち合い、二人で駅から歩いて数分のスポーツジム「オアシス」へ向かう。妻が着替えを持って来てくれていて、ジムでストレッチののちウェート・トレーニングをしたあと、ランニングマシンで走るかプールで泳ぐか、どちらか一つを選択する。ジムで一時間半くらい過ごして、近くのレストランで軽い夕食を摂り、妻の運転する車で自宅に帰る。

住んでいるのは、横浜市都筑区茅ケ崎《ちがさき》、独逸《ドイツ》学園近くの緑道沿いにある共同住宅で、気心の知れたクリエーター仲間、フォトグラファーやイラストレーターら瓜生を含めた五人が語らって、これと見込んだ建築家に依頼して、七年前に建てた。その外観は建築雑誌の特集号の巻頭見開きページを飾ったこともある。

瓜生たちは常日頃、理屈をこね、奇抜な発想で自らの才能を誇示したがる「建築家」連中に冷たい視線を向けていた。瓜生は、あるパーティの席上で、酒が入った某有名建築家が、「あらゆる芸術のジャンルで、最高のアーティストは建築家ですよ。たとえばミケランジェロ」と嘯《うそぶ》くのを聞いて閉口し、「夜郎自大《やろうじだい》もいいかげんにしろ」と言いたいのを辛うじて自制した経験がある。

設計を依頼した田代晋《たしろすすむ》は、海外で建築賞を受賞してはいるが、そういった花形「建築家」とは一線を画す、むしろ対極的とも言える存在だった。「機能と構造と美しさが互いに照らし合う建築」という、ローマ時代の建築家でエンジニア、マルクス・ウィトルウィウス・ポッリオの言葉が彼のモットーだ。

共同住宅は、鉄筋コンクリート四階建ての吹抜け構造で、一階は、エントランス、エレベーターホール、車庫、自転車置き場、機械室、乾燥室、管理オフィスといったバックスペースで占められ、二階から四階までが居住フロアで、吹抜けの両サイドに4LDKの住戸が一戸ずつ配されている。田代はこれを、北京・胡同《こどう》の四合院《しごういん》住宅からイメージした。

外壁は、杉型枠コンクリート打ち放しの一部を除いて、ハンドメイドの炻器《せっき》質タイルで覆われ、内壁は、砂漆喰《すなしっくい》塗りとオークで装われて、コンクリート建築の冷たさはどこにも感じられない。

特色は地階にある。むしろ地階がこの建物のメイン・エントランスであり、来訪者は緩やかなスロープでまず地下へと導かれる。地階の半分は空へと抜けていて、白河石を敷き詰めたパティオには陽光が降り注ぎ、また大粒の雨も落ちて来る。中央に数本のトネリコの木が植えてあり、木の周りにはベンチが置かれている。地階の残り半分を占めるギャラリーには、大きな暖炉を据えた共同のゲストルームがある。

現在、ここに瓜生夫婦を含め六世帯が暮らしている。最初のメンバーの五人に、やがて建造プランが進む中で建築家の田代自身とその家族が加わった。

瓜生は高級住宅地に豪邸を建てる、あるいは外車やローレックスといった、セレブの定番アイテムを手に入れることには、ほとんど関心を示さない。コレクションと言えるのは戦前のライカを年代順に揃えているくらいで、これはアンティーク家具屋で見つけた飾り棚に納められている。

彼は業界トップクラスのアート・ディレクター、クリエイティブ・ディレクターとして、大手企業を顧客にして仕事を重ねて来たため、銀行預金のほか株、投資信託、社債、国債、外貨預金など、ファイナンシャル・プランナーが作ったポートフォリオをもとに、凡庸なサラリーマンなら生涯賃金になるレベルの資産を蓄えていた。

妻ちづるは、かつて博報堂の広報部にいた。瓜生は、社内の多くのライバルを強引に蹴落として、彼女の愛を獲得した。

ちづるの襟足は肩まですっと流れて、胸からウェスト、更に膝まで途切れることなく美しい曲線を描いている。腰は見た目より広い。スタイルのよさに加えて、涼しげな目許、小さく通った鼻筋、くっきりした唇の輪郭、つんと上を向いた乳房……とすべては瓜生の嗜好に適う女性だった。ちづるは結婚を機に会社を辞めた。

夫婦は何とか子供を作ろうとしたが、ちづるは二度、妊娠初期の流産を繰り返し、結局子宝には恵まれなかった。

二度の流産のあと、ちづるは夫とのセックスを嫌がるようになった。やがて彼もいつからか妻を性的対象としてでなく、画家がモデルに対するような目付きで見ることが多くなっていた。

彼が広告賞をいくつか受賞し、Studio Arkも軌道に乗った四十代始め、二人でクアラ・ルンプールを訪れて、イギリス人総督の館を改装したホテル、カルコサ・スリ・ネガラというリゾートホテルに宿泊したことがあった。その時、ベランダに水着姿で立つ妻を、使いなれたニコンの一眼レフでスナップし、のちに思いついてこの写真を雑誌媒体で使ったことがあった。それ以降、彼は時折、妻の写真を撮るようになり、次第にそれがエスカレートして、ヌードも撮るようになった。

その後、自宅や旅先で撮り溜めていたが、四十代に入った妻がヌードを拒否するようになり、結局やめたけれども、最後に撮影したのは、箱根の富士屋ホテルの浴室でシャワーを浴びるシーンだったか……。

昔、彼がダイビングに入れ込んで、伊豆の〝海洋公園〟に通うようになっても、泳げない妻は同行せず、コーラスグループで活動したり、ヨガ教室に通ったりと趣味の世界は今でも別々だが、毎木曜日に通っているスポーツジムだけは同じである。

妻とジムに通う木曜日以外の夜は、瓜生は仕事を終えると必ず南青山五丁目にあるバー「無粋《ぶすい》」に寄る。この店は五年前に開店した。マダムの長江由美《ながえゆみ》はかつて女性誌の編集者だった。L字型、九人掛けのカウンターだけの小さな店だが、インテリアのセンスがいい。中間色の壁紙、アフリカ産の一枚板を角《かど》でつないだカウンターのほどよい感触と高さ、スツールのデザインからもそれがうかがえる。スツールの前脚の先には小さな弓形の底木が付いていて、体を前に軽く傾けながら、カウンターに気持よく肘《ひじ》をつくことが出来るという仕掛けだ。

カウンターの中には、由美と初老のバーテンダーが立つ。オープン時、カウンター背後の壁面には何もなかった。そこで瓜生は、丸善でエドワード・ホッパーの「夜更しの人々」の原寸大（84・1×152・4㎝）の複製画を求め、額装してプレゼントした。ホッパーの中でも彼がお気に入りの一枚だ。

――ニューヨークのどこかの狭い二つの通りが出会う角にある、店全体に素通しのガラス窓をめぐらしたカウンターだけの小さなレストランバー。その店内を、道路側から中間距離で描いている。通りには人っ子一人見当たらない。カウンターには中年の男女のカップルがすわっていて、端にもう一人、こちらに背を向けてグラスを手にしている男がいる。二人の男は共に中折れ帽をかぶり、女は真っ赤なワンピース姿でカウンターに肘をつき、指の爪をチェックしているように見える。カウンターの中には、薄汚れた仕事着に白いシェフ帽のバーテンダー。

瓜生は、脚立に乗って絵を壁に掛けながら、ホッパーはヘミングウェイの短篇の熱烈な読者でね、とりわけ「殺し屋」がお気に入りだった、これなんかフィルム・ノワールのムードそのものだよね、などと解説を加えた。

また、彼は店のカード、マッチ、コースターなどを片手間に作ってプレゼントした。

彼が「無粋」で飲むのはバーボンのソーダ割りで、銘柄はノアズ・ミルかウィドウジェーンと決まっている。ノアズ・ミルは由美が作って出すが、ウィドウジェーンは由美に50㎖の小瓶を出してもらい、自分でバーボン・ソーダを作る。彼は手のひらに入るこの瓶の形状が好きで、必ず三杯は飲む。


長江由美は、四十四歳、独身。キリスト教系女子大学を卒業して大手出版社に就職、主に女性誌の編集に携わって来た。二十代半ばで父を亡くし、母親と二人で武蔵野市吉祥寺南町の戸建て住宅に住み、西荻窪駅から中央線に乗って御茶ノ水駅で降り、神保町にある会社に通勤していた。

三十三歳の時、母親が思いもよらない災厄に見舞われた。一九九五年三月二十日、朝、母は日比谷線小伝馬町《こでんまちょう》駅から霞ケ関駅間に乗り合わせて、地下鉄サリン事件の被害に遭った。前日、小伝馬町の親戚を訪ね、一泊して帰る際の出来事だった。霞ケ関で丸ノ内線に乗り換えて荻窪駅まで戻り、そこからは自宅までタクシーを利用するつもりだった。

彼女は八丁堀駅のホームで倒れ、救急車で聖路加《せいろか》国際病院に運ばれた。痙攣《けいれん》が止まらない。周囲が暗く見える。胸が苦しく、頭痛、吐気などの症状に襲われ、一ヵ月入院した。退院後も目が疲れやすい、かすんで見えにくい、焦点が合いにくい、といった後遺症のほか、不眠、悪夢、恐怖心などに苦しみ、四年後の一九九九年、今度は脳梗塞で倒れ、帰らぬ人となった。享年六十四。

母の早過ぎる死に由美は大きな衝撃を受け、ちょうど会社の仕事がマンネリに陥っていたせいもあり、突然思い立って渋谷にある日本バーテンダースクールの夜間部に通い始めた。

母の死をきっかけに、なまぬるい会社員生活から足を洗って、自立したいと考えるようになったのだ。社内恋愛の失敗も重なって、更に気持を切り替えるために住環境も変えたいと考え、武蔵野市の自宅を売却、世田谷区の駒沢大学近くのマンションを購入して移り住んだ。

三ヵ月でスクールが終わったところで会社を辞めて、スクールが経営するバーで一ヵ月間実習し、その後、知人の紹介で神楽坂の、夫婦で経営する小さいが多くの常連客のついているバーで半年間、修業した。ミレニアムの年のことで、翌二〇〇一年に、南青山のもとは雑貨屋だった店舗を借りて全面改装し、「無粋」としてオープンした。

彼女は、こうして客商売を続ける中で、何か大きな運命の変化が訪れる日が来ることを密かに願い、その予感を疑わなかった。

「無粋」は、青山周辺に事務所を構えるデザイナー、フォトグラファー、イラストレーター、スタイリストなどカタカナ職業の人種が屯《たむろ》する場所となり、開店間もなく現れた瓜生甫ともすぐに打ち解けて、親しくなった。

由美は、母親が存命中はあの事件を遠ざけ、忘れようとして来たが、母の死のショックから少しずつ立ち直る中で、被害者の「手記」を含め、事件に関連する資料を片端から読み、ほぼあの日起きたことの全容を把握することが出来るようになった。

店の常連客の中に南麻布に住む七十代のお金持の未亡人がいて、由美はこの女性に熱心に誘われ、南青山四丁目にあるプロテスタントの教会に顔を出すようになった。母親が遭遇した事件と病から、「外側からの力」に翻弄される人生の恐ろしさを思い知らされた彼女は、信仰に帰依することに抵抗はなかった。大学時代は形式的に触れただけだったが、今回は違う。毎日曜日の礼拝には欠かさず通い、時には毎水曜日の牧師との面会にも出掛ける。

日曜日、南青山四丁目の狭い坂道を下って、教会の三角屋根の十字架が見えて来ると、由美は心の平安を覚える。鉄製の手摺《てす》りのついたコンクリート階段を上がって、会堂のガラスドアを開けると、すでに長身で高齢の牧師の講話が始まっている。彼女は何故かいつも礼拝にほんの僅《わず》か遅刻してしまう。

二十人ほどの信徒が席についていて、由美は最後列のベンチの左端に腰掛けると、両手を胸の前で組み合わせた。淡い緑のステンドグラスを嵌《は》めた高窓から差し込む日差しが、彼女の足許に小さな光の輪を作っている。

聖書を繙《ひもと》く牧師の穏やかな声が響く。

――その時、イエスは弟子たちに言われた、「今夜、あなたがたは皆わたしにつまずくであろう」。

「マタイによる福音書」第二十六章です。

――するとペテロはイエスに答えて言った、「たとい、みんなの者があなたにつまずいても、わたしは決してつまずきません」。イエスは言われた、「よくあなたに言っておく。今夜、鶏が鳴く前に、あなたは三度わたしを知らないと言うだろう」。ペテロは言った、「たといあなたと一緒に死なねばならなくなっても、あなたを知らないなどとは、決して申しません」。

ユダがその夜、イエスに接吻して、主を迫害者に売り渡した。イエスは縛《いまし》められ、大祭司カヤパのところに連行され、訊問を受け、鞭《むち》打たれる。

由美は、学生時代に読んだことのある、この場面を描いたチェーホフの短篇「大学生」を思い出しながら、牧師の声に耳を傾けた。

――ペテロはイエスに随《つ》いて行って、主の鞭打たれるのを遠くから見ていたのだ。そのうち、寒かったので人々が中庭の真中で焚火《たきび》をし始めた。その連中と一緒に、ペテロも焚火のそばに寄って跪《ひざまず》いた。

すると、一人の女が彼に気づいて言った。

「この男も一緒にいたよ」。ペテロもイエスの仲間で、一緒に引っくくれという訳だ。

すると、ペテロは、あなたが何を言ってるのか分からない、と打ち消した。そこにいた人々も、そうだ、この人はナザレ人イエスの一味だ、と言った。

ペテロは首を振って、わたしはあの人を知らない、と言った。

三度目に誰かが近寄って来て、また言った。

「確かにお前はあの男の仲間だ。言葉づかいでそれが分かる」。

ペテロは三たび否定した。すると、すぐ鶏が鳴き出したので、ペテロは遠くから拷問《ごうもん》を受けているイエスを眺めて、晩餐《ばんさん》の席で彼の言った言葉を思い出した。

……思い出すと、ペテロははっと我に返って、焚火のある中庭から外に出て、身をよじって泣きだした。

福音書にはこうあります。「そこでペテロ、外に出て激しく泣けり」と。

チェーホフは次のように書いている。――静かな静かな、暗い暗い庭があって、その静けさの中で、ペテロの低いすすり泣きの声がやっと聞こえる……と。

由美の目にも涙が溢れた。中庭の向こうで、誰かが鞭打たれている。焚火のそばにいて、その人物を知らない、と否認しているのが自分だ。

――わたしは、その人を誰よりも深く愛しているが、ペテロ同様、仲間だと名乗り出ることが出来ない。では、その人が処刑されて、わたしが生き残らなければならないとしたら、それはどんな理由によるのだろう。

由美は、鞭打たれているのは、母親ではないかと思い、涙でかすむ目で牧師の横顔を見つめた。


旅記事を担当することが多かった彼女は、好きな旅番組や自分の旅のビデオ映像を店内のテレビで流すことがある。客との対話のきっかけになれば、と配慮してのことだが、客の中には、素人が撮った動画を面白がって、「今日は上映会やんないの？」と催促する人もいる。

アシスタント・バーテンダーの荒《あら》とは、バーテンダースクールで出会った。定年退職後、小さなバー経営を夢見て通っていて、三ヵ月間、由美と机を並べた仲だが、その後、妻に先立たれ、途方に暮れているところに由美が声を掛けた。荒としては開店時の助っ人のつもりが、娘のような年齢の由美に使われる立場が気に入って、現在に至っている。

瓜生はカウンターの中の由美と荒を相手に、宙に指で文字を描きながら、爪と瓜の違いについてしゃべる。

「ウリにツメあり、ツメにツメなし、と言うでしょ。ツメのあるなしで、安定感が違うんだ。現実にツメを立てて揺るがないかたちを作るのが瓜で、不安定なのが爪。ツメの立て方が大事なんだよね。そのためには手順、段取りを考えなくちゃいけない。一度、スティーブ・ジョブズのプレゼンテーションを撮ったビデオを見てみるといいよ。彼の商品説明の持って行き方っていうか、段取り、手順には、説得力があるな。中年男が甲高い九州弁で、商品名を連呼する日本の通販会社のCMは……」

荒は時々うなずいたり相槌を打ったりして応じているが、由美は、アルコールが入って饒舌《じょうぜつ》になった瓜生から、この類の話を聞かされるのが好きではなかった。いつも自信たっぷりで、過酷な現実にどのように対処すればよいか解説したがる。そこに自足の雰囲気が漂っているのが気に入らない。もちろん、それを口にしたことはないが。小さな組織をワンマンで牛耳っている男性によくあるタイプだと思っていた。しかし、そうした「社長さん」には愛敬《あいきょう》があるが、瓜生にはない。何はともあれ、瓜生は上客である。飲んで乱れることもなかった。

瓜生はかつて由美をデートに誘ったことがある。

由美が、近くの根津美術館で「那智瀧図《なちのたきず》」が公開されている、前回は見逃したから今回は是非行かないと、と話した。滝そのものに、浄土が描かれているのよ。

「それより今度の日曜日、秩父宮はどう？」

「日曜日の午前中は青山教会へ行くから、午後なら……」

二人は外苑前の「ピッツェリア・サバティーニ青山」で待ち合わせ、パスタのランチを摂り、ラグビー場まで歩いて、日本代表とニュージーランド学生選抜の試合を観戦した。

その後、絵画館前の色づいた銀杏並木を歩いて、青山一丁目駅から帰りの電車に乗った。

瓜生は、西麻布交差点近くにあるスコティッシュ・パブ「ヘルムズデール」に誘って、それから――と、夜のコースも考えていたのだが、由美にそんな気はなく、駒沢大学駅で、腰のあたりで小さく手を振って降りて行った。


瓜生には愛人がいる。この女性は大学時代からモデル業界で活躍していて、現在は四十代初めで、「ミセス」「家庭画報」といったリッチな読者を対象にした雑誌でシニアモデルの仕事をしている。

ワインの輸入業を営んでいるアメリカ人男性と結婚し、夫がヨーロッパに買付けに行っている時など、深夜、彼のオフィスを訪れることがある。オフィスには、仕事の追い込み時に使うシャワールームや二段ベッドが備え付けられていて、二人は抱き合ったあと、タクシーで帰宅することになる。ラブホテルを利用したことはない。

最近は二ヵ月に一度ぐらいと、逢瀬の日が間遠になっていて、関係は続いているものの、彼はこの女性に以前ほど魅力を感じなくなり、今は関係を清算するタイミングを計っている状態だ。

……彼女は、彼のオフィスに着くとまずシャワーを浴びて、次に、すでに避妊具を装着し、腰にバスタオルを巻いてベッドにすわっている彼のそばに来て、濃厚なキスをする。

そして、彼をベッドに仰臥《ぎょうが》させて太腿の上に跨《またが》り、右手に怒張《どちょう》したペニスを柔らかく包み込み、ゆっくりと揉んだり、扱《しご》いたりしながら体を前傾させ、彼の両の乳首を交互に吸う。そして、体位を変え、彼の顔の前に尻を突き出して、オーラル・セックスに移るのだが、これまでこの手順を変えたことはない。

彼が上になり、ピストン運動を始めるとたちまち喘《あえ》ぎ始めてあっさりオーガズムに達するのが常で、二度目を要求したことはなかった。

キスのあと、彼が彼女の下半身に手を伸ばすと、露骨に嫌悪の表情を浮かべ、力を込めて彼を押し倒し、仰臥の姿勢を取るよう強制するのである。

亭主に仕込まれたのか知らないが、彼はこの手順、段取りを変えようとしない女のキャラクターを面白いと思っている。性行為において、男性にイニシアティブを取らせないようにするのが何故か分からないが、彼はまるで手練《てだれ》の娼婦のようだと感じて、興奮を募らせることが何度もあった。


手順、段取りが大切だと考えているのは彼自身でもあって、仕事が円滑に進むかどうかはただこの一点にかかっているとさえ思っている。アイデアからデッサンへ、そのデッサンからプロダクトデザインへ、そしてフィニッシング・タッチへ、クライアントとの間で詰めて行くプロセスをどのように正確に踏んで行くかについて、マネージャーの曽根と念入りに打ち合わせし、その過程を曽根に文書のかたちで作成させ、枝葉の方向へ外れてしまわないよう細心の注意を払うことをモットーにしている。

彼はフランス映画界の巨匠ロベール・ブレッソンの作品のDVDを二枚持っていて、一枚は「抵抗」、二枚目は「スリ」で、較べるとしたら「抵抗」の方が好みかもしれない。この映画は、ナチス・ドイツ占領下のフランス、リヨンの刑務所の独房に閉じ込められたレジスタンスの青年が、どのような手順、段取りで刑務所を脱出したかを実話にもとづいて描いた作品で、瓜生は日曜日の午後など、CD、DVDを並べたラックから取り出して、主として前半を早送りしながら観ることがある。

青年は独房の床にすわり込み、同じ厚さのオークの板を貼り合わせて作られた扉を飽かず眺めている。板と板の隙間の継ぎ目（接合部分）には別の木材、ブナかポプラ材が埋め込まれていて、分解出来るのではないかと考え、密かに食事のスープに付いて来る鉄のスプーンを入手する。それをコンクリートの床に擦りつけて鑿《のみ》を作り、板の継ぎ目に差し込んで、埋め込まれた木片を少しずつ削り取って行くのである。

作業のあと、箒《ほうき》から抜いた藁《わら》で扉の下に飛び散った木屑を丁寧に掃き寄せるシーンがあり、瓜生は、「そうなんだよな、これやっとかないと、ばれちゃうもんね」と独り言《ご》ちて早戻しのボタンを押し、再びそのシーンを観直すのである。

妻と共に観たこともあるが、彼女はこの映画自体、どこが面白いのか理解出来ない様子で、観終わったあと、「主役の人って、役者に見えないわね」と言っただけだった。

3

瓜生の妻ちづるは、横浜市営地下鉄センター北駅近くにレッスン室を借りているコーラスグループに所属していて、同じグループにいる主婦と二人で「リーベ」（ドイツ語『愛』）というボランティアチームを作り、音大卒のバイオリンとピアノの演奏者と組んで、四人で福祉施設や特養老人ホームを回って、無償奉仕活動をしている。車代程度の謝礼が出ることもあるが、そこは問題にしないで、要請があれば出来るだけ応えるようにしている。殊に年末はこうした慰問コンサートでけっこう忙しい。

プログラムは二部構成で、曲目はおよそ決まっている。第一部は、エルガーの「愛のあいさつ」に始まって、やなせたかし作詞・木下牧子作曲の「ロマンチストの豚」「さびしいカシの木」、サン＝サーンスの「白鳥」（『動物の謝肉祭』より）、モンティ作曲「チャルダッシュ」と続けて、アルディーティ作曲「Il bacio（くちづけ）」で終わる。

第二部は、カッチーニ作曲「アヴェ・マリア」を皮切りに、プッチーニ『トスカ』より、歌に生き、愛に生き」、間に「シャボン玉」「ないしょ話」「雨降りお月さん」「夏の思い出」「浜辺の歌」といった童謡、唱歌を挟んで、モーツァルトの『コジ・ファン・トゥッテ』より、妹よ見てごらん」、そして最後に、「皆さん、ご一緒に」と呼び掛けて、「見上げてごらん夜の星を」と「ふるさと」を歌う。

お年寄りの施設だと、定番の「ボケない小唄」と「ボケます小唄」を必ず挟み込むようにしている。

ボケない小唄
（男）一、風邪《かぜ》もひかずに転《ころ》ばずに
笑《わら》い忘《わす》れずよくしゃべり
頭《あたま》と足腰《あしこし》使《つか》う人《ひと》
元気《げんき》ある人《ひと》ボケません
（女）二、スポーツ　カラオケ　囲碁俳句《いごはいく》
趣味《しゅみ》のある人《ひと》味《あじ》もある
異性《いせい》に関心《かんしん》持《も》ちながら
色気《いろけ》ある人《ひと》ボケません
（男）三、歳《とし》をとっても白髪《しらが》でも
頭禿《あたまは》げてもまだ若《わか》い
カラオケ唄《うた》って人生《じんせい》の
生《い》き甲斐《がい》ある人《ひと》ボケません

ボケます小唄
（女）一、何《なに》もしないでぼんやりと
テレビばかりを見《み》ていると
のんきのようでも歳《とし》をとり
いつか知《し》らずにボケますよ
（男）二、仲間《なかま》が居《い》ないで一人《ひとり》だけ
いつもすることない人《ひと》は
夢《ゆめ》も希望《きぼう》も逃《に》げてゆき
歳《とし》をとらずにボケますよ
（女）三、お酒《さけ》も旅行《りょこう》も嫌《きら》いです
歌《うた》も踊《おど》りも大嫌《だいきら》い
お金《かね》とストレス貯《た》める人《ひと》
人《ひと》の二倍《にばい》もボケますよ

これを「お座敷小唄」のメロディーで、老人たちと一緒に歌うのである。

ちづるは、また週三回、スポーツジム「オアシス」に通い、ストレッチのあと軽いウエートトレーニングをして、ランニングマシンで五、六キロ走ったあと、仕上げに温泉に入って、マッサージを受ける。そのうちの一回はヨガのクラスに出席する。木曜日は夫とセンター北駅で待ち合わせて、一緒にジムに向かう。

夫の甫は、ウィークデーは自宅で朝昼兼用のブランチを摂って出掛けるので、午前七時から食事の仕度を始めるのがちづるの日課になっている。朝からスキヤキなどというメニューも珍しくない。肉や野菜、各種のサプリメントも揃えて、果物などのデザートも欠かさない。このブランチのため、週二回、田園都市線青葉台駅近くの料理教室に通ったこともある。

彼女自身の夕食は、残りもののサンドウィッチや麺類で済ませるので、一日一・五食、夫は外食だが、同様に空腹を抑える程度の食事しかしない。こういう点に関しては、二人は意志強固だと言える。

ちづるの得意料理は中華、とりわけ四川料理だが、これは料理教室で学んだのではなく、彼女の母と祖母直伝《じきでん》のものだ。

母、梓《あずさ》の父、江藤順一郎は大分県中津の出身だが、大正末期から昭和初年にかけて、旧制大分中学から福岡高等学校、旅順《りよじゆん》工科大学へと進んだ。卒業して、旅順市郊外にあった日系の大手工作機械製作所に就職した。

当時、旅順には約一万四千人の日本人居留民がいた。四十キロ離れた大連《だいれん》には二十万二千人がいた。

江藤は二十九歳の若さで工場長に抜擢《ばってき》された。大学時代の友人の妹と結婚し、梓が生まれた。

一九四五年八月、日本の敗戦と共にソ連軍が来て、旅順居住の日本人は全員、大連へ強制的に移住させられた。四十年前、旅順で負けた意趣《いしゅ》返しさ、と日本人たちは自嘲的につぶやいて自らを慰めた。

中国国内では、毛沢東の中国共産党軍と蔣介石の国民党軍とが各地で激しく衝突して、内戦状態に入っていた。

大連の知人宅に身を寄せて、母国への引揚げを待つ不安な日々が続いていたある日、国民党軍の若い幹部将校が訪ねて来た。かつて旅順の工場で直属の部下だった男で、流暢な日本語を話し、江藤先生、我々はあなたの広い識見と技術を必要としている、是非新しい中国の建設に力を貸して欲しい、と懇請した。行先は重慶である。

重慶は長江（揚子江）河口から二千四百キロさかのぼった大陸の深奥部にあり、大連からだと三千キロ以上もの旅程になる。海から、港から遠ざかればそれだけ引揚げの可能性は遠のく。これは党の決定です、と告げて男は立ち去った。

十月、工場長だった梓の父、副工場長の西崎《にしざき》と三人の技師長とその家族は重慶へ送られた。

彼らの乗った汽車は、途中、共産党軍と国民党軍の衝突で何度も立往生し、三週間かかって武漢《ぶかん》にたどり着いた。武漢からは船で長江をさかのぼる。宜昌《ぎしょう》で更に小さな船に乗り換え、西陵峡《せいりょう》、巫峡《ふ》、瞿塘峡《くとう》の三峡を気の遠くなるほどののろさで通過する。

武漢を発って七日目の真夜中、「到達《タオダー》!」と鋭い声が響いた。あたりは漆黒の闇で、水の騒《ざわ》めきしか聞こえない。懐中電灯に照らされて、竹の渡し板を踏んで岸に降りると、裸電球がたった一つ、乏しい明かりを投げかけている建物に導かれた。

夜が明けた。窓のすぐ下に長江の真っ茶色な流れがあった。川幅は一キロ以上あり、ごうごう音を立てている。

日本人技術者に課せられた任務は、かつて日本軍の爆撃で破壊された重慶第一機床《きしょう》廠《しょう》の再建だった。

重慶には彼らの他に日本人はいなかった。重慶は中国随一の生漆《なまうるし》の集散地で、以前は、輪島や会津、京都から生漆の買付け業者がやって来て、事務所を構えていたが、日本軍による爆撃を機に姿を見せなくなった。

重慶は長江と嘉陵江《かりょうこう》の合流点にある山峡《やまかい》の都市《まち》で、平坦な土地はほとんどない。アップダウンの激しい、入り組んだ狭い坂道と階段が、縦横に迷路のようにめぐらされている。自動車、自転車など車の類は平坦な界隈にしかなく、もっぱら天秤棒《てんびん》が運搬手段になる。

とにかく蒸し暑い。東西に延びる三千メートル級の秦嶺《しんれい》山脈が北からの寒気を遮るうえ、山峡のため日照時間が少なく、放射冷却が妨げられるからだ。夏の夜はみな長江の岸に出て、アンペラ（藺草《いぐさ》で編んだむしろ）を敷いて眠る。

井戸も水道もなかった。水は、近所の中国人が長江の水を桶に汲んで、坂道を天秤棒で担いで運んでくれる。それを大きな甕《かめ》に溜め、明礬《みょうばん》を放り込んでおくと、翌朝、茶色く濁った水はきれいに澄んでいた。

梓は中国人の子供たちにすぐ溶け込み、彼らと元気に遊び回り、またたくまに中国語を自由に話せるようになった。市場での買物や、天秤棒を担いだ物売りとの遣り取りでは、梓は母親の通訳を立派に務めた。

日本軍による爆撃で多くの犠牲者が出た重慶だが、梓たちが迫害されたり、嫌がらせを受けたことは一度もなかった。

梓は現地の小学校に入学した。西崎副工場長の娘の信子《のぶこ》は二年遅れで、中学校に通うようになった。中学校は全寮制で、家から十数キロ離れたところにあり、週末にしか帰れない。お手洗いが大変よ、と彼女になついて離れない梓に語った。だって、腰までしか仕切りがないんですもの。

信子は、校舎から一キロ離れた療養所に個室トイレがあるのを発見し、休み時間を利用して駆け足で行って戻って来る。同学《トンシュエ》たちはみな不思議がった。

江藤は上部に何度も帰国を願い出たが、受け入れられなかった。梓に弟が出来た。

国共内戦は共産党の勝利でけりがついた。一九四九年四月、国民党政府の首都南京が落ち、十月一日、毛沢東は北京で中華人民共和国の建国を宣言した。まだ国民党の支配下にあった広州、重慶、成都も次々と陥落して、蔣介石は台湾の台北に遷都した。

これで帰れるかもしれない、と江藤たちは思った。しかし、この時も彼らは帰れなかった。中国共産党重慶市委員会書記を名乗る男が工場に現れ、引き続き新しい中国の建設に力を貸して欲しい、と国民党軍将校と同じセリフを吐いた。

それから三年余り経った一九五三年一月の終り、日本人技術者に突然帰国許可が下りた。ソ連から技術専門家が派遣されることになり、その交代が理由だと説明された。

七年余前、大連から来た道を逆行して、彼らは天津にたどり着き、塘沽《タンクー》の港から引揚げ船白山《はくさん》丸に乗り込んだ。三月二十六日、梓たちははじめて本土の土を踏んだ。十二歳の梓が覚えているのは、舞鶴《まいづる》港に着いた日の朝、春の雪が舞っていたことだけだ。彼女は旅の間中、虫歯の痛みで、信子の肩に凭《もた》れてシクシク泣き続けていた。

帰国した彼らを、また新たな苦難が待ち構えていたのだが、その後、梓は幸せな結婚をし、彼女の人生はちづるへと繋がってゆく。

西崎信子は帰国して、都立立川高校に編入学したあと、東京外国語大学中国語学科に進んだ。卒業後、丸の内にある大手商社に勤め、中国貿易の仕事に携わった。一九八〇年代の初め、工作機械メーカーの技術担当重役に随行して広州交易会（中国輸出入商品交易会）に参加した時、中国機械工業局の展示ブースの前を通りかかると、件《くだん》の重役が出展されている大きな工作機械の前で足を止め、じっと見入ったまま動かなくなった。彼は、世界最先端を自任する自社の工作機械を中国に売り込みに来たのである。

「信じられん。このイクウィップメントが中国で製造されているとは……。これは極めて高度な汎用工作機械ですよ。西崎さん、担当者と話したいのですが……」

信子がブースの奥の部屋に向かって声を掛けると、痩身で初老の男性が出て来た。交換した名刺には、重慶第一機床廠・副総経理李俊《りしゅん》とあった。

重役が質問し、それを信子が中国語に通訳し、李の答を今度は日本語に通訳する。

――この工作機械は、一九四〇年代後半、大連から重慶に派遣されて来た日本の技術者たちによって開発されたものだが、完成に至らないまま彼らは帰国した。代りにソ連の技術者がやって来た。しかし、彼らは使いものにならず、その後の中ソ対立で引き揚げた時、わたしたちはほっとしたものだ。日本人技術者が残した図面は、ソ連人の目に触れないところに大事に保管してあった。わたしたちは、その図面と彼らから学んだ綿密な手順と段取りに従って完成をめざした。十年以上かかったが、それが今、あなた方が目にしているものだ。

得意料理、自慢料理のことを中国語で拿手菜《ナアショウツァイ》と言う。ちづるのナァ・ショウ・ツァイは先に述べたように四川料理だが、四川料理の多くは重慶に集中する。担々麺《タンタンミイエン》、春餅《チュンビン》、酸辣湯《スアンラータン》、麻婆豆腐《マーボウトウフー》、回鍋肉《ホイグオロウ》などだ。しかし、夫は辛いものが苦手で、四川料理を敬遠しているから、ちづるの四川料理が味わえるのはコーラスグループの仲間だけに限られている。調理の手順を忘れないためにも、ちづるは時々、彼女たちを自宅に招いて腕をふるうのである。

「担々麺は、本来汁なしそばなのよ。それなのに日本の担々麺ときたら、まるでラーメン！」

とかつての母の嘆かわしげな口調を真似てちづるは言う。

――担々麺の本場は重慶。重慶は揚子江（ちづるは母親にならって長江とは呼ばない）の辺《ほとり》の坂道だらけの街。物売りは手押車や引き車でなく、天秤棒を担いでやって来る。だから天秤棒を担いだそば売りのそばは担々麺。汁は担ぐには重いうえに零《こぼ》れるから、担々麺は汁なしそばと決まっている。

重慶の路地という路地は朝飯時、昼飯時、おやつ時、「担々麺、担々麺！」の声に満たされる。大人も子供も、お椀と箸を持って家から飛び出して来る。そば売りのおじさんおばさんは天秤棒の両端に吊した持籠《もっこ》の中から、差し出されたお椀の一つ一つに、挽き肉や練りゴマなどの具を放り込み、一把《いちわ》の茹でたての麺を載せ、その上に辣油《ラーユ》や芽菜《ヤーツァイ》の千切りをたっぷりと置く。

――わたしたちは自分のお椀を受け取ると、箸で手早く掻きまぜ、立ったまま掻き込むの。何杯も御代りしたわ。重慶のわんこそばといったところね、と母は語っていた。――でもね、担々麺に欠かせないのは芽菜。

芽菜は重慶近郊、宜賓《イーピン》で採れる青菜《チンツァイ》の蔓《つる》を塩漬け、発酵させた漬物で、担々麺になくてはならない薬味だが、最近まで横浜の中華街でも手に入らなかった。母は仕方なく、同じ四川の漬物搾菜《ジャーツァイ》で代用していたが、最近ようやく中華街の中華食材店でも扱うようになった。

その母は現在、房総九十九里の白子町《しらこまち》で医院を営むちづるの弟夫婦のもとで暮らしているが、五年前、軽い脳梗塞を患ってからしばらくのち、言葉が不自由になった。病院に通ってリハビリを続けたが、改善の兆しがない。むしろ、彼女の中から日本語が消しゴムを使って消してでもいるように、きれいさっぱり忘れ去られて行く。

しかし、ある日、突然、彼女は中国語を話し出した。ちづるは、小さい頃から一度も母の中国語を聞いたことがなかった。

十二歳の時、日本に帰って、中学校、高校と進むうちに、梓の中でいったん抑圧され、忘れ去られた中国語が回帰したのである。今ではもうつぶやきもすべて中国語である。彼女の脳裡から、日本語はすっかり消失してしまった。

母と言葉が通じない。ちづると弟夫婦はうろたえたが、やがてちづるは自分も中国語が話せればいいことに気づいた。早速、NHKラジオの「中国語講座」を聴き始め、基礎篇から中級、上級篇と二年に亘《わた》って続け、母親と中国語でほぼ自由に意志疎通が図れるようになった。母の中国語は十歳までのものだから、ちづるのレベルでも充分なのである。今も月に二、三度、車を駆って九十九里の母を訪ね、子供同士のような中国語会話を楽しむ。

ちづるはまだ中国旅行をしたことがない。大連と旅順、重慶をいつか訪ねてみたいと思っている。

車はBMWのX3だが、瓜生は免許を持っていないので、運転はもっぱらちづるだ。二人は年に数回、東北地方や関西方面、北陸・能登、丹後半島などをドライブ旅行する。

彼女は週刊誌好きで、「文春」と「新潮」には必ず目を通す。日々のニュースはインターネットでチェックし、新聞は特集やインタビュー記事、書評などを読む程度である。

4

六月中旬のある日、ちづるは母校のクラス会に出掛けた。午後一時、目黒の自然教育園の正門入口前で待ち合わせて、十六名の参加者は胸に黄色いリボンを付けて森の中へ入って行く。英知女学院大学国際教養学科一九八二年卒業のクラス会は二年振りだが、年々参加者は減っている。ちづるは億劫《おっくう》がらずに出席する方で、過去二回の欠席はいずれも流産の時期に重なったものだ。

一週間前に梅雨入り宣言があったが、風は穏やかで、蒸し暑さもそれほどでなく、曇り空から時々薄《うす》ら陽《び》が差した。カジュアルな服装で、というのが会の申し合わせで、ちづるは麻のパステルブルーのブラウスジャケットに短めの白いパンツ、紺のパンプスという出《い》で立《た》ちだ。栗色の柔らかな髪はボブでまとめている。

彼女は日傘を開いた。鬱蒼《うっそう》と繁ったスダジイ、シラカシ、タブノキなど照葉樹の緑が放つ芳香がちづるをくらくらさせる。遠くから幼稚園児たちのはしゃぎ声が響いた。ちづるは日傘をくるくる回しながら、二、三歩先を行くクラスメートたちの会話に耳を傾けた。

「江戸時代、このあたりは将軍様の鷹狩りの場所だったんですってよ」

「じゃ『目黒の秋刀魚』もこのあたり？」

「さあ……」

「ねえ、『目黒の秋刀魚』ってどういうお話？」

一人が詳しく落語「目黒の秋刀魚」の粗筋を話し始める。ちづるは彼女たちを追い抜いて、先に森の中から明るい場所に出た。リンドウの花が、一列にずっと下の池の畔《ほとり》まで続いていて、花に導かれるように彼女は進んで行った。

しかし、池には水がなく、ヘルメットをかぶり、胸まで届くゴムの作業衣をつけた五、六人の男たちが鍬《くわ》とスコップを持って、底の泥を渫《さら》っている。聞くと、近年、ブルーギルとブラックバスが密放流されて、在来の鮒や鯰《はや》、水生昆虫が捕食されて壊滅してしまった。搔《か》い掘《ぼ》りで退治しても埒《らち》があかず、今年はこうして浚渫《しゅんせつ》し、外来種を完全駆除しようというのだ。

ちづるたちは帰路の矢印に従って、池に架《か》かった板橋を踏んで対岸に渡ろうとする。板橋はやや弓なりに真ん中が微妙にふくらんでいて、「く」の字に継いである。

「これって、八橋《やつはし》みたいじゃない？」

とちづるは誰ともなく問いかけるように言った。たまたま隣にいたのが、先程の「目黒の秋刀魚」のグループにいた一人で、打てば響くように、

「そう、八橋」

と鸚鵡《おうむ》返しに答えて、

「あなた、丸谷才一《まるやさいいち》の『輝く日の宮』、お読みになった？」

ちづるは首を振って、急に小説の話が飛び出して来たことに不意を衝《つ》かれ、怪訝《けげん》な面持で立ち止まった。

「自然教育園が小説のラストシーン。二人の女、年嵩《としかさ》の女と若い女が一人の男をめぐって恋の鞘当《さやあ》てをするの、この橋の上で。タイトルの『輝く日の宮』は、『源氏物語』の光源氏と藤壺の最初の逢瀬が描かれていたとされるけど、今は存在しない巻の名前に由来するのね。何故中身がなくて、タイトルだけが残っているのか、ミステリアスだけど」

ちづるは曖昧にうなずいて、歩き始めた。……面白いかもしれないけど、多分、わたしは読まないだろう、とつぶやきながら。

自然教育園を出て、隣接する庭園美術館で「メディチ家の至宝」展を観る。そのあと目黒雅叙園で会食というのが今回のプログラムだった。

雅叙園でのパーティ開始の時間が迫っていたため、至宝展は駆け足で回ったあと、四人ずつタクシーに分乗して会場に向かおうとしたが、ちづるたちが停めたタクシーは雅叙園と聞くと、いったん開けたドアを再び閉めて走り去った。近過ぎるということだ。

「今どき乗車拒否なんて、ひどいわよね」

とぷりぷりしながら次のタクシーを待つがなかなか現れない。やっと摑まえた時は、先頭のグループから十分以上後れを取っていた。

ちづるは最後に後部座席に乗り込んだ。真ん中に腰掛けた大柄な女性が、肘を突き出すように身じろぎした。まるでそばのちづるの体が邪魔でしかたがないという風な、邪険な動きに感じられた。その時、ちづるは、その女性と、大学時代からこれまでほとんど親しく口を利《き》いたことがないことに気づいた。名前は萬谷小百合《まんたにさゆり》、旧姓青木と覚えている。

この女性、ちづるの印象では、クラス会には二回に一度くらいの割で出席するが、いつも周囲と積極的に会話をしない。そのくせ、話しかけられるのを待っている様子で、しかし、いざ会話が始まっても、長続きしない。服装はブランド品でかためているが、どうにも野暮ったい。

ちづるは萬谷に話しかけようとしたが、早くもタクシーが雅叙園に着いたため、急いで先に降りなければならなかった。料金は助手席のクラスメートが払って、あとで精算することにした。

玄関ロビーに集合したちづるたちは、全員で、「雅叙園の階段」で有名な、厚さ五センチの欅《けやき》板で作られた「百段階段」と、階段で結ばれた豪華な江戸趣味の装飾に彩られた七つの部屋を見学したあと、新館のパーティ会場に移動した。

天井の低い窓のない部屋で、料理は和・洋・中混合メニューのビュッフェスタイルだが、適当な位置に小テーブルと椅子が置いてある。幹事役が開会の挨拶を述べ、もう一人の幹事役が乾杯の音頭を取ったが、前置きが長過ぎて、ブーイングが起きた。

ちづるが壁際で、ワイングラスを片手に、時々電話で近況を報告しあうクラスメートと、双方が通っているスポーツジムについて話していると、二人の前を萬谷小百合が通りかかった。さっきタクシーの中で話しかけようとしたことを思い出し、呼び止めて、当り障りのない話題を選び、メディチ家の至宝はすばらしい、あれほどのジュエリーは見たことがないわ、と続けた。萬谷は立ち止まり、

「わたくし、先年、ウフィッツィ美術館でたっぷり見て来ておりますから、それほど驚きませんが、普段身に付けているアクセサリーなんか、宝石としては何の価値もないことがよく分かる展示でしたわね」

と言って、自らの左の薬指に嵌めているエメラルドのリングに目をやった。ちづるはネックレス以外、装飾品の類はほとんど身に付けない。今日はシンプルなプラチナのチェーンのみで、指輪もしていない。

萬谷のエメラルドのリングは、ちづるの目には価値がないどころか、通常のサイズの倍近く、0・6〜0・7カラット以上あるように見える。本物ならかなりな値打ち物のはずで、萬谷はいわば卑下慢をしているとしか思えなかった。

ふと、ちづるに遠い記憶が甦った。以前、恒例のクラス会とは違う何かの同窓の集りに出た時、その席で誰かが、萬谷さんはネガティブ光線とでも言うべきものを発している、あの人のネガティブなものの見方は学生時代から変わっていない、と陰口を利いていたのを思い出した。その時、彼女の夫は不動産会社を経営していると聞いた気がする。

ちづるはリングを見ると同時に、彼女がかなり派手な付け爪をしていることに気づいた。長く伸ばした爪に、鮮やかな金と銀の星屑のような模様が施されている。

ちづるは最近、ネイルサロンがあちこちに出現して、この業界が隆盛に向かいつつあるとは耳にしていたが、彼女自身は爪に透明なマニキュアを塗るぐらいで、そうした店に入ったことはないし、近しい人に付け爪をしているような女性はいなかった。

「そのネイル、素敵ね」

とちづるが御愛想を口にすると、萬谷は相好《そうごう》を崩して、ネイルアートの魅力について熱っぽく語り始めた。途端に、それまでそばにいたクラスメートがすっと離れて行った。その時、ちづるは、萬谷さんはネガティブ光線を発している、と陰口を利いていたのが彼女であったことに気づいた。

「あなた、ネイルは？」

と萬谷は訊ねた。

「まだ、経験したことないの」

「わたくし、ペディキュアもしているのよ。是非、一度試してみたら」

とちづるの手を取って、

「いい爪してる。一度いらっしゃるといいわ。いいお店があるわよ」

と二子玉川のショッピングモールの中にあるネイルサロンを紹介した。また、そこを辞めて、いま恵比寿で個人営業している優秀なネイリストがいると言い、携帯電話を取り出して、電話番号を教えてくれた。

その月の終り、新宿の伊勢丹から届いたサマーバーゲンセールの通知を手に、ちづるは再び都内に出た。

「genten」の小型のショルダーバッグを買い、夫のシャツも二枚購入して、時計を見ると午後四時を回っている。そのまま帰宅しようかと考えて、先日聞いた恵比寿のネイルサロンの話を思い出し、当日連絡して店に入れるか分からなかったが、とにかく電話してみることにした。

電話に出た「サッフォー」というネイルサロンの女性は、五時半なら大丈夫ですと答えたので、ちづるは時間をつぶすつもりで、デパート内で催されていた「ハリウッド・スター　サイン展」をのぞいてみた。

入場は無料だが、サインを展示しているのではなく、実物を販売していた。興味本位で値段を確認してみると、最も高価なのはクラーク・ゲーブルで三十四万五千六百円、安価なのはアンジェリーナ・ジョリーで七万七千七百六十円。学生時代に名画座で観た「ローマの休日」や「アラバマ物語」に主演したグレゴリー・ペックのサインは十二万九千六百円で、ファンだった身としては何だか不当な価格のような気がして、

「どうしてイングリッド・バーグマンの半額なのかしら？」

と独り言ちた。

訳が分からないのは、ブリジット・バルドー（そもそもハリウッド・スターだった?）のサインで、九万九千三百六十円と全体で下から二番目の安値であった。

ちづるはサイン展会場から地下の食品売場に向かい、宮崎産のマンゴー「太陽のタマゴ」を二個買って、地下道を歩き新宿駅へと向かった。

5

爪に施した古いジェルを取り除いて、甘皮をメタルプッシャーで押し上げ、ニッパーでカットし、爪の表面と縁《サイド》にやすりをかけて滑らかにし、かたちを整える。この時、削られる爪から舞い上がるダストを避けるため、ネイリストには医療用のマスクが欠かせない。ベースジェルを塗ってLEDライトで硬化させ、更にカラージェルを二度塗り重ねて固めてから、デザイニングの段階に入る。

移動式作業台に並ぶ数々の小道具類、薬剤、機材、オイル、ジェル、マニキュア、爪に載せるアート用ストーンやパーツ、チップを十本の指に向かって駆使して完成させ、一人の客をマッサージチェアから送り出すまでの細かく複雑な作業を流れるようにこなすには、客一人一人の爪の性質、形状に合わせた段取りと手順が大切だ。加えて、客の人柄、性格なども見極めておかなければならない。なにしろ最低二時間は二人きりで、正面から顔と顔を突き合わせて過ごすのだから。

壁の鳩時計が午前十時を告げたばかりで、塩出可奈子《しおでかなこ》は子供を保育園に送り届けたばかりの若い母親にフレンチアートを施している。爪先をベースのカラーと違う色で、アーチ状に細く塗り分けるデザインをフレンチアートと呼ぶ。

マナーモードにした可奈子の携帯電話が、エプロンのポケットの底で震動する。無視して、作業をそのまま続ける。伝言メモに切り替わった様子だ。月末《つきずえ》、この時間帯にかかって来る電話は、予約の客でなければ、その相手と用件の見当はすぐにつく。

若い母親を送り出したあと、伝言メモを再生すると案の定、今月の返済日の確認とその催促だった。期日は明日だ。……明日といえば、と可奈子は、中学校の修学旅行で東京に来ている兄の娘に会う約束なのを思い出し、重い溜息を吐《つ》いた。あの子、きっと干物のにおいを運んで来るわ。

可奈子も姪が通う中学校、家島《いえしま》中学の卒業生だった。卒業して、島を出て十八年になる。その間、島には父親が亡くなった時に一度帰ったきりだ。

彼女の実家は、家島本島真浦《まうら》で漁業と干物製造業を営んでいた。家島諸島は、瀬戸内海東部の播磨灘に浮かぶ大小四十余りの島嶼《とうしょ》で構成されるが、このうち人が住むのは家島本島の他に三つの島だけで、人口は約八千人である。

島の子供たちは中学を卒業すると県立家島高校か、十八キロ先の対岸にある姫路市の県立または私立高校へ進む。姫路——真浦間は連絡船が繋いでいる。

可奈子は中学を卒業すると、家島からも姫路からも遠いところ、魚のにおいも干物のにおいもしないところへ行きたいと言い張って、大阪市福島区にある私立の女子高校へ進学した。この時、かねてから夫との折合いが悪かった母親が一緒に大阪に出て、天六《てんろく》（天神橋六丁目）のアパートに住んだ。父親は可奈子の学資と生活費は援助してくれたが、母親とは縁切りになった。母親はスーパーのパートタイマーとして働いていたが、パチンコに狂い、やがて生駒山に本拠を置く新興宗教に入信して、熱狂的な信者となり、結婚して兵庫県川西市に住んでいた可奈子の姉夫婦も強引に入信させてしまう。

可奈子は面立《おもだ》ちこそ十人並みだが、よく動く栗鼠《りす》のような目の持主だ。陸上競技で鍛えたスレンダーなボディラインはしなやかで、足首はきれいに引き締まっている。高校時代、彼女はインターハイの大阪府予選、百メートルハードルで五位に入賞したこともある。

高校を卒業すると、NEC系列のコンピュータ・ソフトの会社に就職して、天六のアパートを出、母親から自立して新しい生活を始めた。

父親が死んだ時、跡を継いでいた兄は、母親には知らせなかった。

家島諸島は高度経済成長期に入って、阪神瀬戸内沿岸工業地帯の主要な埋立土砂、砂利採取地になり、家島本島真浦港は漁港から土砂利の運搬船の基地へと変貌した。諸島のうち、無人島のいくつかは、関西国際空港の埋立土砂採取のため消えてしまったとも言われている。

可奈子の兄は、やがて漁師と干物製造業に見切りをつけて、土砂利運搬船の乗組員になった。

可奈子は会社勤めをしている時、何度か男性経験を重ねたが、性の世界にのめり込んだことはない。

しかし、出向社員として系列の親会社からやって来た女性のシステム・エンジニアと知り合って恋に落ち、はじめて性の喜びを知った。

可奈子は、このことと、幼い頃から母親とよい関係が築けなかったことに何かしら関連があると思っていた。だが、その間の事情を、明確な言葉で第三者に説明することは出来なかった。

子供時代から思春期にかけて、母親を一人前の女性のモデルとして見て、同化することが出来なかったため、可奈子は自身の女らしさをうまく見つけられないでいたし、それがいつも心の底に漠とした不安を抱え込む原因になってもいた。

彼女は、年上のシステム・エンジニアの女性に、性のパートナーの役割を務めるだけでなく、母親のような存在にもなって欲しかったのだ。可奈子はその女性と愛し合ったあとだけ、男性とのセックスには覚えたことのない深いやすらぎを得ることが出来たのである。

そして、性的な満足よりも、依存し合える相手のいることの方が、ずっと大切だと感じてもいた。

可奈子が二十二歳の時、システム・エンジニアの女性は新しい職場を求めて上京した。可奈子もあとを追って上京し、二人は蒲田でマンションを借り、同棲したが、関係は長続きしなかった。相手の女性が、新宿二丁目にあるバー「どろぶね」で新しいパートナーを見つけ、引っ越してしまったからである。

上京後、可奈子は手に職をつけるため、ネイルの専門学校に通い始め、夜は居酒屋のパートタイマーとして働いた。その結果、システム・エンジニアの女性と同居しながら顔を合わせる機会が少なくなり、その女性と別れを経験する羽目に陥ってしまったのである。可奈子は泣くに泣けない惨めさ、情なさを噛み締めながら、蒲田のマンションから五反田のアパートへと引っ越した。

可奈子が通った学校は渋谷ネイリスト・アカデミーである。授業料は一年コースで約百万円。大阪の会社で働いて貯めた預金の大半は、大阪から東京へ、蒲田から五反田への引っ越し費用と授業料であらかた消えてしまった。

生来、指先が器用で、技術の習得に意欲的だったため上達は早く、また手のモデルとして同校の宣伝パンフレットに写真が使われたりもした。去って行った女性を忘れるため、可奈子はネイルの世界に没頭したが、四谷左門町《よつやさもんちょう》にある女性同士の出会いの場として知られる小料理屋「若菜《わかな》」にも顔を出すことがあった。しかし、今のところ、この店での出会いはない。

成績が飛び抜けて優秀であったため、卒業後に二子玉川のショッピングモールにある人気ネイルサロンで働くことになった。

サロンを仕切っていた四十代初めの店長は愛敬のある顔立ちで、ふくよかな体つきの独身女性だった。ロサンゼルスのネイリスト養成学校を卒業して、サンフランシスコで働き、帰国して東京でネイルサロンを開いて、ネイル業界の草分け的存在の一人だったが、彼女には秘密があった。

レズビアンの世界には、役割を意味するタチ、ネコ、リバという隠語があるが、この女性はリバで、しかもバイセクシュアルだった。新人の可奈子とたちまち関係を結ぶと同時に、アパレル業界の妻子ある男性と付き合ってもいた。

物分りがよく、人あしらいのうまい女性だったが、男性、女性双方を手玉に取って、性的欲望を満たそうとする貪欲な面を併せ持っていて、そのことに気づいて、三角関係を解消しようと可奈子が彼女からの誘いを断り続けると、次第に二人の関係はぎくしゃくしたものになっていった。可奈子が独立して、自営業として再出発しようと考え始めたのは、勤め出してから三年目の夏のことである。

問題は開店資金で、時給にすると七、八百円というネイルサロンの給料では生活するだけで手一杯で、まとまった資金など貯まりようがない。必要な機材、材料、ネイル専用のアームチェア、テーブルなどの設備投資、改装費に加えて部屋を借りる際の敷金・礼金を含め、おおよそ三百万円が必要である。

銀行融資や信用金庫の中小企業への貸付けなど、はなから諦めていた。金融公庫の女性起業家支援資金制度を知り、窓口へ行ってみたが、融資要件が厳しすぎる。のちに苦しむことが分かっていながら、可奈子は街金《まちきん》に手を出した。そうせざるを得ないほど女性店長の彼女への圧力は強まっており、懐《ふところ》の豊かな上客が可奈子を気に入ると担当を替えようとするなど、これ以上は無理と感じて、自分の店を持つ夢の実現に一層勤《いそ》しむようになった。

彼女は、店を出す場所として恵比寿に目をつけ、山手線外側の線路際の坂道を駅から七、八分も歩くと、築十五年を超えた四階建ての小さなマンションの1LDKが月十三万円の家賃で借りられることを知った。このマンションには美術ギャラリー、古書店、エステサロン、アーユルベーダといった店が入っていたが、可奈子の借りた部屋は三階で、一番小さかった。

可奈子は、この1LDKを住居兼仕事場として、広告を打ったりチラシを配ったりする余裕はないから、コンピュータ・ソフトの会社にいた頃に覚えた腕で、自らホームページを作成し、あとはクチコミに頼ることにした。

退職する際、店長に暗に仄めかされたのは、店の客を連れて行くなということだった。店への仁義として、彼女にそうするつもりは毛頭なかったのだが、結局二人の客が二子玉川から恵比寿へと鞍替えした。一人は陸上自衛隊の幕僚の後妻で、もう一人は不動産会社の社長夫人だった。

可奈子は二人とも苦手だったが、その理由は各々違う。前者は強い体臭の持主で、それを隠すためかいつも香水をつけていて、可奈子は時折、堪え難くなり、思わず顔をそむけてしまうことがあった。

後者はこの業界で「バンパイア」と呼ばれるタイプの女性で、生血《いきち》を吸い取る訳ではないが、体のどこかに人の生気を吸い取ってしまう不思議な吸引力を備えていて、手を触れ合って対応していると、徐々に施術者が元気を失って行くという珍現象が起こる。「バンパイア」は、何故か長《なが》っ尻《ちり》である点も共通している。

二人とも帰りぎわに一万円札のチップをそっと手渡すことを忘れない上客なのだが、可奈子としては願い下げにしたい客たちで、この件であの店長の怒りのボルテージが上がるかと思うと、うんざりした気分になる。

先日もネイル・ワークが終わったあと、バンパイアが姑に対する愚痴をこぼし続け、我慢して聞いていると、話は突然とんでもない方面にまで飛んで行く。

姑は現在、未亡人で、亡き夫から相続した大きな資産を持つが、その資産のすべてを児童福祉施設と犬猫の殺処分に反対するNPO団体に寄付したい、今から公証人役場へ行って正式な遺言書を作りたいから連れて行けと夫が頼まれたという。

わたくしは夫からそれを聞いて、「アタマに血がのぼって、姑に殺意を抱いた」とバンパイアは宣《のたま》ったのだ。

恵比寿で営業開始した可奈子の店は徐々に客数を増やして、サロン・ワークだけで、諸経費を差し引いて月額三十万〜四十万円、給料のいい会社のOL程度の収入となり、デパートやショッピングモールでのイベントやアカデミーでの講習のアシストなども加えると、充分暮らしていけるだけの売上げになった。しかし、借金した高利の金の元金を返せるところまではいかず、目下のところこれが可奈子の頭を悩ませる最大のアポリア（難問）である。

その日の午前と午後、「サッフォー」には五人の客が訪れ、可奈子は昼食を摂るまもなく対応に追われた。午後五時過ぎに一段落して、可奈子はソファに寛ぎ、「ウイダーinゼリー」で栄養補給しながら、写真家の浅井慎平《あさいしんぺい》がジャマイカの海岸で録音した波の音のCDを聴き、バンパイアに紹介されて、と電話をして来た女性の来店を待っていた。

五時半過ぎにチャイムが鳴り、ドアを開けると、白粉気《おしろいけ》はないが美しい顔立ちの中年女性が、左手に伊勢丹の紙袋を提げて立っていた。

6

ちづるが前腕部を「アーム」に置くと、可奈子は幾種類ものファイルを駆使して、爪の長さや形を整え、表面にはバッファーをかけて滑らかな濁りのないものにする。ちづるは瞼を軽く閉じ、マスクの上の可奈子の目は大きく見開かれ、二人の微かな息遣いが混ざり合う。坂道ひとつ隔てた恵比寿駅のプラットホームから、電車の発着音、案内放送の騒《ざわ》めきが細波《さざなみ》のように寄せて来る。

「ね、ご自分のネイルはどうするの？　他の人にやってもらうの？」

作業中の可奈子の爪は、いわば素っぴんである。

「もちろん、自分でやりますけど、歯痒いですね。思い通りにいかなくて」

「アシスタントがいるわね」

可奈子はうなずき、少し間を置いて遠くを見る目付きになって、

「わたしはネイルアートの世界にいる人間ですが、爪は歯と同じくらい人間の大切な器官だと思うんです。眼科、耳鼻咽喉科や歯科があって、どうして爪科《つめ》がないのか不思議なくらいだわ」

「爪科？　……、爪を音読みすると？」

「そういえば、専門学校の授業で習いましたね。爪と牙で、ソウガと読むとか。じゃ、ソウカかな」

「ソウカって、なんだか有難味がないわね、お医者さんだとしたら」

可奈子は笑って、

「今日はフレンチにして、ラメのラインを引いてみましょうか」

「派手にならないかしら」

「いいえ、とてもシックな感じになると思いますよ。ちづるさんの爪はゴールデンプロポーションですから」

「あら、山手線が止まってるみたい」

ちづるは耳聡く、駅のアナウンスを捉えた。

「最近、よく止まるんですよ。先週も架線の事故で、長いあいだ止まってました」

可奈子は、これで御仕舞と小声で言いながら、細い筆で爪の先端にシルバーのグリッターラインを引き始めた。

サロン・ワークが終わったあと、可奈子は手早く片付けにかかって、

「お店は四谷三丁目の近くですから、恵比寿駅まで出て、クルマを拾いましょう」

と言った。


ちづるは「サッフォー」に三週間から一ヵ月に一度の割で通うようになった。夫には話していない。夫は、彼女の両手の爪にどんな変化が起きているかなど全く関心を払わない。

朝、食卓で新聞を渡す時など、夫が彼女の指先に注意を向けるかどうか観察していたが、そもそも夫は上の空で食卓にすわっていて、妻の肉体上の細かい変化など気づきようがない。

それは髪型や服装を変えた時でも同じで、夫が妻の肉体の変化に気づいたのは、四十歳になる前、ヌード写真を撮っていた時で、その時はまた異様に細かい観察力を発揮して、尻から太腿にかけての皮膚の上に残る下着の跡や、肩甲骨の上に現れた小さな染みなどを目敏《めざと》く指摘して、ちづるを驚かせた。

彼は撮影の前に、アンダーヘアの手入れをするよう指示して、「いったい誰に見せるつ

もりなの」とちづるは不満を洩らしたこともある。

可奈子の技術レベルの高さは初心者のちづるでもすぐに気づくほどで、手先が素早く間断なく動いて、器用に作業を進めて行くさまを目の当りにするのは、一種の快感を齎《もたら》すといってもよいくらいだった。それに絵心もある。

また可奈子は聞き上手でもあって、ネイル・ワークのあいだ、客の方で話したいことがあれば巧みにそのエッセンスを引き出して、時折、合《あい》の手を挟みながら、核心の部分をすべて聞き出してしまうという特技の持主だった。

しかし、ちづるに対する可奈子のリアクションには常に何か過剰なものが含まれていて、ちづるはそのことを最初にこの店に来た時から勘付いていた。

可奈子は、ちづるの話した内容や服装、アクセサリー、何げない仕種《しぐさ》までじつによく覚えていて、時折、彼女の口調を真似ていると感じさせられることさえあった。

このように年上の相手に同化しようとするのは、思春期の女子学生によく見られる現象で、ちづるは可奈子の自分に対するこうした態度や反応から、女子大付属の中学校の教室でボーイッシュなクラスメートに胸をときめかせた経験を思い起こして、そういえば「S」という隠語をひそひそ声で教えてくれた友人は誰だったっけと古い記憶をたどってみたりした。

可奈子もちづるも十代前半の女の子に戻ってしまったかのようなこうした状態は、ちづるには滑稽に感じられて、一途に思い詰めているかのような可奈子の横顔がいとおしく思えることがある。

学校の図書館で、吉屋信子《よしやのぶこ》の『花物語』を借りて読み耽《ふけ》ったのは付属高校の時か。装幀や挿絵は、確か中原淳一《なかはらじゅんいち》だった……。

ちづるは昭和三十五年（一九六〇）生まれだが、女性同士の恋愛感情めいたものに対する認識は、母親の世代と大して変わっていない。ストイックでプラトニックな精神的恋愛という古めかしいイメージが頭の底にこびりついていて、可奈子がちづるの到底思い及ばない肉体的欲望を抱えていることには、まるで気づかなかった。

ただ可奈子が何か話したいことがあることは分かっていて、ちづるは彼女がいつ切り出すか、興味深く見守るといった体《てい》で、じっとその機会が訪れるのを待っていた。

前回、可奈子が、「次回はちづるさんがラストだから、終わったあとで、ちょっと付き合ってもらえません？」と言った時、ちづるは彼女が一歩踏み込むつもりでいることを察して、黙ってうなずいた。


外苑東通りを来て、四谷警察署前の信号でタクシーを降り、信号を渡って左門町の路地の一つに入ると「お岩稲荷」の鳥居が見えて来る。このあたりは新宿通りを挟んで荒木町と接していて、どこからともなく三味線の爪弾きの音など響いて、花街の名残りの雰囲気を止《とど》めている。

「お岩稲荷」の狭い境内には「家内安全」「縁結び」「水子供養」「芸道上達」といった幟《のぼり》

がはためき、御堂の中からはアップテンポな読経が聞こえて来る。二人はお賽銭をあげて、手を合わせた。

――もともとお岩さんは四谷左門町に住む安倖禄《やすほうろく》の御家人田宮伊右衛門の妻だったが、信仰心が篤く、貞淑、健気な女性で、よく夫に仕《つか》えて田宮家を繁栄に導いた。亡くなったあと、近隣の人々によって彼女の美徳を称える小さな祠《ほこら》が作られ、「お岩稲荷」としてまつられていた。それを二百年のち、鶴屋南北が「東海道四谷怪談」に怨霊お岩を登場させて大当りを取った。以来、この演目が上場《じょうじょう》されるたびに、歌舞伎役者のお詣りが絶えない、――と可奈子は受け売りの解説を加えながら路地を奥へと進み、「このお店がドイツ料理で有名なピアノバー・レストラン『ローゼンタール』です」などと店を紹介する。やがて、目指す小料理「若菜」の看板が見えて来た。狭い階段を二階に上がる。

「若菜」は混んでいて、カウンターからテーブル席までほぼ埋まっており、客のすべてが女性である。料理を作る店主もホール担当も女性で、ちづるは席に着くなり、

「ここって、女性同士の……、いわゆるハッテン場なの？」

と訊かないではいられなかった。

可奈子は悪怯《わるび》れる風でもなく、素直に認めて、

「でも、なかなかいいひと見つからないんですよ」

と言った。

可奈子は、メニューのプレートを見ながら店主と相談して、まずピータン冷奴、めひか

りの唐揚げ、次に空心菜の酒盗炒め、メインは趣向を変えて、赤ワインベースのソースを掛けたビーフカツレツをオーダーし、日本酒は「黒牛《くろうし》」の常温《ひや》にして、ちづるがいける口かどうか知らないことに気づき、慌てて、

「お酒は？」

と訊いた。

ちづるはビールやワインが好みだったが、折角、可奈子がご馳走すると言ってくれたのだから、彼女の嗜好に合わせることにして、

「お任せするわ」

と答えた。

酒を、店自慢のベネチアングラスのデカンターに入れて運んで来たホール担当の女性は、

「締めに、鮎の炊き込み御飯はいかが？」

と勧め、可奈子がちづるの顔を見たので、ちづるは、

「お料理をいくつか食べてみてから決めれば」

と応じた。

可奈子がこれまで関係を持った二人の女性は、いずれも積極的に彼女にアプローチして来たのだが、今回は勝手が違い、可奈子自身どうちづるに気持を打ち明ければよいか分からないのだ。

聞き上手であるくせに、こうした事柄に関しては話し下手で、世間で「レズビアン」と

呼ばれる女性たちに対して、ちづるが否定的な先入観を抱いているかどうかも、はっきりした感触を摑めないでいた。

酒が回って、度胸が据わった可奈子は、めひかりをつまみながら、大阪の会社に勤めていた頃……と、システム・エンジニアの女性と愛し合った過去を淡々と、誇張したり尾鰭《おひれ》を付けたりすることなしに、事実だけストレートに語り始めた。

話にひと区切りついたところで、ちづるが、

「で、今は、このお店に来て、新しい恋人を見つけようと……」

と言いかけると、可奈子は待ち構えていたかのように、

「いいえ、わたしは……、ちづるさんのことで頭が一杯なんです」

と言って、

「すみません、突然こんなことを言い出して」

と小声で言い添えた。

予期していたこととはいえ、ちづるは当惑して何も言葉が思い浮かばず、沈黙したままグラスに手を伸ばし、飲み慣れない辛口の日本酒を一気に飲み干した。ちづるには、可奈子がこれからどうしたいのか、具体的な行動に出ることを考えているのか、見当がつかず、可奈子の次の言葉を待っていた。

可奈子はカウンターの下から手提げのバッグを引き出し、一冊の本を取り出してちづるの前に置いた。タイトルは『LOVE MY LIFE』、表紙には下着姿の若い女性が二人、ベッ

ドに並んですわっている絵が描かれ、帯に、「わたしの名前はいちこ　わたしの恋人はエリー　ふたりとも女性です」とあった。作者は、やまじえびね。

「これ……、コミックね」

「ええ、お貸ししますから、読んでみて下さい。次にお会いするまでの宿題ってことに」

と可奈子は言った。


ちづるは、『LOVE MY LIFE』を読んで、このコミックの登場人物に、同性愛者であることへのうしろめたさが少しも感じられないこと、爽やかなラブ・ストーリーに仕上がっていることにまず驚かされた。

――ヒロインはいちこ、十八歳。翻訳家をめざして「英語の学校」に通っている。彼女の恋人エリーは、二十一歳の弁護士志望の法学部生。二人はライブハウスで目が合った瞬間、恋に落ちた。

いちこのママは七年前に病気で亡くなっている。パパは大学助教授兼翻訳家でゲイ。じつはママもレズビアンだった。パパとママにはそれぞれ同性の恋人がいて、いちこはゲイのパパとレズのママの間に生まれた。何故二人が結婚して、わたしを生んだのだろうといちこは悩んだりするが、エリーとの熱烈な恋がそんな悩みを吹き飛ばす。

「わたしはエリーが大好きで　エリーがしてくれることは　どんなことでも　気持ちいいと感じるから　自分にとって　女の子と愛しあうことは　とても自然なことなんだ

ってすごく思う」
などといちこはつぶやく。
エリーはこんなことも言う。
「わたし　ときどき　思うのよ　自分にペニスが　あったらなって　指や人工の　道具じゃなくて　わたしの性器　そのものが　いちこの中に　入っていく感じはどんなだろうって」
「男に　なりたいって　こと？」
「ううん　それとは　ちがうの　ペニスが男の　象徴なら　そんなもの　ほしくもないけど　ただ　わたしの性器が　あんなかたちを　していたら　もっと詳しく　いちこを　感じられるかもって思うのよ」
最後のページのいちこの宣言、
「だけど
わたしは
わたしでいるんだ
この先　何が
起ころうと
自分の中の

自然な気持ちは
否定しないよ
誰かに非難
されてもね」
というフレーズもすんなり腑に落ちて、ちづるは、そこに抵抗や反発を覚えない自分の感受性の在り方が意外で新鮮だった。
二人の主人公、いちことエリーには、自己を肯定して揺るぎない強さがあり、学生時代に読んだエーリッヒ・フロムの『愛するということ』に、「もし自分自身を愛するならば、すべての人間を自分と同じように愛している。他人を自分自身よりも愛さないならば、ほんとうの意味で自分自身を愛することは出来ない」と自己愛の大切さを説いた章があったのを思い出した。
ちづるは、可奈子が思いのたけを率直に告白するのではなく、こうした迂回路を通じて求愛しようとしていることにも心を動かされた。彼女は、自分をいちこの立場に置いて、エリーであるちづるに気持を伝えようとしている。それは、可奈子流の「感情教育」なのか。
ある日、ちづるは思い立って、「リーベ」の定例のレッスンを休み、広尾の都立中央図書館に向かった。有栖川宮記念公園内にあるこの都立の図書館は、母校の大学がまだ都内の麻布にあった頃、調べものをするために何度も通ったことがある。大学は現在、横浜市の郊外に移転し、夫が毎土曜日、公開講座に通っている。

図書館の正面入口に立ち、建物の右横にそびえる銀杏の巨木を久し振りに眺めていると、枝ぶりも昔と少しも変わらぬ佇まいで、あれから四半世紀の時が経過したとはとても思えない。

ちづるは、一階の大机に並べられた検索用のコンピュータに、同性愛、レズビアンといった項目を入力して、関連書籍を六冊ばかり捜し当て、それらは閉架式の書棚にあるものばかりだったので、係員に出庫を依頼して、最上階のカフェに行き、アイスコーヒーを注文し、窓際の席にすわった。

窓越しに大銀杏を再び眺めてから、本を受け取りに一階に戻り、閲覧室に持ち込んで一冊ずつチェックする。中にイギリスの精神病理学者アンソニー・ストーの『性の逸脱』という本があったが、翻訳書であるうえ、理屈っぽくて読みにくそうだから敬遠する。続いて、〝湯浅芳子の青春〟という副題の付いた『百合子、ダスヴィダーニヤ』というタイトルの単行本を手に取った。

ちづるは時刻が午後一時を回っていることを確認して、その本を読み始めた。午後五時を過ぎたあたりで読むのを止め、読み残したページをコピーしてもらい、図書館を出て日比谷線広尾駅に向かった。公園内では、大使館の多い場所柄のせいか、外国人の子供らが歓声を上げて走り回っている。

『百合子、ダスヴィダーニヤ　湯浅芳子の青春』（沢部ひとみ著）は、明治から平成までを生きたロシア文学者湯浅芳子《ゆあさよしこ》と、『伸子』『播州平野』などで知られる小説家宮本《みやもと》（中條《ちゅうじょう》）百合子《ゆりこ》の女性同士の愛の生活を、宮本が死去した年に生まれた女性が、二人が遺した日記や手紙と湯浅芳子へのインタビューをもとに描いた三百ページ余のノンフィクションである。

　自らの性愛《エロス》が異常であることをすでに自覚し、それについての深い経験も併せ持つ芳子と、十七歳の時、『貧しき人々の群』で華々しくデビューしたあと、結婚もしているが、性愛に関しては無邪気な百合子との出会いは大正十三年（一九二四）、作家野上弥生子《のがみやえこ》の書斎でのことだった。この出会いから数ヵ月後、二人は恋に落ち、翌年、小石川に家を借りて共同生活を始めた。芳子二十九歳、百合子二十六歳である。

　百合子は手紙に、「貴女（芳子）というものがその扉をあける鍵をもってあらわれた」と書いた。扉とは、エロスの部屋のそれであり、鍵とはその扉を開ける方法を指している。女が女を愛する。百合子は芳子をムージュ（夫）と呼んだ。芳子はチェーホフの書簡集の翻訳に、百合子は『伸子』の執筆に打ち込む。この「新しい愛」にはまだ名前がない。世間とジャーナリズムは「同性愛夫婦」と呼んで二人をからかった。しかし、この芳子との新しい愛は、百合子が圧倒的な「男」の目から自由になり、人生を対象化することで彼女の小説世界に広がりと深化を齎《もたら》した。

二人は、恋愛と情愛と友愛の狭間で揺れ動き、苦悩しつつ、それぞれの文学目標に向かって互いに高め合う。間に三年間のソビエト、ヨーロッパ滞在を挟んで、二人の共同生活は五年間続いたが、芳子が留守の間に、百合子が宮本顕治《けんじ》のもとに走り、二人の関係は終りを告げる。

戦争が終わって、満洲事変が起こり、日本が戦争へと突き進みつつある時代だった。

三歳まで生きて、平成二年（一九九〇）に亡くなった。

この本は一九九〇年、文藝春秋より刊行されている。

読了後、ちづるは、ここにもいちことエリーがいると思った。いちこが芳子で、エリーが百合子だが、それにしても大正十三年時点では、秘匿せざるを得なかった二人の女性の愛の試みと挫折が、二十一世紀の現在では、コミックのかたちで社会に流布している……。ちづるは、時代の流れとその変化の大きさに感慨を催さずにはいられなかった。

可奈子から『LOVE MY LIFE』を借りた十日後、ちづるは銀座六丁目の「ギャラリー・ネプチューン」に赴くため、午後三時過ぎに自宅を出た。出立ちは、それぞれ微妙に色合いの違うブラウン系でまとめたジャケット、ブラウス、スカートのアンサンブルで、珍しく、ふと思い立って、買ったばかりのごくシンプルなホワイトゴールドのチョーカーを付けた。地階の庭を横切る時、落ちて来る陽光が急に柔らいだことや、トネリコの葉が色づき始めていることに気づいた。

ギャラリーでは、二〇〇五年度のADC展が催されていて、この日、閉館後の六時からADC賞受賞者の授賞式が行われ、その後立食パーティに移る予定だと聞いていた。

瓜生は以前一度受賞していて、今回は二度目の受賞だが、東京アートディレクターズクラブの会長選挙を来年に控えているため、夫から夫婦共ども顔を出して古参の幹部に挨拶しておきたいと言われ、気が進まないものの出掛けることにしたのだ。

「サッフォー」に電話を入れてみると、この日は四時半に仕事が終わるとのことで、ちづるは借りた本を返し、彼女がセンター南駅の有隣堂で注文して入手した『百合子、ダスヴィダーニヤ』の文庫本をプレゼントするつもりで、田園都市線渋谷駅経由で恵比寿に向かった。

恵比寿駅に着いたのは四時十分過ぎで、駅ビル「アトレ」内のブティックを冷やかしたあと、「サッフォー」のチャイムを鳴らしたのは四時半ちょうどだった。

可奈子は、次の予約がいつだったか確認したのち、ちづるがコミックを取り出したのを見て、早速感想を訊きたそうな顔をした。

ちづるが、二度読んでみたと言い、登場人物のファッションセンスのよさに触れ、セックスシーンに清潔感があって、少しも嫌らしくないなどと言うと、嬉しそうに笑って、冷蔵庫からソーダとミントの葉を取り出し、ラムのボトルを開けて「モヒート」を作って、ちづるの前のテーブルの上に置いた。

ちづるが文庫本を手渡して、

「大正時代に出会ったいちことエリーの物語、ノンフィクションだけど」

と言うと、可奈子は巻頭に収録されている中條百合子と湯浅芳子の写真を丁寧に見始め、

「この方たち、まだ生きてらっしゃるんですか？」

と問うた。

ちづるが、

「大正から昭和初年って、こうしたことに対するタブーの度合いが今とは桁違いだから、二人とも恐ろしく真剣だわね。遺された手紙や日記からそれがうかがえるんだけど、二人が同棲していた場所の圧力って、一気圧じゃなくて、二気圧とか三気圧とか、すごく濃密で高気圧な空間だったんじゃないかしら」

と言うと、可奈子は、

「歴史的文献っていうんですかねえ、こんなものがあるなんて知らなかった」

と目を瞠《みは》った。

「これから銀座まで行かなきゃいけないの」

とちづるが席を立って、靴を履こうとすると、背後にいた可奈子が、突然ちづるの胸に両手を回して、手のひらに乳房を包み込み、左の肩口に右頬を埋め、

「動かないで」

と言った。

ちづるがゆっくり背筋を伸ばして振り向くと、いったん両手を下ろした可奈子は、正対

したちづるの背中を再び抱いて、一呼吸おいてからキスをした。

可奈子の唇の柔らかさに陶然としたちづるが、彼女の両脇に手を置いて、可奈子が舌を絡ませようとした時、可奈子のポケットの底で携帯が震動し始めた。

7

瓜生が「無粋」のカウンターに片肘つくと、荒が、どっちにします？　とノアズ・ミルか、ウィドウジェーンかとバーボンの銘柄を訊いた。

ノアズ・ミルにして、瓜生は、さっきスタジオを出る前に見たニュースを思い出していた。この年の二月、マンション耐震強度偽装問題で販売主の株式会社ヒューザーが倒産したが、先程目にしたのは、この事件に関与した姉歯《あねは》秀次《ひでつぐ》一級建築士ら八人が逮捕されたというニュースで、瓜生は先日見た姉歯のインタビュー映像を連想し、思わず口許を綻《ほころ》ばせた。

主謀者の一人である姉歯建築士は、歩きながらインタビューを受ける際、マイクに向かって、豊かな長髪を風に靡《なび》かせて受け答えをしていたのだが、深夜番組の突撃取材に襲われた時にはよほど慌てていたのか、鬘《かつら》を忘れてしまい、見事な薬缶頭《やかんあたま》を左右に振りながら車に乗り込む様子を、背後からテレビカメラに撮影されてしまった。翌日の午後、その映像をスタッフと共に目にした瓜生は、爆笑の発作を抑えるのに苦労したが、荒も見たか

確認したくなって、

「ほら、例の耐震強度偽装事件のあの男……」

と言いかけた途端、氷を冷凍庫から取り出すため、うしろを向いた荒の後頭部が目に入って、続く言葉を失った。

荒が振り向いて、

「彼の女房、事件発覚後、ビルから飛び降り自殺したんですってね」

と言ったので、瓜生はますます何も言えなくなり、無言でバーボンを一口啜《すす》って、DVDの映像を操作している由美の方へ視線を移した。

由美は前年の夏の初め、イタリアのフィレンツェを旅した際、ビデオカメラで撮影した映像を再生しようとしていたのだが、その映像の中には、フィレンツェ郊外のレストラン「オメロ」を訪れた時に撮ったものも含まれていた。

彼女は日本を発つ一ヵ月前、地元の人々と暮らすように滞在出来る「アグリ・ツーリズモ」を体験してみたいと思い、クレジット会社のトラベルサービスを通じて予約しようとしたが、人気の宿は欧米の資産家が数年前から長期滞在を前提にリザーブしていて、そこに二、三日程度の宿泊を割り込ませるのは無理であることが分かった。その代りに、フィレンツェ旧市街から離れた小高い丘の上にある「リストランテ・オメロ」に行くことにして、着いた日の午後、早速タクシーで乗りつけたのだ。

建物の奥にあるダイニング・スペースに向かうと、入口のドアの傍らの椅子にアジア系

の若い女性がすわっていて、

「日本のかたですか？」

と声を掛けて来た。

由美と同様、ローマから一人旅をして、昨日着いたという。

目鼻立ちが整って肉付きのいい由美は、手もみの麻のジャケット、白いレースのブラウスにグレーのワイドパンツという大人っぽい服装だが、そんな彼女とは対照的に、ファニー・フェイスで、白のカシュクールシャツと紺のジーンズの細身のこの女性は女子大の四年生で、

「テーブル、ご一緒しても構いません？」

と訊いて来た。

窓越しに、日本人らしい女性がタクシーを一人で降りるのを見て、椅子にすわって待っていた、第二外国語でイタリア語を取ったので、料理のオーダーくらいは出来ます、と言った。

二人は開け放した窓側の席に案内され、横並びに着席すると、波打って続く葡萄《ぶどう》畑と、糸杉が遠くに霞《かす》むトスカーナの風景が一望の下に見おろせた。

店のメニューを調べて来たという女子大生は、自家製ラグーソースをからめたペンネ、トマト、ニンニク、バジリコを乗せた牛ロース肉のフリットなど、「オメロ」の人気料理をチョイスし、ワインリストをチェックした由美は、ブルネッロ・ディ・モンタルチーノ

をボトルで注文した。

由美が、フィレンツェには今日、明日二日間滞在して、明後日には特急列車を利用して、ベネチアへ行く予定だと話すと、女子大生は、明朝急行列車でベローナをめざすという。

彼女は、ローマで偶然知り合ったイギリス人の青年と音楽祭の会場で再会する約束をしたと語って、出会いの経緯《いきさつ》を説明した。

国際便が発着するローマの玄関口、フィウミチーノ空港に到着して、市内のテルミニ駅まで直通列車レオナルド・エクスプレスで移動したが、ホテルの迎えの車が来るまで三十分余裕がある。テルミニの構内は、スリや置き引きが横行して危険だと聞いていたので、列車の到着ホームのベンチにすわって時間をつぶすことにした。すると、隣りのベンチに丸いフレームの眼鏡を掛けた背の高い青年がすわっていて、何やら分厚いペーパーバックを一心不乱に読み耽っている。どうやら同じ便で到着したらしく、彼女と同様サムソナイトの大型トランクを前にして、何かを待っている気配である。

ペンギン・クラシックスの一冊らしい本を手にした青年は、彼女が手許の本に注目しているのに気づいて、顔を上げて、「ハロー」と言った。

ハリー・ポッターに似た面差しの青年は、はにかみながら、この本、めったやたら面白い、この作家、はじめて読むんだけど、というので作者名を訊くと、ドストエフスキーだという。

作品名を訊ねると、"The Idiot" と答えたが、ドストエフスキーが『罪と罰』の作者だということしか知らない彼女は、邦題が何であるか分からなかった。

由美が少しのあいだ考えて、

「『白痴』かも……」

と言うと、

「そうかァ、Idiot って馬鹿者とか愚か者って意味でしょ。『イワンのばか』と関係があるかと思ったの」

「それはトルストイ」

その若者は、ロンドン大学の大学院生で、六月から八月末まで開催される「ベローナ・オペラ・フェスティバル」を観に行くつもりで、観たい演目は「アイーダ」だと言う。

彼女が、

「わたしはローマからフィレンツェを経由してミラノまで行くんだけど、音楽祭があるなんて知らなかった。でも、オペラなんか高くてとても入れないわね」

と言うと、彼は、

「僕だってお金はないけど、会場は『アレーナ・ディ・ベローナ』という古代ローマの円形闘技場で、一万六千人収容出来る設備だから、闘技場の最後列の高い位置にある席なら、学生でも観ることが出来る。当日は夜の九時開演だから、二時〜三時くらいに正面入口のチケット売場に並べば、まず入れると思うよ」

と言った。

彼は、脇に置いたショルダーバッグから薄っぺらい冊子を取り出して、会場の様子を撮った写真を見せてくれ、

「一九四七年にマリア・カラスがイタリア・デビューしたのはこの音楽祭だし、フランコ・ゼフィレッリが演出したこともあって……」

と、更に詳しくこの音楽祭の魅力について解説してくれた。

「ただし、問題が一つあって、このフェスティバルが開催されている間は、ホテルが取れないんだ。終わるのは真夜中だから、駅近くのレストランかバーで飲んで、始発の列車でミラノに向かうしかないんだけど」

彼女が、ではわたしも観に行くことにする、その日の三時にチケット売場の前で会いましょう、と言うと、青年は名前と携帯番号を教えてくれ、彼女も名前と番号を告げて、二人は握手して別れたという。

由美が、十年前に観た「恋人までの距離（ディスタンス）」という恋愛映画を思い出し、フランス人の女子大生とアメリカ人の新聞記者が、お金を持たないまま、二人でウィーンの街をさまよい歩くというストーリーを紹介すると、彼女は、

「まあ、ロマンティック！　お金がないところも似てますね」

と言った。

すっかり打ち解けた二人はレストランのウェイターにタクシーを呼んでもらい、ミケランジェロの大作「ダビデ」の展示で知られる「アカデミア美術館」へ向かった。

その夜、女子大生は、修道院を改装したホテルへいったん戻って着替えて、由美の泊まっている「ウェスティン・エクセルシオール」のバーへやって来た。

由美は、この女子大生が父親の晩酌の相手をするくらいアルコールに強いことを知って、スコッチの水割りをご馳走し、彼女が夏休みを挟んで三ヵ月間、フィリピンのメトロ・マニラのケソン・シティにある英語学校に短期留学した時の話を聞いたのだが、それは以下のようなものだった。

その学校を経営しているのは日本人で、韓国人相手の英語学校の多いマニラでは異色の存在らしい。一九四五年にI・A・リチャーズというハーバード大学の教授が書いた本、"English Through Pictures"をテキストにして、GDM（Graded Direct Method）という教授法を徹底的に叩き込むのだという。

一日八時間、八人の教師と一対一の対面方式で受けたレッスンは、会話力のレベル・アップに恐ろしく効果があったとのことだ。

日本の中学校レベルの教科書二冊をまず丸暗記させられ、次に学校独自のテキストを使って、フリー・トーキングを繰り返すというスタイルはユニークで、そのうち日本でもブームになるかも、と彼女は言った。

そして、酔いが回った目を悪戯《いたずら》っぽく輝かせて、ある日、フィリピン人の女性講師が授業の合間に教えてくれた英語表現について語り始めた。

その講師は、女性がセックスで気持よくなった時、英語で何て言うか知っているか？

と問うたのだ。

彼女が、「知りません」と答えると、講師は、“I'm coming.”と言って、クスンと鼻先で笑った。そして、日本語では何と言うのかと重ねて訊いた。

彼女がしばらく考えて、“Probably…, iku”と言うと、何度も“iku”と口に出してリピートして、“I see.”と澄ました顔で言い、授業を続けた。
二、三日後、大阪から来ていたOLと雑談していた時、そのOLは、同じ講師に、日本語では女性がセックスで気持よくなった時、“iku”と言うでしょ、では英語では何て言うでしょうと訊かれたと言った。
OLが“iku”から連想して、“I'm going.”と答えると、教師は妙な顔をして、“Going? No. It's said I'm coming in English.”と訂正したという。

OLは、

「あの先生、絶対欲求不満やわ」

と言って笑ったのだが、

「そやけど、なんで“coming”やろか」

とつぶやいた。

由美は、その女子大生とはその夜以降会っていないのだが、“I'm coming.”は鮮明な記憶として残っている。

由美が撮影したDVDの映像は、十四世紀半ばにアルノ川に架けられたフィレンツェ最古の橋、ポンテ・ベッキオの夕景を捉えていて、その映像がフィレンツェ駅に入って来た特急列車の先頭車両に切り替わったところで、由美は早送りのボタンを押した。

すると瓜生が、

「ウフィツィ美術館の内部は撮ってないの？」

と訊いたので、由美は早戻しのボタンを押して、女子大生と会った翌日訪れたウフィツィの映像を捜し始めた。

8

ちづるは、軽く寝息を立てている可奈子を起こさないよう、そうっとベッドから抜け出て、浴室に向かい、シャワーを浴びた。

そして、鏡に向かい、首や肩、乳房、背中にキスマークが残っていないか丁寧に点検して、左腋の下に唇のかたちをした口紅の跡形を見つけた。

夫への気遣いは無用にもかかわらず、自宅に戻る前に色事の名残りを肌の上から消し去っておきたいと考えるのは奇妙で、自分でも何故だか分からない。

彼女はこれまで浮気などした経験がなかったので、事後、このように振る舞おうとする自分がもの珍しくもあった。

裸の上にバスローブを羽織って浴室を出て、小型の冷蔵庫から缶ビールを取り出し、ソファにすわって音量をゼロにしてテレビをつけると、NHKの三時のニュースが始まったところだった。

「北朝鮮が地下核実験の実施を表明」とテロップが流れて、七月に日本海に六発のミサイルを撃ち込んだ時の映像も併せて流している。

背後のベッドでからだを起こした可奈子が、ソファの横を通り過ぎながら、お疲れ、と間延びした声で言った。


この日二人は、正午過ぎに渋谷のBunkamuraのロビーラウンジで待ち合わせることにして、ちづるは伊豆高原の赤沢温泉郷にトレーニングに出掛ける夫を見送ったのち、自宅を午前十時過ぎに出た。

瓜生は、「きょうは体育の日だから」と、月初めにもかかわらず伊豆に向かったのだが、彼は、〝海洋公園〟の馴染の女性スタッフが独立して店舗を構えた、そのオープニング・セレモニーに顔を出すため、トレーニング日を月初めに変更したのである。店の造作について電話で相談され、カナダ直輸入のログハウスを専門に扱う業者を紹介したのも彼だった。

ちづるがBunkamuraの正面から入って行くと、可奈子はデザイン・プロダクト・ショップの中にいて、目敏くちづるを見つけると、右手を挙げて合図した。今日の二人は共にネイルを落としている。二人はラウンジまで並んで歩き、着席すると、ちづるは赤ワイン、可奈子は白ワインを各自グラスで注文し、クラブハウス・サンドウィッチも一人前オーダーした。

ちづるが、これからどこへ行くのと問うと、可奈子は、

「この建物の向かいの坂を上がって、右側にある」

といったん言葉を切って、ボールペンを取り出し、ナプキンに〝HOTEL SULATA〟と書いて、

「ここを予約しておきました」

と言った。

「円山町《まるやまちょう》のラブホテルって、話には聞いたことがあるけど、入ったことはないのよ」

「ここの部屋とサービスはシティホテルと変わりませんし、料金もリーズナブルです」

そして、多分ご存知ないでしょうけど、と前置きして、周囲をうかがいながら小声で、女性同士の性の営みについて説明し始めた。

「男女間の性愛とは違う、何か変わったことをするのではなくて、基本的には同じなんですよ。男性向けのアダルト・ビデオでは、男性役――タチの女性がペニス・バンドを腰に巻いたり、貝合わせって言ったかな、特殊なテクニックを披露したりするようですけど、映像として面白く見せるために工夫してる訳で、実際にはそうしたことは行われていないんです。使うのは唇、舌と指だけですね。とってもシンプル」

と締め括って、

「いわゆるハードなプレーって何もなくて、音楽に乗って互いにマスターベーションしあうっていうか……」

と続けた。

ちづるは、ワインを口に含んだまま視線をさまよわせて曖昧にうなずき、椅子の上で僅かに身じろぎした。

「武者震い？　エステに行くくらいのつもりでいればいいんですよ」

と可奈子は落ち着いた声音《こわね》で言い、微笑んでちづるの顔を見つめた。

「松濤《しょうとう》郵便局前」信号を渡って、緩い勾配の狭い坂道を登って行くと、右手に「SULATA」の表示が見えて来た。「SULATA」の手前にあるコンクリート打ち放しのビルの前に長い行列が出来ている。ちづるは立ち止まった。

「あら、ユーロスペースがこんなところに」

「映画館？」

「以前は渋谷駅南口の方、確か桜丘町《さくらがおかちょう》にあったはずよ。そこで、アッバス・キアロスタミの映画をはじめて観たの。随分前だけど」

「キアロスタミ？」

「イランの映画監督。『友だちのうちはどこ？』っていう映画。今、何を上映してるかな？」

可奈子は、ふうんといった表情を浮かべて足を速めて、ホテルの前に立つと、

「わたしたちのうちはここ」

と言った。

ホテルは、外壁を淡い緑とベージュでリボン状に塗り分けた五階建ての建物で、屋上に「SULATA」とネオンサインのある円形の塔を載せている。一階は駐車場スペースで、可奈子は先に立ち、白いコンクリート塀で目隠しされた半螺旋の階段を二階に上がって、エントランスの自動ドアを通り、間接照明の鈍い明かりがうっすらと靄《もや》のように漂う廊下を進んだ。ジャズピアノのBGMが低く流れている。二組の男女のカップルとすれ違う。ちづるは面を伏せた。

可奈子に臆《おく》する様子はなく、きびきびした動きでレセプションでキーを受け取ると、ちづるの肘をそっと摑んでエレベーターに乗り込む。五階で降り、506のドアにキーを差し込み、回す。ドアが開くと、そこは靴脱ぎの間で、その先にもう一つのドアがある。

可奈子は、消毒済と表示されたビニール袋から白い布スリッパを取り出して、ちづるの足許に置いた。ちづるはパンプスからスリッパに履き替え、自分から先にドアを押して部屋に入ると、小さく息を吐いて周囲を見回した。

清潔な幅の広いダブルベッド、ロココ風のアンティークのテーブルやソファやチェストなどの調度、切子ガラスの洒落た花瓶に、一見無造作に投げ入れてある数本の黄色いバラ。ちづるは、ひと目で部屋が気に入った。

可奈子が洗面室のドアを開ける。洗面台には天井まで届く三面鏡が嵌め込まれ、色とりどりの洗面具、化粧品が鏡の前に並んで、幾重にも映し出されている。

浴室のジャグジーの三方にも鏡がめぐらされているが、そのうちの一つは小さな円形で、ちづるの胸から顔の高さにあり、縁に把手が付いている。

「これ、開くのよ」

と言って、可奈子が把手を摑み、回して手前に引くと、鏡は四分の一ほど開いて、風が吹き込み、隣のビルの給水タンクが目の前に現れた。こちらとの距離は二メートルほどもない。タンクの周りには何本ものロープが張られ、腰の曲がった老人が、大きな籠から洗濯物を取り出して干している最中だった。

可奈子は慌てて小窓を閉めた。

「ベッドルームの窓は欺《だま》し窓。ですから本物の窓はこれ一つだけなんです。何のために設けたのか分かりませんけど、少ししか開かないから、向こうからのぞかれる心配はありません。でも鏡が窓になってるなんて変でしょ」

「隣のビル、ユーロスペースじゃないの？」

とちづるが言うと、

「いえ、反対側」

と可奈子は応じた。

ベッドルームに戻ると、可奈子はいったん正対したちづるのからだをゆったり包み込む

ように抱き、じっと相手の目をのぞき込みながらキスをして、

「シャワー、浴びましょう」

と、小声で言った。

二人は裸になって浴室に入り、浴槽のカーテンを閉め切ってシャワーを浴び、可奈子がボディソープを左の手のひらにたっぷり載せ、右手の指先で掬い取って、ちづるの首筋やバストの上に滑らせ始めた。

ネイルの作業同様、可奈子が素早く、手慣れた動きでちづるのからだを洗い終えると、今度はちづるがそれを真似て、可奈子の肌の上にボディソープの泡を広げてゆく。

からだにバスタオルを巻き付けたちづるが、ダブルベッドの端に腰を降ろすと、一糸まとわぬ可奈子が、ヘッドボードの左側に置かれたオーディオ装置に近づき、持参したCDをセットして、部屋は軽快なボサノバのリズムに包まれる。ホーザ・パッソスのスキャットがちづるの耳に心地よく響く。

「あなたって、裸族《らぞく》なの？」

「裸になっても羞恥心っていうんですか、あまり感じないですね、わたし。女子高だったし」

と言いながら可奈子はちづるの隣にすわり、気持を落ち着かせようと、

「……深呼吸して。最初にゆっくり大きく吐くの」

と耳許で囁く。

「そう。大きく吐いて、小さく吸って……」

可奈子は、ちづるのバスタオルを片手で巻き取り、ベッドに横になるよう促した。

「明かり、暗くして」

とちづるが言った。可奈子は首を振って、ヘッドボードに伸ばしかけたちづるの手を軽く押さえ、ちづるの上にからだを重ねてゆく。

可奈子はちづるの髪を撫でたり、肩や項《うなじ》にキスしたりして、二人の間の距離を外堀から少しずつ埋めてゆき、決していきなり本丸に攻め入るような手荒な真似はしなかった。

互いに舌を絡ませたあと、可奈子はちづるの首から肩回りへ、腋下《えきか》から乳房へと舌を這わせてゆきながら、右手の人差指と中指を下腹部へ滑り込ませる。ちづるは大きく身をよじった。

可奈子はいったんからだを起こして、ちづるの足先に向かって跪《ひざまず》き、指でワギナを愛撫しながら、すでに充血し勃起したクリトリスの尖端を舌先でつついてみる。

ちづるは足先をひくつかせ、右手を可奈子の背中に回して、肩甲骨から脊椎に沿ってひたすら撫で下ろすだけだった。

やがて、可奈子が全身の重みをちづるにかけて太腿に舌を這わせると、ちづるの肌に密着した可奈子の筋肉がくりくり動いて、液体のようにかたちを変える。

ちづるはからだじゅうに「可奈子」を感じて、どこからどこまでが彼女のからだなのか、自身のからだと区別がつかなくなった。

可奈子が向き直って、再びちづるの下腹部に手を伸ばすと、ちづるは喘ぎながら足を閉じて、可奈子の右手を太腿のあいだに強く挟みつけ、可奈子の小振りな乳房に顔を埋めた。

可奈子は動きを止め、ちづるがからだを緩めるまで待ち続けた。

ちづるがすっかり脱力して目を閉じ、仰向けになって大きく息を吐くと、可奈子は左手でちづるの頭を軽く抱いて、

「ママ」

と甘えた声でつぶやいた。

ちづるは、グラスに残っていたビールを一口で飲み干して、

「ね、これって世間で不倫とか浮気とか言われることと同じなのかな。もちろん、夫に打ち明けたりはしないけど、何ていうか、夫を裏切った気がしないし、良心の咎めとか、全く感じないの。もっとうしろめたい気持になるだろうと思ってたんだけど」

と言うと、可奈子は視線を落として沈黙し、缶ビールのプルトップを見つめていたが、やがて口を開いて、

「うまく言えないんですけど、不倫とは違うと思います」

と断定的な口調で応じた。

「わたしがもし男性で、ちづるさんと恋愛して、からだの関係になったら、ご主人とわたしがちづるさんを間にして、三角関係になりますね。そうすると、離婚とか再婚とか、財

産の分与とか、いろんな問題が起きるでしょ。子供がいればもっと話がややこしくなる。わたしたちが愛し合うことから、そうした家庭争議みたいな問題は起きないんじゃないでしょうか。

万が一、ご主人に知れたとしても、ご主人は、ちづるさんにそうした趣味というか嗜好があったのかと驚かれるかもしれませんが、不倫を犯したとして、ちづるさんを責めたりはしないような……。

では浮気かというと……、わたしにとっては浮気ではありません……、本気です」

「そうね、知らん顔して墓場まで持って行けばいいことかも」

と言ってちづるは立ち上がり、冷蔵庫から缶ビールをもう一つ取り出して、空になった可奈子のグラスに勢いよく注いだ。

身繕いを終え、帰り仕度をした二人は、部屋を出てエレベーターに乗り、エレベーターから降りてレセプションに向かうまで全く口を利かなかったが、可奈子は右手の指をちづるの左手の指に絡めて、決して離さなかった。

キーを返して出入口に向かったのだが、可奈子は来た時と反対方向に廊下を進んだ。ちづるが慌ててそのことを指摘すると、

「このホテル、出入口が三つあるんです。さっきとは別の道から帰りましょ」

と可奈子は悪戯っぽい笑みを浮かべた。廊下にはやはりジャズピアノのBGMが流れている。

廊下の中程の壁にアルコーブ風の凹みがあって、アップライトピアノが置かれ、蝶ネクタイにタキシード姿の黒人がピアノに向かっている。

ちづるがそばに寄ってみると、ピアノは自動ピアノで、プレーヤーは人形だった。にこやかに白い歯を見せ、手を鍵盤の上に載せて、足はペダルをぎごちなく動かしている。

ちづるは、ピアニストの横顔を見つめて語りかける。

「Play it once, Sam, for old time's sake.（もう一度あれを弾いてちょうだい、サム、昔の思い出のために）」

可奈子が怪訝そうな表情を浮かべて、

「この人、サムって言うんですか？」

と訊ねた。

「そう、はじめて会ったのはモロッコ。昔からの知り合いよ」

ちづるは先に立って、足を速めた。

9

由美が渋谷の映画館を出ようとした時、彼女の前を歩いていた二人連れの若い女性の一人が、

「オウムの信者って、一人一人はいい人なんだ」

と言った。

もう一人の女性は沈黙したまま歩き続け、何か言いたげな表情で、「いい人」という言葉を口にした女性の顔を見つめたが、何も言わなかった。

由美や彼女らがついさっきまで観ていたのは、森達也《もりたつや》監督の長篇ドキュメンタリー「A」だった。

由美の母は、一九九五年三月二十日に起きた地下鉄サリン事件の被害者の一人で、事件後由美は関連資料を渉猟《しょうりょう》し、何が起きたのか客観的事実を把握することは出来たが、サリンを撒《ま》いた犯人たちに対して怒りや憎しみの感情を抱いた訳ではない。彼女は、被害者側にある人たちが突然遭遇した圧倒的な現実の恐ろしさに震撼し、キリスト教に帰依《きえ》したが、主謀者麻原《あさはら》彰晃《しょうこう》の人間像や、オウム真理教の組織の在り方、信仰の内実などへの関心は薄かった。

「オウム」絶対悪の風潮の中で、「オウム」信者を人非人《にんぴにん》として描くのではなく、教団の内懐に入り込んで、「オウム」サイドから、起きた出来事をひたすら記録したこのドキュメンタリー作品は、一九九八年に公開され、賛否両論を巻き起こしたことは知っていたが、すぐに観に行こうという気にはならなかった。

二〇〇六年九月十五日、オウム真理教教祖松本智津夫《まつもとちづお》（麻原）被告の死刑が確定し、「A」とその続篇「A2」の上映会が各地で催され、瓜生とバーテンダーの荒がたびたび話題にしていたのを耳にして、一度観てみようと思い立ったのだ。

由美が地下鉄の渋谷駅構内で腕時計を見ると、時刻は午後三時を回ったところだった。休日なので、店に出る必要はない。かといって、田園都市線に乗る気にはならず、彼女はその場の思い付きで銀座線に乗り、外苑前で降りた。いつもは、この駅から青山教会へ向かう。

三ヵ月前、教会の帰りに外苑西通り沿いの歩道を歩いていると、南青山三丁目交差点の手前左側に、小さなカフェがあることに気づいた。

ガラス窓からのぞいてみると、この店は道路から斜め下に向かって傾いて建てられているため、入口付近はテーブル席、階段を下るとカウンター席という珍しい造りであることが分かった。

入ってみることにして、ドアを開けると真っすぐカウンター席に向かい、丈の高いスツールに腰掛けると、赤ら顔で白髪《はくはつ》、白髯《はくぜん》の老人がメニューを差し出して、

「いらっしゃい」

と嗄《しゃが》れ声で言った。客は彼女一人である。

由美はメニューを一瞥して、

「このお店は、カフェじゃなくてバーなんですか？」

と問うた。

老人はうなずいて、

「昼間から飲むお酒は回りやすいし、うまいんだよね。お勧めは、ドイツのフランケン地

方の白ワイン、〝おいしい水〟って感じだよ」

と言う。

それをオーダーして、彼女は重ねて、

「このお店の名前、KOUNOSUKe って、どういう意味ですか？」

と質問すると、老人は、

「孫の名前」

と答えた。

この日彼女は、映画の帰りに、KOUNOSUKe のスツールにすわって、老人が作るジンにベルモットやウンダーベルクという薬草酒を加えたマティーニを飲むつもりで外苑前へやって来たのだ。何か強い刺激が欲しかったし、さっき買ったばかりの映画のプログラムを読んで、混乱している頭の中を整理したかった。

客のいない店に入ると、老人は彼女の顔を見て、

「やあ」

と小声でつぶやき、

「いつもの気付け薬にする？」

と訊いて微笑み、酒の仕度を始めた。

由美はマティーニを少しずつ口に含みながら、プログラムに載っている解説や監督へのインタビューを一気に読み、まず映画の冒頭のシーンを思い起こして、次にすべての場面

を思い出そうとし始めた。

老人は細長いシガリロを燻《くゆ》らしながら、カウンターの左横の壁に据え付けてあるテレビの画面を眺めている。

映画の題名「A」は、オウム（AUM）、麻原彰晃、荒木浩《あらきひろし》（オウム真理教広報部副部長、撮影当時二十八歳）に共通するイニシャルAに由来するのかもしれない。

ドキュメンタリー・フィルムだから、あらかじめ作られた筋立てがある訳ではなく、オウム批判の矢面に立たされた訥弁の青年、荒木にカメラの焦点を当てて、マスコミ関係者の取材要請、警察側の暴力、マンションを出て行けと迫る市民の群、大学での講演やシンポジウムなどを時系列に沿って丹念に記録し続けたものである。

特異な印象を受けるのは、この映画が坂本堤《さかもとつつみ》弁護士一家殺害事件、松本サリン事件、地下鉄サリン事件といった、オウム真理教によって引き起こされた一連の犯罪についてあえて触れようとしない点で、各事件の被害者の声や訴えについても取り上げられることがない。オウム側に立つインサイダーの視点で、事象を捉えようとする姿勢が貫かれていて、何故このようなポジションを取ることが出来たのかは謎である。オウム被害者弁護団の一人は、

「これはオウム寄りの映画で、一般の人には観てもらいたくない」

と語ったと言われる。

しかし、そのことによって、現世の価値観から隔絶して生きる信者たちの目に映る日本社会の歪みが、これまで目にしたことのないなまなましさで掬い上げられているとも言える。

静岡県富士宮市にあった総本部を退去するシーンでは、「人穴《ひとあな》区オウム対策委員会」によって設置された看板が映し出される。

「多くの犯罪を重ねたオウム教は早期解散し、信者は目を醒して現実を直視し真理を求めよ!!」(原文ママ)

と大書された看板は、世間の犯罪者集団に対する辛辣な視線をそのまま反映している。

こうした見方に対して荒木は、

「(オウム真理教の信者が直面している現実を)よく見ておいてもらいたいなと思ってるんですよ。ちゃんと記録に撮ってもらいたい。(中略)ちゃんと見える人に見える分は、見てもらいたい。聞いてもらえるものは、聞いてもらいたい」

と気弱な口調で問わず語りに語る。

映画のラストでは、荒木が病気の「ばあちゃん」を見舞いに田舎へ出掛け、帰りの電車の車窓から手を振るシーンが描かれ、出家して教団に入り、今後、娑婆《しゃば》に戻る場所はないと思い定めた彼が抱える孤独の深さを伝えるシーンとして見応えがある。

由美は、映画の流れをひと通り反芻《はんすう》してみたものの、大罪を犯した狂信的なカルト集団のイメージと、まるで哀れな殉教者のように見える荒木浩のプロフィールとを、頭の中でうまく接合することが出来ないでいた。

「オウムの信者って、一人一人はいい人なんだ」

若い女性の言葉が耳にこだまする。

いい人……。

誰の目にも損な役回りを引き受けて、東奔西走し、質問攻めに遭って、へどもどする広報部副部長は「いい人」に見えるが、彼は、尊師の命令とあれば、残虐行為をも辞さない連中と同じ世界の住人で、社会から指弾される教団を存続させようと腐心している人物でもあるのだ。

このこととは別に、彼女がどのシーンよりもリアリティーを感じた場面は、オウム信者の日常を撮影した個所ではない。それは一橋大学でのシンポジウムに参加した荒木が、破《は》防法《ぼうほう》反対運動に従事する女子大生と雑談する映像だった。

場所は学生会館か何かの一室だろうか。

記者会見の席上に常に登場する荒木は、テレビのニュースによって顔を知られ、ヒール役を担う有名人になっている。

ソファにすわる彼に、女子大生の一人が、

「荒木さん、お湯飲みますか。

リンゴ、剝きますか」

と馴れ馴れしい口調で話しかける。

そして、別の女子大生が、出家したら、夫婦一緒に住むっていうかたちは、もう取らないということなのと訊いて、荒木は、

「そうですね。もうバラバラですね」

と答える。

すると、すかさずその女子大生が、

「ってことは、種の保存っていうこともしないってこと？」

「そうですね、基本的には」

と応じる荒木。

更に別の女子大生が、

「性欲をなくす修行とか、荒木さんもしてるんでしょうか？」

「何ですか、それは」

と荒木。

女子大生たちの間で、

「そんなのあるの？」

「聞いたよ、みんなに」

「性欲が強い人には伝授される？」

といった会話が交わされ、哄笑《こうしょう》が湧き起こる。

彼女たちは、性的魅力に乏しい、細縁《ほそぶち》の丸眼鏡を掛けた優男《やさおとこ》を前にして、珍獣の性生活がどのようなものか、無性に知りたくてたまらなくなったとでもいうように、あられもない質問を浴びせかける。

由美は、荒木が広報担当として、世間の荒波に揉まれ四苦八苦している最中《さなか》、こうした〝口撃〟を前にしてたじたじとなるシーンの持つ現実味、迫真性に驚いたのだ。

オウム信者が警察関係者に言いがかりをつけられ、地面に引き倒されて昏倒し、公務執行妨害で逮捕される場面も臨場感に溢れているが、こうした人の悪い女子大生たちの素顔と肉声が、デジタルカメラに捉えられ、何のコメントもなしにリリースされていること、そのことに何とも言えないリアリティーを感じて動かされたのだった。


店内に三人の中年男性が入って来たところで由美は立ち上がり、

「マティーニ、おいしかった」

と言って店を出た。

外苑西通りを歩くうち、何か引っかかるものがあり、それは渋谷から銀座線に乗り込んだ時から気になっていたことだった。

「誰かに似ている……」

彼女は外苑前駅で電車に乗らず青山通り沿いを歩き、表参道駅で半蔵門線に乗車して、空いていた座席に腰掛けた時、荒木浩が誰に似ているか気づいた。

彼がその後どのように生きたかは知らないが、今後、年を取って老人になり、頭髪が後退して無くなってしまったとする。

その時点で、九〇年代半ばと同じ眼鏡を掛けているとすると、ガンジーに似た雰囲気の顔立ちになってはいないか。

由美はこの思いつきの奇抜さに独り苦笑した。

10

瓜生は居酒屋「五臓六腑《ごぞうろっぷ》久《きゅう》」のカウンターで夕刊紙を広げ、芋の前割りを飲んでいた。彼は時折、焼酎が飲みたくなると、三軒茶屋で途中下車してこの店の暖簾をくぐる。無口の店主が、五島列島産の塩海胆《うに》を小皿に載せて、彼の前に置く。右隣のバーから「矢切の渡し」のメロディーが流れて来て、歌っているのはちあきなおみである。

彼は、風俗情報のページを斜め読みして、小さな囲み記事に目を止めた。ネット上にアップされている人妻写真投稿サイトの紹介欄で、ランキング形式になっており、一位のサイトのタイトルは「妻よ薔薇《ばら》のやうに」だった。

成瀬巳喜男《なるせみきお》じゃないか⁉

彼は深夜、ネット・サーフィンしていて、こうしたサイトをのぞいてみたことはあるが、投稿写真には見るに堪えない凄まじい画像が多数含まれていた。トドやセイウチと見紛うような太肉《ふとりじし》の女性が、露天風呂の縁石に裸で寝そべっているのを目にして、慌ててそのサイトを閉じてしまった経験がある。

こうしたサイトに限って、「一糸まとわぬスレンダーな奥様の美しいヌード写真を、ご主人様が撮影して、それを投稿」といった空々しい惹句が添えられていたりする。

夕刊紙は捨てて帰宅したが、その夜、彼は自宅のパソコンで「妻よ薔薇のやうに」を開いてみた。そして妙な発見をしたのである。

そのサイトの管理人の写真を見る目が確かなのか、あるいは投稿者のレベルが高いのか、写真の粒が揃っていて、けっこう見応えがある。

写真は、ランジェリー、水着、美脚、全裸などとカテゴリー別に整理されていて、順次見て行くうち、水着カテゴリーの中の一枚が気になった。

屋外で夜間に撮影されたものだが、水着というより、思い切り布地を節約した下着に見えるウエアを身に着けたアジア系の若い女性が、イルミネーションで作られたトンネルの中を、カメラに向かって歩いて来る画像である。

彼は、まず撮影場所は海外ではないかと思い、次に女性がモデル体型で、ポーズの作り方が素人と思えないことに気づいた。写真の構図やバランス感覚も、アマチュア写真家のセンスとは明らかに違う。

投稿者のハンドル・ネームをチェックしてみると、〝KEN〟とある。彼はこの写真の印象とハンドル・ネームから、旧知のCMフォトグラファーの名前を連想した。「まさか」と思い、日付順に並んでいる過去の投稿を調べてみると、同じカテゴリーにもう一枚、KEN氏の写真があった。

こちらは晴天の昼間に、人気のない海岸の椰子の木蔭で撮影されたもので、何故かモデルは二人、どちらもサイトの主旨とは違う、人妻とは程遠い雰囲気を醸し出している。一人は片手にトロピカル・フルーツをあしらったカクテルグラスを持ち、もう一人は橙色のリボンを巻いた麦藁帽子をかぶっていて、水着も、デザインや色がCM撮影に使われてもおかしくないレベルのもので、一枚目と同様、「ご主人様が撮影して、それを投稿」した「奥様」の写真ではないことは明白である。

その後瓜生は、週末に何度かこのサイトをのぞいてみたが、KEN氏の写真は登場していない。彼は、この二枚の写真をA4判の用紙にプリントアウトして、Studio Ark に持参し、マネージャーの曽根に見せて、意見を聞いてみることにした。オフィスのパソコンで見てもいいのだが、こうしたサイトをのぞいていることをスタッフに知られたくなかった。

「うーん、確かに彼の写真に似てるけど、例えば、アシスタントを務めた連中がよく似たムードの写真を、現地でモデルを調達して撮ったとか……。

こっちの女の子の水着の polka dot《ポルカドット》、最近の流行だしな、ご本人の訳ないですよね」

曽根がそのように言うのは、瓜生が頭に思い浮かべたCMフォトグラファーが、九〇年代半ばに交通事故で亡くなっているからである。

瓜生もそのことを知ってはいたが、故人の旧作を関係者が投稿している可能性があると考えた。しかし、曽根の言う通り、水着から新たに撮られたものであることが分かるとなると、誰かがフォトグラファーの名前に因んだハンドル・ネームを使って、故人の作品とそっくりな雰囲気の写真を投稿していることになる。

彼は、何か薄気味悪いものを感じて、眉を顰《ひそ》めた。

写真を見ている二人の背後から竹井翠が、

「会議ですよ」

と声を掛ける。

週末、瓜生は自宅のパソコンの前にすわって、「妻よ薔薇のやうに」を開いていた。

彼は、撮り溜めていたちづるの写真の中から一枚選んで投稿してみたらどうだろうと思い立ち、その際は、顔をトリミングして見えなくし、ヘアヌードは避ける、水上温泉郷谷川温泉の「別邸仙寿庵」という宿に泊まった時、川のそばの貸切り露天風呂にニコンを持ち込んで撮った背後からのヌードがいいかもしれないと思案し始めた。

「ハンドル・ネームを決めなきゃいけないな。

〝瓜売り〟はどうだろう。

瓜から本名を連想される可能性があるか。凡庸だし、何かもっと煽情的な……、破瓜《はか》……、面白いかも」

などと自問自答しているうち、このサイトのトップ・ページに、管理人からのメッセージが掲載されていることを思い出した。

「投稿される皆様へ」という見出しが付けられた文章は思いの外の長文で、とりあえずプリントアウトし、読んでみることにする。文責は「妻薔薇《つまばら》運営委員会」とあった。

読み進むうちに、「コンセプトにそぐわない投稿について」という条項があり、「芸術性の高い」写真で、「奥様の価値を高めるもの」でなければ、といった説明と禁止事項、削除対象の具体例が挙げられていた。

これで写真のクオリティが揃っている理由は分かった。しかし、先程目にしたばかりの、ミニスカートの人妻が何かを拾おうとしゃがみ込んだ時、裸の尻が丸見えになるといった類の写真のどこが、「奥様の価値を高める」ことにつながるだろう。

また、初投稿の際には、写真に自己紹介を添えなければならず、双方が採用されるかは、管理人の胸三寸ということだ。

このサイトには、「人妻天国」「人妻画像写真館」といった類似のものと比較して、明らかに異なる点がいくつかある。

一つはメンバーとして認められると、管理人から撮影会のお誘いが届くことになっており、投稿者を仲間うちとして囲い込んで、一種のカルト集団を作り上げようとしている点、もう一つはモデルを雇《い》って撮影会のようなイベントを催し、参加費による収益を上げようとしている点。入り広《こう》の量が断然多いことも、はじめて接した時から気になっていた。

更に、used-book storeというコーナーを開いてみると、神保町あたりの古書店とタイアップしているのか、アイドルの水着や女優のヌード写真集ばかりでなく、篠山紀信《しのやまきしん》や荒木経惟《あらきのぶよし》の作品、富士出版のきわどいヘアヌードで人気を博している豪華本シリーズなど、品揃えの豊富さが際立っている。丹念に見て行くと、「プレイボーイ」や「lui《ルイ》」のヌードフォト・コレクション、マニア垂涎《すいぜん》の〝BETTY PAGE BONDAGE CULT MODEL〟など、洋書まで含まれていた。

「なるほど、妻の裸身を他の男の目に晒《さら》したいという奇妙な欲望を、ビジネスにしようと企んでいる訳だ。そのためにも、投稿写真を厳選し、サイトの評判を高からしめる必要があるのか」

瓜生は、自身がこのサイトに投稿してみようと考えたのは忘れることにして、ネット社会に現れた新手《あらて》の商売という言葉を思い浮かべた途端、そうではないことに気づいた。

かつて彼は、サラリーマンデザイナーだった頃、スワッピング雑誌「月刊ホームトーク」を、通販で取り寄せて愛読していた。

この雑誌は、一九七一年、「全国交際新聞」という誌名で創刊され、「月刊ホームダイヤモンド」と誌名変更したのち「月刊ホームトーク」に落ち着いた、「信頼できる夫婦交際誌」である。

今でもよく覚えているのは、「今月のフォト女房自慢」という連載企画があって、夫が撮影したカラーヌードが毎号掲載されていたことである。写真には〝夫のことば〟〝妻のことば〟が添えてある。

「(夫のことば)ぼくは妻のことを恵美ちゃんと呼ぶ。こんな表情があったのか、はじめて妻の裸体にカメラを向けた時、手がふるえてシャッターが思うように押せなかったけれど。交際初体験から、すっかり変身した恵美ちゃん。〝悦びがどんどん深くなるの。わたしって淫らかしら〟。そんな妻の言葉が快くひびくこの頃です。恵美ちゃんが〝交際終了宣言〟をするまで、いつまでもともに歩みつづけたいと思います。

(妻のことば)わたしの主人の名は、誠一郎さん。昨夜の余韻が、わたしの身体の隅々を甘くかけめぐっています。力強く優しい誠一郎さんに守られ、この世界に入って、七年目を迎えようとしているいま、もっともっと色々な交際を、と夢見ているわたし。いままで四組の方と……でしたが、みなさんよい方ばかり。わたしたちの紹介は、六月号と九月号(新潟市　チューリップ)に載っています。お便り下さいね」

「女房自慢」のページと連動する「幸せを求めるメッセージ」という通信欄には、妻が〝サンセット〟〝トマト〟といった仮名で、「一度お会いしてHなお話でもしながら、ソフトムードで楽しくプレーできたら最高ですね」などと、カップルとの出会いを求める短い文章を全裸に近い写真と共に寄せていた。

投稿した夫婦と連絡を取りたければ、編集部の回送係が手紙を回送して間を取り持つという、摩訶不思議な仕組みを取り入れた、じつにユニークな雑誌だった。

そのルールは厳格で、すべては手紙の郵送で行われ、メッセージの出し方、回送の手紙の出し方、書き方にも何十項目ものルールが定められて、違反者は即刻退場を命ぜられる。

猥褻な記事や手記、投稿写真満載の雑誌だが、毎号、何見開きか、田村隆一《たむらりゅういち》を始めとして、長谷川龍生《はせがわりゅうせい》、高橋睦郎《たかはしむつお》、清水哲男《しみずてつお》といった詩人たちの難解な現代詩に費やされている。

赤貝　田村隆一

赤貝が食べたくなった
ぼくの友人で、酒を飲んだら
寿司屋によって
赤貝さえ食べておけば肝臓にいい
という信心をもっているのがいて
それがいいのか、わるいのか
ぼくにはまったく分らないのだが
だしぬけに
赤貝が食べたくなった

昭和五十四年の八月十五日の午《ひる》さがり
二枚貝の肉が食べたくなったのさ
殻頂から腹縁に向かい
四〇～四三本の放射脈がある
と、ある専門家は報告している

むろん、その放射脈には
赤い血が流れているから

一服の清涼剤のつもりで挿入しているのか、編集者の意図を測りかねて、瓜生は首を傾げざるを得なかった。

あの雑誌と「妻よ薔薇のやうに」は、メディアが変わっただけで、発想と手法が似通っている。実際に見知らぬ夫婦同士を〝交際〟させてしまうところは、「月刊ホームトーク」の方がラディカルだが。

瓜生は、結婚直前、「ホームトーク」のすべてのバックナンバーを処分してしまった。

そのため、ちづるはこの雑誌のことを知らない。

瓜生は、パソコンをシャットダウンしたのち、こうした劣情をそそる怪しげな媒体を見つけると、ついのめり込んでしまう性癖は若い頃と少しも変わっていない、俺はいつまで経っても成長しない simpleton（まぬけ）だと独り言ちて、大きな溜息を吐いた。

11

その日の午後、ちづるは、アウトドアグッズを扱う量販店で、来春売り出す予定のエアバッグを、自宅のリビングでふくらませてみることにした。先週、瓜生がＣＭ撮影で使ったサンプルを持ち帰ったもので、小型のボストンバッグくらいのサイズにパッキングされていた。

取説《とりせつ》はドイツ語だが、イラスト入りなので手順は分かる。屋外で使用する場合は、まず小さく折りたたまれているバッグを、長方形の板状に広げて片側の口を開け、五〜十メートル走って、鯉のぼりの吹き流しの要領で空気を入れ、充分ふくらんだところで固く閉じると出来上がり。風のない室内では、扇風機を使うと手っ取り早い。ちづるは何年も使っていない扇風機をクロゼットから取り出し、風力を最強にセットして、一気に風を送り込んだ。バッグはたちまち小型のシングルベッドのサイズまで膨張し、彼女が仰向けに倒れ込むと背中にハンモックとは違う、空気圧による弾力が感じられ、大きな浮袋に乗って海上を漂っているような気分が味わえる。

ちづるは目を閉じて、十分ほど転《うた》た寝したのち目を覚まし、天井を見上げながら、一昨日、「サッフォー」で可奈子と交わした会話を思い出した。

夕刻五時過ぎに、またあの不吉な電話が掛かって来て、応対する可奈子は、

「分かりました。ええ……、必ず……」

と、言葉少なに答えるだけで、電話を切ったあとは、ちづるの方を見ようとしないで、しばらく黙り込んだまま、手のひらの携帯を親指の腹で撫でていた。

ちづるは、可奈子が開店する際、高金利の金を借りて、執拗な督促に悩まされていることは知っていたが、その間にどのような事情があるかは知らなかった。

「どうして銀行とか信用金庫から融資を受けなかったの？」

「融資要件が厳しくて、とても無理でした」

「ノンバンクは？　リースとかファイナンス、いわゆるサラ金だけど」

「サラ金で借りると、怖い人が取り立てに来ると思ってたんですよ。一時期、追い詰められた利用者が自殺する事件が頻発して、社会問題になったりしましたから。でも結局、切羽詰まって、サラ金よりもっと質《たち》の悪い貸金業者から借りてしまって……」

「街金《まちきん》ね。でも、違法金利を払い続けてるんなら、どこかでこれ以上は無理です、もう勘弁して下さいって言って、言葉は悪いけど、踏み倒すことは出来ないのかな」

「わたしが借りたのは、都知事の認可を受けた業者ですが、法定利息の枠内でも金利は三〇％でした。年一五％と謳《うた》ってたけど、利息の先取りは当り前、書類作成費とか、保証料

とか、訳の分からない名目の費用が加わるから、結局倍になってしまうんですね。初年度の返済額は三百九十万円で、その後一応利息だけは払い続けてますが、足掛け三年でまだ元金は一円も減ってないんです。

現在の収入だと、生活は出来るし、お店も回していける、利息も払えますが、借金自体はこのあともずっと、十年後だって残ってるかもしれません。

いつかこの業者から聞いた話ですが、仮に五百万円貸したとして、もし返せないなら、男性の場合、地方のパチンコ店で一年間無給で働かせれば回収出来ると言ってました」

「女性なら？」

「女性はつぶしが利くからって言うんですけど……、見当つきますよね」

「水商売で働かせるっていう意味？」

「風俗の世界ですね。ソープやホテトルなら、いつでも紹介出来るって……」

ちづるは、言葉を失って可奈子の顔を見つめた。

「でも、これさえ当たれば万事解決！」

と可奈子は、苦笑しながらジャンボ宝くじの袋をエプロンのポケットから取り出して見せた。

ちづるはからだを起こして横向きになり、エアバッグの上に片肘をついて、どうすればよいか考え始めた。

誰かに低金利で借金出来れば、とりあえず問題は解決する。借り換えて、その悪辣な業者を縁切りにした上で、新しい貸主に、元金と利息を含めた一定額を、毎月返済していけばいい。

では、一体誰に借りればよいのか？　その答ははじめから分かっている。彼女は、三百万円用立てても、いっこうに痛痒を感じない人物と暮らしているのだ。

だが、ちづるが瓜生に、ネイリストに融通して欲しいと頼むとなると、自分と可奈子の関係について説明しなくてはならなくなる。

瓜生は本当の理由を問い詰めるだろうし、そうなるとちづるの性分では、ごまかし通せない。可奈子だって、瓜生に、

「妻とはどういう関係ですか？」

と訊かれたら、

「恋人です」

と言ってしまいかねないキャラクターの持主だ。

可奈子の言うように、夫は、ちづるが不倫を犯したとして責めたりはしないだろうが、妻を見る目が変わり、それは夫婦関係を不安定なものにする大きな要因になり得る。瓜生も負けずに、他の女性に目を向け始めるかもしれない。かといって、可奈子が直接瓜生に駆け込み訴えしても、彼がまともに取り合うはずがない。

ちづるは、瓜生がファイナンシャル・プランナーに依頼して作り上げたポートフォリオ

の中身を知らない。夫の総資産がどれくらいの規模のものか、具体的に知りたいと思ったことはないし、それで不都合なことは何も起こらなかった。
わたしにも、自分で動かせる多少の資産があれば、と考えたところで、数ヵ月前に読んだ『百合子、ダスヴィダーニヤ』の一節が思い浮かんだ。
ちづるはエアバッグから滑り降りて自室に向かい、書棚から改めて手に入れた文庫本を取り出して机につき、該当個所を捜し始めた。
それは以下のような文章だった。

どんなに好きでいっしょになった者同士でも「食べる」ことは大きな問題である。人間が自分の食べるものを自分の口に運ぶということは、本来もっとも原則的な行為であったはずだ。それがこの社会では、さまざまな理由をつけて「食べさせる」者と「食べさせてもらう」者をつくり、それらを動かぬものとしてきた歴史がある。

（中略）

こうした生活の中で「食べさせてもらう」側の立場は弱い。その負い目は卑屈さとなり、自分の存在が相手の気持ち次第でどうにも変わる頼りないものに思え、いつも相手のご機嫌をうかがわなくてはならなくなる。こんな関係の中に本当の愛が生きつづけられるはずはない。それは主人と奴隷の愛だ。そこでは尽くし、尽くされるという行為は相互のものでなくなり、当然の役割として互いを縛りつけてしまうのである。

ウイメンズ・リブやフェミニズムの主張とそのまま重なる議論だが、この文章にはじめて接した時、ちづるは、仮に今、夫がサラリーマンで妻が専業主婦のカップルが家庭を営んでいるとして、「食べさせる」側の夫が「食べさせてもらう」側の妻に奴隷の忍従を強いるなら、妻は即刻離婚を考え始めるだろうと思った。

ちづるは、精神科医で優れた翻訳者として知られる神谷美恵子《かみやみえこ》の自伝『遍歴』の愛読者である。神谷は戦後の活動を回想する文章の中で、「大言壮語してウーマン・リブ運動に奔走するより、黙々と女性の実力をたくわえることだ」と書いている。

神谷の著作から影響を受けているちづるは、こうした「主人と奴隷の愛」のような譬えが苦手で、にわかに賛同しかねるのだが、一方で、経済力の有無が男女の立ち位置を決めてしまい、上下関係を生むという考え方は一理あるという気がした。

これまで瓜生が自分を支配していると感じたことはないし、卑屈になって「ご機嫌をうかが」ったこともない。しかし、この事態を解決しようとすると、自身の無力さを痛感させられ、「食べさせる」側に縋《すが》る以外、うまい手立てがないように思えるのである。

ここでちづるは動悸が速くなるのを感じ、頭がめまぐるしく回転し始めた。

——もし可奈子が瓜生の愛人になって、寝物語に借金を解消してもらえないかと持ちかけたら……。

わたしと夫と可奈子は三角関係に陥って、夫はわたしと可奈子の仲を知らないまま、妻に知られたくない秘密を持つことになる。

夫が可奈子に魅せられて深入りして行くプロセスを、わたしが背後からコントロール出来れば、二人の関係に嫉妬の炎を燃やしたり、嫌悪感を抱いたりはしないはずだ。

しかし、可奈子が異性愛に転じることはないにしても、夫が可奈子の肉体に執着して、別れようとしないケースは有り得るだろう。これを回避するため、目的を遂げたあと、夫の方から可奈子を遠ざけようとする状況を作り出せれば……、でも、どうやって？

ちづるは、可奈子との間に肉体関係を持ったこと、結婚以来はじめて夫に隠し事をしたことに、良心の咎《とが》めを感じなかった。だが、いわば色仕掛けで夫から金銭を引き出そうとすることには抵抗があった。文字通りの悪妻を演じようとしているが、そう振る舞わざるを得ない切迫した現実が目の前にある。

また、夫が、裏で誰が糸を引いているか見抜いたら、自身の結婚生活が破局に瀕するリスクがある。瓜生がこのことを笑って許すとは思えない。リスクを承知し、覚悟の上で実行に移すかどうかだが……。

ここまで来て、ちづるはこのシナリオに、一つ盲点があることに気づいた。可奈子自身が、果たしてこんな企てに乗って来るだろうか？

ちづるは落ち着かない気持で立ち上がり、エアバッグの空気を抜くため、リビングルームへ戻ることにした。

12

十日市場駅から女子学生や教師の列に混じって通学バスに乗り込んだ瓜生は、COACHのリュックを片掛けにして吊革を摑み、バスの揺れに身を任せながら、窓外を流れてゆく鮮やかに色付いたトウカエデの街路樹にぼんやり視線を投げかける。運動不足が続いているため、からだのどこか奥の方で、プールハウスのフィン専用コースを独占して、疲労困憊するまで泳いでみたいという疼《うず》きにも似た衝動が、小さな青い炎を上げている。

目を開き、視線を車内に転じて、――英知には意外とかわいい子がいるね、と口にして、OGのちづるの顰蹙《ひんしゅく》を買ったことがあるが――、おしゃべりに余念のない女子大生たちの顔を見回しているうち、自分たち夫婦に子供がいたら彼女たちの年齢であることに思い当たった。

彼のすぐ近くの座席に肩を並べてすわっていた教員と覚《おぼ》しき男女の声が聞こえた。

「あの先生、論文の数が少ないんじゃありません？」

「ええ、そのことは問題になりましたが、なにしろ……」

二人は学生たちの耳を意識したのか、急に口を噤《つぐ》んだ。バスは大学正門前に着いた。

キャンパスは多摩丘陵南端部の小高い丘の斜面にある。女子大のせいでセキュリティーチェックは厳しく、バス停から五十メートルほど先の正門の手前に二人の警備員がいて、入構者に鋭く目を光らせ、学外者らしい男性とみるやさっと近づいて来て、行先を訊いたあと、正門脇の「受付・守衛室」と表示のあるボックスまで案内する。受付では、訪問目的、アポイントメントの有無、時間などを記入させられ、訪問先の確認が取れればようやく学内へと進むことが出来る。

もちろん瓜生にはこれらの手続は必要ない。「生涯学習センター　公開講座受講証」を提示するだけでいい。公開講座には、正門からかなり遠い8号館三階の五教室が当てられているが、中でも瓜生が受講する「英語の小説・詩を読む」の教室は一番小さい。白いステンレスの机が通路を挟んで、横に六列ずつ並び、二十四名が定員だ。現在、この教室には十二名の受講者がいる。講座は春の前期、秋の後期と連結で、講師もこの大学の文学部名誉教授で、同じである。

後期からの受講も講座途中からの参加も可だが、途中参加に受講料の減免はない。春の受講生は瓜生を含め七人で、開講ラインぎりぎりだったが、秋は七人がそのまま継続の上、新たに五人が加わって十二名になった。

四月十五日から始まった春の講座は七月十五日までの十三回で、秋は十月十四日から年をまたいで一月二十日までの十二回。瓜生はこれまでのところ皆勤である。

十月二十八日のこの日は秋の三回目の授業で、瓜生はいつものように誰よりも早く教室に着いた。

彼はまず教室の明かりを点け、窓のブラインドを上げる。窓は教室の横面一杯に切ってあるが、窓ガラスの間近まで迫っているスギやヒノキの木立に遮られて、日は僅かしか差し込まない。

ブラインドを上げたあと空調のスイッチを入れて、室温を二十五度に設定する。これら一連の作業のあと、瓜生はいつもの窓側四列目の席に着き、机の上に電子辞書、ノート、テキスト、革のペンケースなどを並べ、テキストとノートを開き、先週の課題をチェックする。

次は Julia F. Carney（1823～1908）の詩である。この詩に使われているゲルマン系の語とラテン系の語がどのような効果を生んでいるかを考えなさい。

Little Things

Little drops of water,
Little grains of sand,
Make the mighty ocean
And the beauteous land.

And the little minutes,
Humble though they be,
Make the mighty ages
Of eternity.

Little deeds of kindness,
Little words of love,
Make our earth an Eden
Like the Heaven above.

Little deeds of mercy,
Sown by youthful hands,
Grow to bless the nations
Far in heathen lands.

彼は自宅の書斎で机につき、電子辞書を開いて、まず『リーダーズ英和辞典』で一つ一つの単語がゲルマン語系かラテン語系か調べて、説明のないものはオンラインの語源辞典（"Online Etymology Dictionary"）で引いてみた。手間のかかる作業だが、彼はこうした調べものをするのが嫌いではない。むしろ、嬉々として作業に勤しむといった風で、テキスト専用の単語帳には、細かい文字で類語や反意語まで丁寧に書き込まれている。

やがて受講者たちが三々五々、朝の挨拶を交わしながら入って来て、授業開始五分前には、瓜生が密かに「お局《つぼね》さま」と呼んでいる七十代半ばの女性を含めて十二名全員が揃った。お局さまはほぼ半世紀前、東京女子大学英文科を卒業し、この老教授のクラスを連続して三年取っている。瓜生の見るところ、彼女には手下《てか》が三人いて、とにかく何かとクラス全体を仕切りたがる。彼女たちがいわば与党で、これに対抗する勢力、野党としては五十代の主婦二人が鎮座する。他に定年退職組の男性が三人、年齢不詳のパートタイマーの女性が二人いて、彼らはお局さま派と対抗勢力の鞘当てに興味津々だが、瓜生はクラス内の政治には関わらないのが無難と是々非々主義で臨んでいる。

しかし、この日は、老教授とともに十三人目の受講生が現れた。

「お早うございます。今日から新たに参加される方がおられます。お名前をおっしゃって下さい」

長身の老教授は猫背をいっそう折り曲げて呼び掛けた。お局さまの目が鋭く光る。

新参の受講生は、プロポーションのよさが目立つ三十代前半の女性で、シルクっぽいオフタートルのニットのセーターにセミワイドのパンツというこざっぱりとした出立ちだ。髪は栗毛のショート、左の耳まわりに黄色い小菊を一輪、ピンで留めている。それがどうやら本物の花らしいのがどこか挑戦的な感じがして、女性陣の注意を引いた。

彼女は教師に促されて、肩に掛けたトート・バッグを外すと、素早く一礼して名乗り、もう一度、取って付けたようにお辞儀した。小菊が髪から落ちた。お局さまがクスッと笑い、三人の手下がそれに続いた。女性は顔を赤くした。

「どうぞ、花を拾って下さい」

老教授がやさしい口調で言った。彼女はそれを拾い上げると、無造作にトート・バッグの中に投げ入れた。お局さまが手を挙げて、

「恐れ入りますが、よく聞こえませんでしたので、お名前をもう一度おっしゃっていただけません？」

と勿体ぶった調子で、わざとらしい質問を浴びせた。

「はい。シオザキクミコ、シオザキクミコと申します」

彼女は、目をくりくり動かしながら教室中に澄んだ声で自分の名前を響かせると、背後のホワイトボードに、赤いマジックペンで「潮崎久美子」と板書した。

「潮崎さん、空いている席に着いて下さい」

と老教授が言うと、潮崎久美子は、さりげなく受講者の顔ぶれを確認しながらまん中の

通路を進み、前から四列目、最後列の瓜生の右隣に着席した。

瓜生は、女性がトート・バッグから取り出したノート、筆記用具、辞書などを横目で注意深く観察した。とりわけ彼が注目したのは、薄っぺらな茶色い三省堂の『デイリーコンサイス英和辞典』で、彼はそれが相当古い版であることに気づき、同時にこの辞典をどこかで見たことがあるような気がした。気のせいかもしれないが、確かどこかで……。

しばらくして、潮崎久美子が配られたコピーのテキストを見ながら、

「まさか」

とつぶやくのが瓜生の耳に入った。

九十分授業だが、途中で挟まるトイレタイムに、瓜生は親切心を発揮し、クラスの先輩として熱心にアドバイスする。

——電子辞書を使った方がいいかも。中でも、研究社の『リーダーズ英和辞典』、同じく研究社の『新和英大辞典』、この両方が入っているのがお勧め。更に言うと、『ランダムハウス英和大辞典』（小学館）、これも捨て難い。『ジーニアス英和大辞典』（大修館書店）とかは、中高生向きだと先生が言ってました。ましてや、あなたが今持っている『コンサイス』などは……、と喉まで出かかったが、口には出さなかった。

「英英はね……」

と続けようとすると、久美子は遮るように、

「英英を使うと、説明の説明が要りますよね」

と言った。

前章で引用した『不思議の国のアリス』の内容に関して、次の点について考えなさい。
（1）ねずみが話した英国の歴史上の事件は何と呼ばれるものか。
（2）ねずみは何故このような歴史について話を始めたのか。
（3）途中 it について論争をしているが、その原因は何か。
後半の授業で次回の課題が出された。これもまた難物だ。

東京外国語大学教授が作ったテキストと聞いていたが、瓜生は、どうしてこんな難題ばかりなんだろうと思いつつ隣を見ると、潮崎久美子はコピーを見つめて目を白黒させている。こりゃ苦労しそうだな、と気遣い、

「何かお手伝い出来ることがあったらご遠慮なく」

と申し出ると、お願いしますと素直に応じて、二人は赤外線を使って互いのメール・アドレスを交換した。

彼女のアドレスはKSで始まって七桁の数字が続いている。

「KSって、あなたのイニシャルですか」

と訊ねると、彼女は小さくうなずいた。

終業のチャイムが鳴って、瓜生は電子辞書を閉じ、ノートやテキストをリュックに収めたあと、女性をキャンパス内にあるカフェテリアに誘おうとして振り向くと、彼女の姿は小鳥が飛び立つように消えていた。

一週間、瓜生はいつもより頻繁に携帯を取り出してメールをチェックしたが、彼女からの連絡はなかった。

次の週、潮崎久美子は買ったばかりの電子辞書を机の上に置いて、授業開始を待ち構えた。髪に花は挿していない。この間の花は？　と訊ねると、あれは前回、来る途中の道端に咲いていたのをつい、と答えた。

彼女は案の定、課題には四苦八苦した様子で、先生に指される都度、トンチンカンな答ばかり繰り返した。お局さまグループから失笑が洩れて、教室にしらじらとした雰囲気が漂った。

どう間違って、このクラスを選んだりしたのだろう、と瓜生は不思議な気がした。お局さま派も対抗勢力も、まるで闖入者《ちんにゅうしゃ》を見る目付きだが、彼女たちは、英語力以前に、若くてプロポーションがいい女性というだけで、反撥と苛立ちを覚えているに違いない。瓜生は気の毒に思ったものの、そんな気持は噯《おくび》にも出さなかった。

二度目の授業終了のあと、瓜生は機敏に動いて小鳥を捕え、カフェテリアに誘うことに成功した。

彼女はすっかりしょげ返っている。瓜生は親身になって、授業と課題についてアドバイスした。一回にどれくらいのページを進めるのか、といったことから、クラス内の政治についてもひととおりレクチャーし終えると、四方山《よもやま》話に移って、彼女が下北沢でエステティシャンの仕事をしていること、独身で生まれは兵庫というあたりまで聞き出した。瓜生は、横浜出身で、昭和三十年生まれだと自己紹介し、仕事は広告屋だと言っただけで、詳しくは話さない。

「わたし、高校時代、英語が苦手だったんです。エステのお店にはけっこう外国人のお客が多いので、英語を話せるようになれればいいと思って、小田急沿線に住んでるものですから、こちらの教室へ。でも、本格的な英文学の授業だってことに今頃気がついちゃって。抜けてますね、わたし」

瓜生は、折角始めたのだから、と励ましの言葉を掛けているうち、彼女がそもそも発音記号すら読めないことに気づいた。

翌週、瓜生は発音記号を分かりやすく解説した一覧表のコピーを持参した。また、NHK出版から出ている英語の発音に関する本から、あいまい母音 schwa（シュワー）: ə について簡単に説明したもののコピーも取って一緒に渡した。

瓜生の助太刀の甲斐あって、久美子は発音記号をすっかり覚えることが出来たが、文法、解釈はさっぱりで、老教授は彼女を苦しめるだけだと悟ったのか、質問しなくなり、すっかりお客様扱いである。

数週間後の土曜日、正門前で十日市場駅行きバスの時刻を確認しておいてから、瓜生は彼女を誘って、大学に接して広がる「三保《みほ》市民の森」に案内した。空は高く、風もなく、絶好の散策日和である。

森には尾根道、プロムナード、谷道の三つの散策コースがあり、二人は大学の南門から入ることの出来る、アップダウンのほとんどないほぼ等高線沿いに行くプロムナード・コースを三十分ばかり歩いた。瓜生は樹木の名前や、姿の見えない鳥の鳴き声から、あれはコゲラ、あれはシジュウカラ、モズなどとほぼ正確に言い当てて久美子を感心させた。

翌週、授業のあと、瓜生は、歩いて二十分ばかりの丘の上に馬場があるから行ってみませんかと言った。

「本物の馬場なんですか」

「競馬場じゃないですよ。『Firm Track』という乗馬クラブで、数年前、世田谷の馬事公苑から移って来たんです」

「ファームトラック……」

「良馬場という意味です」

二人は厩舎を見学した。馬は栗毛、鹿毛《かげ》、黒鹿毛、青鹿毛、葦毛など併せて五十頭いた。

「黒い馬の肌がきれいね」

「黒馬はアオというんですよ」

覆い馬場の中では、中年の女性が二人、速歩のレッスン中で、先生から騎乗姿勢や手綱のしぼり方、肘の角度について厳しい注意を受けていた。

屋外馬場では、青山学院大学付属高と地元の馬術クラブの競技会が行われていて、ルールや採点基準は分からないが、見ていて引き込まれる。幼顔《おさながお》の小柄な女の子が巧みに障害を跳び越えたりして、久美子は拍手を送った。

クラブハウス二階の屋外テラスからも馬術競技の模様は見物することが出来る。二人はウッドデッキの椅子に腰掛けてお茶を飲みながら、馬場の遥か向こうの風景に視線を投げた。JR横浜線、横浜市営地下鉄、東急田園都市線、小田急線の四つの鉄道に区切られるようにして広大な丘陵地帯が横たわっている。瓜生が住む横浜市都筑区もこの眺望のどこかにあるはずだ。彼は七年前、友人たちと共同住宅を建てるに際して、関東平野西南部一帯の地質、地形について詳しく調べたことがあった。

「十万年前、このあたりは海だったそうです」

と瓜生は語りかける。

「このあたりというより、関東一円はほとんど海で、これを古東京湾と呼ぶらしい」

「そう言えば、地形が波打っているみたいに見えますね」

「そういうタイトルの小説があったっけ。『波うつ土地』……」

「わたし、競馬って見たことがないんですよ」

馬場の方に視線を移して、久美子が話題を転じた。

「昔、府中の東京競馬場に何度か行ったことあるけど、最近はとんとごぶさた。大井競馬場のTWINKLE RACEは今人気らしいが、まだ見たことはないな。一度、のぞいてみようか?」

「トゥインクルレース?」

「Twinkle, twinkle, little star. 夕方から夜にかけての、きらめく星空の下でのレース」

「素敵!」

二階の屋内の喫茶ラウンジで、競技会の表彰式が始まったところで、二人は「Firm Track」をあとにした。


この日、ちづるは午後三時過ぎに、房総九十九里の白子町から帰宅して、まず窓を開け放し空気を入れ換え、紅茶を淹れて、早速借りて来たDVD「三人の妻への手紙」を観始めた。

彼女は昨日、弟夫婦と暮らしている母梓を訪ねて、久し振りに担々麺を作り、カタコトの中国語で会話を楽しんだのだが、母が寝室に引き揚げたのち、内科医である弟と話していると、最近、夫婦で戦後アメリカ映画を年代順に観ているという。一九四〇〜一九五〇年代のハリウッド作品は秀作揃いで、中でもこの二本が、と勧めてくれたのが、ジョセフ・マンキウィッツの「三人の妻への手紙」(一九四九年)と「イヴの総て」(一九五〇年)だった。二本ともマンキウィッツが監督し脚本を書いて、二年連続オスカー像を獲得した、「イヴ」には、マリリン・モンローもチョイ役だけど、出演しているよ、と弟は言った。

「三人の妻への手紙」は、日本でもリメークされたミステリー映画で、舞台はニューヨーク市郊外の田舎町。ボランティア活動しているデボラ、リタ、ローラメイの三人の人妻が、子供たちと遊覧船に乗ってある島へ渡ろうとした時、何かと噂がつきまとう独身の美女アディからの手紙が届く。

これから三人のうちの誰かの夫と駆け落ちするという内容で、人妻たちはいずれも夫との関係で思い当たるフシがあり、では一体誰の夫がアディと旅立とうとしているのかを謎として、ドラマは展開する。

映画は本篇一〇三分だが、ちづるは余りの面白さに時間を忘れ、ラストの種明しに夢中になって、瓜生が帰宅したのにも気づかなかった。

リビングルームのソファにすわってビールを飲み始めた瓜生に、この映画の話をすると、原題を訊かれ、DVDのパッケージを見直すと、“A Letter to Three Wives”とあった。

蒲鉾《かまぼこ》とエリンギの漬物をつまみに、ちづるもビールをお相伴し、大学の同級生に志水真《しみずま》弓《ゆみ》という女性がいて、父親が東京創元社の編集者だった、ミステリーに詳しいその人に借りて読んだのが、パトリック・クェンティン作『二人の妻をもつ男』で、オリジナルタイトルは“The Man With Two Wives”、さっき観たばかりの映画の原題から思い出したのだと言うと、瓜生は、

「Two Wivesって？　重婚がテーマ？」

と訊いた。

「夫が、現在の妻と別れた前妻との間で、右往左往しているうち殺人事件が起きる、そこで夫は前妻の仕業じゃないかと疑い始めるみたいな筋立てだった」

「two wives と three wives か」

「ねえ、二人の妻をもつ男じゃなくて、妻と愛人をもつ男って、英語で何て言うかな」

とちづるが問うと、瓜生は目を逸《そ》らして、

「the man with a wife and a mistress、あるいは a sweet heart……」

と答えた。

Studio Ark の昼休み、珍しく寝坊してブランチ抜きの瓜生は、曽根、竹井翠と連れ立って、表参道交差点近くの、開店して間もない讃岐うどんの店へ昼食を摂りに行った。竹井が、新しい店なのに「食べログ」の採点ポイントがすでに3・5を上回っているというので、それなら行ってみようかと出掛けて来た。瓜生は肉うどんにかやく御飯付きセット、竹井はネギ抜き、生タマゴとキスのてんぷらを載せた釜揚げ、曽根は釜揚げに明太《めんたい》ととろろ昆布をトッピングした唐津《からつ》風。

「大阪難波、『千《ち》とせ』の〝肉吸い〟、知ってます？」

と曽根が言った。瓜生と竹井はきょとんとして首を傾げる。曽根の出身は大阪、貝塚だった。

「肉うどんじゃなくて？」

竹井の問いに曽根は大きくうなずく。

「うどん抜きの……、まあ肉うどんかな」

「うどん抜きの肉うどんが〝肉吸い〟？」

「そう。『千とせ』は東道具屋筋にある小さなうどん屋だけど、『なんばグランド花月』に近い。昔、吉本の芸人が出番の空き時間にやって来て、『おっちゃん。えらい宿酔《ふつかよい》やねん。肉うどん食いたいけど、重いからうどん抜きでやってくれへんか』と注文したのが始まりだって。その後、〝肉吸い〟を注文した芸人は売れるという噂が立って、『千とせ』の定番になった、ま、一種の都市伝説だけどね」

「面白そう。食べたことあるの？」

「うん、高校時代、難波で映画か吉本を観たあと必ず食べたな。〝肉吸い〟に豆腐を入れてもらって、卵かけ御飯とセットにすると最高だよね、これが」

「わ、うまそう」

竹井はおいしいとは言わず、うまいと言う。おいしいは、日本語として変だというのが持論だ。

うどん店を出て、帰る途中で「FiGARO」にコーヒーを飲みに寄る。曽根が、昨日、例の話でテレビ局へ行って来たと報告する。今朝、ミーティングの時間に三人が揃わなかったのだ。

――某民放局の夕方のニュース番組に、十五分のドキュメンタリー「Current Topics」

というコーナーがある。現在、ある洋酒メーカーが自社のウィスキーを使ったハイボールのCMを作ろうとしていて、人気女優を起用し、ベテランの映画監督で撮ることが決まった。新聞・雑誌媒体のCMは Studio Ark が引き受けることになっているが、この番組のディレクターが、映画監督、コピーライター、アート・ディレクターに取材して、そのドキュメンタリーを作りたいと言っている。スポンサーとの打ち合わせとか、CMの撮影風景、アート・ディレクターとスタッフのデザイン・ワーク、こういうものを録画させてもらえないか。一連のキャンペーンの裏話としてまとめたい、と。

「オーケーだけど、それ、いつの話？　もう年末だしね」

と瓜生は言った。

「放映は二月らしいから、年が明けてからでいいんじゃないですか」

と曽根が応じる。

「うちの担当は誰だったっけ？　……桑くんと三留さんか。ムービーはスタジオにセッティングして撮影するだろうけど、『無粋』みたいな店でロケしてもいいのにね。エドワード・ホッパーの絵とかバックにしてさ」

「あの店、スポンサーのウィスキー、置いてないじゃないですか」

と曽根が口を挟んだ。

「それって、ドキュメンタリー風に作るけど、要するにタイアップでしょ」

竹井が受けると、曽根は、

「そう。あの局提供の洋画劇場のスポンサーだしね」

瓜生は、これまで新聞、雑誌にはたびたび登場したことがあるが、TV出演ははじめてだ。来年、東京アートディレクターズクラブ（ADC）の会長選挙がある。好感度をアップするいい機会じゃないか、と打算的な判断が脳裡をかすめた。

13

TOKYO CITY KEIBA（大井競馬場）の TWINKLE RACE は、アフター・ファイブのファンの動員を狙って、主にウィークデーに開催される。十二月二十日、瓜生と潮崎久美子はJR大井町駅の改札前で待ち合わせた。ちょうど久美子の「お店」の定休日に当たる水曜日だった。瓜生がネットで調べたところでは、この日は折良く今年最後の TWINKLE RACE が開催され、大きいレースがあるということだ。

暖房の効いた観覧席を予約しておきますが、と瓜生はあらかじめ久美子にメールを送った。——馬はやはり屋外、本馬場《ほんばば》の柵のそばで、かじりつきで見る方が迫力があります。夜は冷え込みますから暖かくしてお出掛け下さい。

久美子は彼の助言に従って、ダウンジャケットにマフラー、革の手袋、厚手のニット帽という防寒スタイルで現れた。一方、瓜生はといえば黒のタートルネックのセーターに薄手のウールのジャケットという軽装だったから、久美子は駆け寄るなり開口一番、

「風邪、引きませんか」

と言った。

「大丈夫。僕は二十年この方、一度も引いたことがありません」

駅前のロータリーから競馬場行き専用バスに乗り込む。バスは無料で、大井町駅―競馬場間を十五分間隔で循環している。同様の無料バスはJR大森駅と錦糸町駅からも出ている。

三十人ほどの乗客のうち、いかにもギャンブル好きらしいオヤジたちに混じって、会社を早退けして来たのか、スーツにネクタイ姿の三、四十代のサラリーマン風が七、八人、更に若い女性のグループも何組かいる。

バスはJR京浜東北線、東海道線、京浜急行など鉄道の高架をくぐり、勝島《かつしま》運河をかすめるように走って、およそ二十分ほどで競馬場正門前に着いた。暮れ泥《なず》む空に、何十基もの照明灯が靄《もや》のような明かりを投げかけている。百円の入場料を払ってゲートを抜けると、久美子は眼前に広がる光景にもの珍しげな視線を向け、瞳を凝らしてその細部を確かめようとした。ハイセイコー馬像の前を通り過ぎながら、瓜生は、地方競馬と中央競馬の違いを日本のプロ野球とメジャー・リーグの違いにたとえ、ハイセイコー神話を手短にひとくさり久美子に語って聞かせた。

「野茂《のも》みたいな馬？」

「そう、野茂みたいな」

瓜生は鸚鵡返しに答えて、専門紙売店に急ぎ、「日刊競馬」を購入すると左の小脇に挟み、右手を久美子の肘に添えて、メインスタンド中央の建物に向かう。大井競馬場は、「2号スタンド」を間に挟み、左に「L-WING」、右に「3号スタンド」「4号スタンド」に分かれている。

2号スタンドのホールは投票カード（馬券）を求める客でごった返していた。第6レースが終わったばかりで、正面壁の大きな電光掲示板に「2着3着　写真判定」という文字が明滅し、同じ内容がアナウンスされている。隣の大型TVでは繰り返しゴール寸前の映像が流れ、やがて着順が決まるとどよめきが上がった。

瓜生はひと込みを掻き分け、デスクの棚から青、緑、黄色の投票カードをそれぞれ数枚ずつ抜き取ってジャケットのポケットに収めると、「総合サービスカウンター」と表示のあるコーナーに行き、観覧席の予約を確認して指定席券を受け取る。

「ここを動かないで、ちょっと待ってて」

と久美子に言い置くと、瓜生はいったんホールを出て広場を駆け足で横切り、フード・エリアに向かう。「モスバーガー」、「ケンタッキーフライドチキン」、ラーメン、ピザなど十数軒が並んだ売店の中から「築地銀だこ」の幟《のぼり》を見つけ、たこ焼八個入りをひと舟買う。瓜生はこれまでたこ焼を食べたことがなかったが、久美子は関西出身だから粉物《こなもの》が好きだろうという勝手な思い込みによる。生ビールも買って、零《こぼ》さないように危なっかしいかっこうで持ち帰ると、久美子はビールの紙コップ一つと、たこ焼の入ったビニール袋を受け取った。

エスカレーターで2号スタンドの三階に上がり、指定された番号のシートに着く。競馬場全体が一望の下に見おろせる。久美子はすわることも忘れて、はじめて目にする光景をしばらく無言で佇んで見回していた。

左右に展開するスタンド、ダートの本（外）馬場と内馬場、中央部に広がる芝のフィールドが、すっかり太陽が没した闇の中に耿々《こうこう》と照らし出されている。右手後方に首都高速1号羽田線、左手にモノレール、その向こうで羽田空港の明かりが輝き、ひっきりなしに離着陸する機影が見える。

「映画の中の風景みたい！」

とつぶやいて、久美子はダウンジャケットを脱ぎ、ゆったりとしたクッションの椅子に腰を降ろした。

第7レースの発走は十七時五十五分とアナウンスされた。瓜生はどの馬に賭けるか、じっくり検討する時間が欲しくて、第7と第8レースは見送ることにする。

午後二時半頃から始まって九時近くまで続くTWINKLE RACE全十二レース中で、第11レースがメインだとネット情報にはあった。競馬新聞の一面もほぼ第11レース関連の記事で埋まっていて、距離も、他のレースは皆1200mか1600mだが、第11レースだけは2000mと長い。しかも、今日の第11レースは「'06日本ダートダービー」と銘打たれ、「農林水産大臣賞典」という冠の付いた重賞レースなのだ。

第8レースが始まる直前に、男女の二人連れがやって来て、瓜生たちの隣のブースに陣取った。

久美子はたこ焼を頬張りながら、

「馬券、早く買いましょうよ」

と瓜生をせっついた。

瓜生は「日刊競馬」のコメントを参考に、久美子のカンも採用して、第9レース4▼6▼11の〔馬連単〕に二千円を投じた。これが的中して、払戻し金は三千五百円だった。久美子が小躍りした。ビギナーズ・ラックだな、と瓜生は言い、これなら大負けしないで済みそうだ、と途端に守りの姿勢に入る。しかし、久美子は、今度はもっと大きく賭けてみませんか、と唆《そそのか》した。

空には星がいくつもまたたき始め、二人の飲みものは缶酎ハイに変わった。芝のフィールドの真ん中に設置された大スクリーンに、"Twinkle, twinkle, little star" の歌声と共に、

Journey Illumination 2006
イルミネーション　光の世界を旅する
New Twinkle　光と遊べ
Tokyo City Keiba TCK

とカラフルな文字列が浮かび上がり、音楽のリズムに合わせて明滅する。やがて、音楽がアップテンポなロック調に変わると、フィールドのあちこちから火柱と火焔《かえん》が次々と音たてて噴き上がって、夜空を焦がし始めた。

「おっ、『ブレードランナー』のイントロみたいじゃない！」

瓜生は思わず上擦った声を上げて、久美子の横顔を見た。久美子は平然として、微笑みながらナイトショウを楽しんでいる風である。

瓜生は第10レースも見送って、久美子に第11レースを検討しようと言った。久美子は競馬新聞を片手に、今や勝負師気取りで口を出す。第9レースで三千五百円当てて、勝ち逃げしたい瓜生との間で、馬の選定と賭金をめぐる鞘当《さやあ》てが始まった。

久美子は、12番「サンライズエヴァ」の〔単勝〕を推す。

「どうしてサンライズエヴァなの？」

と瓜生が訊くと、久美子は手にした競馬新聞を指でポンと弾いて、

「『本紙の見解』欄に、鮮やかな末脚《すえあし》、日の出の勢い、とあります」

と答え、瓜生が新たに買って来た缶酎ハイ〝ストロング・レモン〟を呷《あお》るように一口飲んだ。

更に久美子は、12番がらみで、12▼10の〔馬番連単〕を千円買うと共に、3―10―12〔馬3連複〕も千円買いたいと言う。

〔馬番連単〕の10は新聞予想でも上位に挙げられていて妥当な線だが、久美子が強く推す

〔馬3連複〕の3、サッフォーには瓜生も首を傾げざるを得ない。予想では可もなく不可もなくという評価で、こういう場合はむしろ大穴狙いで無印の1や13あたりを持って来た方が……、と瓜生は説得にかかる。久美子は首を縦に振らない。

「明け三歳の牝馬《ひんば》か……」

と瓜生は諦め口調になった。

「サッフォーね。サッフォーは確か古代ギリシャ、レスボス島出身の女流詩人の名前でレズビアンだっけ……」

すでに第11レースの投票が始まっている。瓜生は急いで自動発払い機へ走って、投票を済ませた。

瓜生は隣のブースが気になってしかたがない。レースの模様に女は嬌声を上げ、男は大仰な身振りで悔しさと喜びを爆発させる。水割りの入ったプラスチックのコップを片手に、一個のホットドッグを二人で齧《かじ》りっこしたりする。瓜生は、男が遣り手《やりて》の不動産業者で、女はその愛人と見た。

二人は時々、こちらのブースの方をチラ見して、何事か囁き交わす様子だが、瓜生は、彼らの目に自分と久美子はどう映っているだろうかとナーバスになって落ち着かない。男は自分と、女は久美子とほぼ同年齢ぐらいだろうか。

久美子は、ずっと彼らに対して完全無視を決め込んで、馬場と競馬新聞に没頭している。その時、不意に瓜生は、かつて博報堂に勤めていた頃、スポンサーの接待がきっかけで知り合った、銀座のクラブ「ザボン」のホステスのことを思い出した。鷹取美輪《たかとりみわ》という名前で、店では「トンボちゃん」と呼ばれ、福岡出身だと聞いた。二十代半ばの気立てのいい女の子で、初対面の時、

「自分ではつけないのに、香水を集めるのが趣味なの。今は『シャネル』に凝ってる」

と、いかにも銀座のホステスらしい戯言《ざれごと》を口にしたのを覚えている。

当時彼は、ADC賞を受賞した新進気鋭のクリエーターとして、将来を嘱望されてはいたが、退社してオフィスを構えて一国一城の主《あるじ》になるにしても、自分にどのような未来が待ち受けているのか、内心漠とした不安を抱えていて、何かに縋りたい気持になることが間々あった。「ザボン」で酔いが回った折など、揺れる心情を美輪に吐露することがあって、そんな時彼女は必ず、

「あなたには特別な才能があるのよ、きっとうまくいく」

と断言し、福岡に帰省した時、太宰府天満宮のお守りを手に入れて、みやげにくれたこともあった。

出会って一年後の五月晴れの日曜日、彼は美輪を誘って、府中の東京競馬場に出掛け、その日開催された「日本ダービー」の馬券を買って、思いがけない大金を懐にした。

競馬に関しては、何の知識もない素人の二人だが、美輪のカンが冴え渡って、強運を呼び込むことが出来た。帰りに新宿で電車を降りて、御苑近くのラブホテルに入り、そのまま翌朝までベッドを共にした。

瓜生は、「ザボン」のママに彼の下心を伝え、言い含めてくれるようそれとなく頼んでおいたから、美輪は彼の誘いを待っているようにも見えた。何事も手順、段取りが肝心だと、この当時から彼は考えていた。

その後の瓜生は、美輪と何度かからだを重ねたが、やがて社内の広報部にいたちづると付き合うようになって、銀座のクラブ通いも間遠《まどお》になり、婚約して以降、店には一度も顔を出していない。美輪は何度か電話や手紙をくれたが、彼はいっさい応じなかった。

〝私が棄てた女〟か……、瓜生は感傷的な気分になり、再び隣のブースに視線を移すと、不動産業者とその愛人は、人目もはばからずからだを寄せ合って、情事のにおいを周囲に撒き散らしている。

すると、久美子が競馬新聞から顔を上げて、缶酎ハイの残りを飲み干し、何か小声で言った。それは瓜生には耳慣れない関西弁の言い回しで、

「勝負したろやないか」

と聞こえた。

第11レースの開始を告げる〝Twinkle, Twinkle, Little Star〟のメロディーが響いた。場内から歓声が湧き起こる。

「スタートはどこ？」

久美子が訊ねた。

「第4コーナーの手前、ほらあそこ」

瓜生が指さす。

「さっきまでは第2コーナーと第3コーナーの中間にスタートゲートがあったけど、第11レースは2000mと長いからね。第4コーナー付近まで移動させたんだ」

栗毛に跨《またが》った、黒いトップハットに赤い燕尾服の女性が旗を掲げて正面スタンド前を速歩で通過して行くと、三頭の誘導馬を先頭に十六頭の出走馬が姿を現し、返し馬に入った。

「サッフォーはどれかしら？　……いたいた、ゼッケン3、あら、黒馬《あお》なのね。騎手も黒い帽子。ね、もっと近くで見ましょうよ」

久美子は立ち上がってダウンジャケットを羽織ると、瓜生を急き《せ》立てて観覧席を出て、本馬場のゴール付近の柵近くまで階段を駆け降りた。

返し馬が終わると、十六頭はいっせいにスタートゲートへと向かう。五人の女性ラッパ手が正面スタンド前に登場して、高らかにファンファーレを吹き鳴らした。

二頭が愚図って、なかなかゲートインしない。一頭が興奮して立ち上がった。場内がどよめく。

「あれはどうも3番みたいだな」

冷たい風が吹きつけるゴール付近で、瓜生は寒さに震えながら言った。

「全馬、ゲートインしました」

アナウンスが告げる。スタンドは一瞬静まり返った。ゲートが開いた。

瓜生たちの目の前を十六頭が大きなかたまりとなって、土埃を上げ、轟音を立て、風のように走り過ぎて行く。

「ここを通って、一周してもう一度ここに戻って来て、ゴールだ」

と瓜生は久美子に語りかけた。

「寒そうね」

「平気、平気」

馬群は第2コーナー付近で大きくばらけ、縦に長く伸びた。向こう正面の直線に入ると、フィールドの植込みが邪魔をして、馬は腹から上しか見えず、鞍上《あんじょう》で屈み込んだ騎手の赤や黄や青などの帽子が斑点となって滑走して行く。フィールド正面のスクリーンには、走る馬の姿が大きく映し出され、アナウンスが的確に戦況を伝える。

第4コーナーの手前あたりから肉眼に映る馬の姿もまた大きくなり始め、蹄《ひづめ》の音がクレッシエンドで高まる。

「12番、サンライズエヴァが先頭です！」

アナウンスと共に、スクリーンにサンライズエヴァの勇姿がクローズアップされる。

「来たぞ！　来た！」

と観客の声が上がる。

「エヴァ、エヴァ！」

久美子も叫んだ。

最後の直線に入る。騎手は尻を高く上げ、手綱を荒々しく漕ぐように動かし、鞭を激しく揮《ふる》った。

しかし、サンライズエヴァの脚は伸びなかった。ゴール手前三十メートルで、外から来た三頭に次々追い抜かれ、最後は混戦の中で何着でゴールしたかも分からない。

「何が鮮やかな末脚、日の出の勢いよ」

久美子は忿懣《ふんまん》やるかたない様子でつぶやき、ニット帽を脱ぎ取り、また深くかぶり直した。

「そうだ、サッフォーはどうなった？」

と瓜生。

着順が決まって、結局サンライズエヴァは七着に終わった。3番サッフォーは、第4コーナーの手前で騎手が落馬して競走中止、とアナウンスされた。

「サッフォーは騎手を振り落としてゴールしたのね。何着かな……」

「競走中止だから着順はないよ」

「騎手は大丈夫かしら」

「大したことないといいけどな。過去に死亡事故や福永《ふくなが》騎手の例もあるしね」

久美子は眉を曇らせた。

二人が観覧席に戻ると、隣の男女の姿はなかった。

「帰ったらしいね」

と言って、瓜生もまた帰り仕度をし始めると、久美子が、

「第12レースが残ってるわ。わたしが買いますから、もう一勝負しませんか。しっかり研究もしたし」

「止めとこうよ。第12レースはおまけみたいなもんだし、五千円投じてマイナス千五百円だから、勝ったみたいなもんだよ。それより駅に戻って、何かあったかいものでも食べよう。お腹が空くと寒気がする」

久美子は名残り惜しそうに馬場を振り返った。

二人はバスの待ち時間を惜しんで、タクシーを拾って大井町駅に出ると、駅近くの飲み屋街、東小路《あずま》に足を運び、小料理屋「松原」の暖簾をくぐった。

瓜生は、大阪・池田の酒「呉春《ごしゅん》」の熱燗を頼み、久美子に、

「何でも好きなものを」

と言うと、久美子は厨房の背後の壁に貼られた和紙に大書されているメニューを見て、

「河豚《ふぐ》のてっさと唐揚げがいいな」

と言った。メニューには、値段が書かれていない。

瓜生は、競馬で損するよりはマシだと思い、

「じゃ、あとで鰭酒《ひれざけ》も」

と鷹揚なところを見せた。

酒が程良く回って、瓜生は競馬馬の珍名について、蘊蓄を傾け始めた。彼は競馬好きの

マネージャー曽根から同じ話を何度も聞かされ、今ではこれが彼の酒席での十八番《おはこ》になっている。

「とにかくとんでもない名前を付ける馬主がいてね、たとえばオマワリサンとか。ゴール前の実況中継で、アナウンサーが、逃げる、逃げる、オマワリサンが逃げるって絶叫すると、観客がみんな笑うんだよ。ロバノパンヤっていう馬もいて、馬じゃないのかと不審に思う人もいるだろうな。ネルトスグアサなんてね、ごもっともだが、絶対脚が遅いに決まってる。誰も買わないよ、そんな馬。アナタゴノミとか、ウラギルワヨ、キゼツシソウなんて色っぽいのもあるんだ」

久美子は大笑いして、

「以前、二子玉川のエステに勤めてた時、ご主人が競馬好きのお客さんがいて、バカニシナイデヨっていう名前の競走馬がいるらしいけど、馬主さんは山口百恵《やまぐちももえ》のファンかしらねって言ってました」

と応じた。

十一時前に上機嫌で店を出た二人は、互いの背中に腕を回してスクラムを組み、飲み屋街の横丁を闊歩した。瓜生が、

「オレニホレルナヨって馬もいるよ」

と言うと、久美子は立ち止まって、

「カミサンコワイっていう馬はいませんか」

と訊いた。
二人はあたりを見回して人目がないことを確かめ、抱き合ってディープ・キスをした。

14

瓜生はドキュメンタリー撮影の件で、TV局のディレクターとの打ち合わせを終えたあと、飲みに行こうという誘いを断って六本木交差点まで出ると、同行の曽根に、今日は直帰だよ、と告げてタクシーを停め、奥さんとジムですね、との曽根の声を背にいそいそと乗り込む。タクシーで自宅に帰る時は高樹町から首都高速3号線に入り、東名高速を走って横浜青葉ICで降りるルートを取るが、今日の彼は「高樹町入口」を素通りして、渋谷駅前のスクランブル交差点の手前でタクシーを降りた。日はとっぷりと暮れている。彼は交差点を渡って、TSUTAYA二階のスターバックスコーヒーに駆け上がった。ガラスの壁面に向いたカウンターに凭《もた》れて、瓜生の分のカフェラテも買った久美子が、手持ち無沙汰な様子で待っていた。二人は肩を並べ、眼下のスクランブル交差点を縦横に往き交う群衆の渦巻き模様を無言で眺めた。

久美子は濃紺の厚手のツイードのロングジャケットに同系色の膝丈スカート、スエードのショートブーツとシックな出立ちだ。ベージュのマフラーを巻いている。瓜生は先週の競馬場の寒さに懲りたのか、珍しくバーバリーのトレンチコートを着用に及んでいる。

二人はTSUTAYAを出ると、道玄坂に向かい、百軒店《ひゃっけんだな》で右に折れて急な坂道を上がった。

久美子はジャケットの胸ポケットからレイ・バンの縁無しサングラスを取り出して掛けたのち、

「似合います？」

と訊いた。瓜生はうなずいただけだが、サングラスを掛けると、髪型も含めてイタリアの映画女優クラウディア・カルディナーレに似てないかと思った。

道頓堀劇場を横目に通り過ぎながら、

「渋谷に頓堀《とんぼり》とはこれ如何に？　……最近は、ストリップにも女性ファンが付いてるそうだ」

と瓜生は言った。

「へえ、そうなんだ」

久美子が素っ気無く応じる。

狭い路地が迷路のように入り組み、両側にけばけばしい装飾のラブホテルが立ち並んでいる。瓜生は円山町には不案内で、どのホテルにするか、決めかねながら漫《そぞ》ろ歩きする。するとそのうち、久美子が先に立って、迷わず一定方向に歩み始めた。

「おや、ユーロスペースがこんなところに……」

瓜生は思わず声を上げた。

「ここ、感じいいですね」

隣のホテルを指して、久美子が言った。

「SULATAか……、どういう意味だろう。英語にはこんな単語はないし、たぶんドイツ語、フランス語にも……、サンスクリット語とか」

瓜生はつぶやきながらエレベーターを降りた。

部屋に入ると、すぐ久美子を抱き寄せ、コートを着たままキスをした。瓜生が彼女のマフラーを解いて、唇を項《うなじ》に移そうとすると、久美子は肘でそっと彼を押し返して、軽やかに身を翻し、ヘッドボードの左側に置かれたオーディオ装置に持参したCDを挿入する。テナーサックスの音が流れ出す。

「これは何？」

瓜生が訊くと、

「French Movie Story、バルネ・ウィランとマル・ウォルドロンのアルバムです」

と久美子は答えた。

二人はコートを脱ぐ。瓜生は彼女を再び抱きしめる。

「お先に、シャワー、どうぞ」

熱い吐息と共に久美子が促した。

瓜生が浴室に入る時には「男と女」がかかっていて、出て来た時には「死刑台のエレベーター」に変わっていた。久美子が入れ代りに浴室に入った。その間に、瓜生は、念入りに選んだ彼の大切な小道具をコートのポケットからヘッドボードの片隅に移しておいた。

「危険な関係のブルース」が流れ始めると、バスタオル姿の久美子が彼の前に立っていた。

瓜生は、彼女の背後に回ってバスタオルをゆっくり剝ぎ取り、唇を項や肩に押し当てながら左手を乳房に、右手を下腹部に滑らせ、手のひらを股間に密着させた。

彼は、人差指の先端をクリトリスに押し当て、中指と薬指でワギナを愛撫した。そして、ゆっくり彼女をベッドに押し倒し、覆いかぶさってゆく。

……何かが違う。間断なく愛撫を続けながら、瓜生は戸惑いを感じ始めた。たいていの女性はこのあたりで声を出して喘ぎ始め、ワギナはたっぷり潤いを帯びて来るはずなのに、久美子にまだその気配がない。

瓜生はからだを反転させて、腕をうんと伸ばし、ヘッドボードから予《かね》て用意したコンドームを取り、ぎごちなく封を切ろうとすると、久美子の手が小鳥のように飛んで来てそれを掠《かす》め取り、素早く封を切った。彼女は起き直って、彼の股間にしゃがみ込み、コンドームをペニスの先に宛《あて》がい、器用に唇と舌と歯を使って、深々と装着した。

瓜生はうっとりして、久美子の尻を撫でながら左脚の太腿を抱えて、

「お返しに……」

とアンダーヘアに顔を近づけた時、どうにも抑制が利かなくなり、一気に果ててしまった。

瓜生が、ロケット打ち上げ失敗か、と自嘲の笑いを洩らすと、久美子は、彼の横にから

だを寄せて来て、

「再打ち上げします？」

と言って微笑んだ。

久美子が先にベッドを降り、バスタブに湯を溜めて、

「どうぞ、からだをあっためて下さい」

と言った。

瓜生がぬるま湯から上がって、次の打ち上げに備えて回復を早めるため、股間に冷水シャワーを浴びせていると、久美子が入って来て、背後から抱き付き、

「待ち切れなくて」

と甘えた声で言いながら、彼の肩の周りに舌を這わせ、乳房を彼の背中に擦り付ける。右手を彼の下腹部に回して、手のひらにペニスを包み込んで扱《しご》き始めた。シャワーが床面で噴水のように水を跳ね上げている。

瓜生は不覚にも再び誤発射してしまった。

——接して洩らさず、と言うが、接する前に洩らしてどうする。

久美子は、勢いを失ってうなだれたペニスから手を離し、シャワーを止めて、すいません、余計なことして、と言った。

ジャズピアノの演奏が流れる廊下を通って、来た時とは別のドアからホテルを出た。道

玄坂を下《くだ》りながら、久美子は、英文学はとても無理、会話に切り替えて「ベルリッツ」にでも行こうかと考えている、と打ち明けた。

瓜生は、これから教室では会えないのかと思い、もう一度チャンスを作って、この次は何とか合体しないと、と心に決めた。何か工夫が必要かもしれない、手に入れれば、バイアグラを使う手もある、と新たな妄想をふくらませ始めた。

15

民放TV局のニュース番組に組み込まれたショート・ドキュメンタリー、「Current Topics」の放映が、スポンサーの洋酒メーカーの意向で予定より大幅に繰り上げになったため、瓜生たちは正月休みを返上して、取材と撮影に協力せざるを得なかった。

その間、瓜生はずっと風邪気味で、三十七度二、三分の熱と軽い咳に悩まされた。元来、低体温だったから、熱の影響は小さくない。じつに二十年振りのことで、妻のちづるやオフィスのスタッフには一様に「鬼の霍乱《かくらん》」とからかわれたり慰められたりした。思い当たるフシといえば、寒風に晒されて観た「TWINKLE RACE」とHOTEL SULATAで浴びた冷水シャワーしかなかった。

収録はStudio Arkの会議室、スタッフがワークショップと呼ぶ小部屋などで行われた。瓜生は、洋酒メーカーの担当者が突然、事前の打ち合わせには出なかった話題を口にした時、一瞬呆気に取られた表情を見せ、同時に軽く咳き込んでしまったのを気にしていたが、どうやらそのシーンは編集段階でカットされたらしい。

放映後、直ちに業界から反応があり、雑誌「宣伝会議」の編集部からインタビューの申し出があった。

潮崎久美子との一夜から二週間が経過して、その間、久美子から三通のEメールが送られて来た。不首尾な結果に終わったセックスを今一度と、渋谷駅で別れた際には考えていたが、年が明けて、仕事始めの週の金曜日、「無粋」のカウンター席にすわっていた瓜生は、頭の片隅で警報音《アラーム》が鳴っているのを自覚した。

最近はごぶさたしているが、シニアモデルの女性と最初に出会った時から現在まで、強い恋愛感情を抱いたり、二度と会うまいと思い込んだり、二人の関係は十年間、紆余曲折を経て今日《こんにち》に至っている。

三ヵ月前、〝海洋公園〟の女性インストラクターがオープンしたショップに顔を出し、その後伊東市内の観光客に人気の鮨屋に誘って、赤沢温泉郷のプールハウスで一緒にトレーニングする約束を交わしたが、瓜生がこの女性と知り合ったのは五年前、〝海洋公園〟主催のダイビング安全講習会に参加した時のことだから、個人的に付き合うようになるまで、随分時間がかかっている。

「急《せ》いては事を仕損ずる」、ちゃんと手順、段取りを踏まないと、ものごとは思うように進まないというのが彼のモットーだから、今回の久美子との間柄の急展開ぶりは、予想もしないことだった。

以前、授業でヘンリー・ジェイムズの"THE PORTRAIT OF A LADY"（ある婦人の肖像）の縮約版を読んだことがあり、その中に次のような一節があった。

"What could be better than a companion whose quick mind reflected one's thoughts like a fine mirror."

瓜生はこの文章を、

「伴侶が機敏な頭を持ち、こちらの考えをきらきら光る鏡面に映し出してくれるなら、これほどありがたいことがあろうか」

と訳して、教師に褒められたのだが、これはヒロインのイザベルの結婚相手オズモンドが、どのようにイザベルに魅了されたかを説明した件《くだり》である。イザベルがオズモンドの語る言葉に同調し、これ以上は望めないような見事な反応を示したことで、オズモンドの気持は一気に結婚に傾いて行く。瓜生もオズモンド同様、好みのタイプの若い女性に惹かれ、有頂天になったのだが、いったん冷静になって振り返ってみると、何かがおかしい。

二人の関係をリードしていたのは、終始瓜生だったから、成り行きにおかしなところがあった訳ではない。

彼の誘いに乗って、久美子が瓜生の懐《ふところ》にするりと入り込んで来た、その入り込み方の巧みさに、アラームが鳴っているのである。

彼が英語学習者の先達として、発音記号を教えてみると、たちまち一覧表を記憶して、瓜生の「考えをきらきら光る鏡面に映し出してくれる」、そうしたリアクションの速さと熱意にほだされて、競馬場からHOTEL SULATAまで一直線に突き進んでしまったが、はてさて今後どうしたものだろうと、性来用心深いところのある瓜生は、立ち止まって思案し始めたのだった。

瓜生は、バーボンのソーダ割りを一口啜って、「窮鳥《きゅうちょう》懐に入れば猟師も殺さず」という諺《ことわざ》を思い浮かべた。

久美子は、彼が手を差し伸べるのを待っている窮鳥だろうか？

では、何が原因で窮しているのだろう？

「男早《ひでり》……、いくらなんでも」

久美子は、彼から見て理由の分からない余裕のようなものを漂わせていて、ラブホテルの中での振舞にしても、彼の意表を衝くようなところがあった。彼がシャワーを浴びてバスルームを出ると、無造作に脱ぎ散らした衣服がきれいにたたまれ、上着とズボンはハンガーに掛けられていた。本来は世話女房タイプなのか。しかし、それは何だか彼女らしくない行動のようにも思える。

SULATAの出口に近い廊下の壁に、ピアノを自動演奏する黒人の人形が置かれていたが、ホテルを出たあと、久美子は、

「あの人、サムっていう名前ですって」

と言った。

瓜生は合体し損った決まり悪さから上の空で、ふーんと答えただけだったが、あらためて、

「サムって誰？」

と思わずにはいられない。たまたま入ったホテルの内部事情に通じているのって変じゃないか。

彼は、自分が若い女性にもてるタイプの中年男性でないことはよく分かっている。「昼下りの情事」というハリウッド映画の中で、ファニー・フェイスのオードリー・ヘプバーンが狙いを付けたのは、渋くてハンサムなお金持、ゲーリー・クーパーだった。「麗しのサブリナ」では、リッチなプレイボーイ、ウィリアム・ホールデンと兄の会社社長、ハンフリー・ボガートか。

映画つながりで言えば、瓜生のような凡庸な容姿の持主の役回りは、「昼下り……」だとモーリス・シュバリエ演じる私立探偵あたりではないか、と埒もない連想ゲームに耽っていると、荒が、

「お作りしましょうか？」

と訊いた。

潮崎久美子は、何度もまたお会いしたいとメールを寄越している。しかし、当分会わな

い方がいい、時間が経てば、何かがはっきりするはずと、誰かが耳許で囁いている気がする。

　無意識と意識の間を媒介するのは、オールドワイズマン（老賢人）だと言ったのはフロイトか、いやユングじゃないか。それって、守護霊みたいなものかな……、simpleton（まぬけ）の俺を背後から見守ってくれるオールドワイズマンの忠告……。

　瓜生が再びグラスを取り上げて、

「何だか酔いが回って来たみたいだ」

と言うと、路面電車から撮影したウィーンの街並のDVD映像を見ていた由美が、

「番組、録画しておきました。瓜生さんの横顔、俳優の平泉成《ひらいずみせい》に似てるような気がした」

と言い出した。

「それを言うなら、昔の人だけど、山村聰《やまむらそう》じゃない？」

と荒。

「ふーん、いずれにしても老《ふ》け役が演じるタヌキオヤジに見える訳だ」

とつぶやいた瓜生は、だから潮崎久美子みたいな若い女性が、五十男に積極的にアプローチして来るのは不自然なんだよ、とひねくれた理屈を捏《こ》ね、更に踏み込んで来ようとしている相手に対する違和感を、何とか正当化しようとした。

　翌週の月曜日、瓜生が表参道駅の改札を通り、青山通りに出る階段に向かって地下道を

歩いていると、反対側から女性が歩いて来るのが見えた。

彼の前方には、急ぎ足のサラリーマンが二人いたが、その女性の前後には誰もいない。擦れ違った時、瓜生はその女性を横目で見て、思わず立ち止まろうとしたが、辛うじて気づかない振りをして足を速めた。

地上に出て骨董通りを歩くうち、今の女性は潮崎久美子ではないかという思いがいっそう強くなった。

偶然の出来事である訳がないが、でも何故あんな場所に……。彼女は瓜生のオフィスの住所を知っているのか。彼は「広告屋」だと名乗ったきり、それ以上の情報は与えていない。彼女が知っているのは、瓜生の携帯のメール・アドレスと電話番号だけのはずだ。

瓜生は仕事帰り、久し振りに「五臓六腑久」に立ち寄った。今夜、隣のバーから聞こえて来るのは八代《やしろ》亜紀《あき》の「舟唄」である。彼はいつも通り、芋の前割りをオーダーして、じゃこおろしと納豆の挟み揚げを頼み、

「八代亜紀は嫌いじゃないんだけど、どうしていつもひばりの歌声が聞こえて来ないのかな。演歌を流すんなら、定番中の定番じゃない」

と訊いてみた。

店主は間を置いて、

「いつだったか、〝スターダスト〟って曲がかかってたな」

二階の客が注文したヤキトンにかかりきりになっていた若い衆《し》がフォローして、

「ひばりって、英語うまいんですよね」

と言った。

瓜生はそれには触れず、

「〝スターダスト〟か、あれはいいよね。僕は〝歩いて帰ろう〟って曲も好きなんだ。ジャズ歌わせても、ほんとうにうまいな、ひばりは」

とだけ言った。

前割りを御代りしたあたりで、瓜生は今朝、表参道の地下通路で擦れ違った女性について考え始めた。

彼女がKSだとしよう。KSは、どうしてある日突然、俺の通勤経路に現れたのか。その理由は本人に訊いてみなきゃ分からないし、知りたくもないような……。

では、何故俺のオフィスの住所を知っているのか、唯一考えられるのは、あのラブホテルの部屋でシャワーを浴びてる隙に、カード入れから名刺を抜き取られた……、いや、それならカード入れには、大学の受講証も入っている。表面《おもて》には、「生涯学習センター公開講座」の文字と大学名、受講生番号、名前と生年月日が、裏面《うら》には、手書きの住所と自宅の電話番号が……。瓜生は、自宅とオフィス両方の住所と電話番号を知られた可能性があることに思い至った。

逆に彼がKSについて知っていることといえば、下北沢でエステティシャンをしている、携帯のメール・アドレスと電話番号、あとは……小田急沿線の住人というデータのみ。確か兵庫県出身だと言ってたような気もする。

ここまで来て、瓜生の思考回路は、ＫＳは何のために俺に会いたいんだろう、俺の前にいきなり出現した訳は？　と振り出しに戻ってしまった。


二日後の水曜日、瓜生は、横浜市営地下鉄仲町台駅の改札の手前で、ジャケットから定期券を取り出した時、駅構内右手、あざみ野方面行きのプラットホームに上がるエスカレーターの乗り口から左数メートル手前の位置に、女性が立っているのを認めた。

彼は顔を背けて、早足でまっすぐエスカレーターに向かい、彼が立っているステップがホームに達する手前で左下のスペースを見降ろしたが、すでに女性の姿は消えていた。

オフィスでは、桑洋一と黛エリカの二人が彼を待っている。彼らは昨年末から、今年の夏に応募する、二〇〇九年世界陸上ドイツ大会のエンブレムの国際コンペに向けて準備していて、大阪大会の雪辱を期している瓜生にとって、今朝は、そのデザインと色の方向性を決める重要な話し合いを控えているのだ。あの時応募作品が採用されなかった理由は、すでに分析し尽した。今度はその轍《てつ》は踏まない。

また、午後四時には、新宿中村屋の階上レストランへ行かなくてはならない。新聞社系週刊誌の企画で、いま人気の企業小説の書き手と対談する予定になっている。

――要するに俺は忙しい、構ってなんかいられるか、と瓜生は高揚した気分で、強気に構えてプラットホームに立った。

しかし、あざみ野駅に着くと、彼が乗る予定の田園都市線急行は、市が尾駅で起きた人身事故のため大幅に遅れていて、プラットホームには人が溢れている。どうしてこの路線はしょっちゅう遅れてばかりいるのだろう、と瓜生は舌打ちする。午前の通勤時間帯が特にひどい。

ようやく電車が到着して、ぎゅう詰めの車中で吊革に摑まって、考えはKSに戻る。

……それにしても、何だか事態はおかしな具合になって来た。彼は〝ストーカー〟という言葉を連想した。

俺が無視しようと、へこたれないで、まるでトリックスターみたいに眼前に突如出現する。

それにしても、二人の間の距離を縮めようとするスピードが異様に速くないか。今週、これが二度目で、その間隔がやけに短くなってるぞ。

そういえば、速い速度で移動する物体の中では、時間はゆっくり進むという、感覚的には理解しづらい理屈を捏ねた物理学者がいたっけな、と瓜生のイマジネーションはあらぬ方向へと逸れて行く。

高名な物理学者も晩年は、神や宗教について考え始めたんだった。「究極的には、神にしか解き明かしえない真実がある」……だったか、それとも「神は、最後は人間に解き明かしえない何かを残した」……だったか、とにかくそんな言葉を彼は洩らしたらしい。

どうしてサイエンスの最前線で仕事をする物理学者や生物学者が、神や宗教について関心を持つようになるんだろう。日本人のノーベル賞受賞者第一号の湯川秀樹《ゆかわひでき》は……。

電車が表参道駅のプラットホームに滑り込んだ。

その夜、彼は何気ない風を装い、ちづるに、

「最近、変な電話が掛かって来たりしない？」

と訊き、

「勧誘とか？　今のところは何も……」

とちづるは答えて、届いたばかりの英知女学院大学生涯学習センターから送られて来た前期（春）講座のパンフレットを手渡した。


金曜日の朝、玄関ドアを出た時、悪い予感に襲われた。

エレベーターで四階から地階の吹抜けのパティオまで降りて、トネリコの木をめぐって地上に出て駅に向かうのを習慣としている彼は、トネリコの木の周りに置かれたベンチに女性がすわっているのを認めた。うしろ向きだが、ひと目で誰だか分かる。

彼は意外さに驚き、二、三歩後退《あとずさ》りして一瞬立ち止まったが、振り返りはしなかった。オートロックなのにどうやって侵入した？　このまま俺の自宅まで上がって行くつもりか、いや、ちづるは「リーベ」の音合わせのため先に出たのだから、そんなことをしても無駄だ、俺が帰宅するまで待つなんて有り得ない、であれば尾行されるのか……。

午前中に桑と黛の二人とエンブレムについて再び話し合いを、午後はマネージャーの曽根と銀座の通信社へ「ナショナル ジオグラフィック」に掲載された動物写真を選びに行く予定だから、潮崎久美子と自宅マンションの地階で揉めるなんて醜態を演じる訳にはいかない。

彼は最大限に自制して、急ぎ足で駅に向かう。時折、背後を振り返りながら。

この日の田園都市線は、珍しく時刻表通りの運行だった。彼の仕事もスケジュール通り順調に進み、午後九時過ぎ、「無粋」に現れた瓜生は、消去しないでいた久美子のメールをチェックして、遂に返信を送ることにした。


先週、彼はコピーライターの竹井翠に、南青山三丁目に開店したバーの話を聞いた。

「オーダーメイドのキャビネットの中に、バカラやサンルイ、バルサンランベールのグラスが並んでるの」

「カクテルが得意なバーか」

「そうですね、マティーニとかサイドカー……、一九五〇年代のブランデーベースのリキュールを使ってるって言ってましたね」

竹井は、この店の特徴は、何と言ってもその暗さにあると続けて、

「最初に入った時は、ホーンティッド・ハウス（お化け屋敷）かと思いました。店は、オーセンティックなバーの造りなんですけど、とにかく暗くて。暗闇とは言わないまでも、

間接照明だけだから、ちょっと離れると客同士の顔もよく見えないし……」

「それじゃ、女性は怖がって行かないんじゃない」

「連れてってくれた女友達の話によると、客の六割が女性なんですって。それもお一人さまが多いとか」

他人の目を気にしてメークしている女性は、こうした暗がりの中にいると、安心した気分になるらしい、とバーテンダーも説明したという。

「普段メークしないわたしでも、それは分かるような気がします。フェミニストの決まり文句に、男性の暴力的視線っていう言い方があるでしょ。でも、女性は、男性だけじゃなくて、同性の視線も気にしてるんですよね」

「そう、男女のカップル同士が擦れ違う時、男性も女性も、まず相手の女性だけ見るよな」

と瓜生は言い、店名を訊くと、竹井は、

「メタモルフォーゼ」

と答えた。

「カフカだね。そんなに暗いと毒虫になっても気づかないかもしれないな」

瓜生はその店の電話番号と住所をメモしておいたのだが、久美子宛の返信に、次週月曜の夜七時にそこで会おうと記した。

久美子からのメールには、

「分かりました」

とだけ書かれていた。

オールドワイズマンの忠告は、瓜生の頭の片隅に追いやられ、もう一度、あのラブホテルでリターン・マッチだ、それには入念な準備が必要だと考え始めた。

彼は前回、超薄型のコンドーム0・02㎜に拘《こだわ》ったのが失敗のもと、感度が良過ぎてはいけない、むしろ厚手の0・05㎜で再チャレンジする手じゃないかと思い、新型のコンドームをハックドラッグで見つけて二パック購入した。

彼は大手製薬会社の営業部長に連絡して、部下のコピーライターがバイアグラに関する資料を捜していると持ちかけ、当日月曜の午後には、現物を手に入れることが出来た。

営業部長は、瓜生にバイアグラの語源を知っているかと問い、

「英語のバイタル、生命の、活力に充ちたという形容詞と、北米の観光地ナイアガラが合成されたネーミングですって」

と教えてくれた。

「ゴジラに似てる」

と瓜生は言い、その効能には半信半疑だったが、とりあえず試してみるつもりでいた。

前日の日曜日には、横浜市の県立図書館で、性科学者高橋鐵《てつ》の『あるす・あまとりあ――性交態位六十二型の分析』を入手、高橋鐵の、

「性器の結合は、愛の肉体的象徴であり頂点《アクメ》であるだけでなく、〝全身の接触〟〝魂の接触〟がそこに付随しなければならないのである」

という文章に惹かれ、計六十二の〝態位《ラーゲ》〟すべてをチェック、「梃《てこ》のラーゲ」と呼ばれる対面座位を見つけた。

瓜生が、作用点、支点、力点を意識しながら、リビングルームのソファでその〝態位〟をシミュレートしていると、キッチンにいたちづるが、

「今週、『オアシス』に行かなかったでしょ。さぼってると、筋肉が硬くなっちゃうわよ」

と言った。

彼は月曜の午後六時過ぎに店に着き、まず正面入口のドアに向かったが、店内がやけに明るい。店名を確認すると、イタリアン・レストランで、右下に明かりのない暗い階段が口を開けていた。

竹井翠は、「メタモルフォーゼ」が地下一階のバーであることを説明し忘れたのだ。

足許に気を配りながら、一歩ずつ階段を踏みしめて降りて行くと、何の飾りもない分厚いドアが待ち構えている。

どこかに店名の表示があってもよさそうだが、あったところで文字など読める訳がない。

瓜生は降りて来た階段の左上を不安そうな目付きで見上げ、とにかく入るしかないとドアを押してみた。

店内は彼の想像以上に暗かった。手前に設けられたテーブル席は形が分かるだけで、色もディテールもまるで見えない。

奥のカウンター席に向かって進むと、蝶ネクタイに白い上っ張りのバーテンダーが、

「いらっしゃい」

と言ったが、竹井の言葉通り、顔付きは分からない。眼鏡を掛けた痩せぎすの背の高い男であることは確かだが。

客は誰もいなくて、彼はカウンターの左端、一番奥の席に陣取り、普段は頼まないギネスをオーダーする。事の前に強い酒はまずい。つまみに出た店オリジナルのチョコレートを齧るついでに、バイアグラを、空腹時、事の一時間前、という注意書に従って服用する。

瓜生は次第に目が暗がりに慣れて、バーテンダーの表情の動きも読み取れるようになっていった。

バーテンダーは四十代に見える意外に話しやすい人物で、異業種から水商売に参入し、店の設計と施工、インテリアや照明は建築家の某《なにがし》に、コースターは錫《すず》作家の某に、と様々な拘りを披瀝《ひれき》し、シュールレアリスムの絵画が好きで——、と言うが、それと店の異様な暗さの関係が瓜生には今一つ分かりにくかった。

「非現実と現実の境界を曖昧にしたいってことかな」

と言うと、

「うまいことおっしゃる。廃墟をイメージしたんですよ、この雰囲気」

と受けて、まんざらでもない顔をした。

自制するつもりでいた瓜生が、つい二杯目のマティーニを注文した時、店のドアが開いて、サングラスを掛けた女性が、一人で入って来た。腕時計を見ると、七時きっかりである。

彼はひと目で久美子と分かったが、彼の目を引いたのは、彼女がこの季節に似ず、ミニスカートにタイツ姿だったことで、それがフェイクファーのロングコートとコーディネートされている。瓜生は、彼女が髪に黄色い小菊を挿して教室に登場した時のことを思い出した。

彼は頭の中で、……バイアグラよし、0・05㎜のコンドームよし、梃のラーゲよし、諸事万端抜かりなし、と復唱し、全身に戦闘モードを漲《みなぎ》らせて背筋を伸ばした。

久美子は彼の右隣にすわり、

「おどかしてご免なさいね」

と小声で言い、モヒートを頼んだが口をつけなかった。

瓜生は、どう口火を切ればよいか思いつかず、

「連絡しないで悪かった」

とだけ言った。

瓜生の視線は、久美子の太腿から膝頭、くるぶしにかけての脚線美に引き付けられ、彼は今すぐこの店からタクシーを呼べないだろうかと考えた。

久美子はバッグから白い封筒を取り出し、

「これをお会いして、直接お渡ししたかったの」

と言い、立ち上がりながら、

「中身を見て、あとでメール下さい」

と言い置いてバーテンダーに会釈し、まっすぐドアまで歩いて行く。瓜生が茫然としてうしろ姿を見送るうち、彼女は振り返ることなくドアの向こうに消えた。階段を上がる足音も響かない。サングラスは一度も外さなかった。

瓜生はしばらく脱力したままスツールにすわっていたが、気を取り直してそそくさと勘定を済ませ、封筒をショルダーバッグに放り込んで店を出た。

彼は青山通りに平行する裏道を、「無粋」めざしてトボトボ歩くうち、下半身がむずむずする感覚を味わい、

「ホントに効くんだ。でも……歩きにくいじゃないか」

と独り言ちた。

その夜、瓜生はしたたかに酔い、あざみ野駅を乗り過ごして青葉台駅で電車を降り、タクシーで帰宅した。

彼はベッドに入る前、封筒のことを思い出し、中身を取り出してみると、二つ折りにした便箋の間に、キャビネ大の写真が三枚挟まっていた。

る。

「FiGARO」の隣のビルのトイレに入って、瓜生は小一時間も便器の蓋の上にすわってい
昨夜、彼は写真を見て思わず息を呑み、それを封筒に収めて、サイドテーブルの小引出しに入れて眠りについた。

明け方、彼は異国の都市の──北アフリカの砂漠にあるのか、それとも黄土《おうど》高原にあるのか、そのどちらともつかない見知らぬ街路をさまよい歩いている夢を見た。天空から強いぎらぎらした光線が照りつけ、日干しレンガや土壁の家が立ち並んでいる。同じ街区がどこまでも続いて、通り過ぎたはずの街角が繰り返し現れる。どこかで不機嫌な犬が荒々しく吠えている。

彼は街角を、どちらに曲がればよいか判断がつかないまま歩き続けている。そして、誰かが彼を追尾していることにも気づいていた。後方数十メートルの位置に、時折黒い影が出現し、決して近づいて来ようとしない。

“Someone put a shadow on him.”（誰かが彼を尾行させている）という英文を思い浮かべた途端、目が覚めた。

通勤電車の中では彼の脳裡に写真の画像が纏《まとわ》り付き、妻に見られてはならないのは当然として、芸能人でもスポーツ選手でもない俺の浮気現場をキャッチした画像に、写真週刊誌が飛び付くだけの商品価値があるのかないのか、写真付きの怪文書が業界に出回るとどうなる？　会長選挙にどんな影響が……と、ネガティブな思念がいつまでも交錯し続け、

止むことがなかった。

瓜生は、かつて女性のファッションデザイナーが引き起こしたスキャンダルとその後の顚末、悲惨な結末を連想した。

だがそれより、彼が心底震え上がったのは、誰にも知られていないはずの久美子との関係を知っている第三者がいて、ある意図のもとに彼を陥れようとしていることだった。

彼は、オールドワイズマンの忠告に耳を傾けようとしなかったばかりに、誰とも知れない人間の仕掛けた陥穽《かんせい》に嵌まってしまった。では、何が目的だろう。

彼は、会長選挙の立候補に名乗りを挙げそうな面々の名前と顔を思い浮かべ、頭を振った。この中に、こんな馬鹿げた罠を考え出すような人間はいない。一種の名誉職で、利権が絡んでいる訳ではない。だとすると、金以外の目的は考えられないが……。

三枚の写真に写っていたのは、瓜生がサングラスを掛けた女性とHOTEL SULATAに入るところと出て来たところ、SULATAからBunkamuraに下りて行く坂道（ランブリングストリート）を、ユーロスペースの看板も入れて撮影したものだった。ご丁寧に写真の右下隅には日付と時刻も入っている。

彼は携帯を取り出し、迷った挙句、

「で、何を望んでいる、金か、それとも」

とメールした。

その夜返信が来て、

「お金を、三百万円、貸していただきたいんです。口座を持っていないので、現金でお願いしたい」

とあり、受け渡しの日時と場所が指定されていた。

瓜生は、たまプラーザ駅の改札を出て、東急百貨店たまプラーザ店方向に歩き、駅売店の手前右側にあるロッカールームに入った。その小部屋にはコインロッカー以外、グリーンの公衆電話が一台置かれているだけである。

彼はナンバー7のロッカーを開き、封筒を入れてロックし、鍵をポケットに収めて、たまプラーザ東急に向かった。店内に入ると地下一階の食料品売場に行き、冷凍食品コーナーを歩いて、たこ焼のパッケージを手にして、ついでにお好み焼もチェックし、たこ焼を買うことに決めレジに急いだ。

彼は、この日、午前十一時半過ぎに曽根と黛エリカを伴って銀座に向かい、三井不動産の再開発プロジェクトの責任者と帝国ホテルのタワー館地下一階のレストラン「ラ ブラスリー」で会食する予定である。三井不動産の再開発責任者は、Studio Ark が提案した仮囲いのデザインのプラン——かつて三信ビルの吹抜けの天井を飾っていた黄道十二宮とアール・デコ調の絵柄を使ったデザインに大乗り気で、スタッフにこのレストランの名物、シャリアピンステーキをご馳走したいとの意向で招待してくれたのである。

瓜生はたこ焼の入った東急の紙袋にロッカーの鍵を同封し、一階正面入口近くのインフ

ォメーションに寄ると、
「この紙袋を、潮崎久美子という女性に渡して下さい」
と言って、ノートに宛先と自身の連絡先を記入して、駅に戻った。昨夜の久美子からのメールに、インフォメーションでは、鍵だけだと預かってくれないと添書があったからだ。
その夜、彼女からメールが送られて来て、
「たこ焼、おいしゅうございました
撮影データは、本日、オフィス宛に郵送します
色々お世話になりました
競馬、楽しかった
このご恩は一生忘れません」
とあった。
瓜生は、「無粋」のカウンターでメールを読んで、フンッと鼻を鳴らし、
「あげたわけじゃない
いつか、利息を付けて返して下さい」
と返信した。
彼は荒に、会長選挙には誰も立候補しそうにないよ、と業界の内輪話を洩らし、そのついでにという風で、大金を巻き揚げられた経緯《いきさつ》を個人名や細かい事情はいっさい伏せて、あらましを小声でしゃべった。彼は、今夜は深酔いしそうな予感と共に、この事件のこと

を誰かに話して忘れてしまいたい衝動に駆られたのだ。

荒は質問を挟まないで、最後まで話を聞き、

「ハニー・トラップに引っ掛かったんですね。……その女の素姓を洗ってみると、意外なことが分かるかもしれませんよ。興信所に依頼してみる手も」

と言った。

実はこの日、瓜生は、英知女学院の生涯学習センターに電話して、担当の女性から潮崎久美子の住所を聞き出そうとしたのだが、個人情報は申し訳ありませんが、と断られたばかりだった。そして、その女性は、ちょっとお待ち下さいと言い、数分たってから、先日、春の講座のパンフレットを、今期講座を受講された皆さんにお送りしたんですが、この方にお送りしたものは宛先不明で送り返されて来ましたと言った。

「架空の名前と住所かもしれません……」

瓜生は、荒にうなずいてみせ、

「この年齢《とし》になって社会勉強させられたんだが、何故か欺された気がしないんだ。お人好しの甘ちゃんだと思うだろ。でも、その女の対応の仕方に、何か腑に落ちないところがあるっていうか、こちらにはうかがい知れない事情が背後にあるような」

荒には瓜生が虚勢を張っているように見えたが、これが彼の偽らざる本音だった。

彼はバーボンのソーダ割りを早いピッチで飲んでいるうち、四半世紀前に読んだアメリカのミステリー小説『幻の女』を思い出した。

コーネル・ウールリッチがウィリアム・アイリッシュ名義で一九四二年に発表したこの作品は、同じアイリッシュの代表作『暁《あかつき》の死線』と共に、彼のかつての愛読書の一つだった。原題は確か“PHANTOM（幽霊、幻影）LADY”だった。ファントム・クミコか……。

彼女は、跡追い出来ないよう携帯の番号もメール・アドレスも、明日にでも変えてしまうに違いない。興信所に依頼したって、小田急沿線の住人なんていう曖昧な記憶だけじゃ捜しようがないだろう。それだって嘘かもしれないし。

それに相手は一人じゃないんだ、今の世の中、組織ぐるみで、複数の女を操ってこうしたダーティ・ビジネスを専門にやってる連中がいたっておかしくない。

彼には一つ、久美子が最初に彼の前に現れた時から気になっていることがあった。取るに足らないことにも思えるが、久美子が持参した『デイリーコンサイス英和辞典』、あの辞書を間違いなくいつかどこかで目にした記憶があり、そのことに拘って思い出そうとすることに何か意味があるような気がしてならないのだった。しかし、それが余りにも遠い記憶であるため、彼にはどうしても思い出すことが出来なかった。だが、瓜生は、ファントムと化してしまった久美子を見つけるための唯一の手掛りが、自宅の妻の部屋に隠されているとは夢にも思わなかった。

第二章

1

四月の第二日曜日、ちづるの運転するBMWX3は助手席に瓜生《うりゅう》、後部座席に建築家の田代晋《たしろすすむ》を乗せて、仲町台の自宅を出発した。都筑ICから第三京浜道路に入って、横浜新道、横浜横須賀道路、逗葉《ずよう》新道というルートで逗子に向かう。

横浜横須賀道路は、三浦半島中央部の丘陵地帯をほぼ一直線に切り割《さ》いて南下している。天気は上々で、山々は吹き出したばかりの新緑と満開の山桜に彩られ、穏やかな相模湾の彼方にまだ雪を頂いた富士の姿もあった。

道路は空いていて、X3は滑るように走行して、予定よりかなり早く逗葉新道から逗子の街なかを通り抜けた。

「中子《なかご》さん、もうすぐゲートです」

田代が携帯電話で訪問先に連絡を入れた。曲がりくねり、枝分れの多い狭い坂道だが、田代の的確な道案内のおかげで順調に、程なく「逗子披露山《ひろやま》庭園住宅」ゲート前に到着した。

ゲートといっても、「タウンセキュリティ実施中 SECOM」の表示と、「車は通り抜け出来ません。当邸宅区に御用のない方の進入をお断りします。庭園住宅団地管理組合」と書かれた大きな看板が立っているほか、それらしき施設や警備員の姿も見当たらない。しかし、ちづるが車を専用道の中に乗り入れると、右手の大きなクスノキの蔭に、軽四輪のパトロールカーが駐車しているのが目に留まった。

「管理組合の車が巡回してるんです」

と田代が言った。

「披露山庭園住宅」は逗子市小坪山《こつぼやま》にあり、一九七一年に一区画一〇〇〇平方米、建ぺい率二〇%、建物の高さ八メートルまでの建築協定付きで、二百十区画の分譲が開始され、バブル期には日本のビバリーヒルズと呼ばれた。バブル崩壊後に、小区画に分割販売されるようになったが、瓜生、ちづる、田代の三人は、最近ここに自宅を新築した実業家の中子脩《おさむ》、毬子《まりこ》夫妻に招待されたのである。

小坪山は標高約百メートル、三浦半島の西側の付け根付近から相模湾に迫《せ》り出した土地の総称で、その頭部に当たる先端にリビエラ逗子マリーナと小坪漁港があり、「披露山庭園住宅」はその港を見おろす丘の上に開発された宅地である。分譲地は規則正しく碁盤目状に分割されて、どこからでも相模湾と富士山が望めるように造成されていた。

宏壮《こうそう》な邸宅が並ぶ中を車は右に折れ、左に折れして進んで行く。

「どの屋敷にも塀らしきものがいっさいないんだなァ」

瓜生がつぶやくように言った。

「そうなんです。厳しい建築協定がありましてね、オープンな住宅地であるためには、塀などによって死角を作ってはならないという訳です。……ほら、あれが中子邸」

田代が窓を開けて指さした前方に、屋根に緑青《ろくしょう》色の銅板を葺《ふ》いた正六角形の建物が見えた。瓜生は思わず身を乗り出し、おっ、と驚きとも讃嘆ともつかない小さな声を上げた。

ツゲの垣で囲われた車寄せに中子毬子が立っていて、車から降りた三人を和《にこ》やかに出迎えた。瓜生は、毬子とは仕事を通じて旧知の間柄で、毬子は四十五歳になった現在も近畿日本ツーリストのシニア・プランナーとして活躍している。最初に知り合ったのは、瓜生が博報堂時代、化粧品のCM撮影でフォトグラファーやモデル計六人でモロッコに出掛けた時で、旅行プランの作成から難しいスケジュール調整まで見事にこなしてくれた。独立後も、ちづると海外旅行する際は、必ず彼女に連絡し、旅の手筈を整えてもらうことにしていた。

毬子の夫中子は、彼女も運営に参画しているメトロ・マニラの日本人専用ランゲージ・スクールの経営者である。その学校の宣伝広告物の制作は、毬子が直接 Studio Ark に依頼していたが、二年ほど前瓜生が、資料や写真をオフィスに届けに来た毬子と雑談していた折、中子夫妻が信頼出来る有能な建築家を捜していることを知り、自身が居住している共同住宅の設計を依頼した田代晋を推薦したのである。

「若手建築家の中では、日本で五本の指に入るかも。独創的な作風だけど、実用性を重視して、コストにも充分気を配ってくれる」

毬子がそれを夫に伝えて、夫妻は田代と面談、飾らない控え目な人柄が気に入って、その日に依頼することに決めた。

ちづるは夫から近畿日本ツーリストの社名は聞いていたが、担当者とは会ったことがなかった。瓜生が毬子にちづるを紹介すると、毬子は瓜生に向かって、

「奥様はわたしと同世代とおっしゃってたけどホント？」

とちづるを見つめ、

「随分お若く見えるわ」

と言って、微笑みかけた。

ちづるは、毬子がハスキーボイスの持主で、語尾が掠れたり、嗄《しゃが》れ声になることに気づき、セクシーだと感じると共に、生成《きな》りの麻のブラウスに隠された豊かなバストにも注意を引き付けられた。

車寄せから玄関ポーチまでの長いアプローチは、S字にカーブするレンガを敷いた細道で、両側は腰の高さの熊笹の植込みで縁取られている。

「随分アプローチを長く取ったんですね。このびっしり敷き詰められた、古びたレンガの舗装はお洒落だな。どこから持って来たんです？」

と瓜生が田代に話しかけた。

「東小松川《ひがしこまつがわ》の銭湯が廃業した際、取り壊した煙突に使われてたものです」

ちづるの目が輝いた。

「東小松川……、それって幸泉湯《こうせんゆ》じゃありません？　荒川の土手の近くの……」

田代がうなずく。

ちづるの母、梓《あずさ》が都庁職員の夫と新婚生活を送ったのが東小松川二丁目の職員住宅で、ちづるはここで生まれ、小学校に上がるまで住んだ。幸泉湯の真四角なレンガ煙突はどこからでも見えた。

「日曜日や休日は、父に連れられて通ったの。お風呂上がりにコーヒー牛乳を飲ませてもらうのが楽しみだった」

ちづるは、記憶を靴裏で確かめるかのようにゆっくり歩を運ぶ。

「何かのご縁ね」

と毬子がちづるに語りかけた。

「知り合いの施工業者を通じて只《ただ》同然で譲ってもらったんですが」

と田代は続けた。

「運ぶのが大変で、結局高い買物になりました。でも、アプローチだけじゃなくて、建物本体の外側の腰回りにも使って、デザイン的には狙い通りのものが実現出来たように思います」

この土地は、バブル崩壊後に一部の宅地が小区画に分割、販売された際、毬子の伯母が購入して小さなログハウスを建て、別荘として使っていたが、三年前、伯母はこの不動産をお気に入りの姪の毬子に譲ることを遺言に明記して他界、横浜市根岸台、根岸森林公園近くのマンションで暮らしていた中子夫妻は、披露山に自宅を建てることにした。

田代との打ち合わせも順調に進み、図面が完成し、施工会社も決まった。しかし、ここから着工までに予想外の時間を要した。「披露山庭園住宅」の建築協定に「環境コンサルタント制度」というものがあり、建築に際しては事前に管理組合指定の建築のコンサルタントに相談し、建物の立体模型を作った上で近隣住民に説明、同意を得、最終的に建築協定運営委員会の承認を受けなければならない。住民説明会では、六角形のデザインに拒絶反応に近い難色が示され、田代晋は挫《くじ》けることなく何度も足を運んで、何とか同意にまでこぎつけることが出来た。依頼から二年後、ようやく先月、この風変わりな木造二階建ての新居が完成した。

中子夫妻は、毬子の発案で、田代を紹介してくれた瓜生とちづるを設計者と共に落成祝いのホームパーティに招くことにしたのである。

「何だかパオの中に入るみたいで、ワクワクしますね」

と瓜生が田代を振り向いた。

「ええ。屋根伏せなんかシンプルでしょ。この形だとどんな角度の眺望にも対応出来ますしね、耐震性も高いんですよ」

「そうなのよね」

と毬子はポーチで立ち止まって、

「さあ、どうぞ」

と竪格子《たてごうし》の玄関扉を開けて、三人を土間から広いリビング・ダイニングへと招じ入れた。

ソファで、建設会社の担当者と話し込んでいた中子脩が立ち上がり、

「ようこそ。六角形の家ってユニークでしょ」

と言いながら瓜生たちを出迎えた。

瓜生と中子、建設会社の担当者は名刺を交換した。中子は、ちづるに目を留めたまま田代に向かって、

「まず二階から見てもらいましょうか」

と建設会社の担当者も交えて四人を階段へ誘った。

半螺旋の杉板の階段を上がりながら、瓜生は、中子から受けた第一印象が、訪れる前に思い描いていたものと大いに異なることを気にしていた。瓜生の身長は一七二センチで、この世代にしては高身長だが、今の世の中のスタンダードでは中背《ちゅうぜい》に属するだろう。食卓の準備で一階に残った毬子の身長は目線の位置から類推して一六五センチ前後か。瓜生は、毬子から中子がスポーツ好きと聞き、毬子よりは十センチくらい大きい男性と思い込んでいたので、実際に会った中子が彼より十センチ程度背の低いことを知って、意外の感に打たれたのだった。

おそらく毬子の方が、中子より数センチは背が高いのではないか。

だからどうということはないのだが、何か解せない気持で、彼は中子のジーンズの尻を見上げ、確か関学《かんがく》出身でラグビーの選手だったはずだが……と、毬子から伝え聞いた話を思い返した。

瓜生は更にもう一つ、気になることがあった。彼が一階のリビング・ダイニングに入った時、左側の壁面に60インチの大型テレビが据え付けられていて、映し出されている映像を目にした途端、彼はそれが「グラン・ブルー」であることに気づいた。

音声は消されていて、代りにステレオ装置からジャンゴ・ラインハルトのギター曲が流れている。瓜生は、中子がマリン・スポーツに関心があるのではないかと思い、あとで是非その話を持ち出してみようと思った。


二階は、北から東側部に細い廊下を挟んで夫妻と客用の寝室、クロゼット、洗面所、浴室などが配置され、南から西にかけての広い部屋は間仕切りのない夫妻共用の書斎で、彼らはそのスペースを〝ライブラリー〟と呼んでいる。

大きな机と革張りの回転アーム・チェア、壁には作り付けの書棚、一本脚の白いチューリップテーブルとその周りに三個の籐《とう》のスツール以外、余分な調度や装飾、置き物の類はいっさいなくて、殺風景なほどだが、その味気なさは大きく切り取った窓から飛び込んで来る眺望によって充分過ぎるほどカバーされていた。

今は霞もすっかり吹き払われて、冠雪の富士がくっきりと見える。穏やかな光を照り返す海には伊豆大島が浮かぶ。

「フローリングと壁には無垢のチーク材を使いました」

と田代は床に落とした視線を上げた。

「相模湾を掻き抱くようにして、右手の丹沢《たんざわ》山系から左へ足柄、箱根、伊豆半島の山脈《やまなみ》へと旋回する、海と山のこれほどの完璧なランドスケープを持つ住宅地は日本、いや世界でも類がないでしょう。しかも、その中心にいつも富士がある。ランドスケープ、僕はこれに風光という美しい日本語を当てたいのですが、これらの風と光を満たすことの出来る形象を考えた時、この正六角形しか思いつきませんでした」

瓜生はのんびり田代の言葉に耳を傾けながら、海に視線を投げて、蕪村《ぶそん》に多い春の句を口遊《くちずさ》もうとするが、思い出せるのは「春の海終日《ひねもす》のたり〳〵かな」一句止まりである。

窓際に立った田代は口調を変えて、このような話を始めた。

「個人宅を設計して、棟上げし屋根を架ける。すると職人さんたちは、休憩時間に、その家で一番居心地のいい場所を見つけて、弁当を食べたり昼寝をしたり……、いつもまるで猫みたいだと思うんですけどね。このお宅では、ここがその場所だったんです」

そう言って彼は、膝の高さの窓台に腰を降ろした。

一階に降りると、一同は北米から輸入した巨木を輪切りにし、一枚板のテーブルに設《しつら》えた食卓に着き、今日のパーティが始まった。

前日の午後、管理組合の理事と近隣の家族を招いた集りを催したので、この日の招待者は瓜生夫妻と田代、それに建設会社の担当者の四人だけである。

毬子が用意したメニューは、パスタとシャトーブリアンのステーキ、シーザー・サラダのシンプルなコースで、ワインはイタリア産アマローネ、日本酒もあって、中子が愛飲している灘《なだ》の「黒松白鷹《くろまつはくたか》」である。

食事の最中は、やはり田代を中心に「庭園住宅」と新居をめぐる話題で盛り上がり、それに続けて中子が、マニラの上流階級が住む「ビレッジ」とその住人の生態を面白おかしく紹介した。

食後、酒を口にしなかった建設会社の担当者は、現在建設中の建物の問題点について協議するため、田代を車に乗せて先に引き揚げて行った。


瓜生と中子は、窓辺に置いた小卓を挟んで、共に窓框《まどがまち》に肩を凭せかけるかっこうで向かい合ってすわった。窓のすぐそばに一本の赤芽《あかめ》の山桜があり、時折、花びらを散らして風が通り過ぎて行く。ちづるは、毬子が断ったにもかかわらず食事のあと片付けの手伝いで、テーブルとキッチンの間を行ったり来たりしている。

小卓の上には、ヘネシーのXOとバカラのグラスが置かれ、立ち上がった中子が四角い木箱を手にして戻って来た。小型のヒュミドール（葉巻保管箱）で、彼はダビドフの「プリメロス」のパッケージを取り出し、蓋を開いて瓜生に勧めた。瓜生が吸い口をカットした小振りなシガーを啣《くわ》えると、すかさず中子が着火してくれる。

中子はリラックスして、ゆったりした所作でブランデーを口に含み、シガーを燻《くゆ》らせ、

「月に一、二回、こうした時間を持つようにしてるんですけどね、最近は忙しくて……」

と言った。

ちづると毬子はあと片付けの後、テーブルの片側に斜《はす》向かいにすわって、コーヒーを飲みながら談笑している。その笑い声が遠くから響いて来る中で、中子が言った。

「わたしの姓の『中子』って珍しい名前でしょ。でも、全国レベルだと結構いるんですよ。辞書で引いてみると、瓜の内部の種子を含む柔らかい部分、という解説が載ってます。瓜生さんの姓と意味の上でつながりがあるみたいですよ」

瓜生には初耳で、

「そうなんだ。僕は『中子』の意味は、中身のことだとばかり思ってましたよ」

と応じた。

「ところが、姓だけじゃなくて、瓜生さんの名前、『甫《はじめ》』はじつはわたしの父と同じなんです。奇縁というほどのもんじゃありませんがね」

「それはそれは、中子甫さん……」

「いや、父は中子じゃないんです。わたしはショウフクなもので」

「ショウフク？」

中子は苦笑いして、「ショシ」と言い直した。更に「ヒチャクシュツシ」と付け加えた。

瓜生はようやく気が付いた。

「そうですか、失礼しました」

「どういたしまして」

瓜生は、久し振りに吸ったシガーの強い刺激に軽いめまいを覚え、吸差しをシガーレストに置いて、消えるに任せた。

「さっき帰った田代くん、彼はじつにいい建築家ですね。家屋のメンテナンスについても、業者に細かく指示してくれるし。ところで彼ね——」

と、瓜生にとってはまたしても意外なエピソードを語り始めた。

田代は、戦後の日活映画のDVDをコレクションしていて、自宅で飽かず繰り返し観るのが趣味だという。

「石原裕次郎《いしはらゆうじろう》とか浅丘《あさおか》ルリ子のファンという訳じゃなくて、例えば『陽のあたる坂道』、『憎いあンちくしょう』なんかに、高級住宅地に建てられた和洋折衷の家が登場するでしょ。スタジオのセットじゃない、ロケして撮ってるシーンをチェックして、間取りとか内装とか丹念に見て面白がってるらしい」

「じゃあ、東宝の社長シリーズに出て来る森繁久彌《もりしげひさや》の自宅とか、三船敏郎《みふねとしろう》が主演した『天国と地獄』の常務の邸宅とか見てるんじゃないかな」

「彼は日活のモノクロ作品が好みだと言ってましたね。田坂具隆《たさかともたか》監督の……」

「左幸子《ひだりさちこ》主演の『女中ッ子』ですか。彼とはうちの管理組合の会合で、毎月顔を合わせるけど、そんな話、これまで聞いたことがないな」

「ところで、瓜生さんも仕事柄、建築物とかインテリアに詳しいんじゃないですか」

「いや、本業はグラフィック・デザインだから、詳しくなんかないですよ。ただ家具には興味があって、時折女房連れで専門店を見て回ったり、新作の展示会へ行ったりします。特に、椅子には興味があります。

今すわってるこの椅子、『アルフレックス』かな。この小テーブルは、ヨーガンレール(Jurgen Lehl)の直営店で見たことがあるような。

東海大学の旭川キャンパスにはイラストレーターの織田憲嗣《おだのりつぐ》さんの椅子のコレクションがあって、ライトやハンス・J・ウェグナー、柳宗理《やなぎそうり》、チャールズ・イームズのものを含めておよそ千三百点、あれは見応えがありましたね。二階のライブラリーの回転椅子は、ひょっとしてチャールズ・ポロックの？」

「さすが、お目が高い。あれは一九六五年に作られたポロック・チェア、アメリカで手に入れました」

「中子さんと奥さんと、どちらのセレクション？」

「回転椅子以外は、全部家内の趣味ですね」

「ところで、毬子さんからお聞きしたんですが、マニラの学校経営は順調のようですね」

と水を向けると、中子はまんざらでもなさそうに口許を綻ばせて、

「ええ、お蔭様で、いまんとこうまく回転してますが、実は大阪にフィリピン人の講師を

呼んで、姉妹校を立ち上げようかと考えてましてね。まだ準備段階だけど、どうなりますやら」

中子は十二年前の一九九五年、フィリピンのメトロ・マニラのケソン・シティに日本人向けのランゲージ・スクールを設立した。そして、妻毬子が勤務している近畿日本ツーリストとタイアップして、フィリピン航空と特約を結び、「留学ジャーナル」「英語青年」など雑誌媒体を中心にキャンペーンを張って、短期の語学留学者を多数この学校に送り込むことに成功した。

瓜生が大学の社会人向け講座で英語を学んでいると述べ、テキストを解読するクラスばかり出席しているので会話の方はさっぱり、と言うと、中子は、

「瓜生さんはともかく、一般に日本人は英語を話す、聞くのが苦手です。読む能力は高いでしょうが。それは日本社会で生きていくのに日本語で充分用が足りるからで、アジアの国々の中で、話す、聞く能力が高い国、例えばインドやフィリピン、シンガポールなどは植民地時代の宗主国がイギリスやアメリカだったでしょ、だから公用語は英語になって、こうした国で立身出世したかったら、ハイ・レベルの英語運用能力を身に付けなきゃ話にならない。ほんの一時《いっとき》だけど、朝鮮や台湾、旧満州で日本語がそうだったこともありました。いずれにしろ、日本人にとって英語は、良い人生を手に入れるためのツールじゃなくて、いまだ手に入らない高級消費財っていうか、贅沢品みたいなものですよ。でも、英語がしゃべれるとカッコいいと考える人たちのお蔭で、わたしは随分儲けさせてもらってる

んだが」

「つまり、日本人は見栄のために英語を学ぼうとすると……」

「そうです。仕事で英語を使わざるを得ないビジネスマンは除いて、日常生活で英語を話さなきゃいけない切実な動機を持っている人は少ないんじゃないですか」

瓜生は、かつてのベストセラーのタイトル、『なんで英語やるの？』を思い浮かべた。

――俺の、「英語をやらなきゃ」と考える向上心みたいなものは、どこから来てるんだろ。やはり見栄を張りたいだけなのか、あるいは英米の文化や生活に対する漠とした憧れからか……。そう言えば、これまでなんで英語やるの？と自問したことはなかった。

黙り込んだ瓜生に、中子が冗談めかして、

「一度、マニラのスクールに、体験入学してみます？」

と言った。

瓜生はそれには答えないで、この部屋に入った時からずっと気にしていた映画「グラン・ブルー」について訊ねた。

「グラン・ブルー（原題 Le Grand Bleu）」は、フリー・ダイビング（息ごらえのみで、どれくらい深く潜れるかを競う）の記録に挑む二人の男、ジャック・マイヨールとエンゾ・モリナーリの友情と死を描いた作品で、監督はリュック・ベッソン。日本では一九八八年八月に公開された。瓜生はこの映画を公開時に東宝系列の映画館で観た。

当時、彼はタンクを使用して潜水するスクーバダイバーだったが、いわば命懸けで大深度の海中に潜って行く男たちに魅せられ、来日した際のマイヨールのドキュメンタリー番組を録画したり、東海大学海洋学部の教授による閉息《へいそく》潜水の生理学に関する論文を読んでみたりした。

中子は、

「そうですか、あなたも……。わたしはジャック・マイヨールには、特別な思い入れがあるんですよ。彼が一九七六年にイタリアのエルバ島で、人類史上はじめて素潜りで百メートルを超えた記録を作ったことを知って、自分もやってみようと思いましてね」

と語り、タイのバンコクに駐在していた商社員時代、タオ島で開催されていたフリー・ダイビングの専門家によるトレーニングを受けたことがあるという。

「競技に参加したことはあります?」

「それはないんですけど、マニラの学校が軌道に乗ってから、中古のクルーザーを買い込んで、伊豆半島周辺に出掛けて、一人で楽しんでます」

「クルーザー⁉」

瓜生は驚いて、

「どこに繋留してるんですか」

「油壺《あぶらつぼ》の隣の小網代《こあじろ》にあるシーボニア・マリーナに置いてます。艇置《ていち》料金がかなりな額になるんで、家内はいい顔をしないんですが」

瓜生は、マイヨールを主人公にしたドキュメンタリー番組を見たことがあると言い、

「僕は以前、スクーバダイビングに入れ込んで、〝海洋公園〟をホーム・グラウンドにして潜ってたんだけど、確かマイヨールは、富戸《ふと》でのトライアルで、記録を出したんですよね」

中子はうなずいて、

「あの番組の中で、マイヨールが子供時代上海にいて、夏休みに佐賀県の唐津《からつ》に遊びに来て、海に潜ってはじめてイルカと出会った思い出を語るシーンがあったでしょ。彼が回想しながら、唐津の海岸沿いを歩くシーンは良かったな」

「ロング・フィンとマスクとシュノーケルの三点セットをブック・バンドでまとめて、背中に背負って旅するって、ダンディな男だなと思いましたよ」

二人は思いがけず共通の関心事を見つけ、コニャックの酔いも手伝って話は熱を帯び、中子は毬子に、二階の寝室からロイヤルサルートの陶器の瓶を持って来てくれ、ついでに氷も、と言った。頼んだあと、視線を一瞬宙に泳がせて、

「深度十数メートルの海底に一人でいて、周囲を見回してると、自意識がどんどん拡大して、自分の内面が世界を覆ってしまったみたいな、海の中にいるんじゃなくて、脳の内側に入り込んだみたいな、不思議な気分になることがあるんですよ。スクーバだと味わえない感覚じゃないかな」

「うーん、それはちょっと危《あや》うい状態かも」

と瓜生は考え込み、

「分かるような気もするが、ブラック・アウトしたらおしまいでしょ。独りな訳だし……。

マイヨールは、二〇〇一年にイタリアで自殺しましたね。あれはショックだった」

と続けた。

「ええ。千葉のダイビング・ショップのオーナーが葬儀に参列したというニュースを見たけど、日本にもファンが大勢いたんだがな」

瓜生はグラスを目の高さで軽く揺すって、

「伊豆半島方面に船で出掛けるとして、どこらへんで潜るんです？」

「下田から石廊崎《いろうざき》に向かうと、中木《なかぎ》という小さな漁港があります。ここはエダミドリイシっていう珊瑚が群生していて、カメやトビエイのような大物が出るポイントで、透明度も抜群です。遠浅で水深は十二メートルくらい。

そうそう、ここで潜ってて、スクーバダイバーと出会うとね、彼らは決してこっちを見ようとしないんだ。機材を着けないで素潜りしてる人間を見ると、何故か目を逸らしたくなるらしい。疾《やま》しさを感じるみたいで、こっちは息をこらえてるのに、思わず吹き出してしまいそうになったことがありますね」

毬子は、中子と瓜生が話している窓辺の方を見やると、

「主人は、友人がいないのよ。瓜生さんと馬が合うといいけど。緑茶でも淹れましょうか」

毬子は、近畿日本ツーリストに就職して、今年で二十五年勤続を迎え、社内表彰されて、記念品をもらった。

瓜生は、海外旅行する際、エアラインやホテルの手配、食べ歩きやショッピングのプランに至るまで毬子に依頼し、日程表や旅情報のコピーをチケットと共に受け取って、入念にチェックしたのち、旅立ちの準備を始めるのが常だった。

毬子は、初対面のちづるから、自分がこれまで予約した宿の感想を聞きたがったが、それは彼女にホテルに対する特別な拘りや嗜好があるせいで、瓜生夫婦には、団体旅行客がいない、こぢんまりして洗練された宿泊先を提供して来たという自負があるからだ。

そうしたホテルが見つからなければ、定評のある老舗の高級ホテルを、旅程に組み込むことにしている。

「瓜生さんって、わたしが勧めたら、たいてい〝よさそうなホテルだな〟と言って下さるんだけど、帰国してから感想をお聞きしたことは一度もないの」

ちづるは、かつてはじめて香港を訪れた時、年末にペニンシュラホテル（半島酒店）に泊まって、驚かされた体験をいくつか挙げて、毬子を喜ばせた。

瓜生夫婦が税関を通過して、ターミナル・フロアを横切り、あらかじめ指定された送迎場所に向かうと、二人を待っていた車はロールス・ロイスだった。

毬子はわざと説明しなかったのだが、瓜生は自分たちのために用意されたとは思わず、ちかといって他の車は見当たらないので、運転手に確認し、二人を迎えに来たと知って、ちづると顔を見合わせた。

「わたしたちをVIPと勘違いしてるのよ。でも面白いから乗っちゃおう」

とちづるは言った。

ホテルのエントランスを入ってみると、ロビーの左手に巨大なクリスマス・ツリーが飾られている。そのデコレーションの豪華さと、中二階でクラシックを生演奏しているカルテットに見惚《みと》れて、二人はおのぼりさんよろしくその場に立ち尽くし、フロント・デスクでチェックインするのを忘れてしまった。

一九二八年創業の、この風格あるホテルがすっかり気に入った瓜生は、後にペニンシュラが大改装され、建て増しされた際、毬子からセミ・スイートルームが三割引になるクーポン券を貰い、再び年末に二泊三日の予定で香港に赴いた。

翌朝、瓜生より早く目覚めたちづるは、一人でオープンしたばかりのプールに向かい、ひと泳ぎしたのち、付属のサウナに入った。入口が男女で分かれていたため、彼女は水着を脱いで二十分ばかり蒸気を浴びて汗を流し、サウナルームに設けられている水風呂に浸かって、朝食はお粥か麺にしようなどと考えているうち、突然ドアが開いて、三人の白人女性が入って来た。見ると、三人共水着を着用しており、素っ裸で水風呂にいるちづるに気づいて、戸惑った様子を隠さず、いっせいに目を逸らした。

「外国であれくらい恥ずかしい思いをしたことはないかも。わたしが通っているスポーツジムには、水着でサウナに入る人っていないし」

毬子は、

「その人たちには、体を隠さなきゃいけない理由があるのよ。見せつけてやればいいの」

と言い、

「何年か前、クアラ・ルンプールのカルコサ・スリ・ネガラっていう、ビクトリア調、コロニアル・スタイルの邸宅に泊まったことあるでしょ」

と続けた。

イギリス統治時代は総督の館で、マレーシア独立後、迎賓館として使用された白亜の建物は、毬子が何より推奨したい小ホテルの一つで、ちづるは緑豊かな芝生の庭と、その背後に広がる熱帯雨林の景観を思い出し、

「部屋のカーテンは品のいい花柄プリント、調度はアンティーク家具で統一されていて、ゴージャスな雰囲気だった。ハネムーンのカップルが喜びそうなムード満点ね」

と言うと、毬子は、

「お忍びの不倫カップルにも勧めたいわね」

と応じた。

瓜生はこのホテルのベランダで、妻の水着姿の写真を撮って悦に入ったのだが、ちづる自身はそのことを忘れていた。

このホテルに着いた日の夜、二人が正装してダイニング・ルームに入ると、フロアマネージャーが席に案内してくれたのだが、その人物の顔を見て、瓜生もちづるも思わず顔を

綻ばせた。

鼻下にちょび髭をたくわえて、蝶ネクタイに黒のスーツのそのマネージャーは、怪談噺で人気のタレント稲川淳二と双子と言ってもおかしくないくらい、そっくりな容貌の持主だったのである。

ちづるは、このカルコサ・スリ・ネガラと、インドネシアのバリ島にあるアマンダリが、これまで紹介していただいたプチ・ホテルの中では、ベスト2だと思う、と言った。

アマンリゾートの一つ、アマンダリは、広大な敷地の中に、藁葺き屋根に覆われた戸建てのヴィラが立ち並び、明るい室内は天井が高く開放感に溢れていて、プライバシーが完璧に守られているため、バスタブが屋外に設置されているのも、他に類がない趣向である。

瓜生とちづるが部屋に入ると、テーブルの上にシャンパンと果物籠が用意されていたのも、はじめての体験だった。

「アマンダリって、プールが素敵ね。緑色のタイルが敷き詰められてるから、水の色がエメラルドグリーンに見えるの。

アユン川渓谷のパノラマ・ビューが一望の下に見渡せる、あのロケーションもすばらしかった。プールの縁に凭れて、向かい側の斜面のジャングルから聞こえて来る鳥やお猿さんの鳴き交わす声に耳を傾けてると、気持が穏やかになって、何とも言えない幸福な気分が味わえる。ホテルの名称は、サンスクリット語の安らかな心に由来するって、女性の支配人が説明してくれたけど」

「アマン・マジックの虜になったのね。滞在してる間に、次の予約をしておきたくなるゲストがたくさんいるんですってよ」

毬子は、近々海外へ行くプランは立ててないのと訊き、ちづるは、中子の話に聞き入っている瓜生の横顔を見て、

「先月、ADCの会長職を引き受けることになったから、任期を全うしたらウィーンにでも行ってみようかって言ってたけど」

と答えた。

「そう、ウィーンは美術史博物館とか、国立オペラ座とか、見どころ聴きどころ天《てん》こ盛《も》りの街だけど、そこから東欧方面に足を延ばす手もあるのよ」

毬子はキッチンの棚から、トーマスクックの鉄道時刻表を取り出し、ウィーンから八方に広がる路線図のページを開き、指先でチェコのプラハへとつながる線路と、ハンガリーのブダペストと結ばれている線路をたどりながら、

「プラハも中世の美しい街並が残る都市だけど、わたしならブダを選ぶかな」

と言って、ウィーン—ブダペスト間の列車ダイヤを示した。午前九時五十四分発の特急に乗ると、十二時四十九分に到着、およそ三時間の鉄道の旅である。

「ハンガリーは、EUに加盟したけど、通貨はユーロじゃなくて、フォリントのままなの。ユーロを導入するには、一定の経済的条件を満たさないといけないんだけど、今のところは無理みたい。だから、ドルや円との為替差が大きくて、要するにお金の使い出があるっ

てこと。

ウィーンのホテルは、カフカが滞在した『グラーベン』のような三つ星にしといて、同じくらいの料金でブダの五つ星に泊まるのが正解よ。それと温泉、これは是非。二十世紀初めに建てられたホテルの中にある、アールヌーボー様式のゲッレールト温泉……」

ここまで毬子がしゃべった時、中子が、

「二階の寝室からロイヤルサルートの陶器の瓶を持って来てくれ、ついでに氷も」

と声を掛けた。


車が逗葉新道から横浜横須賀道路に入り、「八景島シーパラダイス」への分岐点に差し掛かったあたりで、瓜生は目を覚ました。

気配を察したちづるは、

「中子さんご夫妻って、素敵なカップルね。毬子さんは話し上手で、わたしが言うのも変だけど、不思議なお色気がある……」

と助手席の瓜生に話し掛けた。

瓜生は、〝そうだな〟と生返事して、彼女は昔から色っぽくてもてたはずだけど、何故か身持ちが固くて、男性を寄せ付けないようなところがあったな、俺の誘いにも乗ってくれなかったし、と口に出さずに答え、妻が中子には一向に関心を払わず、毬子と話し込んでいた様子を思い返した。

また、中子と毬子が、互いに用がある時だけ口を利き、夫婦の間だけの私的な遣り取りは避けているように見えたのも気になった。

中子という人は、タフで思い込みの強そうな人物だが、俺とは波長が合わない訳じゃない。セコハンとはいえクルーザーを買い込んで、たった一人で伊豆半島の先っぽで潜ってるなんて、これまでそんな話は聞いたことがない。

帰りがけに、

「一度、一緒に海に出てみませんか。釣りをしてもいいし」

と誘ってくれたが、面白いかもしれないな。

瓜生は湘南の海と聞くと、反射的に、学生時代に名画座で観た、中平康《なかひらこう》監督の「狂った果実」を思い浮かべる。彼は、海辺で津川雅彦《つがわまさひこ》が北原《きたはら》美枝《みえ》を押し倒して、キスする場面がいまだに忘れられない。人妻の北原が、うぶな津川の右手を左の胸に誘導し、津川が乳房を愛撫するシーンは扇情的で、彼は大いに興奮した。

「狂った果実」は、一九五〇年代後半、「カイエ・デュ・シネマ」誌上で、フランソワ・トリュフォーが高く評価して、ヌーベルバーグの映画作家たちに大きな影響を与えた作品だった。

見てろ、俺だって、国際コンペで受賞して、日本のグラフィック・デザイン史に新しい一ページを、と意気込んだところへ、

「もうじき港北インター」

ちづるが水を差した。

2

九鬼《くき》毬子は大阪市都島区《みやこじま》の生まれで、実家は特殊な小型複写機を作る工場を経営していたが、一九七〇年代半ば経営不振に陥り、〝コピーのミタ〟の三田工業に吸収合併された。発明狂の父親は、請われてそのまま工場長として留まることが出来た。

毬子は、市立桜宮高校を卒業すると、甲南女子短期大学英語科に進んだ。

甲南女子大学は、大阪湾を望む六甲山の南麓の斜面に形成された「阪神間モダニズム」を具現する、神戸女学院と並ぶお嬢様大学で、彼女の母と伯母、五歳上の姉も共にそこの出身である。

甲南女子短期大学は甲南女子大学に併設されていて、キャンパスも同じだった。毬子が四年制でなく、短期大学を選んだことに両親と姉は強く反対した。理由を訊かれると、早く社会に出て働きたいのだと答えた。短期大学だと、卒業と成人式がほぼ一緒に来て、晴れて選挙権も貰えて切りがいい。それに二十歳を過ぎて、まだモラトリアムやなんて、なんや辛気くそうない？　小此木啓吾《おこのぎけいご》の『モラトリアム人間の時代』がベストセラーで、〝モラトリアム〟が流行語になっていた時代だった。

しかし、多感な思春期に、吸収合併で倒産は免れたものの、苦悩し、憔悴した父の姿を目の当りにしたことが彼女の選択を左右したことは否めない。そんな毬子を頼もしがり、後押ししてくれたのは東京に住む伯母だった。彼女の夫は東急電鉄の重役にまで出世して、田園調布に居を構えていた。

毬子は短大を卒業すると、近畿日本ツーリストに就職した。伯母の夫の口利きによる縁故採用だが、毬子はこういったことは抵抗なく受け入れる質《たち》である。一応形だけ入社試験は受けることになって、関西大学の大教室を借りて行われる一次試験会場へ赴いた。二次の面接も問題なくクリアして、東京本社採用となり、田園調布の伯母の家に寄宿して、秋葉原の勤務先に通い始めた。

3

瓜生は、一九八五年に博報堂を退社して Studio Ark を立ち上げたが、八五年はプラザ合意をきっかけに狂乱のバブルエイジが始まった年でもある。その二年前の一九八三年秋、瓜生は大手化粧品会社の八四年度、夏のキャンペーンのアート・ディレクションを引き受けた。この年は、どのメーカーも挙《こぞ》ってスキンケア商品をメインとする販売戦略を立て、キャンペーンを繰り広げようとしていた。テレビコマーシャルは商品写真中心に展開し、瓜生は新聞・雑誌媒体の宣伝物を制作したのだが、この時、彼の頭に浮かんでいたのは二本の映画、「ふたり」と「さすらいの二人」だった。

「ふたり」は一九七二年の制作で、監督は「ウエスト・サイド物語」のロバート・ワイズ。モロッコのマラケシュのレストランで、ベトナム戦争の脱走兵（ピーター・フォンダ）と「VOGUE《ヴォーグ》」誌の人気モデル（リンゼイ・ワグナー）が偶然出会い、翌朝、カサブランカ行きの列車に乗り込んだ両人は、車窓を流れる景色を見つめながら話しているうち、次第に打ち解けていく。途中、列車が故障で停まっている間、二人は列車を降りて、丘の上にある遊牧民の市場を見物し……。

「ふたり」の二年後に制作された「さすらいの二人」は、「情事」「太陽はひとりぼっち」で知られるミケランジェロ・アントニオーニが監督し、怪優ジャック・ニコルソンが主演した異色作。イギリスのテレビ・レポーターが、チュニジアの砂漠で忽然と姿を消したところから物語は始まり、男は別人になりすましてロンドンへ戻り、公園のベンチで読書する女子大生（マリア・シュナイダー）に目を留める。

いずれも舞台背景として、北アフリカが登場する。瓜生は、二つの映画のヒロイン、リンゼイ・ワグナーとマリア・シュナイダーを念頭に置いて、モロッコを一人で旅する若くて強靭な肉体と精神を持つ女性のイメージを思い描き、スポンサーに海外ロケを提案して了承を取り付け、プラスアルファの宣伝予算が組まれることになった。

瓜生は、CM業界でキャリアと実績のあるフォトグラファー石原健次《いしはらけんじ》と組み、博報堂の会議室でモデルのオーディションを行い、長身で上半身が逞しいロシア人と日本人のハーフの女子大生を選び出した。

石原は温厚で、何事にも細かく目配りするタイプの独身男で、瓜生より六歳年長だった。石原の推薦したスタイリスト、メークアップアーティストとも面談し、スタイリストが日仏学院出身であることを知って、即決した。スペイン、モロッコでは英語より仏語の方が通じやすいというのがその理由である。

こうして瓜生と石原と彼のアシスタント、モデルと女性スタッフ二名の、計六名の陣容で、アフリカ大陸の北西部、四千メートル級のアトラス山脈を擁し、サハラ砂漠に囲まれたモロッコめざして旅立つことになった。

この時、上司の男性社員の助言を受けながら、撮影旅行の準備、手配をしてくれたのが入社二年目を迎えたばかりの毬子だった。

瓜生は毬子と初対面の時、関西訛りのイントネーションが耳に残り、豊かな胸のふくらみに目が引き付けられたのをよく覚えている。

毬子は、欧米で刊行されたガイドブックを丹念に調べた上で、「モロッコは北アフリカだが、日没後は急速に涼しくなるので上着が必要」「一般女性の撮影はタブー」といった肌理《きめ》細かなアドバイスを一覧にして渡してくれ、殊にマラケシュでの宿泊先には拘りを見せ、チェーンのシティホテルで構わないという瓜生を説き伏せて、一九二三年創業の「ラマムーニア」を予約した。

「顧客リストには、エリザベス二世、チャーチル、チャップリンが名を連ねる王宮ホテルなんですよ」

「それって、とんでもない料金の豪華ホテルじゃないの。ま、自分で払う訳じゃないけどさ。僕らは、従業員が寝泊りする離れの小屋だって構わないんだよ」

と瓜生が戯言を口にすると、毬子は生真面目な口調で、

「ですからここは一泊だけにして、他の日は、現地語でリヤドと呼ばれる伝統的邸宅を改装したプチ・ホテルをリザーブしておきます。でも、『ラマムーニア』だけは是非」

と懇願する口調で言った。

しかし、そのお蔭で、瓜生はクラシック・ホテルの魅力を知り、毬子のプランナーとしてのセンスを信頼するようになったのである。

一九八四年一月、瓜生一行はパリでエールフランス航空からイベリア航空に乗り換え、空路スペインのグラナダに向かった。最初の撮影地はモロッコのタンジールだから、パリから直行すればよいのだが、石原が、毬子が用意してくれたスペインとモロッコの詳細地図を見ながら、

「スペイン側から船でジブラルタル海峡を渡って、モロッコに上陸する手もありますね」

と言い、瓜生は彼が船上から撮影を開始する可能性を考えていることを悟って、急遽毬子に連絡し、日程表とエアラインの変更を指示した。

グラナダには夕刻着き、翌朝、荷物をホテルに預けてアルハンブラ宮殿を訪れ、ホテルにUターンしてグラナダ駅に向かい、十二時四十五分発の列車に乗って、スペイン南端のアルヘシラス駅に十七時四十分に到着した。

列車の中であらかじめメークアップと撮影の準備を整えておき、ただちにフェリーボートに乗り込み、船会社の許可を取らないままゲリラ的に撮影を強行することにして、まず座席を確保してから瓜生と石原が甲板に出て、シューティングポイントをチェックした。

大西洋と地中海をつなぐ要衝ジブラルタル海峡の幅はおよそ十四キロメートル、タンジールまでの所要時間は一時間である。二人はフェリーボートがタンジールに向かう場合、イギリス海軍の拠点であるジブラルタルの岩山が左舷側に見えることを確認し、出港した途端左舷側で撮影を開始、その後いったん船室に戻って、タンジール港が見え始めると船首に赴いて、再び撮影することに決めた。

船内は観光客で溢れているが、甲板には白いターバンを巻いたムーア人の労働者が三々五々屯《たむろ》しているだけで、撮影の障害になりそうなものは何もない。万一船員に咎められた場合は、仏語が話せるスタイリストの池井麻美《いけいあさみ》が小銭を握らせて見逃してくれるよう頼むことにして、二人は席に戻り出航を待った。

船が動き始めると同時に、アシスタントを荷物番に残して、五人が甲板に出て、モデルが立ち位置とポーズを変えながら手摺り沿いに船首方向に移動するのを石原が背後から連写した。撮影の邪魔になると思ったムーア人が立ち上がって居場所を変えようとするのを、瓜生は手で制止してその場にいてもらい、画像の中に写り込むよう配慮した。その方がエキゾチシズムが増すと判断したからだ。

足許に革のリュックを置き、潮風に髪をなびかせて船縁《ふなべり》に佇むモデルの背後では、古代から「ヘラクレスの柱」として知られるジブラルタルの大岩塊が、オレンジ色の夕日に染まる——瓜生はこの画像が新聞の全十五段広告に使えるかもしれないと思い、キャンペーンが成功裡に終わることを予感したが、やがてそれは現実のものとなった。

タンジールからフェズ、カサブランカと撮影は順調に進み、最終予定地マラケシュの駅頭に降り立ったのは、日本を発ってから十三日目の午後である。強行軍が続き、スタッフの誰もが疲れを覚え始めていた。

一行は、傾きかけた太陽に赤く輝く城壁に囲まれたメディナ（旧市街）の南西端に位置する「ラマムーニア」にチェックインし、いったん休憩を取ったのち、火点《ひとぼ》し頃、ロケハンを兼ねて、中心地ジャマ・エル・フナ広場へと繰り出した。

ホテルを囲むオリーブの林を抜けると、狭い通りに立ち並ぶ家々の壁に寄せた椅子に腰掛けて、男たちがシーシャ（水煙草）を吸いながら談笑している。道すがら、池井麻美が思いがけない知識を披露して、瓜生と石原の興味を掻き立てた。

——池井は十年ばかり前、日仏学院に通っていた頃、ジェラール・フィリップに似たフランス人教師からエリアス・カネッティという作家の作品を読むことを勧められたことがある。中でも『マラケシュの声』というタイトルの旅行記は面白かった。その中に、マラケシュでは、定期的に城壁門の外の広場に何百頭もの駱駝《らくだ》を集める市《いち》が立って、作者がそれを見物に行った時の様子が描かれていた。

……いくつもの餌の山の周りに駱駝たちが集合し、すわって首を突き出して餌を口の中へ吸い込み、頭をうしろに反らせて静かに嚙み砕いている。駱駝たちの色は城壁の色の中に融け込み、そのあいだを頭にターバンを巻いた男たちが忙《せわ》しげに歩き回っている。彼らはみな口取《くちとり》で、肌の色がいっぷう変わっていた。

男たちはアトラス山脈の南、サハラ地方のグーリミンに住むハム種族の回教遊牧民トゥアレグ族で、男も女もみな皮膚の色が青く、世界で唯一の青色人種である。駱駝市をめざして、一ヵ月近くかけてアトラス山脈を横断してやって来る。

中にフランス語の出来る老人がいて、駱駝たちのほとんどは市場で屠殺用として売られるのだと言う。

「屠殺用に?」「いったいどんな味がするのですか?」

訊ねると、

「まだ一度も駱駝の肉を召し上がったことがないですと?」「じつにうまいですな」

と老人は答える。

黄昏の中の駱駝の美しさ、動物の中でもとりわけ優雅なその曲線美を称えながら、作者は次のような地元の男性の言葉を書き留める。

「駱駝はひどくぶっそうになることもあります。恐水病《きょうすいびょう》にかかっていると、夜やって来て、眠っている人を殺します」

「駱駝と青い肌の男たちか……。絵になるけど、いつ市が立つのか、日取りと時間帯を知りたいな」

石原の言葉に瓜生は大きくうなずいた。

「でも、随分昔に書かれた本ですから、今でも同じ市が立っているのかどうか……」

池井は思案顔で応じた。

とこうするうち、彼らはジャマ・エル・フナの雑踏に足を踏み入れた。フナ広場は、かつては処刑場だった四百メートル四方の巨大な広場で、一行は蛇使いの大道芸やベルベルダンスを見ながら屋台を冷やかし、スーク（市場）の入口に当たるスマリン門へ向かう。スークは、訪れるあらゆる人の方向感覚を狂わせる、複雑に入り組んだ路地で構成されていて、漫《そぞ》ろ歩きするうち、イスラム教の礼拝への呼びかけ、アザーンがミナレット（光塔）の拡声器を通じて流れて来た。アザーンは、「アッラホ　アカバル（神《アッラー》は偉大なり）」を四度繰り返して始まり、「アッラーのほかに神なし」で終わる七つの定型句から成るが、瓜生は旅のあいだ、この朗唱を耳にするたび、不敬に当たるかもしれないが、旋律が日本の浪花節に似ていると思った。

織物や皮革、カーペット、金銀細工製品、香辛料などの店が両側に並ぶ細い道で、石原が瓜生を呼び止め、大きな荷物を背負って歩く驢馬《ろば》を指さして、

「駱駝だけじゃなくて、あれも使えますよね」

と言った。その時、観光客と地元民が往来する雑踏の中で、人々が交錯する渦巻きのような現象が起こって、立ち止まった瓜生たち三人と、それに気づかなかった女性たち三人

が逸《はぐ》れてしまった。

瓜生は、ホテルで貰ったスークの観光地図をバッグから取り出し、現在地を確認してから、ランドマークとなる場所を三人で手分けして歩き回り、四十分後の七時に入口のスマリン門まで戻って落ち合うことにした。

約束の時間を過ぎてしまったため、瓜生が急いでスマリン門までたどり着くと、石原とアシスタントが周囲を見回しながら彼を待っていた。瓜生が、女性たちも同じ地図を持っていて、帰りの方向と道筋は知っているのだから、ひとまずホテルへ戻ろうとするはずだと言い、石原が、これほど人目に付く場所で拉致や誘拐は起きないでしょと応じて、三人は再びジャマ・エル・フナ広場を通って、「ラマムーニア」へ帰ることにした。すると、広場の南側にあるカフェテラスの前に差しかかったところで、女性たち三人が二人の白人男性と談笑しているのが目に入った。

五人が囲むテーブルには、ミント・ティーのカップと灰皿が置かれ、瓜生たちの視線に気づいたモデルがすかさず立ち上がり、

「ご免なさい。わたしたちも捜したんですけど、迷ってしまって……」

と屈託ない笑顔で言った。

瓜生は安堵の溜息を洩らすと共に、石原と顔を見合わせた。

その夜遅く、瓜生と石原はホテルのバーのカウンターに並んですわり、翌日の撮影の予定について打ち合わせたのち、話題はスークの中で女性たちを見失った件に移って行った。

石原は瓜生を慰める口調で、

「海外ロケにはハプニングが付き物なんですよ。水着の撮影で海に入ったモデルが、鮫に襲われそうになったり」

と言った。

「周囲にいないと気づいた時には、肝を冷やしたけどね、あんなところで暢気《のんき》にお茶を飲んでるとは思わなかったな」

「あの二人連れの男たちね、学生に見えました？」

と石原が訊いた。

ホテルへ帰る道すがら、スタイリストの池井が、あの二人はフランスのリヨンから観光に来た大学生だと伝えていたからだ。

「そう言えばもう少し年上、二十代後半かと思った」

「あいつら、ちょっと危険なにおいがしますけどね」

瓜生が怪訝な顔をして石原を見ると、

「灰皿に手巻き煙草の吸殻が残ってたでしょ。中身は、ハッシッシかも」

「ハッシシって大麻？」

石原はうなずいて、

「三人共上気した顔をして、目が潤んでいるように見えた。スークで、一緒に吸わないかって誘われたんじゃないかな。とにかくあそこで出会えてよかった」

と言ってグラスに手を伸ばした。

その時、池井が二人を捜して降りて来て、ホテルのコンシェルジュに駱駝市について訊ねてみた結果を報告した。

——確かに以前、カミース門（メディナの北北東にあり、ここ『ラマムーニア』からは最も遠い場所に位置する）近くの広場で、毎週木曜日、駱駝市が立っていたが、現在はマラケシュから六十キロほど北へ行ったセッタートで開かれているようだ。

「もっと詳しく調べてくれるようコンシェルジュに頼んでおきましたけど」

「ウーン、それだとロケバスが要るかも。木曜日は、午後空港に向かわなくちゃいけないから、ちょっと無理かな。残念だけど諦めよう」

と瓜生は腕組みして言った。

少し飲んで行かないかという彼の誘いに池井は首を振って、踵《きびす》を返した。お疲れ、と瓜生と石原はほとんど同時に彼女の背中に向かって声を掛けた。

帰国の途次、瓜生は、シャルル・ド・ゴール空港の免税店で、ちづるへのみやげに18Kのブレスレットを、毬子にはオレンジフラワー・ウォーターのオードトワレを買った。

社内でちづるに、革のポーチに入れたブレスレットを手渡したのち、毬子にも電話して、淡路町の老舗の酒場に誘ったが、〝そのうち……〟とあっさり断られた。リボンを掛けたオードトワレの箱は、仕事机の引出しに放り込まれたまま忘れられてしまった。

この海外ロケから十年後、九〇年代半ばに石原健次は不運な交通事故で亡くなり、瓜生がネット上のエロサイト「妻よ薔薇のやうに」を開いた時、投稿写真とハンドル・ネーム〝KEN〟から連想したのが彼の名前だった。

4

中子は、自宅の二階に設けた〝ライブラリー〟にいて、お気に入りのポロック・チェアにすわり、彼が持っている唯一の児童書『やねの上のカールソン』を読んでいた。

彼の母は「狸谷《たぬきだに》のお不動さん」を信仰していて、月に一度のお詣りを欠かさなかった。狸谷山不動院は京都・左京区一乗寺、瓜生山《うりゅうやま》の中腹にあって、二百五十段もの石段を登らなければならない。中子は、大学三年次の夏休み、左足首を捻挫した母に頼まれて「お不動さん」に代参した。その帰り、叡山電鉄の一乗寺駅に程近い恵文堂に立ち寄って、偶然この本と出会い、児童文学には大して関心がなかったにも拘わらず、不思議な勘が働いて買うことに決めた。

曼殊院道《まんしゅいんみち》にある恵文堂は、光溢れる広い店内に軽やかな音楽が流れ、陳列の仕方が独特であるため、本と人との距離が近く感じられ、選び抜かれた古書コーナーもあったりして、本好きにはじつに好もしい雰囲気を醸し出している書店である。

『やねの上のカールソン』は、『長くつ下のピッピ』や『名探偵カッレくん』シリーズで人気のスウェーデンの女性作家アストリッド・リンドグレーンの作品で、主人公は、ストックホルムに住むスヴァンテソン一家の末っ子リッレブルール。彼が、「あかるくて、うつくしい春《はる》の夕《ゆう》がた」自宅の窓辺に立っていると、「かすかにブーンという音《おと》がきこえ」、「とつぜん、窓《まど》のそとに、小さい、ふとったおじさんがひとり、ゆっくりとんで」来るところからお話は始まる。

この小柄で中年太りの男がカールソンで、彼は屋根の上の小さな家に住み、背中に付いたプロペラで自由に空を飛び回って好き勝手をし、自分は何でも世界一と自称する大変な自惚れ屋でもある。

カールソンと仲良しになったリッレブルールが引き起こす騒ぎや椿事《ちんじ》がメイン・ストーリーを形作るのだが、中子は一読し、すっかり引き込まれてその後も繰り返し読み、今でも時折書棚から取り出すことがある。

しかし、現在彼が丁寧に読み進めるのは、いつも決まって二ヵ所だけである。何度か通読したのち、自然とその二ヵ所に興味が集中するようになり、それ以外の個所はパラパラとページを捲《めく》るのみ、読みはしない。

巻末の「訳者のことば」に、「あるドイツの批評家《ひひょうか》は、カールソンというのは、子どもがこうしたいとおもういくつかの望《のぞ》みの実現《じつげん》だといっ」たとあるが、中子の関心の在り処はそれとは別で、彼はカールソンのキャラクターには、全く魅力を感じていない。登場の仕方が、メリー・ポピンズに似ていると思っただけで、むしろカールソンが大言壮語したり、素頓狂《すっとんきょう》なことを言い出したりするのを嫌味な奴だと思ったりしたくらいである。

中子の母・蔦枝《つたえ》は丹後、加悦町《かや》（現・与謝野町《よさの》）の養蚕農家の生まれで、太平洋戦争が始まる前年、十六歳の時、京都五花街《かがい》の一つ、上七軒《かみしちけん》に遣られ、十八になるのを待って舞妓《まいこ》を経ずに、「千登勢《ちとせ》」から芸妓《げいこ》勝㐂代《かつきよ》として座敷に上がった。戦中のことで、舞妓に欠かせないだらりの帯を誂《あつら》えることが叶わなかったのである。

昭和二十七年（一九五二）、中子脩《かみ》が生まれた。脩は父を知らずに育った。母は「千登勢」の「お母はん」にさえ、洩らすことはなかったが、中子がのちに思い返すと、経済的にはかなり恵まれていて、父からは充分な生活費が送られて来ていたようである。幼年時の記憶には、母が夕刻お座敷に出掛け、深夜、酒のにおいをさせてタクシーで帰宅するという日々が分厚く貼り付いている。

母子《おやこ》は、中京区聚楽廻中町《じゅらくまわりなかまち》の細い入り組んだ路地の奥の長屋に住んだ。もちろん借家だが、長屋といっても、京都や大阪の古い長屋は二階建てで、一戸毎の奥行きも深く、玄関には三和土《たたき》と沓脱《くつぬぎ》、二階への階段の付いた畳の間があり、台所と食卓を置いた次の間、そして居間、その向こうに八手《やつで》や棕梠《しゅろ》、笹などが植わった坪庭が控えている。トイレは縁伝いに庭の先にあった。長じて、中子は、与謝《よさ》蕪村もさほど遠くない下京の室町綾小路《むろまちあやのこうじ》下《くだ》ルや仏光寺《ぶっこうじ》界隈に住んだと読んだことがあり、二百年以上昔でも、あのあたりの雰囲気はそれほど変化していないのではないかと考え、「うづみ火や我《わが》かくれ家《が》も雪の中」「桃源の路次《ろし》の細さよ冬ごもり」「屋根低き宿うれしさよ冬籠《ごもり》」といった句を、かつての生家の暮らしに重ねてみることがあった。

母は中子の食事には気を配ったし、健康状態にも注意を怠らなかった。洋服も流行《はや》りのものを着せたがった。

しかし、気短で手が早かったし、斑気《むらっき》を起こしやすく、何か欲しいもんある？　と母子でショーウィンドーを眺めていて、中子が買ってもらえるかと期待をふくらませた途端、突然彼の手を強く引いて歩き出したりするところがあった。

中子は、母が真夜中に酔って帰宅するのが内心嫌で仕方がなかった。母が帰宅すると、いったん眠りに就いていた彼は、不承不承起きてご機嫌伺いをするのだが、母は悪酔いしてイライラしていることが多く、寝る前に煙草を一服する際も、食卓周辺に灰皿が見つからないと、彼に向かって、

「あんた、どこぞに隠したんと違う？」

と濡れ衣を着せ、腹立たしげに台所を睨《ね》め回したりする。

彼が、夕食に使ってシンクに置かれたままの小皿を手に取って母の前に置くと、吸差しを忌々《いまいま》しげに擦り付け、フーッと大きな溜息を吐いたりした。

彼が小学校に上がってからは、成績にうるさくなり、

「全科目、５やないとあかんで」

と言い、通信簿を見て、

「なんや、4が三つもあるやないの」

と叱咤し、

「あんたのお父ちゃんはな、大陸で大仕事した偉い人や。お父ちゃんみたいになるためには、学校、もっと頑張らんと。お母ちゃんは毎日、北野の天神さんにお祈りしとるんえ」

と続けるのが口癖だった。

中子が四年生になったある秋の日、彼は天神《てんじん》川の橋の下で、段ボール箱に入れて捨てられた雑種の雌犬の子を見つけ、自宅に箱ごと持ち帰った。そして、それを勉強机の下に置いて、見つからないよう箱の上に本を置いたが、夜半過ぎに子犬が鳴き出して止まらなくなり、酒臭い息をして帰って来た母は、いきなり階段を駆け上がって彼の部屋に入って来て、本を手で払い除け、箱の蓋を開けてしまった。

「僕が世話するから、飼《こ》うてもええやろ。来月から小遣いもいらんし」

と必死で頼み込んだが、母は返事しないで、彼と子犬の顔を等分に見較べたのち、無言のまま階段を降りて自室に引き揚げた。

翌日の午後、中子が小学校から息急《いきせ》き切って駆け戻ってみると、すでに子犬の姿は消えていて、段ボール箱も片付けられていた。

「お母ちゃんの知ってる人が、ちょうど犬が欲しいゆうてたさかい、預けて育ててもらうことにしたわ」

中子はひどく落胆したが、とにかく生き物を飼うのは許されないことを肝に銘じて、子犬の件は忘れることにした。

すると、翌週同じクラスの女の子が彼に、

「先週の水曜やったか、あんたのお母ちゃんが、ちっちゃい犬抱いて、保健所に入ってくの、うちのお母ちゃんが見たゆうてたで」

と言った。彼はその時点で、母親が子犬をどうしたか理解出来なかったが、直接訊ねることは躊躇《ためら》われた。

週末、彼は放課後帰宅する前に、担任の教師に、保健所に犬を連れて行く人がいるが、何のためかと訊いてみた。

事情を知らない教師は、無造作な口調で、

「そら、処分してもらうためやろ」

と答えた。

「保健所に飼うてもらうためやのうて……」

と彼が口籠《くちご》もると、教師は、

「そや。狂犬病って聞いたことないか。恐水病とも言うな。野良犬は恐ろしい病気持っとるから、人に染《うつ》る前に、保健所に殺処分してもらういうことや」

と今度は説明口調で、具体的に答えた。

彼はあらためて〝殺処分〟の意味を問い、その時から母を信用しなくなり、心の奥底では密かに憎み始めたかもしれなかった。しかし、それを自覚した訳ではないし、言葉や態度に表すこともなかった。母の方も、中子の心のデリケートな変化には気づかないままだった。

中子が『やねの上のカールソン』を手に取って、全体をざっと眺めたのち、まずじっくり読み始めるのは、「第七章　カールソン、魔術をつかう」の冒頭の部分である。


つぎの朝《あさ》、ねぼけて、頭《あたま》はもじゃもじゃで、青い縞《しま》のあるパジャマを着《き》た小さいすがたが、おかあさんのいる台所《だいどころ》へ、はだしでパタパタあるいていきました。ボッセ(兄)とベッタン(姉)はもう学校《がっこう》にいきましたし、おとうさんは事務所《じむしょ》へでかけました。でも、リッレブルールがでかけるのは、もうすこしあとでもいいのですし、これはぐあいのいいことでした。なぜって、リッレブルールは、朝《あさ》、ちょっとのあいだ、おかあさんとふたりきりでいるのがすきだったんです。もう学校《がっこう》にいっている大きい男《おとこ》の子のくせに、リッレブルールは、だれも見《み》ていないとき、おかあさんのひざにあがるのがすきでした。こんなときには、たのしいおしゃべりができました。それに、もし時間《じかん》があれば、おかあさんとリッレブルールは、いっしょに歌《うた》をうたい、お話《はなし》をはなしっこするのでした。

おかあさんは、台所《だいどころ》のテーブルのわきにこしかけて、新聞《しんぶん》を読《よ》み、朝《あさ》のコーヒーをのんでいました。リッレブルールは、そっとそのひざにあがりこみ、ふところにもぐりこむと、おかあさんは、リッレブルールの目がちゃんとさめるまで、やさしくだいていてくれました。

中子は、これまで自分を心ゆくまで甘えさせてくれる、こうしたタイプの女性と接した経験はないし、今後も彼の前に現れることはないだろうと思い定めている。

次に読むのは、「第八章　カールソン、誕生日《たんじょうび》パーティーにでる」の「誕生日《たんじょうび》の朝《あさ》は、ベッドにねたまま」から始まる十八ページ分で、ここはすべての訳文を記憶しているにも拘わらず、前よりも更に速度を落として、時折窓外の景色に目をやりながら読み進む。

その日はリッレブルールの誕生日で、彼は家族みんなからプレゼントの包みを貰い、「とてもうれしがりました」とある。

しかし、彼が本当に欲しいのは、絵の具箱やおもちゃのピストル、本や青ズボンではなく、本物の「生《い》きてる犬《いぬ》」で、「でも、そんなことあるわけがない」とも考え、「奇蹟《きせき》がおこって」犬が貰えればと、希望的観測を抱いている自分に腹を立ててもいた。

そのことを兄と姉にからかわれ傷付いたリッレブルールは、「かけだして、じぶんの部屋《へや》にとびこみ、ベッドにからだをなげだしました」。そして、「ないて、ないて、からだをふるわせてい」るうち、「玄関《げんかん》のほうから、みじかい、小さな、犬《いぬ》のなき声《ごえ》がきこえ」て来る。

中子はここまで読むと、242ページに入っている、「かたい毛《け》がはえた、小さい、ダ

ックスフントの子犬《こいぬ》」を抱いているリッレブルールを描いた挿絵を、あらためて飽かず眺めるのである。彼は245ページの半ば、

「まあ、かわいい犬《いぬ》ねえ！」

こういわれると、リッレブルールはいい気《き》もちでした。

まで読み終えると本を閉じ、満足して書棚の所定の場所に返したのち、メトロ・マニラのランゲージ・スクールから届いた月例報告書に目を通す。

5

五年生になった中子は、地元のラグビー・スクールに通い始め、同志社の現役学生の指導を受けた。彼はクラスの中でもひときわ背が低かったため、体が大きくなるスポーツをやってみたかったのだ。

彼は教室では大人しく素直な児童だったが、グラウンドでは、次第に依怙地《いこじ》で何があろうと引かない頑《かたく》なな性格の一端をのぞかせるようになる。小学生チームの練習では、フォワードとバックスの両方のポジションを順番に割り当てられるが、彼はフッカーやプロップとしてスクラムを組む時、どのように押されようと、死にもの狂いで押し返そうとし、

コーチに、

「お前、ええ根性しとんな」

と何度も褒められた。

彼は、京都府立朱雀《すざく》高校に進んでからは、ラグビー部に入部し、スクラムハーフとして、一年次から対外試合に出場した。母は、中・高を通じて、婦人雑誌の料理付録やNHKの「きょうの料理」を参考に、栄養価の高いボリューム満点の弁当を作って持たせるようにしたが、二人のあいだは、最小限の日常会話が交わされるだけの関係になっていた。中子はヌード写真がふんだんに掲載されている男性週刊誌を部室から持ち帰り、小遣いを貯めて、その雑誌広告で見た〝身長が確実に十センチ以上伸びる〟という触込みの健康器具を買い込み、就寝前にひたすらストレッチに励んだが、結局卒業までスクラムハーフのポジションは変わらなかった。

中子は高三の夏休み、ラグビー部の合宿をあいだに挟みながら予備校に通い、そこで朱《しゅ》牟《む》田夏雄《たなつお》著『英文をいかに読むか』に出会った。彼の唯一の得意科目は英語だったので、格調高い英文とそれに拮抗する名訳に接して感銘を受け、進路相談の面接の際は、迷わず関西《かんせい》学院大学文学部の英文学科を志望すると述べた。

「あんた、なんで同志社か立命館にせえへんねん？　家から歩いて通えるえ」

と母親は言った。大学でもラグビーを続けるつもりでいた中子は、関西の覇者、同志社に行ってもレギュラーになれる見込みのないことが分かっていたし、母親から離れて暮ららしたかったのだ。何しろ立命館は、上七軒から歩いて十五分の距離にあった。

合格発表後、関学《かんがく》には西宮市上ヶ原に男子寮が三つ、女子寮が一つあることを知り、入寮を希望して啓明寮《けいめい》に住むことになった。彼は半紙に〝文武両道〟と大書して自室の壁に貼り、体育会ラグビー部に入部した。この年（昭和四十五年）、前年立命館に敗れた関学は、関西AリーグからBリーグに降格、Aリーグ昇格が部の至上命令となった。

通常、ラグビーの試合で、相手選手にタックルする場合は、体側《たいそく》に狙いをつけて四十五度の角度から体当りし仰向けに倒すのがセオリーだが、中子は八十〜九十キロの体重を誇るロックやナンバーエイトに対して、常に足首に向かって突進した。一六二センチ、六十五キロの彼が、巨漢フォワードの足許に飛び込み、膝下に食らい付いてグラウンドに引き倒そうとする勇猛果敢なプレーには、部員一同誰もが一目置かざるを得なかった。時には、出合い頭に相手の膝が額を直撃し、昏倒して担架で運ばれることもあったが、彼はそのスタイルを変えようとしなかった。

四年次（昭和四十八年）、彼は副将に選ばれ、Aリーグ昇格を目指して孤軍奮闘したが、結果はBリーグ四勝三敗と、チームの成績は振るわなかった。

昭和四十七年（一九七二）の一月、成人式の日に、彼は母に呼ばれて久し振りに帰宅し、「美濃吉《みのきち》」の赤飯の膳を前に、はじめて父にまつわる話を聞いた。

母は、父の実名が木佐貫甫《きさぬきはじめ》であることを教えると同時に、彼が大学に入学した年、父が東京・世田谷の自宅で他界したと告げた。

母が父の過去について知っていることは極めて限られていて、明治半ばに生まれ、「東亜ナントカ」を卒業後、上海で新聞記者になり、日本陸軍の特務機関と関係を結んでいたため、日本が敗けたあと大陸で捕まって、しばらく帰れなかったといった程度である。戦後、羽振りがよかったことについては、右翼の大立者、児玉誉士夫《こだまよしお》先生のお力添えがあったのかも、と説明したが、仕事の内実については、終始曖昧なままだった。

二人の出会いについては次のように語った。

——昭和二十六年の桃の節句の頃やった。いつも贔屓《ひいき》にしてくれてはる西陣の「寺内」の社長はんの座敷に呼ばれると、神戸の生糸取引所の専務はんともうお一人、初顔のお客さんがおらはって、寺内社長も神戸の専務はんも下にも置かんもてなしぶりで、お二人が時々そのお人のことを「メイさん」と呼ばはるんで、大陸の方かと思うたんやが……。中国語で梅を「メイ」と読むらしいえ。

わたしと桃太姐さんが「雪」を舞《も》うたあと、「梅《メイ》さん」が、「蘇州夜曲」を踊れないかと突然のご所望や。そんなもん踊れる芸妓《げいこ》がおりますかいな。みんな顔を見合わせておったんやが、わたしが思わず手を挙げて、踊らせていただきますゆうてもうたんや。教室に、先生の質問は分からんでも、ハイ、ハイゆうて、決まって手挙げる子おったやろ、まあ、あれと似たもんや。仕方あれへん。即興で踊らしてもろたえ。それをえろう喜んでくれはってな。以来、関西へ出張の折は必ず上七軒に寄ってくれはるようになったんや。そのお人があんたのお父さんえ。

お父さんには奥さんも子供さんもいはったさかい……、でも、亡くなる前、わたしとあんたにお金を遺《のこ》してくれて――

母は涙ぐみ、しばらく間を置いてから、

「ところであんた、筆下《ふでおろ》しはまだやないの」

と、中子が何とも答えにくいことを真顔で訊いた。

その翌週、中子は大学の日本近代史を専門とする教授の研究室を訪れ、木佐貫甫の人生の足跡をどのようにたどればよいか、教えを乞うた。教授は少し時間をくれと言い、翌月彼を呼び出して、父が学んだと思われる東亜同文書院や、満洲事変以降、日本の敗戦に至るまでの上海の関連資料（写真や記録、年表、回想録、個人の日記など）をリストにして手渡してくれた。

――東亜同文書院は明治三十四年（一九〇一）、日本人を対象とする高等教育機関として上海に設立された。その後、中国人学生も受け入れるようになる。昭和十四年（一九三九）大学に昇格するも、昭和二十年八月、日本の敗戦に伴い学校施設を中国に接収され、翌年閉学した。最後の学長だった本間喜一《ほんまきいち》は、将来の学校再建を考えて、開学以来の学籍簿と成績簿、卒業生名簿などを上海から持ち帰った。本間は昭和二十一年（一九四六）十一月、豊橋において旧制大学愛知大学を創立する。昭和二十四年四月、新制大学に移行した。東亜同文書院の学籍簿と卒業生名簿などは愛知大学に保管されていて、中子は教授のサポートを得て、愛知大学に照会した結果、大正七年（一九一八）の卒業生名簿の中に、木佐貫甫の名前を確認することが出来た。

しかし、中子の通う大学の図書館で調べ得る範囲の資料からは、父の名を探し出すことは出来なかった。ただ、『上海時代――ジャーナリストの回想』（松本重治著、中公新書、一九七四〜七五年）上・中・下、全三巻のうちの下巻、「西安事件をスクープ」の件《くだり》に、父らしき新聞記者の影が横切ったかに思える個所があり、他の資料で傍証を固めようとしたが、該当する文献を見つけることが出来なかった。


昭和四十九年（一九七四）、大阪に本社のある中堅商社に入社した中子は、昭和五十九年秋、バンコク駐在から帰任して、次の海外赴任先が決まるまでの待機期間中、ふと、長いあいだほったらかしにしていた父の半生の謎を解明する試みを続行しようと思い立った。

彼は国会図書館に赴き、相談カウンターで人物情報を入手するには、と訊ねてみると、帝国交詢社の『日本紳士名鑑』を紹介された。初版は明治二十二年（一八八九）で、日清、日露戦争を挟んで昭和十九年（一九四四）の第四十七版まではほぼ毎年あるいは隔年に刊行されている。ただし、終戦の昭和二十年から昭和二十八年までの九年間は休刊で、復刊は昭和二十九年（第四十八版）からである。

中子は、黴《か》びた紙のにおいを吸い込み、駄目元だろうが、とつぶやきながら、七段組千ページ余の重い一冊一冊を戦前から戦後へとたどるうち、昭和三十四年（一九五九）、第五十一版に至って、遂に木佐貫甫の名前を見つけた。

「き」P104～P105、見開き右ページ上段冒頭は「きだみのる」。「木佐貫甫」は左ページ上段中央、「木佐木長」と「木佐貫晴美」に挟まれている。
木佐貫甫《はじめ》（中国名梅啓立）
㈶東亜蚕糸会会頭（生）群馬県・明29 12 15（学）高崎中・東亜同文書院卒（歴）上海日日新報主幹・参謀本部第8課嘱託・上海「梅《うめ》機関」顧問（趣）釣・読書（住）東京都世田谷区赤堤○-○（電）（351）○○○○
しかし、父の名前が載っているのはこの版のみで、続く五十二版以降には出ていない。死亡すれば記載されなくなるのだが、これは解せない。父の死は昭和四十五年（一九七〇）、昭和三十四年時点で忽然と現れ、忽然と消えている。
だが、遂に尻尾を捕まえたぞ、と中子は高揚した気分で独語した。中国名梅啓立。上七軒のお座敷で、父が「梅さん」と呼ばれていた理由も分かった。おそらく彼は上海で、理由は不明だが、二つの名前を使い分けていたに違いない。
父と同じ五十一版で、児玉誉士夫は次のように記載されている。
児玉誉士夫《よしお》
倉沢鉱山㈱社長東京レアメタル㈱会長　福島県酉四郎の息（生）東京都・明44 2 18

（学）日大皇道科卒（歴）海軍航空本部及支那派遣軍各勅任官嘱託・内閣参与・外務省内務省各嘱託・児玉機関長（宗）日蓮宗（趣味）釣・碁（住）東京都世田谷区玉川等々力町〇－〇〇－〇〇（電）(701)〇〇〇〇（妻）睿子
ヘビ苺《いちご》は一つ見つかると次々に見つかる。幼少時、西ノ京《にしのきょう》あたりの畦《あぜ》道を走り回っていた頃の中子の経験だが、『日本紳士名鑑』で父の名前を見つけた数日後、その経験則に当て嵌まるようなことが起きた。
東京本社の同僚数人と神保町で中華料理の昼食を摂ったあと、彼らと別れてすずらん通りの内山書店をのぞいてから、これまで踏み込んだことのない路地に小さな古書店を見つけた。間口は一間半ほどしかないが、奥行きはかなりある。ざっと一廻《めぐ》りして、もう一度、天井に近い棚を中心に見て行くと、一冊の本のタイトルが目に留まった。脚立を借りて手に取り、台の上に乗ったまま何気なく開いたページから「梅啓立」の名が飛び出して来た。

6

『漢奸裁判秘史』（彌生書林、京都）。

著者は、毛沢東の共産党軍に敗れた蔣介石が首都を南京から台湾・台北に遷都した折、上海から台湾に逃れた中国人ジャーナリストで、一九六三年に台北で刊行され、日本語訳は一九六九年に出ている。

——漢奸《かんかん》とは、「中国で、敵に通じる者、裏切者、売国奴、侵略者の手先」を意味する。

中子が偶然手にしたこの本は、蔣介石国民党政府と中国共産党政府が、日本の傀儡《かいらい》政権汪《おう》兆銘《ちょうめい》国民政府関係者を「漢奸」として逮捕し、断罪した裁判の記録をまとめたものである。

停戦して、蔣介石のライバル汪兆銘を首班とする日本に融和的な国民政府を樹立しようとした運動は「日中和平工作」と称されたが、これに関わった中国人の多くは漢奸として裁判にかけられ、処刑された。

逮捕された人々の中に二人の女性がいた。一人は日本名川島芳子《かわしまよしこ》（金璧輝）。〝東洋のマタ・ハリ〟として有名な男装の麗人。この美しい女性は清朝の粛《しゅく》親王の王女で、幼少より日本で教育を受け、川島芳子と名乗った。彼女は昭和二十年（一九四五）十月、北平（北京）で逮捕され、漢奸として死刑の判決を受け、昭和二十三年三月、処刑された。

もう一人の女性は李香蘭《りこうらん》である。彼女も対日協力者として逮捕され、上海で拘束された。李香蘭は映画女優、歌手として中国、日本で絶大な人気を博した。誰もが中国人だと疑わなかった彼女は、中国人女性が日本に媚《こび》を売ってスターになったと思われていた。

しかし、彼女は生粋《きっすい》の日本人で、本名は山口淑子《やまぐちよしこ》だった。彼女が漢奸でないことを証明するために、当時、上海で「中華電影」という日中合弁の映画会社を率いていた川喜多《かわきた》長政《ながまさ》が奔走して、北京の両親の許から日本の戸籍謄本を取り寄せ、昭和二十一年二月、裁判で無罪となって釈放され、同年四月、日本に帰ることが出来た。

李香蘭以外に、日本人の漢奸がもう一人いた。梅啓立である。日中和平工作、特に汪兆銘国民政府樹立工作の中心的役割を担ったのが、陸軍参謀本部支那課長などを務めた影佐《かげさ》禎昭《さだあき》大佐で、この工作は「梅《うめ》工作」と呼ばれ、上海の北四川《きたしせん》路に事務所「梅華堂」を設けて、昭和十四年（一九三九）三月より活動を開始した。これを「梅機関」または「影佐機関」と通称する。

木佐貫甫はこの当時、上海日日新報主幹を務めていた。

東亜同文書院には、「支那調査旅行」なる恒例の行事があった。学生たちが卒業論文執筆のため、チームを組んで中国各地へ三ヵ月から半年に及ぶ踏査旅行を敢行するのである。彼らはこれを「大旅行」と呼んだが、木佐貫は、この「大旅行」の見聞や長年の大陸における記者活動から得た知識と情報、経験、それに堪能な中国語を生かし、時には中国名梅啓立を名乗って、「影佐機関」による和平工作の重要な協力者となった。

昭和二十年（一九四五）九月から始まった「漢奸狩り」によって、中国人梅啓立は逮捕され、上海・虹口《ホンキュウ》の提籃橋《ていらんきょう》監獄に勾留された。

李香蘭こと山口淑子は、川喜多長政の奔走によって日本に帰ることが出来たが、梅啓立の勾留は半年以上続き、ようやく彼の審理が始まったのは逮捕から一年後の昭和二十一年八月だった。容疑は「二重スパイ」である。審理は長びいた。

木佐貫は弁護人を通じて、国民政府（南京）の上級役人の地位にいる、かつての東亜同文書院の中国人同級生二人による証言を繰り返し要請し続けたが、ようやくその声が南京に届いて、同級生が上海にやって来て、証言台に立った。彼らは、かつて木佐貫と「大旅行」を共にしたメンバーだった。

木佐貫甫は昭和二十一年（一九四六）十一月に釈放され、翌年一月帰還を果たした。

影佐禎昭大佐（終戦時、陸軍中将）は、昭和二十一年一月、A級（平和に対する罪）戦犯容疑でGHQから逮捕命令が出された。しかし、彼は重い胸の病を患い、東京の病院に入院中で、出廷出来ず、臨床尋問が行われたが、同年九月死去した。

同じ上海で、特務の「児玉機関」を創設して、ブラックマーケットを中心に軍需物資の調達や阿片の密売などで暗躍したとされる児玉誉士夫は、昭和二十一年初頭、やはりA級戦犯容疑で逮捕され、巣鴨プリズンに送られたが、昭和二十三年十二月、不起訴により釈放された。この時のA級戦犯釈放者には岸信介、正力松太郎、笹川良一などがいる。

GHQによる戦犯指名、逮捕命令は昭和二十一年十一月の第四次をもって終了した。もし木佐貫の上海からの帰還が半年早かったなら、あるいは提籃橋監獄と巣鴨プリズンという日中両国の監獄に収監されることになったかもしれない。

児玉誉士夫はその後、上海で大量に買い付けたタングステン、ラジウム、コバルト、ニッケルなどの戦略物資を密輸入して巨利を得たと言われている。更に、戦後日本の〝右翼フィクサー〟の首魁として、保守合同によるいわゆる「五五年体制」の陰の立役者となり、政界に大きな影響力を発揮した。

昭和五十一年（一九七六）二月、彼が一九五〇年代後半からロッキード社の秘密代理人として、自衛隊の主力戦闘機や民間航空機の売り込みに暗躍して、ロッキード社から巨額の賄賂を受け取っていた事実が発覚し、それが田中角栄元首相逮捕に至る「ロッキード事件」へと発展する。


中子に分かったことはここまでである。父と児玉の接点は戦前にあるのか、それとも戦後なのか。母の言葉、「児玉誉士夫先生のお力添え」のお力添えとは何か。

父と母が出会ったのは、西陣の「寺内」の社長と神戸の生糸取引所の専務のお座敷だった。『日本紳士名鑑』にあった東亜蚕糸会についての調べは行き届いていないが、その財団会頭の肩書を持っていた父。西陣と神戸と父を繋ぐ糸はまさに繭《まゆ》と生糸だ。

繭と生糸は、国内養蚕農家と製糸業を保護するため、戦後長い間、厳しい輸入制限・割当制度が敷かれていた。中子は商社にいて、そのことについてはある程度の予備知識があった。国内産、輸入品に拘わらず繭・生糸はすべて農林省管轄下の神戸と横浜にある生糸取引所に持ち込まれ、売買される相場商品である。

木佐貫は、中国、インド、タイなどからの繭・生糸の輸入取引に携わっていたのではないか。「お力添え」とは、児玉の口利きで、彼だけ優先的に輸入割当枠を与えられていたのでは。その見返りは何だったろう。——すべては推測、臆測の域を出ないのだが……。

中子はいつの日か、これまで集めたデータを伝記にしてまとめ上げ、私家本として自費出版したいと考えているが、残念ながら、父の戦後の人生については、相変わらず空白の個所が多い。三つめのヘビ苺は見つからない。

唯一の情報源であったはずの児玉誉士夫は昭和五十九年（一九八四）に故人となり、その遺族に連絡したことはない。母は平成七年（一九九五）夏に亡くなったが、母の言う「世田谷の本宅」を訪ねてみようとも思わない。

昭和三十八年（一九六三）、児玉誉士夫は、関東と関西の暴力団の手打ち式を実現、東声会会長町井《まちい》久之《ひさゆき》と三代目山口組組長田《た》岡《おか》一雄《かずお》が、「兄弟盃」を交わしている。

中子は、児玉関連の資料を収集し、やくざの世界との関わり合いを調べてみたところ、任侠右翼の組織の結成に関与した団体リストの中に、東亜蚕糸会の名称を発見した。

今、彼は、父の戦後史は、むしろ知らない方がいいのではないか、と考えるようになっている。父が児玉を通じて、日本のアンダーワールド、裏社会と濃密な関係を築いていた可能性が高いと思われるからである。

7

中子毬子は今朝方も同じ夢を見て目を覚ました。彼女はかつて、世界の廃墟を旅するドキュメンタリー映画を観たことがあった。その中に登場する、バルカン半島東部スターラ山脈中の一四四一メートルの山頂に建てられた、ブルガリア共産党ホールの映像を見て以来、それが何度も夢の中に現れる。

ブルガリアのコミュニストたちが戦勝を祝う記念ホールとして一九七四年に着工して、一九八一年に完成させた共産党独裁の権力を象徴する巨大な建造物だが、一九九〇年四月のブルガリア共産党解体と共にホールは廃棄され、以来崩壊するに任されている。

毬子は、禿山《はげやま》の頂にあるＵＦＯに似た丸屋根の建物の内部に入り込んでいる。日没後の薄明の中で目を凝らすと、周囲を円形の客席に囲まれた木の床に、ドーム天井やモザイク装飾を施された壁の崩落した個所から滴《したた》り落ちた雨水が溜まって、屋内プールが出来上がっている。浅くて透明度が高いため、寄木細工の床模様がはっきり見えた。

彼女が靴を履いたまま、水溜りの中に入って行くと、上方で渦巻く風音が頭上に降って来て、時折周囲を鳥が素早く飛び交う。ツバメだろうか、それともコウモリ？　でもコウモリがあんなに速く、鋭い羽音を立てて飛ぶだろうか。

毬子は膝下まで水に浸かった状態で、何かが現れるのを辛抱強く待つ。フィレンツェのアカデミア美術館で見たダビデ像のような、筋骨逞《たくま》しい偉丈夫が出現しないかと期待しているのだが、男性とは限らないし、妖怪や爬虫類が飛び出して来るかもしれない。

そのうち、建物内のこの場所に居続けると、彼女がこれまでひた隠しにして来た欲望を顕現させる力が働き始めることに気づき……。

夢はいつもここで終わる。

逗子から乗った横須賀線グリーン車の中で、駅舎内の「BECK'S」で買ったブレンドコーヒーを啜っている毬子の脳裡を、「あれは何かの予知夢だろうか」という問いが横切る。……それにしても、夢の時制は何故いつも現在進行形なんだろう、その時点から過去や未来に向かうことがないのは何故？　とルーティンになっている疑問を反芻する。彼女は、無意識には時制がないことを知らなかった。

夫の中子脩が学校を立ち上げるため大阪に滞在しているので、朝食は、東京駅で途中下車して、ステーションホテルのレストランで摂ったが、それでも秋葉原の本社には定時に出社した。

午前から午後にかけて、シニア・プランナー会議、チーム内での新たなパッケージ旅行の企画の根回しと打ち合わせをすませ、秋葉原駅から再び東京駅に取って返してJR京葉線に乗り換え、舞浜駅に降り立ったのが、午後三時四十分だった。会議は四時に始まる。

ちづるは、英知女学院大学の国際教養学科で同じクラスだった志水真弓《しみずまゆみ》に、母校の公開講座に出席してみないかと誘われた。夫が「英語の小説・詩を読む」に通っている英知女学院のキャンパスの最寄駅は、JR横浜線十日市場駅だが、大学本部と大学院、付属高校は港区の麻布十番に残されている。生涯学習センターの講座は、大学院の教室を使用して、こちらでも開催されており、今年始まった「万葉集を読む」が評判を呼んでいると真弓は言う。

「講師は、奈良女子高等師範学校の最後の卒業生で、現在七十代半ばの歌人」

「最後の卒業生って？」

「奈良女子高等師範は昭和二十七年（一九五二）に最後の卒業式をして、新制の国立奈良女子大学、奈良女《ならじょ》に移行したの。毎回のテーマが『恋のさなかに惑う』とか、『妬みに燃えて待つ』とか、お年を召した先生とは思えない設定ばかりで、一回出席すると面白くて病みつきになるそうよ。夏期から一緒にどう？」

週一回、水曜日の午後と聞いて、この日は可奈子の店の定休日でもある、彼女も行くならと、店のネイル・ワークが終わったあと誘いを掛けてみると、

「万葉集？　英語の詩と、どっちが難しいかな」

と、まるで気乗りがしない様子だった。そして、一度行ってみたいところがあると言い出し、

「二子玉川のお店に勤めてた時、職場の人たちと東京ディズニーランドには一度行ったんですけど、ディズニーシーにはまだ……。今度、付き合ってもらえません？」

と訊いた。

ディズニーシー行きは二週間後の水曜日と決まった。この時季のウィークデーの開園時間は九時だが、並ぶのは「開園二時間前が常識」とガイドブックの受け売りを主張する可奈子に、それはちょっと勘弁して、とちづるは異議を唱え、結局二人は午前八時に舞浜駅前で待ち合わせ、ゲートでは長い列に並んだものの、ほぼ開園時間に入場することが出来

た。

ちづるは膝丈のフレアスカートに白のローファー、深い鍔《つば》の麻素材の夏帽子、可奈子はワイドで短め丈のセーラーパンツにスリッポン、デニムのリバーシブルハットを頭に載せている。

天気もよくて、メディテレーニアンハーバーのヴェネツィアン・ゴンドラを皮切りにアメリカンウォーターフロント、ポートディスカバリーと、七つのテーマポートを一通りめぐり、午後四時半にはS．S．コロンビア号の二階Cデッキにあるテディ・ルーズヴェルト・ラウンジのテラス席に着き、隣の空いた椅子に二人の帽子を重ねて置いて、カクテルを飲んでいた。

聞いたことのないお酒を頼んでみようと、ちづるは「ビトウィーン・ザ・シーツ」を、可奈子は「カミカゼ」をオーダーして、つまみには、オリーブの盛合せとカマンベールチーズのフォンデュ、バゲット添えを注文した。

「ビトウィーン・ザ・シーツってどういう意味？」

と可奈子が訊ねる。

「そうね、直訳すれば、シーツの間で。意訳すれば、ベッドに入って……」

「意味深ね。一口、飲ませて」

可奈子がショート・グラスに手を伸ばし、口に含んで、

「ブランデーベースなのね。それにコアントローとラムかな」

「いつか、お店でモヒート作ってくれたことがあったわね」

可奈子が小さくうなずいて、「カミカゼ」を勧めると、

「特攻隊は遠慮しとく」

東京湾上の空に、高く山のように伸び上がった巨大な積乱雲が浮かび、傾きかけた太陽の光を浴びて茜と黄金色に染められていく。雲の襞《ひだ》でか細い稲妻が閃き、あとに微かな雷鳴が続いた。

「降るのかしら？」

ちづるがつぶやいた。いつにない早起きに加え、半日以上も歩き回って、目の下に疲労の色を滲ませた彼女とは対照的に、可奈子はまだ見足りない、歩き足りない風情で、ガイドブックや地図を眺めつつ、もう一度訪れたらどう回ればよいか、「暗闇に間接照明でぼんやり浮かび上がるプロメテウス火山」や「ビッグバンドビート」は絶対見たいなどとひとしきりしゃべって、更にカクテルの御代《おかわ》りをしようとしたので、ちづるは止めた。

その時、二人の前をスーツ姿の毬子が通りかかったので、驚いたちづるが立ち上がって彼女の名前を呼んだ。

毬子は、オリエンタルランド、東京ディズニーシー・ホテルミラコスタ、ディズニーアンバサダーホテルの各担当者を集めて、関西圏の顧客を対象に、一泊二日でディズニーシーを見て回るツアーを提案、会議を終えたあと、ロケハンを兼ねて、久し振りにアメリカンウォーターフロントを漫ろ歩きしつつ、リゾートラインのディズニーシー・ステーショ

ンに戻るところだった。

ちづるが可奈子を毬子に紹介し、二人は名刺を交換した。それまで能弁だった可奈子は、急に口数が少なくなり、眩しそうな目付きで毬子を見つめ、物問いたげな視線をちづるに向けた。

「今日はここから直帰するつもりだったの」

と毬子が言い、舞浜駅から浦安駅南口までバスに乗って駅前の「朝川」という鰻屋に寄ってみないかと提案し、ちづるがうなずくと、可奈子も満面に笑みを浮かべて賛意を表した。

8

中子と瓜生はアフターデッキ（後部甲板）で釣糸を垂れている。五月末の日曜日、瓜生は中子に誘われ、赤沢温泉郷のプールハウス通いを中止して、相模湾の真ん中にいた。多数の漁船、ヨット、クルーザーが浮かぶ海は凪で、天気は上々である。

中子は三十センチ大のマアジをヒットし、クーラーボックスに投げ入れたあと、腕時計を見て、

「真昼時だな」

と小声で言った。

彼の狙いはマダイだが、アタリは一向にない。瓜生は釣りが苦手という訳ではないが、船上からの眺めの方に気を取られて、ロッドを握ってはいるものの、ウキやラインの動きに注意を向けていない。

彼は、視線を三浦半島の丘陵から左へ、江の島、相模川河口とその左右に延びる砂浜海岸、大磯・二宮の海岸段丘の礫浜《れきはま》、酒匂川《さかわ》河口の砂浜海岸、小田原市街と背後の丹沢、足柄山、箱根連山へと滑らせた。富士山は動きの速いレンズ雲がかかって、見えたり隠れたりしている。

「瓜生さん、アタリが来てますよ。すぐアワセないで、送り込むんです。ミチイトを緩めて、魚にエサを充分に食い込ませて……」

瓜生は中子のアドバイスに従って、二度目のアタリを待ち、ロッドを立ててアワセを入れる。いきなり魚の重みが増すのがロッドから腕に伝わって、急いでリールを巻き上げた。ゼンゴと呼ばれる十五センチほどのマアジで、中子の勧めでリリースすることにした。

それから小一時間、〝食いの渋い〟状況が続いた。中子は新しいポイントを求めて、コックピットに戻り、ヘルムシート（操舵席）にすわった。瓜生は、中子の隣のパッセンジャーシートに陣取り、操舵する彼を尻目に、ヒップ・フラスクからローワンズ・クリークをキャップに移して飲んだ。

「湾から灘へ出ましょう」

と中子は言った。操舵中の彼は、アルコールを口にしない。

相模湾は通常、三浦半島の城ヶ島《じょうがしま》と真鶴岬《まなづるみさき》を直線で結んだ内側の海域を指す。湾内には水深千メートルを超える相模トラフがあり、ここで北アメリカプレートとフィリピン海プレートが重なり合っていて、関東を襲った過去の大きな地震、元禄関東地震（一七〇三年）、大正関東地震（一九二三年の関東大震災）の震源とされている。

今、陸地に手が届きそうなところで、水深千メートルの海面にいることが、瓜生を奇妙な浮遊感に誘《いざな》う。……ジャック・マイヨールなら、フリー・ダイビングしてみたいと言い出すかもしれないな。

中子の言う「灘へ出る」は、相模湾の外へ、黒潮の流れの速い、より広い海へ出ることを意味した。

彼は進路を伊豆半島の方向へと向けた。熱海と伊東の市街が現れ、やがて後方へと遠ざかる。

「瓜生さんのホーム・グラウンドの〝海洋公園〟の方に近付けてみましょうか」

「今、どのくらい出てるんですか？」

「二十三ノット、時速四十三キロくらいです」

中子は船を城ヶ崎海岸から五キロ程沖でアンカリング（投錨）し、前より太いロッドに変えてアフターデッキから再びトライする。

約四千年前の伊豆東部火山群の噴火で出来た円錐台形のスコリア丘である大室山《おおむろ》の山容が間近に迫り、その左手後方にはもっと古い火山活動から成《な》る万二郎岳《ばんじろうだけ》、万三郎岳《ばんさぶろうだけ》などの天城《あまぎ》連山が、青空の中に柔らかな稜線を浮かび上がらせている。

三十分後、中子のロッドに強いアタリが来た。

マダイはエサに一気に飛びつき、反転して底へ降りる。これを二度三度繰り返すのが「三段引き」と呼ばれる。中子は心得たもので、慎重にアワセたあと、まさに三度目の引きの瞬間に素早く、力を込めてロッドを上げて、猛然とリールを巻き上げた。ヒットしたのは、望みの五十センチを超えるマダイで、

「ヨッシャーッ！」

と中子は歓声を上げた。

魚体をデジカメに収め、更に獲物を掲げた勇姿を瓜生に撮ってもらって、彼は一時、悦に入ったが、すぐにデッキで活け締めに取りかかった。

タイのエラブタの後端部からナイフを入れ、そのまま脊髄まで一気にナイフを立てて血管と神経を断つ。更に尻尾側の脊髄も切った。中子はこうした作業を手際よくすますと、

「魚が暴れて苦しまないうちにやっちゃわないと、ストレスで味や鮮度が損われるんですよ」

と言った。

水平線上から湧き出した暗灰色の乱層雲が放射状に発達して広がり、湿った南西の風が吹き始めた。満潮から干潮へ移る時間で、下げ潮の流れも速くなって風浪《ふうろう》が立ち、船は軽くピッチング（縦揺れ）し始める。

この日の朝、瓜生は中子のランドローバーに逗子駅でピックアップしてもらい、小網代にある「シーボニア・マリーナ」に向かった。今回は男同士で釣りでも楽しみましょう、という中子の誘いだった。

「女房は今日から上海出張なんですよ」

と中子は言った。ちづるも毬子も、数日前の水曜日、ディズニーシーで偶然出会ったことを、何故か夫には話していない。

クルマは三崎街道を三十分ばかり南下して、「油つぼ入口」の信号を右に鋭角に折れ、狭い曲がりくねった坂道を海へと下った。

「シーボニア・マリーナ」に艇置・繫留されている大小百艇余りのクルーザーの中から中子が、これがわたしの船、と指さした先を見て、瓜生は驚きの声を呑み込んだ。小型のプレジャーボートだろうと想定していたのが見事に外れて、本格的なキャビンクルーザー（サロンクルーザー）であることに驚いたのだ。

中子の説明によると、全長15m、全幅5・2m、喫水1・4m、重量30・09トン、最高速度39・9ノット。船体は白で、喫水部はブルー、トランサム（船尾）には“Anastasia”（アナスタシア）と船名が書いてある。

一九八五年、アメリカのノースカロライナ州にある会社で造られ、二〇〇二年にモデルチェンジされた“VIKING 48 Convertible”。

テレビのバラエティー番組で活躍していたタレント・放送作家のMが、「シーボニア」のメンバーとして所有していたが、離婚を機に二〇〇六年に手放したのを、中子が中古市場価格の四割引で買った。

シーボニア・クラブハウスの男性アドバイザーの協力で、中子は出航準備に取り掛かった。

コックピットの広さは11・52㎡ある。中央にあるヘルムシートの前のモニター画面には「Yチャート」「Sガイド」などの港湾案内図が映し出され、スロットルやオートパイロット、無線などのコントロールユニットはステアリングの左右のハッチに収められ、目的地を入力するだけで、目を瞑《つむ》っていても走航出来るようになっている。

アフターデッキからドアを開けてキャビンに入ると、チーク材のフロアが広がり、両サイドにL字型のソファと小卓、その右前方にカウンターキッチンとダイネッティ（小食堂）、左前方の棚には46インチのテレビやBOSEのオーディオセットという配置で、ダウンフロアには、通路の片側にトイレ&シャワールーム、充分な広さのベッドルームが、バウ（船首）側には二段ベッドが二台据え付けられている。優に六人が乗船出来るという訳だ。

「艇置・保管料が年間百万円以上かかるし、ガソリン代も馬鹿にならない。このクラスのクルーザーになると、共同購入、チーム利用が多いんだけど、わたしは事《こと》、趣味に関しては仲間を持たない主義でしてね。だから出費が嵩《かさ》んで、前にも言ったように女房はいい顔しない」

と苦笑を浮かべながら、中子はヘルムシートにすわった。アドバイザーが敬礼して、下船して行く。30トン余の船体が動き出す。

空の南半分が雲に覆われ、やがて低く垂れ籠めた。中子が腕時計を見て、

「御八《おや》つ時」

と言った。

「ひと雨来そうな……」

と瓜生は応じた。

「いや、降らないでしょう。あれは雨雲じゃないもの」

中子はキッチンに籠もって、マアジのタタキを作り、マダイを捌いて一部を刺身にしたあと、自慢のブイヤベースに取り掛かった。そして、鼻唄まじりに調理を進めながら、最近の掘り出し物だと言って、日本固有の甲州種ブドウを使った山梨県明野《あけの》産の「グレイスワイン」の白を開けて瓜生に勧め、

「いけるでしょ。日本でもいいワインが出来るようになった」

と今日はじめてのアルコールを口にした。

彼はあらかじめ、タマネギ、ニンニク、トマト、白ワイン、アサリ、殻付きエビ、サフラン、ローズマリー、オレガノなどから成るスープを仕込んで来ていて、それに釣り上げたばかりのマダイを加え、ダッチオーブンでブイヤベースを完成させた。バゲットはメゾ

ンカイザーで、

「これは女房のセレクション」

と言った。

中子はオーディオにCDをセットして、デイブ・ブルーベック・カルテットの“At Carnegie Hall”、スタン・ゲッツの“West Coast Jazz”を流す。

途中で、

「気分を変えましょうか」

と言って、日本の若い女性ギタリスト、村治佳織《むらじかおり》が奏でる“CAVATINA”をかけた。

「これって『ディア・ハンター』のテーマ曲でしたっけ?」

瓜生が訊いた。

「ロバート・デ・ニーロ、クリストファー・ウォーケンがロシアン・ルーレットで対決するシーンって、忘れられないな」

中子は小さくうなずいて、

「ベトナム戦争終結後のエピソードでしたよね。わたしはタイとフィリピンに駐在してたけど、つまんない賭けで命の遣り取りをする連中がいくらもいたな」

ワインは「甲州」の白から赤へと変わった。瓜生は遠慮なく飲んでいるが、中子は操舵を考えて控えている。

彼は小型パイプを取り出して、

「最近は、アシュトンの“Rainy Day”（雨の日）を、ボウルに半分くらい詰めて吸ってるんです」

と言った。

瓜生は赤ワインを舌の上で転がして、賭けから連想したエピソードを口にする。

「竹中労《たけなかろう》に『美空ひばり』ってノンフィクションがあるでしょ。僕の生まれは横浜の保土ヶ谷《ほどがや》だけど、ひばりの実家は横浜市磯子《いそご》区の魚屋で、店の名前は魚増《うおます》だったかな。父親の増吉《ますきち》は清水次郎長が好きで、次郎長を気取って、店の若い衆《し》に小政、石松って渾名《あだな》を付けてたんだって。そしたら、その石松の方が友達と『市電にぶつかったら死ぬか死なぬか』って賭けをして、ほんとに電車に体当りしてあの世に逝っちゃった。これほど素頓狂なやつって、今の若い世代にはいないでしょうね」

「なるほど。浪曲の広沢虎造《ひろさわとらぞう》でしたっけ……、『石松金比羅代参』の名調子、〽馬鹿は死ななきゃなおらねぇ、あれを地で行った訳ね。

でも愚かしい日本人なんて、マニラあたりには数百人単位でいるかも」

「数百人？」

と瓜生が鸚鵡《おうむ》返しに訊ねた。

「困窮邦人って言葉、聞いたことあります？」

瓜生は、曖昧な首の振り方をする。

「日本でフィリピン・バーに通って、女の子と深い仲になって、何もかも捨ててフィリピンに渡り結婚する。ここまではいいんだが、そうなるとその女性の一族郎党が押しかけて来て、結局は金の切れ目が縁の切れ目。見放されて、ホームレスになって教会に寝泊りしたり、屋台の商売を手伝って辛うじて命を繋いでいる邦人が結構いましてね」

「国は援助してくれない？」

「海外で困窮した日本人に対しては、帰国費用を貸し付ける『国援法』という法律があるけど、中年男が若いフィリピーナに目が眩《くら》んで渡航し、自分の意思で全財産使い果たしたとなると、外務省も現地大使館も援助には二の足を踏む」

「自己責任論が出て来ますよね」

「支援金は税金から出す訳だから、国民に対する説明責任が問われる。国民は納得しないだろうというのが外務省の言い分なんです」

「だからいつまでも帰国出来ない……。はじめて聞いたな、そんな話」

中子は瓜生の顔から目を逸らして、パイプの煙をゆっくり吐き出し、

「じつはわたしも脛《すね》に疵《きず》持つ身だけどね」

と小声で言った。

日差しがすっかり弱くなり、風向きと潮の回りが変わって、船がローリング（横揺れ）を開始した。中子は冷凍庫からポーリッシュ・ウォトカを出して、

「このバイソン・グラスが入っているズブロッカ、安酒だけどキンキンに冷やして、ちっちゃいグラスでストレートで飲むとうまいんですよ」

中子は、冷やしておいた薩摩切子のグラスを一個、ボトルと共に取り出して、瓜生の前に置く。

「困窮邦人たちは、虫が知らせるっていうか、予感が働かないんですかね。いきなり全財産を抱えて、言葉が通じない国へ行くんだから、万が一の場合を想定して……」

瓜生の言葉に、それまでリラックスした様子でいた中子が居住まいを正して、生真面目な顔になり、

「たぶん、近未来に暗雲が垂れ籠めることは、感じ取っていたはずですよ。でもそれは、意識の表面には上がって来ないんです」

と断定的な口調で言った。

「危険には感付いてるけど、敢えて言葉にしないために、自覚出来ないと？」

中子はキッチン脇の戸棚から、洋書を一冊取り出した。

「この本は、昨年の四月にアメリカで刊行されたもので、著者のディーン・ラディンは、イリノイ大学で電気工学の修士号と心理学の博士号を取った学者です」

瓜生は本を受け取り、目次とあとがきを見て、著者が超能力や超常現象の研究者であることを知った。序文に、「宇宙に存在するものに『分離』はない。すべては精妙な方法で『からみあって』いる!!」とある。

「メトロ・マニラのわたしの学校で教えている、ニュージーランダーの女性教師が勧めてくれたんですけどね、読んでみると、こんな実験が紹介されてました。

著者は、電気工学に詳しいことから、心理的興奮を測定する機器を考案して、予感に関する実験を繰り返し行ったんです。まず被験者の指先に機器を装着する。そして、モニター画面にランダムに現れる画像を見せるんですが、画像には二種類あって、一つは大蛇が口を開けた瞬間とか、凄惨な事故現場とか、怖い画像。もう一つは、ウサギの寝姿とか、美しい花畑とか、穏やかな画像です。

画像が表示される前には、必ず三秒の間を置きますが、怖い画像が現れる前だと、穏やかな画像と比較して、興奮度が上がることが分かったんです。

怖い画像か穏やかな画像か、あらかじめ知ることが出来ないのに、怖い画像だと三秒の間に確実に興奮度が上がるということは、我々は、怖いもの、不吉なものを事前に予感していることになります。

ただし、本人の無意識が肉体的反応を示しているだけで、自覚はしていない――追試を重ねても結果は同じだそうです」

じっと聞き入っていた瓜生が、軽く身を乗り出して訊ねた。空のどこかで雷鳴が聞こえる。

「僕も中子さんも、同様に未来の危うさを感じ取っていると？」

「危険信号はキャッチしているが、残念ながら意識することが出来ないんですね。破滅型と呼ばれる人の生き方は、このことと関係あるのかな。近未来に自滅することを感知して、無自覚なまま、敢えてその方向に歩いて行くみたいな……」

瓜生は、将来どんな危険が待ち構えているのか、自分の無意識の中をのぞき込んでみたくなったが、同時に、人生には知らない方がいいことだっていくらもあるはずだとも思う。

そしてこの予感実験は、ユングが提唱したシンクロニシティと関係がありそうだと思った。

シンクロニシティとは、〝意味のある偶然の一致〟で、〝共時性〟の訳語も当てられる。

瓜生が、透視やテレパシー、予知などの実験を行って、「同期《シンクロ》した」結果が得られるのは無意識の働きによるという説は、ユングの仮説にそのまま繋がりませんかと問うと、中子は、

「被験者が、画像を無意識の中で先取りするのと、モニターに画像が現れるのとは、物理的に全く無関係な二つの事象だけど、画像があらかじめキャッチされる時点で、シンクロニシティが起きている。ディーン・ラディンは、同じ問題を違う方向から、サイエンティストの立場から考えて実験してるんでしょうね。

そう言えば、女房には、ちょっと鋭いところがあって、夢の中で〝意味のある偶然の一致〟が起きるみたいだ」

と言いながら、小卓へと移動し、ポータブルのパソコンを開いてインターネットを立ち上げ、瓜生を手招きした。

彼が開いたサイトのトップ・ページを見て、瓜生は内心驚愕したが、顔には出さなかった。中子が開いたサイトのタイトルは、「妻よ薔薇のやうに」だった。

中子は、ジャンル分けしてある中から、水着の項目を選び、ハンドル・ネームを確認してクリックした。

「ハネムーンでタヒチのボラボラ島のリゾートに泊まったんですけどね、水上バンガローだったから、桟橋から各バンガローが独立して海に突き出てる」

と淡々と説明を加える。

一枚目の写真は、全裸の女性が抜手《ぬきて》を切って泳いでいるカットで、濡れた髪と肩と腕、肩甲骨は露《あらわ》になっているが、下半身は水面下に隠されておぼろげな輪郭が見て取れるだけだ。

「夜間に着いたんだけど、翌朝、午前五時くらいだったか、毬子が目を覚まして、起き抜けに泳いで来ると言い出して、裸になってベランダから海に飛び込んじゃった。わたしも彼女をスナップしてからパジャマを脱いで海に入ったんだけど、バンガローの周囲は一面の珊瑚礁で、二十〜三十メートル先はドロップオフ、急に深くなってました。二人で立ち泳ぎしてると、突然特大のマンタが現れて、同じ所をいつまでもクルクル回ってたけど、プランクトンを食べてたのかな」

中子は画面をスクロールして、二枚目の写真を見せた。

海から上がった毬子が、室内でバスタオルを体に巻き、右手にシャンパングラスを持って、微笑んでいる。左の乳房がタオルの端からはみ出しているが、まるで気にしていない風である。

三カット目は、セパレーツの水着を着けた毬子が、ベランダのデッキチェアに寝転んで、水平線を眺めている絵柄だった。中子は、顔の部分に修正を施さないで投稿している。

「投稿して一週間経ってから、女房がヘンな夢を見たと言い出したんですよ。街を歩いていると、色んな男性がわたしの方を見てる、誰も声を掛けては来ないんだけど、建物の陰に入ったり、広場の片隅を歩いたりしても、どこまでも視線が追いかけて来る、ってね。被害妄想だよと言ったものの、さすがにドキッとしたな」

「シンクロニシティそのもの」

と思わず瓜生は口にした。

中子は、自身と妻の間に〝意味のある偶然の一致〟が起きたと瓜生が言っているものと思い、うなずいたのだが、瓜生は、自分と中子の間にシンクロニシティが起こったとも考えていた。

彼は匿名とは言え、ちづるの写真を投稿しないでよかった、不特定多数の男性の目に妻の裸身を晒すことには、何かしらの危険が伴うらしいと、この時はじめて気づいた。

「じつは、女房と折合いが悪くなってからは、こんな写真を撮ろうなんて気は起きないんだけど、この手のサイトに投稿する連中は、とにかく被写体の女性に執着してるんだと思いますよ。その上で、何か妙な心理が働いているような……、実際に投稿しちまったわたしがうまく説明出来ないのもヘンだけど」

瓜生は、妻の浮気を公認していた高名な詩人がいたっけな、外で男と会った妻が汗ばんで帰宅すると興奮したとか、それってマゾヒスティックな心性そのものだが、執着している女性のヌードを他人に見せたがるのにも、同様の心理的機制が働いていないかと考えたが、口には出さなかった。

雲の中を稲妻が走った。中子が立ち上がった。

「そろそろ引き揚げますか」

キッチンを急いで片付けたあと、二人はコックピットに上がり、中子が抜錨《ばつびょう》する。

中子が操舵するクルーザーが、夕闇の立ち籠めた荒れ模様の海面を滑走し、小さく見えていたシーボニアの明かりが急に大きくなった。

瓜生が、何気ない風を装って、

「中子さんのハンドル・ネームは？」

と訊くと、中子は、

「スモグラー」

とぶっきらぼうに答えた。

「スマグラー、〝密輸する〟の smuggle に er を付けたんですね。でもどうして密輸業者？」

「いや、スマグラーじゃなくて、スモグラー。素潜りが好きだから」

瓜生は苦笑して、

「マヨラーみたいだな」

と言った。彼は、中子の投稿は一度ではないだろう、スモグラーの作品を、残らずチェックしてみなくては、と考え始めた。

9

中子脩は一九七四年、大学を卒業すると、海外勤務を夢見て関西系の商社に勤め始めた。戦前からの繊維商社を母体とする、いわゆる糸偏《いとへん》三社の合併によって誕生した、従業員千二百人余りの中堅総合商社である。本社は大阪だが、その後一九八一年に本社機能の大半を東京に移して、大阪、東京の二本社制となった。

中子は大阪本社国内営業部に配属された。国内営業は一般の問屋業務と変わりなく、国内外で仕入れた商品（鉄鋼・機械から穀物、肥料、衣料、食品まで）を大口の国内ユーザーまたは二次問屋にセールスする。つまり商社マンとは呼ばれていても、鉄から食肉までを手広く扱うセールスマンの異称に他ならない。入社当初、新人に課せられる務めは新規商品の販路開拓が多く、なかなか成約に結び付かない。だが、中子は挫けることなく、かつてラガーマンとして培った根性と粘りで献身的に働き、海外雄飛の日を待った。入社して五年後、バンコク駐在のチャンスがめぐって来た。主な任務は、タイの大手水産加工会社と組んで、大正エビを養殖して日本に輸出するというプロジェクトである。

バンコク中心部のマンションに一人住まいして、中子のタイ生活は始まった。家賃は驚くほど安い。仕事は順調に進み、はじめて夜遊びの味を覚えた。三日に上げずタニヤ通りに繰り出し、その結果悪い病気を貰って抗生物質のお世話になった。これに懲りて、玄人女性には手を出さなくなり、旅行代理店に勤務するＯＬ、ガイと付き合い始める。「ガイ」はニックネームで、鶏の意味である。タイではみなニックネームを持っていて、普段は愛称で呼び合う。中子好みの姿態の持主で、本名はウンスマッソン・ラットサメッサといった。

彼女は結婚願望が強く、独身の中子にしきりと結婚を迫るようになった。

煩わしくなった中子が手を切ろうとすると、ガイは、彼の悪口を殴り書きしたＦＡＸを一度に十枚、二十枚とオフィス宛に送り付けて来る。揉めた挙句、二千ドルという彼にとっては痛い慰藉料を払って、ようやく別れることが出来た。

休暇を取って、憂さ晴らしの観光で訪れたタオ島で、フリー・ダイビング・トレーニングコースが開催されていることを知り、入門コース「You can freedive」を受講して、この競技の魅力に目覚めた。

「大正エビプロジェクト」はジェトロの協力のもと、ＯＤＡの融資も受けることが出来て、軌道に乗り始めた。大規模な養殖槽に日本の水質管理センサーを導入し、良質の人工飼料を与えることで、ほぼ国産ものと同等の品質のエビを安定的に日本へ輸出出来るようになった。

中子の会社の規定では、海外駐在員は三ヵ月に一度、現地のしかるべき病院で健康診断を受けなければならない。バンコクでは、バンコク病院が指定の病院となっている。この病院には日本の大学の医学部で学んだ医師が多く、頼れる存在なのだが、中子は無精してまだ一度も健診を受けたことがなかった。

赴任して三年経った八二年の夏の終り、彼は突然頭痛を伴う発熱と発疹に悩まされ、数日たっても治まらないためバンコク病院へ駆け込んだ。その時、外来患者の応対に当たった、サラボーン・パナラット、という名札を胸に付けた若い美人看護師が、

「ツツガムシマイト、マイペンライ（大丈夫よ）」

と言って、彼の左手の甲を軽く右手のひらでタップした。

治療は速やかに行われ、中子は二日入院しただけですっかり回復した。阪大医学部出身の中年のタイ人医師は、流暢な日本語で、彼が罹ったのはタイの風土病の一つ、ツツガムシ病で、これはかつて日本でも猛威を振るった感染症だと説明した。

週末、中子はサラボーン・パナラットを食事に誘った。彼女はチェンマイ出身で、サラと呼んで、と言った。一ヵ月後、二人は一週間の休暇を取ってタオ島に出掛けた。中子は前年より上級の「Freediving advanced」コースを受講した。サラはダイビングには全く興味を示さず、白砂のビーチに並ぶデッキチェアに寝そべって、ウォークマンのイヤホンから流れる音楽に聞き入っていた。

この年末、中子はモルディブと鹿児島県枕崎市に出張した。枕崎の鰹節職人をモルディブに連れて行き、製法を伝授して、モルディブ産の鰹節を東京、大阪の市場に売り込もうというのである。

二年後の八四年夏、中子は突然サラから妊娠を告げられた。中子はabortion（堕胎）という単語を繰り返して、裏書きしたアメックスのトラベラーズチェック三千ドルを渡そうとするが、サラは受け取らない。

二ヵ月後、中子に帰国の辞令が下った。当日の朝、彼はサラを宥《なだ》めすかして、無理矢理小切手を手渡し、ドンムアン国際空港に向かった。


帰国した中子は、海外駐在要員として東京本社海外開発室に所属し、バンコクの後任に托した大正エビ、モルディブの鰹節プロジェクトを東京からサポートしながら、合間を縫って国会図書館に通い、父親に関する資料を渉猟した。

程なく彼はマニラに赴任した。このたびの彼の主要な任務は、前任者が手を拱《こまね》いていた、フィリピンを代表するスペイン系の財閥、アヤラ・グループ企業と取引関係を結ぶことにあった。中子はアヤラ傘下の企業のうち、最も業績の振るわない電話機メーカー「オーロラ」に目を付けた。「オーロラ」は他財閥系の複数のメーカーに後れを取っていて、そのシェアは僅か八％にすぎない。中子は、「オーロラ」に日本の大手無線機メーカー「不二無線」との提携を持ち掛けた。

無数の島と山岳と熱帯雨林から成るフィリピンの地勢、いつ終わるとも知れない反政府ゲリラとの戦いが続く状況を考えれば、有線の電話機より無線機の方が便利で、一般の需要も多くなるはずだ。フィリピンにはまだ無線機メーカーはなく、高額な輸入品に頼っている。日本から無線機の部品を輸入して、「オーロラ」の工場で組み立てる。いわゆるComplete Knock Down 方式で作られた製品は、FUJIブランドで国内販売し、一部は輸出してドルを稼ぐ。「FUJI」は何といっても定評のある国際ブランドだ。

中子のこうした提案は、会議に同席したアヤラ財閥の顧問弁護士の一人、ポール・タン・ジュニアの強い支持を得て採用され、一九八六年二月、マルコス政権が倒れた「ピープル・パワー革命」の最中、正式に契約が結ばれた。中子とポール・タンはこれを機に親交を深めた。

「オーロラ」には五つの下請工場がある。中子は、不二の技術指導員を連れてそれらの工場に出入りするうち、工場長秘書のロザリンドと懇《ねんご》ろになった。フィリピンではメスティーソと呼ばれるスペイン系混血女性で、面差しがイタリア女優ジーナ・ロロブリジーダに似ていた。彼は毎週末、彼女のアパートに通い始めた。

半年後、ロザリンドは突然、プール付きのマンションへ引っ越した。彼女は、自分の給与とボーナス、中子からのお手当で懐が潤沢になったのを機に、いきなりライフスタイルを変えたのである。

中子はロザリンドのプール付きマンションに通ううち、彼女と素っ裸で夜のプールに入り、ひと泳ぎするのも楽しみの一つになった。

ある日、彼の前に彼女の家族が現れた。両親、父方・母方双方の祖父母と兄である。ロザリンドは、マニラホテルのロビーで、合計七人の家族を和《にこ》やかに中子に紹介し、全員が彼女の新しいマンションで一緒に暮らし始めた。中子は、ビスコンティの「若者のすべて」を連想したが、兄と称する中年男はどう見ても親族には見えない。人相もよくないうえ、肩から両腕にかけて刺青《いれずみ》を入れている。

中子は、フィリピンではニホンウナギは獲れないが、ビカーラ種と呼ばれるウナギが生息していることを知り、シラス（稚魚）から養殖して成鰻を日本へ輸出するビジネスを進めようとしたが、蒲焼にした際の味が日本人の舌には合わないことが分かって諦めた。しかし、無線機事業の他、化学肥料工場のプラント輸出など大型商談を次々と成立させて、彼の本社での評価は高まり、やがて八九年初めにロサンゼルス支店転勤の内示があった。栄転である。

ロザリンドに別れ話を切り出すと、彼女は上半身を伸ばして、冷たい視線で中子の顔を見つめ返し、

「お金が要るわね、沢山」とつぶやいた。

その翌日、中子は刺青の男にマニラ動物園に呼び出された。

折しもフィリピンは三年に一度の下院選挙の真っ最中で、国内は騒然としていた。フィリピンでは、選挙は一大カーニバルの様相を呈する。そもそも立候補すること自体、中央、地方を問わず権益を賭けたギャンブルとみなされる。また、選挙の結果に多くの賭金が投じられ、国全体を巻き込んで熱狂するさまは、中子を驚かせたことの一つだった。

選挙には〝三つのG〟が付き物と言われている。Gold（買収）、Goon（暴力団）、Gun（暗殺）である。

ロザリンドの兄と称する男は、もともと彼女のヒモだった。中子はGoon、質《たち》の悪いフィリピンやくざのメンバーと関わってしまったのである。ライオンの檻の前で、男は中子にアロハシャツの下のベルトに提げた小型拳銃のホルスターを見せ、期限を切って大金を要求した。

「払わないなら、足の甲を撃つ。ＯＫ？」

とカタコトの英語で繰り返す。

相手が悪いと見た中子は、ポール・タンに対応を相談した。どのように手を回したのか分からないが、タンは拍子抜けするくらいあっさりと難問を解決してくれた。ロザリンドとヒモは黙って引き下がったが、タンの背後には、中子には想像のつかない強大な暴力装置が控えているのかもしれない。

一九八九年四月、中子のアメリカ駐在生活は順調に滑り出した。

10

一九九一年十月のある日、九鬼毬子は、ロサンゼルスのリトル東京にある「リトル東京サービスセンター」（ＬＴＳＣ）に来ていた。彼女が勤務する近畿日本ツーリストの「アメリカ西海岸の旅」パッケージツアーを新しく組み直すための調査が目的だった。

LTSCは、ロサンゼルスに住む日本人の生活を全面的にサポートするNPOで、ロスで生活するには何が必要か、アメリカを旅行するために知っておくべき事柄などについてきめ細かく対応してくれる。毬子は、ツアーの添乗員がいざという時頼れるロスの拠点をチェックするため訪れたのだった。


その日、中子は久し振りに早めに仕事を切り上げ、オフィスをあとにした。珍しくディナーの約束もない。その足でリトル東京のショッピングモール、ウェラーコート二階にある紀伊國屋書店に立ち寄り、書籍やアニメ・マンガ、文房具、雑貨などを丹念に見て回ったあと、再び書籍のコーナーに戻り、週刊誌を購入して、ペーパーバックの棚の前に立った。ふと"Sudden Fiction International"というタイトルに目が留まった。Sudden Fictionて何だろ？　中子はつぶやいて、手に取り目次を見る。どうやらショート・ショートのアンソロジーらしく、作者名の中に川端康成の名もあった。

週刊誌とペーパーバックを手に紀伊國屋書店を出たところで、彼は空腹を覚えた。ウェラーコートの中にはラーメン店やカレーハウスがある。晩飯にラーメンやカレーはないだろうと思い直し、一つ上の階にある居酒屋風レストラン「KOTOBUKI」に足を運んだ。

店内は豪華客船のキャビンを模した造りで、四、五人掛けのテーブルもまた舟形をしている。混んでいたため、中子は辛うじて一つだけ空いていたテーブルを確保し、中ジョッキのビールとオリジナル・ドレッシングのかかったじゃこサラダを注文した。

ビールを片手に、週刊誌のカラーグラビアを眺めていると、

「ここ、よろしいでしょうか」

と右隣から女性の声が降って来た。

テーブルで偶然相席になって小一時間過ごしたあと、中子は毬子を誘って、スーパー「Marukai Market」内にあるカフェでコーヒーを飲んだ。毬子は翌日のディナーの誘いにも躊躇《ためら》うことなく応じた。


毬子は中子好みの容姿、脚線美の持主だった。声はハスキーで耳に快く響き、素直で柔順なキャラクターの持主に思えた。しかし、毬子が何故中子に惹かれたか、彼には分からなかったし、訊いたこともない。

ロサンゼルスと東京を結ぶ遠距離恋愛が始まった。中子は出張で帰国するたびに毬子にデートを申し込み、箱根や京都への旅に誘った。

一九九二年初秋、二人は結婚式を挙げ、エールフランスで、タヒチのボラボラ島へ六泊七日の新婚旅行に出掛けた。

毬子はこの年末に会社を辞めてロサンゼルスに行くつもりだったが、後任の関係で先延ばしになってしまった。散々走り回って調整した結果、ようやく二月末に退社の目処が立

ち、春にはロサンゼルスに渡って新婚生活を始められることになった。

ところが九三年の初め、中子は連邦捜査局（ＦＢＩ）の事情聴取を受ける破目になり、彼女のロサンゼルス行きは中止となった。

一九九三年一月九日、米国証券取引委員会（ＳＥＣ）は、ロサンゼルスに本社のある世界最大手の電信電話会社ＷＴ＆Ｔコーポレーションの現役社員七人と、日本商社のアメリカ駐在員中子脩の計八人を連邦捜査局に告発した。同社による大手ケーブル会社ＴＣＩの買収をめぐり、インサイダー取引が行われたとの容疑である。

容疑者たちは、買収が発表された九二年九月までに、ＴＣＩの株を大量に取得し、発表後売却して、約二百六十万ドルの利益を得ていた。

買収に関する情報は、ＷＴ＆Ｔの買収検討チームから漏洩したのではなく、同社の人事部長から東部に居住する六人の社員にＥメールで知らされ、部長本人はいっさい株を購入しておらず、売却益の二〇％をのちほどコミッションとして受け取る約束が交わされていた。彼は買収検討チームのメンバーに入ってはいなかったが、合併人事の腹案を策定するため、買収関連情報をあらかじめ与えられていたのである。

中子は、日本製通信ケーブル、主に光ファイバーを納入していたＴＣＩに、ＷＴ＆Ｔの幹部が頻繁に出入りし、密にコンタクトを取っていることを知り、ＷＴ＆Ｔの人事部長をリトル東京の「ＫＯＴＯＢＵＫＩ」に呼び出して事情を訊いてみた。

人事部長は、WT&Tに入社する前、人材派遣会社の役員を務めており、中子が勤める商社の現地採用社員の募集、選考に携わっていたことから、中子とは個人的な付き合いがあり、飲み仲間でもあった。人事部長は二〇%のコミッションを条件として、買収がほぼ確定していること、その発表の時期が遅くとも九月半ばであることを伝えた。

中子は連邦捜査局に逮捕され、連邦地方検事の厳しい取調べが一週間続いた。中子は、緘黙《かんもく》を貫き、時には英語が聞き取れない振りをした。

留置施設の中で、彼はセブ島からボホール島まで、スキンダイビングしながら回ったダイビング・サファリを思い返したりした。

一泊二日の予定で、ガイドを雇い、漁船を改造した船をチャーターして、ポイントでドリフト・ダイビングをしながら島から島へサファリした。

大きな岩礁の角にアンカリングして、ガイドに先導されて潜降すると、十メートルを超える巨大なジンベエザメが海底をゆるゆると移動するさまが指呼の間に見えた。

WT&Tの内部関係者七人は、銀行口座記録とEメールが証拠として残されていたが、中子に関しては漏洩が口頭で行われ、コミッションはキャッシュで手渡されたため、公判では証拠不充分となる可能性が高いと判断した連邦地方検事は、国外退去を条件に中子を不起訴とした。

中子は投資資金として、会社の口座から十万ドルを引き出し、マニラの弁護士ポール・タンにも五万ドル出資させて、計十五万ドルで被買収企業TCIの株を取得した。彼は売却益から、出資額の倍の金額をタンの口座に振り込み、社の口座には、運用期間の銀行利子に相当する金額をプラスして補塡、帰国して本社ですべての経緯を明らかにした上で、退職願を提出した。

11

中子の突然の退社で、毬子の人生設計は大きく狂ってしまった。

ロスでの新婚生活はフイになり、毬子は仕事を続けざるを得なくなった。中子は横浜市根岸台の毬子が所有しているマンションで暮らし始めた。

毬子は中子に対して、批判や愚痴めいたことは口にせず、今後彼が何をするつもりか注意深く見守っていた。

中子は落ち込んだりはせず、意気軒昂で、ひたすら新しい事業を立ち上げることだけ考え続けた。とりあえず資金はある。必要なのはアイデアだけだ。

彼は日本人向けに欧米のランゲージ・スクールとは違うタイプの学校を作ればうまく行くはずだと思い、マニラに飛んで弁護士のポール・タンに相談してみることにした。

場所をマニラに設定したのは、土地鑑があり、フィリピン人気質《かたぎ》を理解している、タンとのコネクションもあるといった理由からだが、不動産価格と人件費が格安であるのも重要なポイントの一つだった。そしてこの時点では、マニラには、韓国人経営のランゲージ・スクールはあったものの、日本人経営の学校はなかった。

日本人がアメリカやイギリスの語学学校に通う場合、その学校内に日本人スタッフが常駐しているケースは稀である。欧米では、英語は教室の中だけで学ぶものではないと考えられていて、レッスン数も六十分単位で一日四～五レッスンのみ、そのほとんどがグループ・レッスンである。学校側からはクラスの外に出て、学んだ内容を実際に試してみるよう勧められ、ホームステイやコミュニティー活動が奨励される。

中子はこれとは逆に、日本語でフルサポートするインフラを整備すると、強い向学心を持ちながらこれまで海外留学に踏み切れなかった中高年層が動き出すのではないかと予測した。

空港までの送り迎え、滞在、食事、買物など、教室で学習する以外の雑事を日本人スタッフがサポートし、それには入学の手続からオリエンテーション、レベル・チェックまで含まれる。こうしたサービスが提供されれば、少々割高であろうと構わず参加する人々が、一定数必ず存在する……。

中子は統計や調査を踏まえて、そのように確信していた訳ではないが、この時点での彼の第六感は冴え渡っていて、結局その見通しは正しかった。

彼は、パッケージ旅行と同様の仕組みで短期留学をセットするには、と毬子に問題提起し、彼女は原価計算も含めた青写真を僅か二週間で作り上げた。それを中子が英訳して、マニラ行きに備えた。

中子は、タンを通じて、アヤラ財閥系列の不動産会社と交渉し、九二年に倒産した語学学校を借り入れる契約を結んだ。その学校は、メトロ・マニラのケソン・シティの住宅地の中にあり、学校とドーミトリー（寄宿舎、寮）、食堂やロンドリー（洗濯室）の施設を備えている。

フィリピンで現地法人を設立するには、個人事業、パートナーシップ、コーポレーションのいずれかの業態を選択しなければならない。中子はパートナーシップを選び、二人以上の出資者が必要なため、自らを無限責任を負う無限責任社員、妻の毬子とタン弁護士の二人を出資額を上限とする有限責任社員として証券取引委員会に申請し登録した。学校名はEmpower English School、略してEESである。

彼はその後、ドーミトリーを日本人向け中長期滞在型宿泊施設に改築し、キャンパス内で和食中心に三食提供出来るよう、マンダリン、シャングリラからコックを二人ヘッド・ハント、サポート・スタッフとしてフィリピン国内のリゾートより日本人女性マネージャーを二人雇い入れた。ロンドリーは、メンテナンスを施した上で、洗濯機、乾燥機共に使用は無料とした。

中子は、マニラ大学の広報を通じて、ニュージーランドのクライストチャーチに、“Seafield School Of English”という優秀な語学学校があることを知り、現地を訪ねてベテランの女性講師を紹介してもらい、EESに招聘する契約を結んだ。フランシス・ホーガンという、外国人の英語教育に四半世紀携わって来た人物で、彼女に学習プログラムの設計、教師のトレーニングを依頼した。

ここでもう一人、日本人で自ら教壇に立ち、フィリピン人講師を統括する教頭役の人材が必要となり、中子はいったん帰国して、関西学院の英文学科で同期だった同大の助教授の早坂《はやさか》に連絡を取ることにした。早坂は、京都府宮津市の出身で、大阪の複数の私大で非常勤講師を掛け持ちしている村井朋子《むらいともこ》という教師を紹介した。早坂と村井は、共にGDM(Graded Direct Method)英語教授法研究会に所属しており、

「色気ないけど、教える能力は抜群や」

と早坂は言った。

早速、中子は村井朋子に会った。三十代後半の細身の女性で、髪は引っ詰め、化粧っ気がなく、男性の関心を惹く要素には乏しいが、人を逸らさない態度、話術の巧みさ、ポジティブな人間観に中子は好感を抱いた。

村井は神戸女学院修士課程二年を経て、カナダ西海岸、バンクーバーのブリティッシュコロンビア大学に一年間留学の経験があり、日本英米文学会会員でもある。

彼女は、GDM研究会で学んでいる英語教授法について説明し、日本人相手にこのメソッドがどれだけ通用するのか、是非トライしてみたいと言う。

GDMとは、ハーバード大学教授I・A・リチャーズが、難民に英語を教えながら開発

した「母語を媒介とせずに、英語を学習出来る方法」だが、受講者を缶詰状態にして、マン・ツー・マンで教え込むやり方は、これまで試されたことがなかった。

中子は、村井に対して、指導方法や内容については、まずフランシス・ホーガン女史と検討してもらいたいと述べた。

九四年夏、彼は「フィリピン・デイリー・インクワイアラー」「マニラ・タイムズ」などフィリピンの有力英字紙に広告を打って講師の公募を行い、村井を帯同してマニラでフランシスと落ち合い、三人で書類選考と面接を行って、とりあえず講師を十六人採用し、九月からトレーニングが開始された。

フランシスは、GDMを採用して、一日八時間、八人の講師からレッスンを受け、修得後に中級レベルの英会話のテキストを使い始めるというプログラムを組み、ハードではあるもののめざましい効果を上げることになる。

日本で受講者を募集し、マニラに送り込む役割は毬子が担当し、宣伝広告物の作成は瓜生のスタジオが引き受け、フィリピン航空と特約を結んで、第一陣の十五人が成田を飛び立ったのが、九五年一月下旬である。

中子はポール・タンのアドバイスを受け入れ、警備会社に依頼して、ライフル銃で武装したセキュリティー・ガードを常駐させたため、開校後、安全面でのトラブルが起きたことは一度もなかった。

12

その日の夕刻、毬子は、リトル東京のショッピングモールの中にある居酒屋風レストラン「KOTOBUKI」に立ち寄った。

一九九一年秋のことで、「アメリカ西海岸の旅」をプランニングするため、調査旅行している最中のことだった。

店内は満席で唯一、左奥のコーナーにある舟形のテーブルに一人ですわっている男性の周囲の席だけが空いている。毬子は、低いがはっきりした声で、男性に同席してもよいか訊ねた。

週刊誌に掲載されている綴込《とじこ》みのヌード写真を眺めていた男性は慌てて雑誌を閉じて、大きくうなずいて着席するよう促し、早速ウェイターに手を振った。毬子はカクテルをオーダーしてから、出張で東京から来たばかりで、旅行会社に勤めていると自己紹介した。

毬子には奇妙な性癖があるが、他言したことはない。彼女は十代後半になってから、自身が男性の体臭に敏感であることを自覚し始めた。

初対面の男性と二人きりになって、その男性に関心を抱くか、惹かれるものを感じた時、チャンスさえあれば、彼女は相手のにおいを嗅いでみようとした。極稀《ごくまれ》に、特徴ある体臭を嗅ぎ取ると、微かにではあるが、官能の騒《ざわ》めきを覚え、ルックスがどうであれ、セクシーだと感じるのだった。

関西系の総合商社に勤める、中子という珍しい名字を名乗ったその男性は、食事のあと、彼女をカフェに誘った。二人で並んで歩いていた時、毬子はいつものやり方、ダミー・モーションによって、巧みに中子のにおいを嗅いだのである。

いきなり顔を近づけると、たいていの男性は驚いて体を引いてしまうに決まっている。彼女は中子の左側をやや遅れて歩き、背後の何かが気になった風を装って、首を右側にゆっくり捻りながらうしろを見つめ、頭を元の位置に戻しつつ、素早く中子の耳の裏のにおいを嗅いだ。彼女は、耳裏には、その人の体臭の発生源の一つが隠されていると確信している。子供の頃、おんぶや抱っこされた経験から得た知恵の一つだった。

中子は、自分では気づいていなかったが、アルコールを摂取すると、汗のにおいの混じった特有の臭気を、僅かだが発するようになる。しかし、それに気づくのは、毬子のような特別な嗅覚の持主だけで、母親以外、そのにおいを知っている女性はいない。

毬子は満足して、中子の横顔を盗み見たが、彼は何も気づいていない風だった。

かつて毬子は、瓜生のにおいにもチャレンジしてみたのだが、期待外れで、アフターシェイブローションの残り香を嗅ぎ取っただけだった。

毬子が中子に求婚され、ただちに受け入れたのには、いくつかの理由がある。

彼女は、中子の話し方に関西弁のアクセントやイントネーションを聴き取ると、自らも地を出して、大阪弁混じりの標準語をしゃべり始め、結局二人とも関西弁になってしまうということが度々あった。

しかし、些細な行き違いから諍《いさか》いが始まり感情的になると、何故か毬子は大阪弁が出なくなる。すると、一触即発の事態に至る手前で、中子が一呼吸おいて、

「そのうち年取って、髪の毛、薄紫に染めて、豹柄のシャツ着るようになるかもしれんで」

と、大阪のオバチャンを揶揄する厭味を口にし、毬子は仕方なく鼻先で笑って矛《ほこ》を納めざるを得なくなるのだった。二人とも、関西弁共同体に属していることを意識すると、

「ま、そないに拘らんでもええやないか」

という気分になる。プロポーズされた時、毬子が最初に思い浮かべたのはそのことだった。

また、食の好みが合うことも、結婚を考える際の大切な条件の一つだと毬子は思う。結婚前、中子が帰国してデートを繰り返した際には、青山三丁目の串揚げ屋や赤坂見附のお好み焼屋を始め、都内の鮨屋や割烹、レストランを食べ歩き、調味料や食材、鮨ネタなどへの嗜好が不思議なくらい一致することを確認した。

中子がアメリカに発つ前日には、大阪の「長池昆布」から取り寄せた、毬子の好物の「汐昆布極上」を手渡したこともある。

しかし、何より相性がよかったのは性の営みだった。

中子は、女性の体を扱い慣れている上、毬子に無理強いすることなく、流れの中で巧みに彼女が体験したことのない体位や性戯に導いていった。毬子は、はじめてセックスの喜びを知り、中子の子供が欲しいと思うようになった。

中子は、日本人男性としては小柄だったが、毬子は容貌や体格など問題にしなかったし、女性が男性に「三高」のような要求を突き付けることには、批判的な気持を抱いている。決断が早くて行動力があること、それが中子の何よりの美点だと思い、頬から顎にかけてのごつごつした顔の輪郭も彼女の好みで、寿《ことぶき》退社して、アメリカ生活を送る日が来ることを待ち兼ねていた。

一九九三年一月、中子から手紙が届き、それは連邦捜査局の留置施設から送られて来たものだった。

検閲のため、日本語での記述が許されないのか、文面は僅か二行の英文で、

「A thunderbolt from a clear sky!（青天の霹靂《へきれき》）I've been arrested by FBI for insider dealing.（インサイダー取引の容疑で、ＦＢＩに逮捕された）」

とあった。

帰国して、二十年間勤めた総合商社を退職した中子は、毬子に対して、インサイダー取引の内容を詳らかにしなかった。彼は、逮捕されて取調べを受け、結局不起訴になった経緯を時間の順に淡々と語っただけで、自身の感想は何も付け加えず、株の売却益について

も口を噤んだままだった。

代りに彼は、マニラに駐在していた時から温めていたアイデアを熱心に語り、メトロ・マニラのケソン・シティに、中高年を対象にしたランゲージ・スクールを作りたい、日本人スタッフによって、現地での生活をサポートしさえすれば、必ず一定数の参加者が集まるはずと言った。

毬子は、ロサンゼルスでの新婚生活の夢が破れたことについて、中子を咎め立てするつもりはなく、彼の目の付け所のよさを褒めて、年に一、二回海外旅行する中高年の中には、語学を学んでいる人が沢山いる、彼らにアピールすれば需要を掘り起こすことが出来ると同調した。

中子は、フィリピンでは、土地建物を購入することが出来ない上、現地の有力なパートナーと組まなければ、どんな事業でも成功は覚束《おぼつか》ないとして、弁護士ポール・タンの名前を挙げ、すでに彼の協力は取り付けてある、彼が参画してくれなければ、どんなトラブルが待ち構えているか分からない世界だ、とも付け加えた。

毬子は、アメリカでの事件とその後の退職を奇貨として、サラリーマンから起業家に転身しようとしている中子に協力を惜しまないつもりでいた。

アメリカ行きが中止になったため、毬子が近畿日本ツーリストを退社する理由がなくなった。彼女は、仕事を続けた方が、夫の事業をサポートするのに都合がいいのではないかと考えた。ランゲージ・スクールへの短期留学は、観光とも組み合わせたパッケージ旅行に仕立て上げることだって出来るからだ。仕事を続けたいと、恐る恐る上司に伝えてみると、担当部長は、助かった、代りの人材が決まらなくて、人事と揉めてたんだ、じつは……と言って顔を綻ばせた。アメリカに行かなくなった理由は、敢えて訊かなかった。中子が、メトロ・マニラのケソン・シティで、土地と建物を借り入れると、毬子は早速現地に飛んで物件を見に行き、翌日、パートナーの弁護士とも会って帰国した。

この日、毬子は中子とボニファシオ・グローバル・シティにあるスペイン料理の名店ラス・フローレスを訪れ、パエリア・ネグラと牛肉のカルパッチョの昼食を摂り、先約のあった中子と別れて、ポール・タンに挨拶するため彼のオフィスに立ち寄った。

遣り手と聞いていたタンは、端整な顔立ちで長身痩《そう》躯《く》の中年男だったが、握手して着席する際、顔を伏せ気味にして体を寄せ深く息を吸い込むと、知らない花の香りが鼻孔を刺激した。

開校の準備は着々と進んだが、ドーミトリーの改築が手抜き工事によって進捗しなくなり、他の建設会社に依頼し直したため、最初に発注した会社と工事費の支払いをめぐって争う羽目になった。

またマニラにある韓国系の語学学校のオーナーから、校則やカリキュラムの組み方等を聞き出そうとして会ってはみたものの、ライバル校の出現とみなされて、実のある話は聞けなかった。

一九九四年四月、一時帰国した中子と横浜駅で落ち合った毬子は、中子の様子が以前と違っていることに気づいた。態度に余裕がなく、目に緊張感と疲れが滲んでいて、気が立っていた。

情報誌で公演予定を確認した毬子は、中子を東京宝塚劇場に誘った。

「月組の『風と共に去りぬ』が二十七日まで。九段会館の宿泊券を貰ったから、観たあと一泊して根岸台に帰るのはどう？」

これまで中子は、宝塚歌劇団の本拠地、宝塚大劇場すら入ったことがなかった。

彼の母親は関心がないだけでなく、テレビで宝塚歌劇の中継が始まると、

「西洋紙芝居の何が面白いんやろ」

と言ってチャンネルを変えてしまうのが常だった。

中子はうなずいて、

「気分転換が必要かも」

と答えた。

毬子は、「風と共に去りぬ」を観ている中子の様子にそれとなく気を配っていたのだが、彼はすっかりリラックスして舞台を楽しんでいるように見えた。

中子は幕間に、ロビーの特設カウンターで供される、月組カラーをイメージしたカクテルを飲み、プログラムを買って、出演者のプロフィールを熱心にチェックしていた。

観劇後、二人は有楽町の中華料理店「慶楽」で食事したのち、宿泊先の九段会館近くのバーに立ち寄った。

カウンターで飲んでいるうち、中子はフィリピン人の考え方のパターンとしてよく挙げられる「bahala na（バハラナ）」という言葉について説明し始めた。

神様が何とかしてくれるという意味で、「ケセラセラ」と同義だが、この言葉が脳裏にあるため、長期に亘る綿密な計画を立てて物事を進めて行くことが出来ないのがフィリピン人の国民性だと中子は言い、

「実際そのため、ドーミトリーの改築工事がいつ終わるか、わかりゃしない」

と愚痴をこぼした。

彼がトイレに立ったあとに、二人の巨漢が店に入って来た。この日、日本武道館で柔道の全日本選手権が開催され、上位に入賞した選手が祝杯を挙げるため、コーチとこのバーで待ち合わせしていたのだ。

選手の一人が、カウンターの前を歩きながら、奥のテーブル席にいたコーチに左手を挙げ、ついでにその手で毬子の尻を撫でて通り過ぎようとした。その時、席に戻ろうと、向かいから歩いて来た中子が、男の手の動きを見咎めて、

「おい、何をしてる、お前」

と声を荒げた。

選手二人は足を止め、スツールにすわり直した中子と正面から対峙した。

中子は、二人の顔を見つめ、カウンター上のチーズの盛合せが置かれていた木製のボードから、チーズカッターを取り上げ、選手の一人に、

「今触った手を、ボードの上に置け」

と言った。

毬子は、中子が酔ってはいないこと、にも拘わらず本気でそう言っていることに気づいて、どうとりなしたらよいのか思いつかないまま、周囲を見回した。

グラスを拭いていたバーテンダーは硬直して立ち尽くし、選手二人は顔を見合わせて沈黙したまま、救いを求める視線をテーブル席に送った。

異変に気づいたコーチが、小走りに駆け寄って来て、カッターを手に、落ち着き払って二人を睨みつけている中子の様子を見て、堅気《かたぎ》の人間ではないと判断し、

「申し訳ありませんでした」

とまず頭を下げ、二人にも倣《なら》うよう目で合図した。


中子と毬子が予約した九段会館にチェックインしたのは、午後九時を回った頃だった。シャワーを浴びて持参したパジャマに着替え、ミニバーから中子は缶酎ハイを、毬子はビールを取り出して、酒盛りが始まった。

中子が、ダブルベッドの枕とヘッドボードに体を凭せ掛けて寝そべり、缶酎ハイを啜っていると、テーブルに着いてテレビを見ながらビールを飲んでいた毬子が、独り言のような調子で話し始めた。

「以前と比べて、何だかイライラして余裕がないというか、疲れてるように見えるわね。

バハラナやったか、ケセラセラで生きてる人たちと付き合ってるから苛《いら》ちになったん？」

言葉が大阪弁に変わるにつれて、本音で話そうというモードが醸し出される。

すると中子が、缶酎ハイをサイドテーブルの上に置いて、

「Hold me tight」

と言った。

毬子は一瞬呆気に取られたが、立ち上がってパジャマを脱ぎ、中子の右脇に滑り込んだ。

彼は毬子の顔を見ないで、

「♪大阪ベイブルース」

と続けたので、ようやく彼女にも文脈が摑めて、久し振りに声を上げて笑った。

中子は、上田正樹の「悲しい色やね」の歌詞を口遊《くちずさ》んでいたのだ。毬子が、

「♪おれのこと好きか　あんた聞くけど」

と歌うと、中子が、

「Hold me tight」

と合の手を入れる。毬子が、

「♪そんなことさえ　わからんようになったんか」

と続けると、中子は毬子を裸にして抱き寄せ、

「♪逃げたらあかん　逃げたら　くちびるかんだけど」

と歌いながら、下半身を弄《まさぐ》り始める。

「Hold me tight」

今度は毬子が小声で囁いた。

13

EES（Empower English School）は、一九九五年一月に開校し、ドーミトリーに泊まり込んだ中子は、次々に起こる予想外の事態の処理に追われ続けた。

毬子は、中子からの連絡が滞りがちなため、現地の状況が正確に把握出来ず、人知れず気を揉んでいた。

「忙しいでしょうけど、もう少し小まめに手紙を書いてちょうだい」

と書き送ると、返信には、

「No news is good news.（便りのないのは良い便り）」

とあった。

三月下旬、東京都内の地下鉄で、無差別テロが勃発した。地下鉄サリン事件である。

当日朝、毬子は自宅マンションからシャトル・バスでJR根岸線の根岸駅に着いたところで事件を知り、下車した秋葉原駅は、被害に遭った日比谷線北千住駅発中目黒駅行きの停車駅であったため、未曽有の大混乱に見舞われていた。——のちに判明したことだが、この電車には「地下鉄サリン事件」の実行犯の一人、林泰男《はやしやすお》が乗り込み、サリンの袋に穴を開けて秋葉原駅で下車して、逃走している。気化したサリンは、電車が秋葉原駅を出てから異臭を発し始め、次の小伝馬町駅に到着した時には、サリンガスが駅のホームに広がっていった。小伝馬町駅では四名が死亡しており、南青山五丁目にあるバー「無粋」のマダム長江由美《ながえゆみ》の母親が被害に遭ったのはこの時である。

毬子は、社の談話室に据え付けられた大型テレビの前に釘付けとなり、霞ケ関駅、神谷町駅、八丁堀駅などから運び出されて救護を待つ乗客の映像に衝撃を受け、茫然として立ち尽くした。

のちに彼女は新聞で、この事件に対する識者の論評を読んだ。

日本は戦後、「民主主義」、家電の「三種の神器」、「マイカー、マイホーム」などの実現すべき理想や目標を六〇年代末までに達成してしまい、その後、それに代わるものを見つけることが出来ず、迷走を始めた。

一九七二年三月、「極左」集団による凄惨なリンチ殺人事件（連合赤軍事件）が明るみに出て世間を震撼させ、日本の革命勢力とその思想がいっせいに退潮し、いわゆる「左翼の正義」が地に墜ちた。

八〇年代には、ポストモダニズム、エコロジー、フェミニズムなど外来の思想が流行ったものの、社会に根付くことなく、九〇年代に入ると、世界最終戦争《ハルマゲドン》を唱える新興カルト宗教が跋扈《ばっこ》し始めた……。

バブルの崩壊がすでに明らかとなったこの時点から、日本の社会は破滅的な近未来に向かって突き進んで行くのか、毬子は強い不安に駆られ、その旨を中子への手紙に書き綴ったが、メトロ・マニラで学校経営に腐心している中子には、リアリティーが感じられないらしく、御座なりな返事しか寄越さず、もどかしい思いをした。

六月下旬に一時帰国した中子は、日に灼けた精悍な面構えの日本人ビジネスマンに変身しており、毬子は意外の感に打たれた。彼女は後退りして目を細め、彼の全身を見つめたのち、

「ちょっと痩せたけど、元気そうね」

と言って微笑みかけた。

横浜・元町のフランス料理店で、中子は対応に苦慮した様々な出来事を掻《か》い摘《つま》んで話し、現在は落ち着いて学べる環境だが、また、いつ何が起きるか……と言って苦笑した。

第一陣として留学した受講生の中に、五十九歳で自営業の男性がいた。海外のランゲージ・スクールは初体験で、レベル・チェックでは「ハイビギナー」と認定された彼が、授業を受け始めてから五日目、中子の部屋を訪れた。マン・ツー・マンのレッスンを受けている最中に、女性講師が机の下で足を絡めて来ると言う。

「セクハラだけじゃなくて、日本に連れてってくれとも言われました。わたしも男だから悪い気はしないんだけど、そんなつもりで来た訳じゃないんで」

中子は溜息を吐《つ》いて、その講師を翌日付けで解雇したが、彼女が試用契約を結んだ臨時

雇用者であったため、正規雇用者の解雇には、特別な配慮が必要であることに気づかなかった。

二月に入ると、食堂に併設されている売店のレジから現金が盗まれる事件が起きた。日本円にして一万円に満たない額だったが、中子は見過ごす訳にはいかず、従業員を個別に呼んで問うてみると、目撃者がいて、犯人はいつも陽気で愛想のいい清掃係の中年女性であることが判明した。

本人に直接問い質してみると、悪びれることなく盗みを認めたものの、中子が解雇を口にすると態度を変えて、

「わたしは、雇用契約書を交わした正規雇用者です。手続を踏んでもらわないと」

と言い出した。

中子は、ポール・タン弁護士事務所が作成した就業規則に一応目を通してはいたものの、女性が労働雇用省、不当解雇といった言葉を持ち出すので、とりあえずレジに返金させてから、タンに電話で相談した。

タンはまず、彼女が正規雇用者であるかどうかを確かめ、次に被害額を訊いて、

「その額だと、懲戒解雇に値するほどの重大な損失を、君の学校に与えたとは言えないが……」

彼は、フィリピンでは、憲法上の権利に基づき、正当な理由がある場合を除き、雇用関係は解消されないと言い、解雇理由と解雇手続が合法的である場合のみ解雇出来ると説明

した。

中子が、彼女も合法的な解雇手続を口にしたが……と、就業規則を思い出そうとすると、タンは、

「解雇理由を記載した解雇予告通知を本人に渡し、反論を準備するための充分な時間を与えなきゃいけないというのが建前なんだ。しかし彼女だって今後働き続けることが出来るとは思ってないだろうから、つまり辞めさせるならいくらかの退職金を、と言いたいんじゃないかな」

と言った。

先月から働き始めて、盗みを働いた上に退職金だと、と中子は腹立たしい思いをしたが、今後、正規雇用のスタッフの採用は限定的にして、職務の目的、性質、期間を考慮した上で、各種の契約を組み合わせるのが賢明なやり方であることに気づいた。

この話を聞いた毬子は、

「だんだん経営者らしくなって来たんじゃない」

と皮肉な口調で言い、ワインの御代りをオーダーした。

日本人受講者の側にも、トラブルメーカーはいた。裕福な高齢の男性で、気に入った女性講師にチップを渡す人物がいて、こうした情報はその日のうちに講師全員に伝わり、彼を担当する講師は、授業が終わってもなかなか椅子から腰を上げようとしない。

中子は、ここは学校でフィリピンパブじゃない、と言いたかったが、老人には、慣わし

になると困るので、と告げた。しかし老人は彼の忠告には従わず、どの講師にもお世辞を言われてちやほやされるのを、心から楽しんでいる風だった。

中子は、ところで君の意見を聞いてみたいことがある、と前置きして、目下決めかねている問題について語り始めた。

フランシスが作り上げたカリキュラムは、六十分授業を十分の休憩時間を挟んで、一日八回繰り返すというハードな内容だったが、中高年の受講者の大半は、男女を問わず、こうしたスケジュールに充分対応出来るだけでなく、夜はノートを整理しながらテキストを読み返すといった具合で、目に見えて語学力もアップした。

だが、男子学生の受講者の中には、難民に向けて作られた初歩的な易しい英文を、大量に暗記することに嫌気が差して、半月経たないうちに帰国したいと言い出すケースが跡を絶たないのである。

中子は敢えて引き止めようとはしなかったが、こうした学生は帰国後に、パッケージ代金として支払ったうちから、滞在費と授業料を返金するよう要求して来る、どう対応するかというのが彼の問いだった。

毬子は、語学雑誌に海外の語学学校の評判を伝える記事やコラムがいくつも掲載されている、短期留学を考える人たちは、案外そうした情報を参考にして、留学先を決めているのではないか、妥当な金額を返しておいて、ＥＥＳが「良心的」だという評判を得ること、それが目先の損得より重要かもしれないわね、と答えた。

14

二〇〇一年、二十一世紀最初の年の夏、中子脩は根岸台のマンションで、定規とボールペンを使い、シンプルな折れ線グラフを作ろうとしていた。

テーブルの真ん中には、経営成績や財政状態の関係資料が積まれ、彼は時折数値を確認しながら、一九九五年から二〇〇〇年までの六年間の半期毎の利益を、グラフ化しようと試みているのである。

縦軸に利益、横軸を年度として線分を繋いで行くと、利益は九七年に大きく伸び始めたことが分かる。この年からEESは、月に二回「お試《ため》し」パック旅行を催行し始め、一週間学んで二日間マニラ市内を観光するプランだが、参加者の約二割が、のちに月単位の短期留学に参加してくれた。

二〇〇〇年は、株価の推移を示すグラフの押目《おしめ》のように、利益が減少してはいるが、それはミレニアムのこの年、中子が人的資源の充実と校内設備の拡充を図って、思い切った投資をしたからだ。

彼は、マニラ湾沿いに建つ日本人利用客が多いダイヤモンド・ホテル・フィリピンの総支配人舟橋一郎《ふなはしいちろう》がリタイアすると聞き、彼をゼネラル・マネージャーとしてEESに迎え入れた。彼には経営管理全般をチェックしてもらうこととし、厨房とお世話係の日本人を各一人ずつ増やして、講師の総数も新規採用者を加えると、五十人を超える大所帯となった。

設備投資で最も費用が嵩んだのは、ランゲージ・ラボラトリー（視聴覚教育機器を備えた演習室）の導入である。一人の講師で十五～二十人程度の受講者を相手に、主としてリスニングのトレーニングを行う施設だが、これでようやく語学学校らしい体裁が整ったと、フランシス女史は御満悦の体だった。

また、ケソン・シティ内の大手チェーン・ホテルと契約し、ドーミトリーでは満足出来ない高齢の受講者たちを、ホテルから通学出来るよう手配した。懐に余裕があれば学生でも泊まれるし、自分探しで英語を学ぼうとするＯＬにも利用者はいた。もちろん、送迎サービス付きである。

中子が完成したグラフを指先で摘んでしばらく点検したのち、酒の仕度をしようと立ち上がった時、毬子が帰宅した。置時計の針は、午後九時を回っている。

部屋着に着替えた毬子は、リビング・ダイニングルームのテーブルの上に見慣れない酒瓶が置かれているのに気づき、

「これ、バーボン？」

と訊いた。

中子が免税店で買った「オールド・グランダッド１１４」で、アルコール度数は57度。彼がうなずくのを見て、彼女は自分用にバカラのウィスキーグラスを戸棚から取り出した。

中子が帰国したのは先週の土曜日で、日曜日以降この日、火曜日まで、毬子は浮かない顔をしているのだが、彼は全く気づかない。日曜の午後、彼女が彼のジャケットをクリーニングに出そうと内ポケットを探ったところ、二つの四角いパッケージが指先に触れた。薬包かと思い取り出してみると、日本製の極薄コンドームだった。

中子はフィリピン航空の利用回数が多く、顔見知りになったキャビン・アテンダントが何人もいて、律儀にデートに誘い続けるうち、マレーシアとインドネシア出身のCAと懇ろになった。週末に、マニラからクアラ・ルンプールやジャカルタに飛んで浮気したこともある。彼はいつも避妊具を二つ、長財布の底に忍ばせていて、それが内ポケットの中に零《こぼ》れ落ちたのに気づかなかった。

毬子は、腹を立てた訳ではない。忘れることにして、二つとも屑籠の中に捨てた。そして今日の夕刻、社内の隣接する部署で、寿退社する女性が花束を受け取る場面を目撃した。同僚と並んで立ち、拍手して見送ったものの、すぐに目を逸らして、あれから何年経ったのだろうと愉快ではない記憶をたどり直した。こうした些細な出来事の積み重なりが内攻し、彼女はささくれ立った気持になっていた。「オールド・グランダッド114」は、水割りにしても刺激が強く、彼女は二杯目を口に含んだ時、頭の働きが鋭角的になり、攻撃的な気分になっていることを自覚したが、外見は普段と少しも変わらない。

中子は、作り置きの蛸と若布《わかめ》の酢のものを肴に酒のピッチを上げ、

「蛸壺やはかなき夢を夏の月、じきに人間に食べられてまう蛸が見る夢。ええ句やろ、昔

から好きやった」

などと上機嫌で話し続け、作り立てのグラフを毬子の前に広げて見せて、

「見てみ、これ。高度経済成長期の日本みたいやないか」

と言った。彼女は、

「儲かりまっか？」

と大阪商人の口真似をした。

中子はアメリカで会社の資金に手を付けてインサイダー取引を企て、大金を懐にしたものの国外追放の憂き目に会い、勤務先に退職届を提出する羽目になった。彼の脳裡には、「一敗地に塗《まみ》れる」という表現が浮かんだり消えたりし、決して口には出さなかったが、毬子から失った信用を取り戻そうと、必死で新事業に取り組んだ。その結果、フィリピンにランゲージ・スクールを作るという試みは成功し、「勝ち組」に入れたと思い込んだ彼は、すでに分かり切っている利益の推移を折れ線グラフに投影して、子供じみた自己満足に浸《ひた》っているのである。

そして、インサイダー取引という危険な賭けをしたことが、この華々しい成果を収めるためのきっかけになったのだから、あれはあれでよかったのだと自らの行為を正当化する方向に、思いは傾いていった。

中子は、ポール・タンに貰ったゲルト・ホルベック作のパイプを革のケースから取り出し、ダンヒルの「ロイヤル・ヨット」を八分目まで詰めて着火した。彼は紫煙を燻《くゆ》らせな

から言葉を選んで、

「最近、アメリカでインサイダー取引に手ぇ出したんは、結果からみて正解やないかと思うことある。ＦＢＩに捕まったけど、結局不起訴になって、学校作る資金を確保出来たんやから。

倫理観は、時代や国によって変わるから、そのことが善いか悪いかの詮議は置いといて、問題はルール違反に当たるかだけやないか。ルール以外に判断の拠りどころはないよ。

俺はずるいやり方をして、ルールを逸脱したと咎められたけどな、悪いことしたとは思てへんで」

と言った。

毬子は、中子の言い草が気に入らなかった。彼女は、数年前、新聞で読んだ詐欺師風投資家の言葉を連想し、あの薄っぺらくて胡散臭い人物と同じことを口にしていると思った。

「倫理観は、時代や国によって変わるもんやろか。嘘をついてはいけないとか、人を殺してはいけないとか、大枠では、人間社会の倫理って大して変わらへんのと違う？」

中子は意表を衝かれて黙り込んだ。妻が突然反論し始めるとは予期していなかったからだ。それにこれまで彼女は、彼がしでかした不祥事について、感想なり意見なりを口にしたことがなかった。

「インサイダー取引とか仕手株の操作とかは、株式市場でのルール違反に当たるけど、会社のお金を使い込むのは業務上横領で、株売買のルールを破るのとは違う次元の犯罪やないの」

毬子は、中子の口吻《くちぶり》から、「わたしの今日あるは――」式の驕りと油断を察知したのだが、それをストレートには指摘せず、彼のロジックの綻びを突こうとした。そもそもむしゃくしゃした気分だったし、アルコールも舌鋒が鋭さを増すのに加勢した。

中子は動揺し、忙《せわ》しなくパイプを吹かし始めた。彼は苛立ち腹を立てていたが、何も言わなかった。彼は、毬子が倫理的に正しい立場から自分を裁こうとしていると受け取り、その正しさを確信しているため強い態度に出ていると解釈した。

彼はパイプを灰皿に置き、

「悪事を働いたくせに、反省しとらんとでも言いたいんか」

とつぶやいたのち、突然、

「You look down on me!（馬鹿にすんな）」

と大声で怒鳴って、癇癪玉を破裂させた。

二日後、木曜日の深夜に、中子は大型テレビで、フリー・ダイビングの世界チャンピオン、ウンベルト・ペリッツァーリが主演するドキュメンタリー・フィルムを観ていた。マスクとシュノーケル、フィンだけ装着したペリッツァーリは、巨大な鍾乳洞の竪穴《たてあな》を、水中サーチライトの明かりが交錯する中、息ごらえだけでどこまでも垂直に潜降して行く。

中子はBGMの音量を出来るだけ小さくしてソファにすわり込み、小振りなシガーを咥

えて、時折ラムのオンザロックで唇を湿らせながら画面に観入っていた。すると、ナイト・ガウンを羽織った毬子が起きて来て、

「午前二時を回ってるわよ。好い加減にして」

と言いながら、吸差しのシガーと灰皿をサイドテーブルから取り上げ流しに運んで、蛇口を捻って彼の方を振り向いた。

葉巻の行方を目で追っていた中子が、顔を背けてテレビ画面の方を向くと、水面に浮上して大きく息を吐くペリッツァーリの顔がクローズアップされた。

中子はリモコンを手にしてテレビをオフにし、立ち上がって、寝室に戻ろうとする毬子に背後から声を掛けた。

「おい、何で煙草を勝手に捨てるんや。吸い始めたとこやないか」

毬子は向き直り、少し間をおいて、

「何度も言うけど、葉巻吸う時はエアコンの設定を換気に替えて。においが部屋に籠もるやないの。それとテレビのボリューム、何とかして欲しい。小さくしても、BGMのメロディーがベッドまで聞こえて来るんよ。

この前、ルールがどうとか言うてたけど、夫婦のあいだにもルールが必要やわ。selfishゆう言葉の意味……」

この時、中子は思わず右手を前方に突き出してしまい、拳《こぶし》が毬子の左胸に当たった途端、反射的に引っ込めたが、自分の意思とは無関係に腕が動いたと感じていた。

「何すんのん⁉」

毬子は怯《ひる》まず平手打ちで反撃したが、中子が頭を反らせて躱《かわ》したため、指先が頰桁をかすめただけに終わった。彼女は肩を怒らせて部屋を出て行き、中子は再びソファに腰掛けてラムを呷《あお》り、部屋着のまま横になって寝入ってしまった。翌朝九時過ぎに目覚めた彼は、タオルケットが掛けられていることに気づき、寝室をのぞいてみたが、彼女は彼の朝食の仕度をして出勤したあとだった。

この年の年末から翌年の初めにかけて中子が滞在した際にも、口論がエスカレートした結果、彼が手を上げる事態が起きた。

中子が再びフィリピンへ旅立ったのち、毬子は前回と今回、同じパターンが繰り返されていることに気づいた。二人の間で緊張が高まり、彼が発作的に腕力沙汰に及ぶ、その直後は後悔している様子で大人しくなるが、時間が経過するにつれて忘れてしまい、何の蟠《わだかま》りもない風でマンションをあとにする。彼女はこうしたプロセスに気づいたものの、それを家庭内暴力、DV（ドメスティック・バイオレンス）という言葉と結び付けては考えなかった。

わたし自身にも、言葉による暴力、〝口撃〟を行って、中子の実力行使を誘発する側面がある、ではわたしのせいで彼がこうした行動に出ると言えるだろうか。要するに、わたしが悪い……？

一月半ば、毬子は会社の談話室で、「ニューズウィーク」日本版を手に取って、ページを捲《めく》っているうち、フェミニズム関連の著作を紹介するブック・レビューに目を留めた。その中に写真集が一冊含まれており、タイトルは“Living With The Enemy”（敵と暮らして）とある。刊行は一九九一年、著者は女性写真家ドナ・フェラットで、アメリカにおけるDVの実態を記録したもの、被害に遭った女性たちのシェルター、救急救命室等で撮影されたと雑誌の解説は述べている。

毬子は洋書を扱う大手通販で、この本を取り寄せてみた。表紙は、両目の周囲に青黒い痣が残っている女性の顔のアップで、内容をチェックしてみると、想像以上にショッキングな写真の数々が収録されていた。巻末には、自衛のため夫を殺害した人妻たちを収監する刑務所内の独房の画像が並んでいる。

中でも心を動かされたのは、八歳の息子が、逮捕され連行されて行く父親に向かって指を立て、涙を流しながら、

「I hate you!（大嫌いだ）Never come back to my home（もう家に帰って来ないで）」

と叫んでいる写真で、彼女はいったん本を閉じたのち、再びそのページを開き、何度も見つめ直した。

ドナ・フェラットは、雑誌「TIME」のインタビューに答え、DVに対して、「カメラは、最大の武器だと気づいた」と証言している。

毬子は彼女のこの言葉からインスピレーションを得て、浴室の入口に設置されている洗面台の鏡の前に立ち、肌脱ぎになって、腹部に残る打ち身の痕《あと》を確認した。中子は、故意

か偶然か、顔や手といった人目につきやすい身体の部位は避けて、衣服の下に隠れるところを狙って暴力を振るったのでは、という疑いが頭をもたげた。

翌日は、会社の厚生部経由で、大学病院の外科を訪れ、医者に事情を説明して、持参したデジカメで腹部の該当個所を撮影してもらい、「夫の殴打による」という文言を加えた診断書の作成を依頼した。

次に中子が帰国したのは桜が終わる頃で、毬子は彼が食事を終えて、寛いだところを見計らって、外科医の診断書にプリントアウトした写真を添え、

「見てもらいたいものがあるの」

と言って手渡した。彼は驚き、呆れた表情で診断書と彼女の顔を見較べ、

「どういうつもりや」

と訊いた。

「もうこんなことは止めて。わたしが原因を作ったかもしれんけど、これが続くんやったら、わたしたちの関係は御仕舞になってしまうやろ」

彼は大きく溜息を吐いて、大儀そうに、

「分かった」

と答えただけだった。彼女は、一瞬彼の目の色が変わって、怒りのエネルギーが噴出しそうになったのを見逃さなかったが、今は感情をコントロールして抑え込むだけの余裕があることを知った。

この日から、二人の間で半世紀遅れの〝冷戦〟が始まり、その後ベルリンの壁の崩壊のような劇的な変化は起こらないまま、二〇〇五年を迎えた。

伯母から逗子披露山の土地を相続した毬子は、その地に自宅を建て、根岸台のマンションは中子に譲って別居しようと考えた。しかし、彼は承諾しなかった。

中子は、日本での拠点が必要で、〝ライブラリー〟（書斎）と呼べる部屋がある家《うち》が望ましい、共同名義にするなら建築費用の半分は負担しよう、今後も仮面夫婦で構わないと述べ、毬子はこの件を考え直す必要に迫られた。彼は、一年の大半をメトロ・マニラのケソン・シティで過ごすのだから、もともと別れて暮らしている訳で、諸条件を受け入れても状況は変わらない。マンションを売れば、彼女は建築費用を工面する必要がなくなる。彼女が同意する旨連絡すると、彼は早速帰国して、二人で建築家の田代晋と面談することになった。

ところが翌二〇〇六年、中子は大阪にEESの姉妹校を作ると言い出し、ケソン・シティの学校はゼネラル・マネージャーに任せて、横浜で暮らしながら大阪のランゲージ・スクール開設に向けて動き始めた。船舶一級のライセンスも取得して、キャビン・クルーザーを入手したいと、熱心に中古市場を見て回る。二〇〇八年に大阪校をオープンすれば、学校の近くに部屋を借りて、逗子と往復することになるだろうと聞かされ、毬子は内心〝話が違う〟、新居で改めて一緒に暮らすことになるのか、と思惑が外れて落胆せざるを得なかった。

15

昨年（二〇〇六）十月初め、瓜生甫《はじめ》は、〝海洋公園〟の女性インストラクターが独立してダイビング・ショップを構えた、そのオープニング・セレモニーに顔を出した。彼女とは、店の造作について相談に乗ったり、カナダ直輸入のログハウスの専門業者を紹介したりして昵懇《じっこん》の間柄だった。

セレモニーはシャンパンを紙コップに注いで乾杯するだけという簡素なもので、終了後、瓜生は彼女を伊東市内の観光客に人気の高級鮨屋に誘った。その席で、近いうちに赤沢温泉郷のプールハウスで、二人でトレーニングする約束を交わした。

しかし、その月の終り、「英語の小説・詩を読む」の教室に、髪に黄色い小菊を一輪、ピンで留めた潮崎久美子＝KSが登場して以来、女性インストラクターの存在は彼の頭の片隅に追いやられてしまった。年が明けて、教室は一月二十日の授業をもって無事終了した。

四月の第二日曜日（八日）、田代晋が設計した披露山の中子邸に妻のちづると共に招かれた際、リビング・ダイニングの大型テレビに「グラン・ブルー」が映し出されていて、中子脩とダイビングについて話が弾んだ。それをきっかけにしばらく遠ざかっていた赤沢温泉郷でのトレーニングを再開しようと考えていた矢先、件《くだん》の女性インストラクターから、

「ごぶさたしています。さ来週の日曜日（四月二十二日）の練習会、ご一緒しませんか」と誘いのメールが送られて来た。

早速、「了解」と返信し、当日、「こだま」と「リゾート21」を乗り継いで伊豆高原駅に降り立った。

プールハウスでは女性インストラクターが和やかに出迎えてくれたが、プールサイドで彼女は一人の青年を、新しいスタッフです、と紹介した。

「彼はまだアシスタント・インストラクターですけどね」

長身で、両手足の長いスイマー体型の若者は、愛敬があって人好きのする顔立ちをしている。瓜生はすぐに、彼が彼女の新しい恋人であることを感付き、これなら一人で練習した方がマシだと内心舌打ちした。

若者はインストラクターの資格を取るため、試験に備えて準備中で、トレーニングに参加している中高年の初心者たちに的確に対応出来ているか、女性インストラクターが細かくチェックし指導している様子を見て、瓜生はもう今後、こうした催しには参加しないことに決めた。


〝海洋公園〟から帰った直後、シニアモデルの女性から電話があり、アメリカ人の夫と別れようかと考えていると打ち明けられた。夫はしょっちゅう、ワインの買付けでヨーロッパに出張しているが、向こうで女を作ったのではないかと疑っている。確たる証拠はないけれど、ここ一、二年、シシリーやマルタに立ち寄ったと何度か話していたが、一人で行ったはずがない、女と一緒じゃないかと思う。

瓜生が、愚痴は聞きたくないなと思いつつ黙っていると、彼女は、別れた場合、今のマンションはわたしの名義だから問題はないが、先々の生活費をどうするか……と言って言葉を濁し、言外の意味を悟らせようとする。

瓜生は、女性の肉体には未練があるが、金銭が絡むとややこしくなる、彼女の生活設計までサポートするなんて真っ平御免だ。……俺には、どうしてこう面倒見てもらいたい女ばかり寄って来るんだろう。ちづるの手前もあるし、愛人を丸抱えするのだけは避けたい。亭主に女が出来たといっても、お互いさまじゃないのか。

瓜生はこの女性に、彼の方からは連絡しないことにした。


二〇〇九年世界陸上ドイツ大会のエンブレム・コンペの締切りが迫っていた。瓜生は、今回を前回大阪大会のコンペで敗退したリターン・マッチと位置付けていたから、念には念を入れて臨んだ。昨年末から桑《くわ》洋一と黛《まゆずみ》エリカを中心に、いくつものベーシック・デザインを作り、それに基づいて何十通りものバージョンを紡ぎ出す。それらの中から瓜生が目ぼしいものを選び、時間をかけて練り上げ、ブラッシュ・アップして、ようやくゴールデンウィーク直前に完成させた。作品は直ちにベルリン大会組織委員会マーケティング局宛に送られた。危惧していた手続上の問題もクリアし、程なくベルリンから正式受理の回答が来た。コンペの結果発表は今年末である。瓜生は作品の出来映えに自信があった。

ゴールデンウィーク明け直後、瓜生は三日間の予定でソウルで開かれた「日韓デザイナー会議」にＡＤＣ会長として参加した。会議が終わったあと、日本からの参加者数人と慶州、釜山を周遊した。

帰国した翌日の十四日は切りよく月曜日で、彼はいつもより早目に出勤して、スタッフに韓国海苔のみやげを配ったあと、鉢植えのゴムの葉を拭いていると、マネージャーの曽根《そね》が近寄って来て、ちょっと話が……と囁いた。

「じゃ FiGARO で」

と言って、瓜生は先に「FiGARO」に着き、コーヒーを頼んで曽根を待った。留守中に何かトラブルでも起きたのか。

曽根が到着して、アイスコーヒーをストローで掻き混ぜながら、解せないことが……、と切り出した。

——桑洋一と黛エリカはかなり前から出来ていると考えていた。ところがこの二人、突然五月から六月にかけて退職すると言い出した。曽根は、スタッフがワークショップと呼んでいる小部屋に、二人を個別に呼んで事情を訊いた。結婚するの？　という問い掛けに二人共口を揃えて、そんなつもりはないとはっきり否定し、Studio Ark はいい職場で、何の不満もないと異口同音に答える。今後どうするのかと訊ねると、取り敢えず田舎に、——桑は石川県松任《まっとう》へ、黛は京都の丹後へ帰ると言う。その後はどうするつもりなのか、地元でグラフィック・デザインの仕事といってもなかなか難しいんじゃない、大阪や名古屋で再就職するつもりかと問い掛けても、これから考えると曖昧に答えるだけで、具体的な仕事の見通しは立てていないとしか思えない。今どうしても辞めたいという闇雲な衝動に力点が置かれてるみたいで、送別会をやろうと言っても頑なに固辞して譲らない。

「ほんと、妙ですよね」

と曽根は困惑しきった表情を浮かべ、

「桑は五月一杯、黛は残務整理して六月八日で退職の予定です。月末に、先月面接したベテランのデザイナーが一人、助っ人として加わることにはなってますが」

と付け加えた。

「何だかなあ」

瓜生も当惑し、ふとクルーザーの中で中子がしゃべった言葉、

「我々は、怖いもの、不吉なものを事前に予感していることになります」

を思い出した。二人の退職が何かを暗示しているとすると……。あの時俺は、人生には知らない方がいいことだっていくらもあるはず、と考えたんだっけ。

六月八日は金曜日で、黛エリカはオフィスに姿を見せ、スタッフたちに挨拶して回ったが、生憎《あいにく》瓜生はＡＤＣの定例役員会のため、午前から午後にかけて西神田にある事務局に出掛けていて、黛と会うことが出来なかった。目を掛けていた二人にこんな形で去られる

とは思ってもみなかったことで、瓜生には後味の悪さだけが残った。

六月十日は日曜日で、瓜生は久し振りに同じマンションに住む建築家田代晋と地階パティオのベンチに腰掛けて、トネリコの葉叢《はむら》から零れる日差しを浴びながら、ちょうど二ヵ月前、訪問した正六角形の中子邸の印象などについて歓談していると、携帯に一通のメールが入った。

「お話ししたいことがあります。二、三日うちに、オフィス以外の場所でお目にかかれないでしょうか」

黛エリカからである。

瓜生は空《そら》で今週のスケジュールを素早くチェックしたのち、

「あした、月曜、十九時、『無粋』で如何《いかが》?」

と返信した。

月曜日は、十七時から御茶の水のデザイン専門学校の小ホールで、教師、学生を前に、現代思想研究者の某《なにがし》と、『消費社会の神話と構造』の著者J・ボードリヤールの思想が、日本の広告業界に与えたインパクトについて対談する予定である。

エリカからの返信を確認して、田代と別れたあと、瓜生は書斎に籠もり、パソコンのワードを使って、明日の対談のための準備に取り掛かった。

瓜生は、――商品には、その使用価値とは無関係に、社会的な意味合いが付与されている。そのため消費者は、例えばベンツやBMWに乗る、あるいはブランド品を身に着けることによって、他者との違い、「差異」を表現しようとする——というこの本の文脈を踏まえて、広告の作り手が、商品に新たな意味を持たせるためどのように腐心しているか、具体的に説明しようとメモ作りに熱中するうち、黛エリカとの約束を失念してしまった。

翌日、対談と質疑応答を終えたのが十八時四十分過ぎで、瓜生は約束を思い出し、慌てて携帯で時間を確認して、タクシーを捕まえると、南青山の「無粋」へ向かい、十五分遅れで店内に駆け込んだ。黛エリカはカンパリソーダのグラスを前に、由美と雑談していて、リラックスした様子だった。

「遅れて御免。……何の話してたの？」

「浦島太郎よ」

と由美がカウンターの中から答えた。

「黛さん、浦島太郎と同郷なんですって」

「何だい、そりゃ？」

「ええ、わたしの田舎は丹後半島の端っこで、浦嶋神社があるんですけど、『丹後国風土記』では、ここが浦嶋子伝説の発祥の地になってます」

「それでね」

と由美が引き継いで、

「浦島太郎は竜宮城で乙姫様と三年間、甘い生活を送ったことになってるけど、そのあいだに地上ではいったいどれくらいの歳月が流れていたのでしょうか、そういうお話。瓜生さん、知ってる?」

瓜生は、荒にウィドウジェーンの小瓶をオーダーし、自らソーダ割りを作りながら、

「百年くらい?」

御座なりな答をした。

エリカは、

「七百年です。……わたしもバーボンをいただきますが、超薄くお願いします」

と言った。

由美は新しく入って来た三人の客の方へ、カウンターの中を移動して行った。

瓜生は、メールにあった「お話ししたいこと」がエリカの口から語り出されるのを待ち構えた。だが、時間が経ち、アルコールが入っても一向にその気配がない。不信の念を募らせた瓜生が更に酒を勧め、エリカはバーボンのソーダ割りを御代りしたが、余計に沈み込んで黙《だんま》りを決め込むのだった。七百年待たせるつもりか……。

黛エリカは、深刻なディレンマを抱えていた。そのことを今、瓜生に向かって口にしてよいものかどうか判断停止の状態に陥り、長い葛藤と緘黙《かんもく》の末、遂に口を開いた時には、それまで心の底で漠然と考えていた別の事柄を話し始めてしまった。

「わたしは……、瓜生さんのことがずっと気になっていて、……今年に入ってからは特に。曽根さんは、桑さんとの結婚を考えてるんじゃないかとお訊きになりましたが、それは誤解です。わたしたちはそういう関係じゃありません。

愛してます、瓜生さん」

人生相談に乗るつもりでいた瓜生は、唐突な告白に驚いて、

「俺の話⁉ 俺でいいの」

とつぶやいて、困惑の表情を隠せないまま、黛エリカの顔を見つめ直した。しばらくして、彼は、

「いつ故郷《くに》に帰るの？」

と訊いた。

「はい、二十四日までは東京にいます。……例えば十九日、……渋谷あたりでお会い出来れば」

と言った。

瓜生は手帳を取り出した。

「火曜日か。この日は午前中はオフィスで、午後は博報堂の予定だけどこれはキャンセル出来る。じゃあ十二時に Bunkamura の入口でどう？ どっかでランチしよう」

渋谷あたりで、とエリカが言った時、瓜生の頭に直ちにHOTEL SULATAのエントランスが思い浮かんだ。

彼女が店を出たあともバーボンをノアズ・ミルに変えて飲み続けた瓜生は、「昼下りの情事——Love In The Afternoon か。ゲーリー・クーパーでなくて御免なさい」

と独り言ちたあと、荒に向かって、

「Bunkamura の中に確かフレンチの店があったよね」

と問い掛けると、

「ドゥマゴパリでしょ。ビストロフレンチだけど」

瓜生は、荒に「ドゥマゴパリ」の電話番号を調べてもらい、すぐに携帯で十九日のランチの予約をした。

荒が顔を近付けて、

「また、高くつくかもしれませんよ」

と余計なことを囁いて、アメリカ人の大学教師と話し込んでいる由美の方を見た。


荒＝オールドワイズマン（老賢人）の忠告は、またしても瓜生の頭を素通りして行った。

六月十九日、瓜生はちづるが用意した朝食もそこそこに、いつもより早く自宅を出た。途中、地階パティオで立ち止まって、携帯でオフィスにクライアント先に直行する旨連絡を入れ、電車に乗った。田園都市線渋谷駅の地下通路から「SHIBUYA109」の前に出て、近くのドラッグストアに立ち寄り、東急本店通りを Bunkamura に向かって歩き出した。

前回はKSの誘導で、スターバックスを基点に道玄坂を上がり、百軒店を右折して円山町のラブホテル街の複雑な隘路《あいろ》をたどり、打ち上げ失敗のあと、帰路は盗撮された写真にあったように、ランブリングストリートを Bunkamura に向かって下って行った。

今回は Bunkamura を基点として、逆のコースをたどってホテルに向かうことになる。

彼はBunkamuraの正面入口に立った。腕時計で十一時半であることを確かめると、「松濤郵便局前」信号を渡って、ランブリングストリートに入って行く。

彼は今日のデートを、思いがけずめぐって来たリターン・マッチのチャンスと捉え、半年前、幻と消えたKSと同様、HOTEL SULATAもまた消えてしまってはいないか、確かめておこうというのだ。小脇に挟んだポーチには、忘れずバイアグラと0・05㎜のコンドームを忍ばせてある。いかなる場合でも手順と段取りを重視する姿勢は変わらない。

ユーロスペースを通り過ぎ、HOTEL SULATAのエントランスの前に立った。脇道を抜けて建物の背後に回ってみると、裏側にもエントランスが、しかも左右に一つずつ、つまりこのホテルにはエントランスが三つあることを発見した。そう言えば、潮崎久美子と共にこのホテルを出た時も、裏側のエントランスのどちらかを通ったのでは……。

裏側の道をそのまま松濤通りへと下り、「松濤温泉シエスパ」のビルの前を斜めに横切って、Bunkamuraの入口に舞い戻った。

黛エリカはほっそりした体にフリルの付いた生成りのブラウス、短めのネイビーのセーラー風パンツ、頭に麦藁のキャスケットという出立ちで、約束の十二時に十五分遅れて現れた。普段よりうんと若々しく躍動的に見える彼女の姿態が、瓜生の目に眩しく映った。

料理は、前菜に「ニシンのジャガイモ添え」、メインに「子羊のコンフィ」、ベトラーブ

（ビーツ）の冷製スープとパンのコースを選んだ。瓜生は大事を取って、酒は白のグラスワイン一杯にとどめる。

ランチのあと、エリカは昼間は飲まないと断った。エリカは近くにある松濤美術館に寄ってみたいと言い出した。

「何か特別展でも？」

「いえ、白井晟一《しらいせいいち》の建物を見ておきたいんです」

「渋いね、好みが。そう言えば、日比谷の三信ビルの解体、いよいよ始まったな。吹抜けのアーケードの天井絵に注目したのも君だった。ところで、中公文庫と中公新書の装幀が白井晟一だと知ってた？」

エリカが首を振る。

「文庫の方の、カバーを取った表紙と扉の不思議な鳥の絵も彼だ。僕もいずれ装幀をやってみたいと思ってる」

と言って、瓜生は松濤美術館に回った場合のホテルまでのコースを頭に描きつつ立ち上がった。

外壁を紅雲石（花崗岩）で覆われた、要塞のような美術館のファサードの前に立った。入口は奥まっていて小さく、通用口みたいに見える。入館料を払って、エントランスのオニックス（縞瑪瑙《しまめのう》）を嵌めた光り天井の下を通り抜ける。

展示会場では区の公募展が開催中だったが、素通りして、二人は池と噴水のある中央の吹抜けを廻る回廊を歩いた。

一階から二階へ延びる螺旋状階段の中ほどのアルコーブに、ブロンズ像「雉《きじ》を持つ兄弟」（村田勝四郎）が飾られている。高さ九十センチの、二人の少年が一羽ずつ雉を持って向かい合って立つ像である。裸像は極端に細く造形されている。

エリカが像すれすれに顔を寄せ、少年の股間に指を差し入れた。

「鳥の陰になって外からは見えませんけど、ちゃんとペニス、付いてますね。でもとっても小さい」

と振り向いて、悪戯っぽい笑みを浮かべた。

「これって、窓になってるんだよ」

瓜生は、浴室のジャグジーの周りにめぐらされた鏡の一つを開いてみせた。

ダブルベッドの左側に置かれたオーディオ装置の脇に、二十枚ほどのCDが入った箱があった。エリカは全裸のまま、しばらく箱の中を物色していたが、その中から一枚を選んでプレーヤーにセットした。

瓜生はエリカに覆いかぶさっていく。部屋には、ジャネット・サイデルの「マナクーラの月」が流れていた。やがて彼女のワギナがたっぷり潤いを帯びていることを確かめると、バイアグラも「梃《てこ》のラーゲ」も不要と判断し、0・05㎜のコンドームの装着を終えた。

ゆっくり動きながら呼びかけると、エリカは「ハイ」と澄んだ小さな声で答え、体全体が彼に向かって浮き上がって来た。瓜生は恍惚となりながら、打ち上げ成功、とつぶやいた瞬間、閃光のようなものが走り、大きな爆発音がして、部屋全体が激しく揺れた。閉め忘れていた浴室の窓から、黒い無数の破片が小鳥のように飛び込んで来て、浴室とベッドルームを仕切っているガラスの壁に当たって罅《ひび》を入れた。

瓜生は慌ててエリカから離れ、バスローブを引っ掴んで彼女を包み、抱きかかえるようにしてベッドの下に身を潜めた。誰かが廊下を走る足音が聞こえる。彼の腕の中で、エリカが激しく身震いした。

「爆弾テロかも」

彼には自分の声が、何とも間の抜けたものに思えた。エリカが身じろぎをして彼の抱擁から逃れ、立ち上がってクロゼットに駆け寄った。

その時、サイドテーブルの上の電話がけたたましく鳴った。


二〇〇七年六月十九日午後二時十八分頃、渋谷区松濤一丁目二九ノ七にある会員制女性専用温泉施設「松濤温泉シエスパ」付設の別棟で、大規模な爆発事故が起きた。

爆発によって、地上一階地下一階の建物は鉄骨の骨組みだけを残して全壊し、建物内にある従業員休憩室にいた五人の女性従業員のうち三名が死亡、他二名と通行人の男性が重軽傷を負った。

現場は東急百貨店本店、Bunkamuraのほぼ真裏に当たり、近くには松濤地区住宅街や円山町の飲食店、ライブハウス、ラブホテル街がある。一帯は爆発の衝撃で大きく揺れ、爆風や飛散した瓦礫でガラスが割れたりして、多数の怪我人が出、周辺は一時パニック状態に陥った。近くのレストランで昼食を摂っていたBunkamuraのスタッフの一人は、大きなガラス窓に、いっせいに何千羽ものカラスが襲来したのかと思ったと語っている。割れたガラスや建物の瓦礫が飛来してぶつかったのだが、ヒッチコックの「鳥」を連想した、と。

「松濤温泉シエスパ」の別棟には、地下千五百メートルのボーリング井戸から温泉を汲み上げるポンプやタンクがあった。汲み上げられた湯水はタンクから道一つ隔てた温泉施設本棟にパイプで送られ、ボイラーで加熱して使用されていた。

爆発の原因は、温泉を汲み上げる際に噴出するメタンガスを主成分とする天然ガス（東京都、千葉県一帯の地下には「南関東ガス田」と呼ばれる水溶性天然ガスが存在する）を分離し、屋外に排出するための排水管が結露した水で塞がれ、ガスが建物内部に逆流、蓄積し、それに温泉の汲み上げを自動調整する制御盤のスイッチの火花が引火したためと結論付けられた。

しかし、施設内にガス検知器が設置されておらず、施設内の天然ガス濃度についても測定されていなかったため、管理者側の責任は重大として、警視庁は業務上過失致死傷事件として捜査を開始した。

爆発現場とHOTEL SULATAとの距離は、直線にして七十メートルと離れていなかった。

のちに事件の全容が明らかになるにつれ、瓜生はあの時、黛エリカの耳許で、爆弾テロかも、と口走ったことが気恥ずかしく思い出されてならなかった。

黛エリカとはそれきりである。彼女の姿はKS同様、ファントムと化して、二度と彼の前に現れることはなかった。

16

「ほんと、日の長いこと」

窓の外を見やりながら、由美は独り言を口にした。

「夏至が過ぎたばかりだからね」

背後にいた荒が応じて、二人は開店の準備に取り掛かった。

やがて荒が、かつて会社員時代に通っていた六本木のパブについての思い出を語り始める。由美は棚に並んでいるCDやDVDの整理をしながら、聞くともなく聞いている。

荒は昨夜、自宅のパソコンでネット・サーフィンするうち、偶然ある人物の消息を伝える情報に出会《でくわ》した。

その男が書いた本の書評をネットで見て、彼が生きていることを知ったのである。その男が経営する店「アンクル・マイケル」に出入りしていたのは一九八〇年代の半ば、店の場所は六本木交差点から歩いてすぐの路地裏で、「一億」という、冬でも店前に葦簀《よしず》を掛けている隠れ家風居酒屋の右隣だったと記憶している。通りに面した看板がないので、地下一階に降り、入口のドアの表示を見るまでそこに店があることすら分からないという不思議なパブだった。店内は英国の伝統的な酒場に似せて内装が統一され、生ビールの樽も置かれていた。

店主の本業はギタリスト、昼間は店内で通って来る弟子にレッスンしていた。年齢《とし》は四十代後半で、どこで学んだのかチェスの入門書を小さな出版社から刊行しており、荒も一冊プレゼントされたことがある。英文科出身だったから、中身はオリジナルではなく、洋書からの翻案だったかもしれない。彼の妻はダーツの元日本チャンピオン、エキゾチックな顔立ちの美人で、夫をアシストして店を切り盛りしていた。

週末はビンテージ・ワインを賭けたチェスの早指しトーナメント、ダーツの競技会が催され、さして広くない店内は客でごった返した。外国人の常連客も数人いたし、荒は、当時の流行作家森瑶子の顔を見かけたこともある。

「そのお店、今もまだ続いてるの？」

「九〇年代後半だったか、店仕舞いしちゃったんですよ」

「そんなに流行《はや》ってたのに？」

「彼が宗教に目覚めちゃってね」

「宗教⁉　オウムに入信したとか」

「いや、千葉の資産家をうしろ楯にして、新興宗教を立ち上げたみたいで、ある日、突然教祖さまになっちまった。わたしはその時点で関わらなくなったけど、今も阿頼耶識《アラヤシキ》がどうしたとかいう本を書いてるみたいで、昨日、偶々《たまたま》彼の著作の書評を読んだんだけど。ペンネームは……」

その時、ドアが開いて瓜生が女性を伴って入って来た。

中子は大阪で語学学校を開設するに当たって、大阪市天王寺区の浄土宗の寺、浄明寺《じょうみょうじ》境内にある文化センターの二階を借りることにした。長老と呼ばれる住職が、中子の大学の先輩であることから同窓会を通じて紹介してもらい、寺が購入し、管理している夕陽丘《ゆうひがおか》町のユースホステルも、フィリピンから呼び寄せる女性講師八人の宿泊施設として借り受けることになった。

中子が長老にこの話を切り出した時、彼は、

「そうか、美人のセンセが揃ってるんやったら、時々出席させてもろてもええか」

と真顔で訊いた。

中子は半分冗談で、

「チップ配ったらあきまへんで」

と釘を刺した。

長老は、先代の住職から寺を引き継ぐまで、大阪市内の府立高校の英語教師を務めていた。

メトロ・マニラのEESで、ニュージーランダーのフランシスと共に、五十余人の現地講師を統括、自身も教鞭を執っていた村井朋子は、大阪の姉妹校を立ち上げるに際して日本に帰国、教室の改修や宿泊施設の整備は中子に任せて、とりあえず宣伝物の作成をどうするか、宣材《せんざい》として何が必要か相談するため、上京して瓜生のオフィスを訪れた。瓜生は、「大阪人」のような地方誌、大阪日日新聞といった地元紙、電車の中吊り等を媒体にするとして、まず建物や講師の写真、シンプルな地図、キャッチフレーズ等を用意するようアドバイスし、EESのロゴマークはフィリピンのスクールと同じにするのかと訊ねた。

由美は、カウンターの真ん中に並んですわる二人からやや距離を置いて立ち、朋子が、学校のシステムがフィリピンとは異なり、日本の英会話教室と変わりないこと、昼間は主婦、夕刻は小・中・高生、夜間は社会人を対象に、といった説明を瓜生にしているのを耳にしているうち、気づいたことがある。

彼女は、瓜生とデートした経験から、彼が関心を抱いた女性に対しては、用意周到に準備を整えアグレッシブにアプローチするのを知っていたが、今、瓜生は、朋子の話の内容を聞いているだけで、その態度はクライアントに対するものと少しも変わらない。つまり、彼が朋子に下心を抱いてなどいないことは明白である。

ところが由美自身は、これまで経験したことのない奇妙な感情に囚《とら》われ、戸惑い落ち着かない気分になっていた。彼女は、朋子の姿勢のよさ、人を逸らさない態度、冷静で歯切れのよい話し振りに強く引き付けられ、白粉《おしろい》っけのない細面《ほそおもて》、耳朶《みみたぶ》に掛かる後《おく》れ毛《げ》、項《うなじ》の美しさから目が離せなくなり、動揺して意味もなく店内を見回したりし始めた。もし優秀なヘア・デザイナーやメークアップ・アーチスト、スタイリストがこの人を変身させたら……。由美は、ファニー・フェイスと呼ばれた女優が、ハリウッドの魔法によって別人に生まれ変わり、スターへの道を歩み始めた映画史の一ページを連想した。美女に姿を変えた朋子が、パーティか何か別の場所で瓜生と遭遇したら、彼は途端に誘惑する手筈を算段し始めるだろう。J・シュトラウスのオペレッタ「こうもり」に登場する、仮面を付けた女性を妻と知らず甘い言葉で籠絡しようとする夫のように。

オフィスから呼び出しが入った瓜生が、

「じゃ宣材は郵送してもらって、現物を見ながら電話で相談しましょう」

と言って立ち上がり、

「お勘定は、後日僕が――」

と言い置いて、店を出て行った。

由美がカウンターを隔てて斜向《はすむか》いの位置に立つと、朋子は改めて自己紹介した。メトロ・マニラのケソン・シティにあるランゲージ・スクールと聞いて、由美は二年前、イタリアを旅した時に出会った女子大生のことを思い出した。二人はフィレンツェ郊外の「リストランテ・オメロ」でテーブルを共にし、旧市街の「ウェスティン・エクセルシオール」のバーで歓談したのだが、その時女子大生は、短期留学した語学学校で教わった“I'm coming.”が何を意味するか教えてくれた……。

「一日八時間、マン・ツー・マンで授業する学校でしたっけ？」

朋子は意外だという表情を浮かべてうなずき、その姉妹校を大阪で開設するため、先月末に帰国したと告げた。その時、ジュリー・ロンドンが歌う映画「カサブランカ」の挿入曲“As Time Goes By”が流れ始め、二人がしばし沈黙して耳を傾けていると、朋子が、

「この映画の主役は、ハンフリー・ボガートでしょ。でも企画段階では、ロナルド・レーガンが候補に挙がったと、何かで読んだことがあるの」

と言った。そして、

「リックの酒場で、黒人のピアニストがこのメロディーを小型ピアノで弾くんだけど、そのピアノが二十年くらい前、サザビーズ・オークションに掛けられて、伊藤忠商事が十五万四千ドルで落札したのね。

その後、ピアノは関西の『ニッケン』っていう会社の社長さんの手に渡って、この方が経営する阪奈道沿いの喫茶店に置かれてた」

と続けた。

話の意外さに、今度は由美が驚かされた。

「あのピアノが、日本の喫茶店に……」

「ええ、大学時代の友達から話を聞いて、ネットで確認したんだけど、その時喫茶店のホームページの下に、ヘンな情報を載せてるサイトがあって……」

「ヘンな情報？」

「あの有名なシーンを再現して、黒人の人形がピアノに向かっているセットを作ったラブホテルが、渋谷にあるっていうレポート。写真も添えられてたわね」

由美は、「無粋」をオープンして以来、同じ年頃の女友達と、こうした埒《らち》もない話題で盛り上がる機会がなかったことに思い至り、今後朋子が、彼女の人生に深く入り込んで来るかもしれないと予感して、思わず小さく身震いした。

二人が映画つながりで、好きな作品を列挙するうち、由美が出版社に勤務していた頃、岩波ホールで観た「八月の鯨」の感想を語り始めると、朋子はすかさず、

「リリアン・ギッシュ主演、ベティ・デイビス共演、監督は……」

と言い、思い出せなくて思案顔になったところで、

「リンゼイ・アンダーソン」

と、由美が引き取った。

「リリアン・ギッシュは九十歳を越えてて、ベティ・デイビスも八十歳前後だったかな。姉妹役なんだけど、二人はまるで似てなかった」

「わたしがブリティッシュコロンビア大にいた時、サイレントの名作を観るっていう催しがあって、『裁かるるジャンヌ』とか『サンライズ』、『キッド』やなんかと一緒に『散り行く花』を観たんだけど、『八月の鯨』から七十年前の無声映画に、リリアン・ギッシュが主演してた」

「わたしが持ってる『映画百年史』っていう本に、その作品の紹介が載ってるんだけど、

前から一度観てみたいと思ってたの」

「彼女、『八月の鯨』では、日本の女優で言うと八千草薫《やちぐさかおる》みたいな、可愛いおばあちゃんを演じてたでしょ。だから、ベティ・デイビスがヒールっていうか、悪役に見えたわね」

朋子は水割りのグラスを手に取って、

「ところで、あの映画のファンなら、お勧めしたい小説があるの」

と言った。

「ファニー・フラッグの『フライド・グリーン・トマト』、十五年前に翻訳された家族愛がテーマの作品だけど、まだ文庫化されてないかも。版元は二見《ふたみ》書房。アマゾンで手に入ると思う」

残りのウィスキーを飲み干した朋子は、

「今日は日帰りなの。のぞみの最終には間に合うかな」

と言いながらハンドバッグから携帯を取り出し、赤外線を使って由美と電話番号とメール・アドレスを交換した。

「タイトルは、『フライド・グリーン・トマト』ね」

と由美は念を押した。

「原作はトマトズと複数だけど。

近いうちにまたお会いしたいわ。メールするね」

朋子は、腰のあたりで右手を小さく振りながらドアに向かった。

17

ちづるはネイルサロン「サッフォー」のアーム・チェアにすわって、指先を可奈子に委ね、オーディオセットから流れる波の音に耳を傾けている。

「SURF BREAK from JAMAICA ね。久し振りに聴くわ、一年振りかしら?」

可奈子は甘皮のカットに取りかかった。

「ちづるさんがはじめてお見えになったあの日、わたしは仕事が一段落したところで、これを聴きながら新しいお客さんを待ってたの」

鷗の鳴き声を合図に、ウクレレの演奏が始まった。

「先週、中子さんがいらっしゃいました」

「そう。彼女、どんなアートを選んだの?」

「お勧めしたより意外と派手なのをお選びになって。それでグラデーションアートを。大阪のオバチャンぽく見えないかなって、おっしゃってました」

「大阪のオバチャン?」

「一応、グラデーションアートの中でも一番シンプルな、ホワイトからピンクに自然に変化するグラデにしておいたんですけどね」

「彼女、シニア・プランナーだから、仕事先の人目を気にするかも」

可奈子は毬子の爪にやすりを掛けながらマスク越しのくぐもり声で、兵庫県家島の中学を卒業後大阪に出て、天六（天神橋六丁目）のアパートから福島区にある私立の女子高に通い、卒業して南森町のコンピュータソフトの会社で働き始めたといった来《こ》し方《かた》を、問わず語りに訥々《とつとつ》と語った。

毬子の実家は都島区善源寺町で、都島橋を渡れば天六はすぐ近くだったから、二人は全長二・六キロ「日本一長い・天神橋筋商店街」の話題で盛り上がった。

「お好み焼はやっぱり『千草』やわ。わたしは、ブタ、イカ、エビ入りの〝チャンポン〟。可奈子さんは？」

「貝柱の塩焼、セルフ焼で」

「わたしも、もちろんセルフ派」

「あとは中村屋のコロッケ。学校帰りに買って、歩きながら食べました。陸上やってましたから、とにかくお腹が空いて空いて……」

「昆布は西天満の『長池昆布』。東京では神宗《かんそう》やをぐら屋が有名やけど。夫が海外赴任する時、持たせてあげた」

「『長池』は高《たこ》うて。うちは『中野の都こんぶ』しか食べたことない」

可奈子はマスクを外して、ケアの終わった毬子の爪に筆でベースジェルを塗り始めた。爪先にホワイト、中間にピンクと塗り分けて、色の境界線にグラデーションを掛けていく。

「関東の人は知らんけど、大阪は洋食のレベルも相当高い。自由軒の玉子のせ混ぜカレー、マルヨシのロールキャベツとか北斗星のポークカツ……」

「もうそれ以上言わんといて下さい。腹、減った――」

ネイル・ワークが終わると、

「今はこれ、東京でも手に入るようになりました」

と言って、可奈子はお茶請けに「あたり前田のクラッカー　たこ焼き味」を出し、焙じ茶を淹れた。


「毬子さんの手はしなやかで柔らか、光沢《つや》がよくて指も優雅な形してますね」

「惹かれてるのは、手だけじゃないでしょ」

可奈子は素直にうなずいて、

「でもわたしからはアプローチ出来ない」

ちづるの視線を受けて、可奈子は軽く首を左右に振った。

「ちづるさんとの関係があるから。もし毬子さんが応じてくれても、わたしとちづるさん、わたしと毬子さんの二通りの関係が成立すると、〝三人旅の一人乞食〟でしたっけ、二人が組んで、一人が外れる、二対一になりやすいでしょ。例えば、わたしと毬子さんが関西弁でしゃべると、ちづるさんは仲間外れになっちゃう。わたしとちづるさんが仲良くしてると、毬子さんは締め出される。わたしを間に挟んだ三角関係になるのは避けたいんです」

可奈子は声音《こわね》を変えて、

「ちづるさんは毬子さんについてどう思ってますか」

と訊ねた。

ちづるは、本音を吐かざるを得ない。

「わたしはときたま、あの人の乳房のかたちを想像することがあるの」

可奈子は小さくうなずいて、

「ちづるさん……、わたしたち三人が、一緒に愛し合っちゃまずいでしょうか。これまでそんな経験はないんだけど」

「一緒に？」

「わたしはちづるさんと毬子さんとも愛し合って、ちづるさんはわたしと毬子さんとも愛し合う。もちろん毬子さんもわたしたち二人と……。三角関係が揉めるのは、一人が二人の人間と各々《それぞれ》個別に会おうとするからじゃないでしょうか？　三人一緒なら、問題は起きないような……」

「一緒っていうのは、三人が同時に、同じ場所でっていう意味？」

「ええ。この話をちづるさんから毬子さんに伝えていただけませんか」

ちづるは苦笑して、

「彼女が恐れをなして、引いちゃったらどうする？」

と問うた。

可奈子は少し間を置いて、かねてから考えていたことを一気に語り始めた。

「わたしの勘ですけど、毬子さんは興味を持ってくれそうな気がします。彼女は、何かの折に淋しげな横顔を見せることがあるでしょ。ご主人がいらっしゃるのに、精神的にも肉体的にも充ち足りた人妻という印象を与えないタイプの女性で、かといって、肩肘張った独身のキャリアウーマンにも見えない。わたしはこの仕事で、多くの若くない女性と接していて、ご主人との仲がうまくいってない方は、何となく分かる気がします。毬子さんは少なくとも、現在ハッピーとは言えない状況にいる」

ちづるは可奈子の透察に賛意を表して、

「じゃ、わたしはどう見える？」

と訊いてみた。

可奈子は即答した。

「ご主人との関係は良好だけど、肉体的な結び付きはないんじゃないかと思ってました」

ちづるは溜息を吐いて、

「何もかも御見通しなのね」

とつぶやいた。

翌朝、夫を送り出したあと、ちづるはソファに凭れ、カップの残りのコーヒーをゆっくり飲み干してから、チェストの上に置いた充電器から携帯を取り上げた。

毬子と話すのは、可奈子と共にディズニーシーで偶然出会って以来、ほぼ一ヵ月振りである。

「会社帰りに、横浜でお会い出来ないかしら。ちょっとお話ししたいことが……」

毬子は即座に、明後日《あさって》の金曜日は如何？　と応じた。ちづるは「リーベ」の合わせがあるが、四時には終わるから支障はない。

「ホテルニューグランドへ行ってみません？」

と毬子は言った。

――車は別として、横浜駅から電車でニューグランドへ行くには、根岸線かみなとみらい線だが、意外と知られていないのが、そごう百貨店隣の「横浜ベイクォーター・横浜駅東口」から出ている山下公園行きの水上バスで、これに乗れば僅か十五分で「山下公園」桟橋に着く。公園通り一つ隔てて、目の前がニューグランドだ。

「乗り場はご存知？」

毬子の問いに、

「いいえ。船でホテルに向かうのって、『ベニスに死す』みたいね」

「じゃ、七時にそごう正面入口のからくり時計の下で」

と毬子は言って電話を切った。

ちづるは、瓜生からプロポーズされたのが、ニューグランド五階のフランス料理店だったことを久し振りに思い出した。

夏至が過ぎたばかりの梅雨の晴れ間、西の空に、茜色の千切れ雲がレースのカーテンの裾のように浮かんでいるのを、ちづるはブルーラインの、毬子は横須賀線の車窓から眺めた。

二人が落ち合った時、からくり時計の人形たちが「七時」を告げるため小窓から飛び出して、賑《にぎ》やかに鉦《かね》や太鼓を打ち鳴らし始めた。

ちづるはライトブルーのサマーセーターにオレンジのフレアスカート、毬子はカーキのシャツジャケットにくるぶし丈の黒のパンツというアフターファイブの出立ちで、頭にはまるで申し合わせたかのように鍔広の麻の夏帽子を載せている。共に折りたたみの出来るUVカット用だ。

水上バスには「みなとみらい21」、「ピア赤レンガ」、「山下公園」を巡る経由便と「山下公園」直行便がある。経由便、直行便共に、朝の十時から午後七時台まで一時間にほぼ二便ずつ運航されていて、観光だけでなく、通勤や移動にも利用されている。

これとは別に、ベイブリッジや「みなとみらい21」の夜景、ライトアップされた赤レンガ倉庫など、ビューポイントをめぐる週末夜の「イルミネーションクルーズ」は、特に関西からの旅行客に人気なの、と毬子は説明した。

二人は、七時三十五分発の「山下公園」直行最終便に二十数人の客と共に乗り込んだ。

ちづるは船に乗るのは十数年振りのことなので、水上バスが桟橋を離れた時、小旅行に出掛けるような気持の昂ぶりを覚えた。

二人は無蓋の後部座席の船縁に佇んだ。遠ざかる「ベイクォーター」の岸の明かりが、暮れ残る日の光のせいでつややかに見える水の中で揺れていた。頭がつかえそうなほど低い位置に架かった自動車専用道やJR貨物線の鉄橋をくぐって、船は広い横浜港内に出た。

二人は「みなとみらい21」の高層ビル群や万華鏡のようにイルミネーションが変化する大観覧車、ライトアップされた「赤レンガ倉庫」など、右舷に展開する夜景を眺めたのち、視線を左舷方向へと転じた。山下埠頭や本牧埠頭、更にその向こうに広がるコンテナヤードに林立するガントリークレーン、オレンジ色の炎や白い蒸気を噴き上げるコンビナートの煙突、赤と白の縞模様にペイントされた発電塔や蒸留塔などの光景が、海と空を彩っている。

「どう、こっちの夜景の方が荒々しくて、面白いでしょ。三〜四年くらい前から、廃墟ブームが始まって、わたしの会社でも工場跡をめぐるツアーを組んだりしてるんだけど、このブーム、近代の終焉とか、ポストモダニズムとか、そういう言説の流行と関係あるかも」

水上バスが「山下公園」桟橋に着いた。隣の桟橋に繋留されている氷川丸のオープンデッキからは、少年少女の合唱団が歌う「エーデルワイス」が流れていた。「HOTEL NEW GRAND」のネオンサインが正面に見える。

二人はホテル本館一階にある「ザ・カフェ」のテーブルに着き、「ニューグランド」発祥が謳い文句の「スパゲッティナポリタン」と「シーフードドリア」をオーダーした。料理を待つあいだ、テーブルクロスの上に両手を載せて、互いのネイルの出来映えを見較べたあと、ピルスナービールで喉を潤した。同じくホテル発祥と称する「プリンアラモード」も追加注文し、隣のバー「Sea Guardian II」に移動した。

いつも混んでいるバーだが、幸い中庭に臨む窓際のテーブルに落ち着くことが出来た。

二人はこのバーのオリジナルカクテル、ちづるは〝ヨコハマ〟を、毬子は〝バンブー〟をオーダーする。〝ヨコハマ〟はジンをベースにオレンジジュース、ウォトカ、ザクロシロップ、香り付けにペルノを加えている。〝バンブー〟はドライシェリーにドライベルモット、オレンジビターズというシンプルな組み合わせ。

二人は互いのグラスを交換して、飲み較べてみる。

「先月末の日曜日、中子さんのボートで釣りをしたとか」

「ええ。五十センチを超えるマダイを釣り上げたってはしゃいでたわ。瓜生さんとは深い話が出来る、とか言ってたけど」

「瓜生は、仕事柄、聞き上手なのよ」

「夫は今、大阪にいて月に一、二度、週末に帰って来るんだけど、来年一月に開校する学校の宣伝物は、また瓜生さんの事務所にお願いしなくちゃ」

「五月はドイツ世界陸上のエンブレム・コンペに応募して忙しそうだったけど、今は通常のペースに戻ったみたい」

「中子はキャビン・クルーザーで海に出るために逗子に戻るんだけど、だったら〝アナスタシア〟に乗って大阪湾まで行って、港に繋留しとけばいいじゃないって言ったら、いや、ヨットと違ってクルーザーでは遠出しないんだ、伊豆半島くらいまでは往復するけど、大島だってまだ行ったことないし、燃費の問題もあるって」

毬子は〝バンブー〟の御代りをウェイターに告げた。ちづるは、わたしはもう沢山、と軽く手を振った。

「で、お話って？」

「そう……、可奈子さんから言伝《ことづて》があるの……」

と切り出して、まずちづる自身と可奈子との関係を、隠さずストレートに語った。

「わたしたち夫婦は子宝に恵まれなくて……、で、わたしの方が、夫婦の営みから遠ざかるようになったんだけど、昨年から可奈子さんに誘われて――彼女は真性のレズビアン――、愛し合う関係に、つまり同性愛に目覚めてしまったの。愛し合うっていうのがどういうことかは、具体的に言いにくいわね。ただわたしは女性でないと、という訳ではなくて……バイセクシュアルだと言えばいいのかしら」

毬子は格別驚いた風は見せないで、無表情なまま、時々カクテル・グラスを口に運びながらちづるの話に耳を傾けていたが、

「わたしたち夫婦も似たり寄ったりかな」

と合の手を入れた。

「彼と、六年くらい肉体的な接触はないわね。おそらく彼はフィリピンでも日本でも、遊びに精出してるんでしょうけど、わたしは関心がないの。嫉妬とか、そういう感情も湧いて来ないし。

ところでわたし、一年くらい前から、変な夢を何度も見るの。わたしが廃墟の中の水溜りに、靴を履いたまま入って行って、誰かが現れるのを待ってる夢。いつも誰も現れないんだけど、——そしたら明け方、同じ夢を見た日、わたしの前にあなたと一緒に可奈子さんが登場したのね、ディズニーシーで。

グロテスクなモンスターとかハンサムな若者とかじゃなくて、何だ、女性だったのかって思ったの、あの時。

こないだ可奈子さんのお店にはじめて行った時、帰りがけにあの人は何か話したそうな素振りを見せたけど、結局何も言わなかった」

「彼女はあなたに一目惚れしたのよ」

ちづるは少し顔を毬子に近付け、声を落として、可奈子の提案、三人が同時に同じ場所で愛し合うというアイデアについて、簡単に素っ気ない調子で説明をした。

「おそらくホテルの部屋を借りるなりして、三人で性行為をするというつもりでしょうけど、彼女にもそんな経験はないって言うし、わたしもどんなやり方をするのか見当がつかないわね」

「三人で輪になって、とか？」

と言って、毬子はグラスの残りを干した。

ちづるは、それには答えないで、

「ただ三人がそういう関係に入っていくなら、メービウスの帯って言ったかしら、表も裏もない曲面みたいな人間関係、正直に徹するっていうか、率直に赤裸々に自分を曝《さら》け出せるような付き合い方をしないと、続かないような気がするの。金銭や損得が絡まないことも大事だし、秘密にしておいて、第三者に絶対知られないようにするのも必須条件ね」

毬子は襟元から項の方へ指先をゆっくり滑らせながら、

「実際に何が起こるか、うまく想像出来ないけど……、一度試してみればいいのかな」

と他人事《ひとごと》のようにつぶやいた。

18

ちづると毬子は、可奈子をあいだに挟んで、円形ベッドのヘッドボードに頭を凭せ掛け、背中には長枕を支《か》って、両足を前に伸ばしている。三人共全裸である。可奈子は、並んで横たわる二人に対面する形で両膝を突き、左手をちづるの胸に、右手を毬子の下腹部に押し当て、指を動かしながらちづるにキスし、舌を絡ませる。続けて、左手をちづるの胸から下腹部へと滑らせると、右手を毬子の下腹部から胸へと移動させ、唇を求める。

可奈子が一連の動作を繰り返す間、ちづると毬子の四本の手は、休むことなく可奈子の体を愛撫し続ける。

ジョン・コルトレーンとジョニー・ハートマンが共演したスローバラード“YOU ARE TOO BEAUTIFUL”が流れ、周囲にめぐらされた鏡の一画に取り付けられた大型テレビの画面には、「ローマの休日」が映し出されている。音声は消してある。コルトレーンは可奈子が持参したCDだが、「ローマの休日」は、部屋に備え付けの映画サービス・プログラム（邦画・洋画・アダルト）の中からちづるが選んだ。

毬子の全身が波のようにうねり、小刻みに震え始めたかと思うと、挟み込んだ可奈子の右手を太腿で強く締め付けて、小さく声を上げた。

それを耳にしたちづるは、目を半眼にして、毬子の右肩に頭を寄り掛からせて瞑目した。

可奈子の指先が、ちづるのクリトリスをソフトタッチし続けると、ちづるは両足を突っ張らせ、大きく喘ぎ始めた。

可奈子は跪いて、潤いながら燃えている二人のワギナに唇をそっと押し当てた。

三人は仰向けに並んで横たわり、天井の鏡に映る自分たちの姿態に見入りつつ、微かな吐息を洩らしながら、快楽の余韻を味わい尽くそうとした。

この日の正午、可奈子、ちづる、毬子の三人は、赤坂見附駅の改札で待ち合わせた。外堀通りを山王下《さんのうした》方向に歩いていると、左手に大きな鳥居が見えた。

「日枝《ひえ》神社って、縁結びの神様ですってよ」

と可奈子が言い出して、三人はお詣りすることに決めた。各々百円ずつ賽銭を投じ、柏手《かしわで》を打って手を合わせた。

先週、可奈子は、三人でプレー出来るホテルをネット検索して、「ホテル東亞」を見つけた。ホテルのホームページに「三人以上利用可」とあり、「お一人様可」ともあった。お一人様可って？　と可奈子は小首を傾げた。

「ホテル東亞」は赤坂二丁目、氷川公園の近くにある。ヨーロッパの古城とモスクを無造作に折衷した——四つの角にミナレット（光塔）風の塔まで備えている——奇抜な外観を持つ、五階建ての白いコンクリート建築である。エントランスは外壁の合わせ目をずらして重ねた狭い造りで、一見どこにあるのか分かりづらい。客は、壁の中から突如現れ、壁の中へと消えるように見える。

しかし、いったん入るとエントランスホールは広く、側面に大きな案内ボードが配され、各室の紹介写真の下に料金システム、設備内容などが記されている。可奈子は、空室ランプの点っている中から３０３号室の画面をタッチした。部屋番号と料金明細を記した紙片が出て来て、それを切り取ると自動的にエレベーターホールのドアが開いた。フロントもなければ、アナウンスも鍵もない。

三人は三階でエレベーターを降り、矢印に従って薄暗い廊下を息を凝らして進んだ。

3

03と表示のあるドアの上で明かりが点滅している。把手を回して引くと、重たいドアが音もなく開いた。靴脱ぎの脇に自動精算機があって、その中から、「いらっしゃいませ」と自動音声が流れる。

右手奥にバスルームとサウナルーム、左手には壁際にL字型のソファを置いたシッティングフロアが広がっている。ソファの向かいの一段高くなった毛脚の長い絨毯敷きのベッドフロアには回転台が据えられ、上に大きな円形ベッドが鎮座する。ベッドを囲む三方の壁は鏡で占められ、天井もまた全面が鏡である。更に三方の鏡の下部には、直径一メートル余りの半円形の拡大鏡がセットされている。

三人は、自分たちの姿が、左右上下共に反転し、一部は二倍以上に拡大されて、ありもしない部屋の仄暗い奥まで連鎖し反復されているのを、目眩《めくるめ》く思いで眺めた。


赤坂はかつて柳橋、新橋と並ぶ東京の代表的な花街《かがい》に数えられ、永田町や霞が関に近いことから、戦後はいわゆる「待合《まちあい》政治」の舞台として賑わった。一九六〇年代末から一九八〇年代のバブル経済期にかけては、高級料亭の他にナイトクラブ、レストラン、ホテル、バーやキャバレーが軒を連ね、政治絡みの国際商取引における夜の主戦場の観を呈した。

この界隈にいくつかの「ラブホテル」が登場するのもこの頃で、特に一九六八年創業の「ホテル東亞」は、その奇抜な外観と回転ベッドや鏡張り部屋、サウナなどの豪華な設備で評判になった。

「ホテル東亞」の創業には、大口出資者として二人の人物が関わっている。東亜蚕糸会会頭・木佐貫甫《きさぬきはじめ》と東亜相互企業株式会社社長・町井久之《まちいひさゆき》である。共に「東亜」の文字を戴く組織のオーナーだが、また、二人には当時、「右翼のフィクサー」として知られた児玉誉士夫の息が掛かっていた。

木佐貫甫は昭和二十二年（一九四七）、中国から引き揚げたのち、東亜蚕糸会を興《おこ》して、中国、インド、タイなどから繭・生糸を輸入する取引に携わるようになるが、政府の厳しい統制下にあった輸入割当枠の取得に際して、戦前から面識のあった児玉誉士夫に頼み込み、便宜をはかってもらったと伝えられる。中子脩の母が、「児玉誉士夫先生のお力添え」と語ったのは、この件を指しているだろう。

町井久之（本名 鄭建永《チョンゴニョン》）は、彼が率いる新興暴力団「東声会」が、東京を中心に関東一円に急速に勢力を拡大して行く中、既存のやくざ組織との軋轢《あつれき》で孤立状態に陥っていた一九六三年、児玉誉士夫の斡旋で、関西の三代目山口組組長田岡一雄と兄弟盃を交わし、田岡の舎弟となることで危機を乗り切った。一九六六年、町井は「東声会」を解散して、やくざ社会の表舞台から立ち去ったあと、翌年、東亜相互企業を設立して、土地開発やビル経営など実業の世界へ乗り出す。同社の会長には児玉誉士夫が就いている。

一九七六年、ロッキード事件が起きて、児玉誉士夫は逮捕されるが、彼は「ロッキード社の秘密代理人」として、一九五八年の自衛隊主力戦闘機Ｆ１０４選定から、一九七二年の全日空の大型ジェット旅客機L-1011トライスター導入決定に至るおよそ十四年間に、七百万ドル（二十一億円）にのぼる巨額の賄賂を受け取っていたとされる。

警察の捜査と司法の裁きが進む中で、早くから事件を追っていた日本経済新聞記者や児玉誉士夫の通訳を務めたジャパンPR社長・福田太郎、田中元首相の運転手・笠原正則らが謎の急死を遂げるという不可解な出来事が相次いだ。

この頃、「ホテル東亞」で、白人の高級コールガールが殺害されるという禍事《まがこと》が起きた。

新聞報道によると、一九七八年十一月九日（木）の午前〇時四十五分頃、金髪の白人女性が三十四、五歳の日本人の男性と二人でホテルにチェックインし、303号室に入った。男は約二時間後、一人でフロントに現れ、従業員に、「女は顔を洗っているので外で待っている」と言って表に出たという。同ホテルでは、部屋の鍵が戻っていないため不審に思い、支配人が合鍵でドアを開け部屋に入ったところ、ベッドに女性が全裸のまま、備え付けのタオルで首を二重巻きにされて死んでいるのを発見した。

女性の名はスジカ・ハンネローラ（Hannelore Sojka）、通称「マリア」で英国籍。金髪碧眼、豊かな胸の彼女は、五十人程いたと言われる赤坂の白人高級コールガールたちのあいだでは、“The Queen of the Night World”と呼ばれ、ニューヨークの六十五番街と港区西麻布の高級マンションに住み、アメリカと日本を頻繁に往来していた。コールガール仲間のあいだでは金持としても有名で、六本木でクラブを経営したり、不動産に投資するなど、二億円以上の資産があるとの噂も囁かれた。

英字紙「ジャパン タイムズ」も十一月十一日付で、ホテルの外観写真と「マリア」の写真を大きく掲げ、「U.K. Woman Found Dead in Love Hotel」の見出しでこの事件を報じている。チェックインして、二時間後に姿を消した男について、「The hotel employees described the man as looking like a "gangster."」という従業員の証言を載せている。日本の新聞では、この人物は「スカッとした遊び人風」、「暴力団の下っ端風」と形容されている。

「マリア」の遺留品のショルダーバッグには六十円の小銭しか残っていなかったことから、警察は強盗殺人事件として捜査を開始した。日本の各紙は言及していないが、「ジャパンタイムズ」だけは、ショルダーバッグにあった彼女の手帳に残されたメモについて触れている。


Investigators found in her shoulder bag a memorandum listing the addresses of some 30 Japanese men, who are believed to have often bought her services.

三十人の男たちは、当日のアリバイを証明しなければならなかったはずだ。

犯人は逃走して、足取りがつかめないまま、十一月十七日付の毎日新聞夕刊に、次のような続報が載った。

数億円の遺産相続で来日
殺されたハンネローラさんの妹
東京港区赤坂のホテルで九日未明殺された英国籍のコールガール、スジカ・ハンネローラさん（四〇）の実の妹ギゼラ・ランダゾーさん（三八）＝ニューヨーク市在住＝が十六日来日、新宿区信濃町の慶応病院でハンネローラさんの遺体と対面した。ランダゾーさんは捜査本部でハンネローラさんが残した日本円五十四万円、額面千九百万円の預金通帳などの遺留品と時価数億円の土地の説明を受けた。手続きが済み次第、これらの膨大な遺産を相続して帰国の予定。

「マリア」が大変な資産家であったことは間違いないようだ。

十一月二十八日未明、犯人は赤坂署に自首して出て、強盗殺人容疑で逮捕された。菊池《きくち》元良《もとよし》（三五）東京生まれ、住所不定、無職。

菊池は、赤坂の白人高級コールガールには不似合いなチンピラ風情に見えたため、警察は、背後関係の捜査を続けたが、進展が見られないまま事件は忘れ去られた。

事件から半年余り経ったある日、「ホテル東亞」の303号室のバスタブを洗っていた清掃係の女性が、シャワーの水音の背後に、啜り泣く女の声を聞いたと同僚に語った。更にその数日後、メンテナンス会社の社員が、照明と空調設備の点検中、ベッドの周りにめぐらした鏡の奥を黒い影が横切るのを見た、と支配人に告げた。ホテル側は厳しい箝口令《かんこうれい》を敷いたが、その後、こうした目撃談、噂が絶えず、ホテルは３０３号室を事故物件として、利用料金の二割引サービスを始めた。しかし、その理由は客には知らされなかった。

一九九五年一月、ホテルは三ヵ月間休業して、全面改装工事を行った。外壁は真っ白に塗り直され、これを機に二割引サービスは廃止となる。


三人はベッドで新しい体位を取る。可奈子が中央で仰向きになって、左側の毬子と上半身を捩るようにして抱擁し合い、乳房を弄《いじ》り、キスを交わす。右側にいるちづるは、可奈子の足許に向かって跪き、足指を口に含んだあと、舌を膝から太腿へと滑らせながら、中指でクリトリスを撫で、親指と人差指を優しくワギナに潜らせてゆく。

可奈子は毬子に縋り付き、胸に顔を埋《うず》め、幼児がいやいやをするように頭を振り立てて乳首を吸った。毬子は母親のような仕種で、左手で可奈子の頭を抱き、右手で髪を撫で続けた。

やがて三人は体を離し、川の字に並んで微睡《まどろみ》に落ちた。

数分後、先に目を覚ましたのは毬子で、その気配からちづるが、そして二人より深く寝入った可奈子は、かなり遅れて瞼を開いた。

毬子が、

「誰か女性が、外国語で話し掛けて来るんだけど……、夢かな」

とつぶやいた。部屋は静寂に包まれているが、テレビでは「ローマの休日」の映像が、相変わらず流れている。

「いったん、シャワーを浴びましょうか」

と可奈子が小さな欠伸《あくび》まじりの伸びをして起き上がった。

シャワーのあと、バスローブを羽織ってソファに腰掛け、自動販売機から取り出した缶ビールを片手に、三人の視線は自ずとテレビ画面に注がれる。

スペイン広場のシーンが始まったところだ。背の中程まであった髪をショートカットにしたばかりのオードリー・ヘプバーンが一本のカーネーションを右手に、左手に持ったジェラートを舐めながら、楽しそうに広場の階段を上がって行く。

「なつかしいわね。はじめて観たのは、何時《いつ》だか思い出せないくらい昔だけど」

ちづるが口にすると、

「わたしもよ。モノクロの画面って、深みがあっていいなあ」

と毬子が応じる。

「わたしははじめて」

と可奈子が言って、しばらく画面を注視していたが、いきなり素頓狂な声を上げた。

「時間が違ってる！　ほら、広場の塔の時計を見て。今、針は、十一時二十五分を指してる。でも、その直前のカットでは……」

可奈子はリモコンを手にして、映像を巻き戻してみる。

新聞記者が階段を駆け降りて来て、

「やあ、君か」

と最初に声を掛けたのが二時四十分だった。

ヘプバーンが振り向いて、

「ええ、ブラッドレーさん」

と答えて、二人の会話がはずむのが二時四十五分。

ちづると毬子は顔を見合わせた。

「ほんとだ、さすが目敏《めざと》い」

とちづるが言うと、

「若さ。若いからよ」

と毬子が相槌を打つ。

「わたしなんか、通過する横須賀線の駅名すら読めないわ、大きな文字で表示されてても」

ちづるが、

「カットごとに時刻が前後するのは、何日もかけて撮って、後で編集したからじゃないかしら。今なら修正出来るんでしょうけど」

と言うと、毬子がうなずいて、

「そう言えば、以前『ニューズウィーク』で読んだんだけど、戦後アメリカで赤狩り旋風が巻き起こったでしょ」

「マッカーシズムだっけ」

と、ちづる。

「その時、共産主義者呼ばわりされてハリウッドを追放されたシナリオ・ライターが、この映画の脚本を依頼されたの。その人は名前を変えて執筆したんだけど、最近のDVDでは、本名が追加されてるんですって。これもそうじゃないかな」

「だったら、時計の針も、一緒に直しちゃえばよかったのにね」

と言って、可奈子はビールを飲み干すと、バスローブをもどかしげに脱ぎ捨て、ベッドに一番乗りして、

「これって、本当に回転するのかしら？」

と円いベッドの縁を立ったまま一周したあと、ヘッドボードの操作盤をのぞき込んだ。操作盤の上部には「LIGHT CONTROL」のボタンが横に三つ並び、その下部には「BED CONTROL」の表示があって、左側に「LEFT TURN」、真ん中に「STOP」、右に「RIGHT TURN」の三つのボタンが嵌め込まれている。しかし、「RIGHT TURN」のボタンは黒いテープで塞がれ、脇に「故障中」と書いた小さな紙が貼られていた。

「回してみてよ」

毬子の声に応じて、可奈子は恐る恐る「LEFT TURN」のボタンを押した。

ベッドは可奈子を乗せて、静かにゆっくり回り始めた。

ベッドは約一分間で一回転する。速度のコントロールは出来ない。ちづると毬子も裸でベッドに飛び乗った。三人が思い思いのポーズを取って、子供のようにはしゃぐ様が周囲と天井の鏡に映じて、自分たちが万華鏡の中に迷い込んだかのような錯覚に陥りそうになる。

最初は可奈子が一人で毬子とちづるを攻め、次にちづると毬子が二人で可奈子をあいだに挟んで、お返しの愛撫を繰り返した。

今度は両膝を突いて体を起こした毬子の背中に可奈子が抱きつき、可奈子の背中にちづるが取りついて、三人は中腰のまま折り重なって、絶えず嬌声を上げながら戯れ続けた。しがみつく手を振り解《ほど》いた毬子が、可奈子の太腿の間に頭を差し入れると、ちづるは毬子の尻を舐め、可奈子はちづるのワギナを手のひらに包み込んで、刺激を強めていく。三人は輪になったり三角形をかたち作ったりしながら、アナーキーな気分で、いつ果てるともない快楽に身を委ねた。

潮が引いて、三人は三方から頭部を円形ベッドの真ん中に寄せ集め、Tの字になって横たわった。

突然、強い睡魔に襲われた三人が、左の体側《たいそく》を下に横向きになり膝を曲げると、灰色の人形《ひとがた》がベッドに忍び寄り、三人と同じ姿勢で空きスペースに寝そべった。張りめぐらされた鏡の面に、次々と増幅されて映り込む四つの人影は、左旋回する卍《まんじ》に似ていた。

毬子が嗄《しゃが》れ声で、

「誰、あなたは？」

と問うた。

第三章

1

中子《なかご》は、フィリピンで、邦人の殺害事件が毎年のように発生していることを充分承知していた。彼は、日本でこの件について訊かれると、いつも次のように答えることにしている。

「日本人ツーリストが、やみくもに殺されてる訳じゃないんですよ。被害者は、たいてい中高年の男性で、首都圏よりも地方が事件現場になることが多い。フィリピン社会と深い繋がりを持つことから生じるトラブルが、事件に発展してしまうケースが大半です。

例えば、フィリピン・バーで懇ろになったホステスに連れられ、全財産を携えてフィリピンに渡り、田舎暮らしするうち、女と諍いが絶えなくなって、殺し屋に消されてしまうとか……。

殺害方法は、決まって拳銃による射殺。フィリピンは、東南アジア唯一の銃社会ですから」

ケソン・シティのEESでは、こうした剣呑《けんのん》な事件が起きるどころか、中子が予想しなかった喜ばしい出来事が、二〇〇四年から毎年出来《しゅったい》していた。

事は、ゼネラル・マネージャー舟橋一郎が、大学を卒業してEESに長期留学し、ドーミトリーに一年以上住み込んで、〝主《ぬし》〟と呼ばれた若者を、マカティ・シティにある日系企業に推薦したところから始まる。彼が採用試験に合格したのち、毎年EESの留学生が、メトロ・マニラで仕事先を見つけられるようになった。今年は、元看護師の女性が、アヤラ・センターの管理会社の厚生部に就職することが出来た。


七月半ば、ケソン・シティのビジネスホテルに宿泊していた中子は、上院議員ラファエル・マリアーノが自宅で催したパーティに出席した。ラファエル議員は、技術教育技能開発庁の長官で、中子も以前、ポール・タンに紹介されて面会したことがある。

ラファエルは、長年、アヤラ財閥系列の食品加工会社のCEOを務めたのち、政界に転身した。中子は、彼が、先祖は広大な土地を所有するスペイン貴族だと、自慢気に語ったのを覚えている。

中子がフィリピン滞在中、こうした集りに顔を出すのは稀だった。それには理由があって、彼は外国人男女が彼の頭越しに会話を交わす場にいて、殊更自身の身長を意識させられるのが苦手なのである。しかし、この夜は、メトロ・マニラの職業訓練校、語学学校のスタッフを集めた会合とのことで、舟橋に強く勧められて、不承不承顔を出すことにしたのだ。

中子がアヤラ・アラバン・ビレッジに建つ豪邸のエントランスで、ラファエルと握手した時、その傍らにいた彼の娘も手を差し伸べた。中子は、その美貌に思わず瞠目《どうもく》した。父は、中子が目を輝かせたのを見逃さず、すかさずクリスティーナと名前を告げて、のちほどワイングラスを中子に手渡しながら語り掛けた。

「娘は今年、大学を卒業したけど、わたしの役所で秘書でもと思ってたが、どうだろう、君の学校で講師として雇ってもらうのは？　英国に留学した経験もあるし、タガログ語の訛りがない英語を完璧にしゃべれるんだ。

さっき聞いた話、君の学校の卒業生を日系企業に独占させるのは勿体無《もったい》い。アヤラでもソリアノでも、紹介状はいくらでも書ける。バーターという訳じゃないが」

中子は、取り敢えずEESでトレーニングを受けて、もし本人が望むなら、来年一月に日本で開校する姉妹校で働いてもらう手もありますよ、と答えた。

“Good news! She could get a lucky break in Japan.”

とラファエルは言って、満面の笑みを浮かべた。

ラファエルの一人娘、クリスティーナは、〝リズ〟と呼ばれた。彼女が私立高校に入学した年、学園祭でアメリカ映画「若草物語」が上映された。この映画を観た同学年の生徒が、映画出演時はティーンエイジャーだったエリザベス・テイラーとクリスティーナの横顔が似ていると言い出し、その後彼女の通り名は、〝クリス〟から〝リズ〟に変わった。

リズは高校時代、三人のボーイ・フレンドを持ち、大学生になると複数の学生と付き合いながら、映画の撮影所に出入りし始め、若手俳優フィリップ・サルバドールと肉体関係を結んだ。二人の情事は、スキャンダル専門のタブロイド紙の記者に嗅ぎ付けられ、父ラファエルは、新聞社のオーナーに大枚をはたいて、娘の醜聞を揉み消した。

彼女は、大学三年次の十二月、英国大使館主催のクリスマス・パーティに招待され、ガイ・マナリングという大使館員と出会った。ガイは前年大使館に赴任した独身青年で、多言語研究者から外交官に転じた長身でハンサムなインテリだった。

彼女は彼のイギリス訛りの英語と、はにかみ屋らしい立居振舞に魅せられ、十五分ばかり立ち話をした。共に出席していた父親に呼ばれた彼女は、テーブルに着いて軽食を摂ったあと、再び会話を続けようと彼を捜すことにした。

大使館二階の大広間から張り出したバルコニーにいて庭を見おろしていた青年を見つけた彼女は、彼のアジアの言語に関する蘊蓄《うんちく》に耳を傾ける振りをしながら、どうやって男を自宅に連れ込もうかと算段し始めた。

夜九時を回って、彼女が、ビレッジの邸宅にある自室にご招待したい、それも今夜これから、と大胆な提案を持ち掛けると、彼は驚いた表情を浮かべ、周囲を見回したのち、あっさりOKした。英語の諺にも、「据え膳食わぬは男の恥」と同じ表現がある。

二人は別々に大使館を出たのち、背後の駐車場で落ち合い、彼のランドローバーに乗って、アヤラ・アラバン・ビレッジに向かった。自宅前に停車すると、彼女がオートマチックに開閉する鋼鉄製のゲートを開け、車は白堊《はくあ》の館の玄関前へと滑り込んだ。

ラファエル父娘《おやこ》は、モニカという家政婦と三人でこの邸宅に住んでいる。彼女は彼に、音を立てないよう身振りで示してから、建物の裏に回り、二階の廊下に通じる裏階段を上がって、彼を自室に招じ入れた。

以後二人は、全く口を利かなくなった。シャワーを浴びたのち、彼の行動は一変して、はにかむどころか、横柄で強引と言ってもいい態度で彼女をベッドに押し倒し、俯せの状態で尻を突き出すよう手真似で要求した。

彼は後背位を取り、猛烈な勢いでピストン運動を繰り返し、十分と経たないうちに果てて、空ろな目で彼女の左脇に倒れ込んだ。彼女は、こんなはずでは……という思いで恨めしそうに彼を横目で見つめ、時刻を確認して、どうせ父親は深夜まで帰宅しない、もう一度セルフィッシュでないセックスを、と彼の胸に顔を埋めて、左手で男の一物を愛撫した。

彼が再び元気づいて勃起したので、彼女は彼の下腹部に跨り、騎乗位でゆるゆると腰を上下しているうち、彼の様子がおかしいことに気づいた。

最初は、快感に酔い痴れて喘いでいるのかと思ったが、苦痛の呻き声にも聞き取れる。撮影所の若手俳優は、まぐわいの最中《さなか》にやたら声を発する男だったが、こんな事態は経験したことがない。彼が腕を持ち上げようとして出来ずにいることが分かって、彼女は腰を上げ、ベッドサイドにしゃがみ込んで、何か異変でも起きたのか、彼の体調を観察しようとした。体全体から緊張感が失われ、瞑目したまま呼吸が荒くなっている。介抱しようにもどうすればよいか分からないので、取り敢えずベッドの裾に畳まれていたタオル地の上掛けを頭までかぶせて、シャワーを浴び直した。

着替えたのち、上掛けを捲《めく》ってみると、彼はまるで正気を失って、呼吸をしているのかどうかも怪しい気がした。彼女は茫然として椅子にすわり込み、放心状態のまま時間が過ぎるに任せた。

医者に連絡するなど、出来はしない。彼女は彼を救う手立てなど考えられず、この出来事が外部に洩れると何が起きるかばかり懸念した。

時刻は十一時を過ぎていることに気づいた彼女は、ハンドバッグから携帯を取り出し、父に電話した。娘のただならぬ声音《こわね》に慌てて帰宅したラファエルは、上掛けの下に横たわる裸の男と娘の顔を交互に何度も見返した挙句、

「こうなってから、どれくらい時間が経った？」

と訊いた。リズは、

「一時間かそこら。一時間半かも」

と答えた。

「こいつは息をしていない、多分死んでる。……death during sexual intercourse（腹上死）」

とラファエルは英語で死因を告げた。

「しばらく待ってろ。下で、ある男に連絡を取ってみる」

と言い置いて、階下のリビングルームに降りて行った。午前零時を過ぎて、彼は娘の部屋に戻り、

「アンティークのルイ・ヴィトンのトランクはどこにある？　お母さんが置いてったろ」

と言った。ラファエルは、妻と八年前に離婚し、以後再婚を考えたことはない。彼は妻がニンフォマニア（色情狂）だったと考えており、男好きが娘に遺伝してはいないかと懸念していた。

トランクは、一階のウォーキング・クロゼットの中に仕舞い込まれていた。父娘で二階に運び、死後硬直が始まった男の死体を上掛けで丁寧にくるみ、二つ折りにして長方形の大型鞄の中に納めたまではよかった。しかし、戦前船旅に使われたアンティークであるため、トランクの底に脚車が付いていない。いざ、階下に運ぼうとすると、リズにはトランクの片側を持ち上げるだけの腕力がないことが判明した。

ラファエルは、二階の端にある家政婦の部屋に赴き、いったん躊躇《ためら》ったのち、ドアを小さくノックした。真夜中に起こされたモニカは、慌てて身繕いし、寝惚け眼《まなこ》でリズの部屋に向かった。彼女はセブ島出身、大柄でお人好しな中年女性で、マリアーノ家には八年勤めている。

三人でいったん階段の手前までトランクを運び、次に階段を下って、邸宅の前にランドローバーと並べて停めてあるベンツまでたどり着くのに二十分もかかってしまった。

ラファエルはリズとモニカに部屋に戻るよう告げて、車に乗り込む前に男の車を一瞥し、リズに運転を任せて同道させる手も考えたが、目的地が深夜若い女性が訪れるには危険過ぎる地域であることから、ランドローバーは置いて行かざるを得ないと判断した。

ベンツは、高速道を北上して、ケソン・シティ北方の、市庁舎から九キロ離れたルパンパンガコ地区の住宅街の中にある、パヤタス・ダンプサイトに向かう。午前一時近いため、擦れ違う車の数は昼間に較べて滅法少なくなっている。

パヤタス・ダンプサイトは、メトロ・マニラの廃棄物を扱う、政府の認可を受けた民営の処分場の一つで、二十二ヘクタールの敷地に南北二つのゴミ山を持ち、開放投棄（オープンダンプ）方式を採用している。かつてメトロ・マニラ港湾部のトンド地区にスモーキー・マウンテンと呼ばれる最終処分場があった。しかし、その周辺で廃棄物を拾って生活する人々（スカベンジャー＝scavenger）の存在が世界の注目を浴び、フィリピンの貧困のシンボルとして各国からの非難を受けて、一九九五年に閉鎖された。彼らには新たな住居が用意されたが、その多くは賃料が払えず、パヤタス・ダンプサイト周辺に移住して来た。

パヤタス・ダンプサイトには、毎日膨大な廃棄物が分別なしに集まって来る。そのゴミ山の周囲にはスカベンジャーのバラックと廃棄物処理業者の建物が並び、巨大なスラムが形成されている。ゴミ山からは高濃度のメタンガスが発生して、様々な健康被害が問題となっていた。

二〇〇〇年七月、大惨事が起きた。台風が齎《もたら》した雨が一週間降り続いた結果、ゴミの山が崩落し、周辺のバラックはその下敷きとなり、四百人とも八百人とも言われる死者が出た。ダンプサイトはいったん閉鎖されたが、翌年半ばに再開された。その後、ゴミ山から発生するメタンガスを利用した発電所計画が持ち上がっている。

ベンツは、南側のゴミ山の麓にあるゲートウェイに着いた。

ラファエルが車を停めると、ペンシル型の懐中電灯を手にした男が三人近寄って来て、名前と身許を確認すると、二人がトランクを担ぎ、一人が彼を地元業者を束ねる親方のバラックへと案内した。

親方は通称〝スカーフェイス（scarred face＝切り傷のある顔）〟と呼ばれるやくざ（goon）で、額から頬にかけて傷跡が残る大男だった。彼は殺風景この上ない事務所で、用意した紙コップのコーヒーを勧め、〝ブツ〟をどう処分するか、簡単に説明した。

裏の作業場で遺体を解体し、大量の生ゴミと共に麻袋に詰める。明朝、ゴミ山に数ヵ所、深さ二、三メートルの竪穴を掘り、放り込むだけ、という恐ろしくシンプルで手荒な遣り口だった。そして、ゴミ山の表面から数メートル下にある生ゴミを漁るスカベンジャーはいない、遺体はじき白骨化するから、発覚する恐れは百パーセントないと断言した。

ラファエルは、バラックの周囲に立ち籠めるメタンガスを含む汚臭に辟易し、振込み先の口座番号のメモを受け取って、コーヒーには手を付けないまま、早々に辞去することにした。親方の手下《てか》の若い衆《し》が一人、彼の車に同乗したが、付馬《つけうま》ではなく、ランドローバーを運ぶためである。

午前二時半に帰宅したラファエルは、若い衆に心付けを添えて、車のキーと男の衣類を手渡し、親方に宜しくとお愛想を言って帰した。男の身分証、財布、カード入れなどの小物は、ラファエル自身が処分するつもりである。

英国大使館員が失踪したというニュースは、翌週初め、新聞、テレビで報じられたものの扱いは小さく、週末には続報は全く出なくなった。いっさい手掛りがないため、警察も捜査のしようがなかったのである。

事件から五日後の夕刻、夕食後自室にいたリズの部屋のドアをモニカがノックした。部屋に招じ入れると、モニカはもじもじして話しにくそうな素振りを見せるので、リズは取り敢えずソファにすわらせ、

「どうしたの、何でも話してよ」

と言って微笑みかけた。

モニカはしばらく沈黙したのち、〝じつは……〟と口を開いて、セブ島で漁師をしている父親が、ダイナマイト漁で重傷を負った、入院治療費が莫大なうえ、その日暮らしなため、家族が生活難に陥って困り果てている、と言う。

「それで――?」

リズが先を促すと、

「どうしてもお金が必要なんです。それもかなりな金額が……」

と続ける。額を訊ねると言下に、

「米ドル札で五万ドル」

と答えた。

リズは内心大きなショックを受けたが顔には出さず、お人好しだと思っていたモニカが試みているのは〝強請《ゆすり》〟だと気づいて、何を知っているのか、どんなネタを隠し持っているのか知りたかったが、その前に父親に話す方が先だと考え、

「分かった、あとで父に相談してみるから。事情を知ったら、多分あなたの望みを叶えてくれると思うわ」

とおためごかしを口にした。

モニカはリズの言葉を信じて、交渉事はうまくいきそうだと思い、心から嬉しそうに笑って、感謝の気持を伝えようと、リズの手を固く握り締め、何度も上下に揺さぶった。

その夜、帰宅したラファエルは、モニカの件を耳にして、

「……米ドル札で五万ドル、貸して欲しいと言ってるのか？」

とリズに訊いた。

「そうは言わなかった。それだけ必要だって言っただけ」

ラファエルは、モニカを呼んで来るようリズに言い付けた。

期待に胸をふくらませたモニカは、父娘が待つリビングルームにいそいそと現れた。ラファエルは、彼女に椅子を勧めなかった。

「聞いたところによると、お父上が大変な事態になって、家族が困《こう》じ果てているとか

「……」

モニカは無言で大きくうなずいた。

「何とかしてあげたいが、何しろ金額が金額なものだから……。ところで君は、そのお金をわたしから貰ってもいいと考えてる、そこには何かちゃんとした根拠、というか理由があるはずだね、お父さんの怪我以外に。

先週末の夜、深夜に荷物運びを手伝ってもらったが、それと何か関係があるんだろうか？」

モニカは、その関係を説明しなければ、主人が札片《さつびら》を切るつもりはないことを感じ取り、

「月曜日に、テレビのニュースで、イギリス大使館の方がいなくなったことを知りました」

ラファエルとリズは、顔を見合わせた。

「火曜日の朝刊に、その方が乗っていた車の写真が載ったんです」

ラファエルは納得がいかない顔をして、

「その写真の車と、あの晩前庭に停まっていたランドローバーが同じ車だとどうして分かったの？　あの車種は、沢山輸入されてるが」

と問うた。

「……わたし、停まっていた車の車両ナンバーを控えておいたんです。そのナンバーが写真のキャプションの中に書かれていたのと同じだったので、行方不明の方の車だと気づき

ました」

ラファエルは溜息を吐《つ》いて、

「わたしは君のことを誤解していたようだ。そんなに注意深くものごとを観察する質《たち》だったとはね。

分かった。ではこうしよう。手許にそんなお金は置いてないから、明日の午後二時に、マカティのアヤラ・センターの中にあるシティ・バンクを訪ねて、この人物に会ってもらいたい」

ラファエルは、メモ用紙に銀行名と頭取の名前を書き込み、時刻も書き添えて、モニカに渡した。

「ところで二つばかり確認したいことがある」

とラファエルは言った。

「一つは、このことを誰かに、例えば家族とか友人にしゃべってはいないだろうね？」

「もちろん、神かけて誓います。誰にもしゃべっていません」

父娘は、彼女が敬虔なカトリック教徒であることをよく知っていた。

「ではもう一つ、君は車両ナンバーをメモっておいたと言ったが、それを備忘録とか日記などに書き残してるの？」

ここでモニカは身の危険を察知して、それは説明書きと一緒にある場所に隠してある、とでも言って時間稼ぎすればよかったのだが、彼女は現金を受け取れさえすれば、そんな

メモなどどうでもよいと考えていたので、

「昨年、旦那さまに頂いたカレンダーの当日の欄に書き込んでおきました」

と正直に答えてしまった。

翌日の午後一時四十五分、モニカはマニラきっての高級ショッピングセンター街の内庭、グリーンベルト公園のベンチにすわって時間を潰していた。彼女は昨夜のうちから準備して、身の回りの物いっさいを大型バッグに詰め、十二時半にタクシーを呼んでマカティに向かった。五万ドル受け取ったら空港に急ぎ、四時の便でセブ島に帰郷する。

父娘には、実家から電話でお詫びして、自分のことは忘れてくれるよう頼むつもりだ。自身が預かっている家屋とゲートの電動キーは、のちほど郵送すると言えばいい。彼女は、自身がタクシーに乗り込んだあと、外出を装って庭の木立の陰にいたリズが彼女の部屋に入ったことを知らなかった。リズは、ベッド脇に掛けられたカレンダーのイブの日に記された、車両ナンバーのメモを目敏く見つけ、ただちに消却処分した。

モニカは、予定時刻より早く着いたので、公園を取り囲む巨大モールの中のブランドショップを見て回ることにした。カルティエ、プラダ、ジバンシイ、ボッテガ・ヴェネタ、グッチ……、はじめて目にする贅沢品ばかりだが、もうじきこれらの品々をいくつでも買える身分になるのだ。しかし、実際には、そんな金の使い方をするつもりはない。まず、貧しい両親に三千ドルプレゼントし、残金は銀行預金にして利子生活者になる、それが賢明な人間の振舞というものだ、もう若くはないのだから。

彼女が腕時計を見て立ち上がり、シティ・バンクに向かおうとした時、背後から四人の若者が近寄って来た。二人が左右から彼女を挟んで腕を取り、一人が左手で肩を押さえ、右手に持ったスイス製のアーミー・ナイフを脇腹に押し当て、

「声を上げるな」

と小声で囁いた。

彼女が腕を振り解《ほど》こうと体を左右に揺すった途端、ナイフの刃先が脇腹を擦《かす》り、下着と服地に小さな赤い染みが浮かび上がって、次第に大きく広がり始めた。彼女は恐怖の余り棒立ちになり、息をすることもままならなくなった。それを見ていた四人目の男が周囲を見回し、警備員がいないことを確認してから、彼女のバッグを提げて一同を促し、隣接するアヤラ・センター側のマカティ通りへ誘導した。五人は停めてあった中古の大型フォードに乗り込み、車はラジオのスイッチを入れて音量を上げてから発進した。

モニカがアヤラ・アラバン・ビレッジに戻って来ることはなかった。翌週には、若いメイドが雇われて仕事を始め、ダイナマイト漁で重傷を負ったはずのモニカの父親から、帰省すると電話して来た娘が帰って来ないと再三問い合わせがあったが、父娘は知らぬ存ぜぬを貫き通した。ラファエルは、

「わたしも警察に届け出て、行方《ゆくえ》を捜してるんだが、マカティに出掛けたきり連絡がない」

と申し訳なさそうに答えるばかりだった。

ラファエルは事件後、娘の将来を慮《おもんぱか》って、海外に留学させようかと考え始めた。もう不祥事はコリゴリだ、何か没頭出来るものを見つけて、真っ当な生き方をしてくれないと、父娘とも共倒れになり兼ねない、一体どれだけ無駄金を使えば気が済むんだろう……。彼には、かつて妻の度重なる浮気に悩まされた苦い記憶がある。

リズに訊ねてみると、その質問を待ち兼ねていたかのように、

「ロンドンに行きたい」

と即答した。どうしてロンドンに、と重ねて問うと、ブルームズベリーを拠点とするRADAに通いたいと言う。RADAは、〝Royal Academy of Dramatic Arts〟のイニシャルで、「王立演劇学校」を意味する。ヴィヴィアン・リーやアンソニー・ホプキンス、ピーター・オトゥール等を輩出した三年制の名門校で、

「卒業したら、ハリウッドで……」

と〝女優志願〟であることを明かした。ラファエルは曖昧にうなずいて返事は保留したが、結局押し切られて、ロンドンに送り出すことに決めた。

リズは大学を休学し、RADAに無事入学出来たものの、学生生活は僅か九ヵ月で切り上げて帰国する破目になった。演出担当の准教授と同級生の俳優志望の若者が、彼女をあいだに挟む三角関係に陥って、刃傷沙汰に及んだのである。

大学には復学したものの、その後リズは鬱々として、キャンパス・ライフを楽しんでい

るようには見えなかった。

ラファエルは、自宅のパーティで中子に娘を紹介した際、彼が動揺した様子を見せたのに気づいて一計を案じた。彼の経営する語学学校に娘を送り込むと、何が起こるだろう……。ミスター・ナカゴが独身のはずはないが、リズとの関係次第では、思い切った行動に出ないとも限らない。ラファエルは、多くの日本人中高年男性が、フィリピン・バーでホステスに籠絡され、海を渡って来ている現実をよく知っていた。彼は、今は大人しくしている娘が、次に何をやらかすか、心底恐れていたので、彼女の受け皿になってくれそうな男性の出現を目の当りにして、大袈裟に言えば、幸運の女神の前髪を引っ掴んだような気さえしたのだ。


中子は、別荘の二階のベランダから、樹林帯の向こうに広がる湖とその中央に聳《そび》える世界一小さな火山を見下ろしていた。別荘は、フィリピンの軽井沢、タガイタイの高台に建てられ、周辺には、カフェやレストランが一定の間隔を置いて点在している。

屋内でNHK放映の国際ニュースを見ていたリズが、バスローブを羽織ったまま出て来て、

「あの火山、湖畔の町タリサイからボートで渡って、火口まで登れるわよ」

と言った。

「“Under the Volcano”（『火山の下』）っていう小説があるけど、ここからだと、“Over the

Volcano" だな」

「あなたの volcano、もう一度火を噴くかしら」

「いや、a dead volcano になっちまった」

「an extinct volcano」

とリズは訂正して、

「午後は、森林浴と温泉が楽しめるヒドゥン・バレーに行ってみません？」

と訊いた。

この日、二人は早朝、アヤラ・アラバン・ビレッジの邸宅から、普段はラファエルが通勤に使っているヘリコプターを呼んでタガイタイまで飛び、バスルームで一勝負終えてから朝食を摂り、寛いでいたのである。

別荘に滞在するよう入れ知恵したのはラファエルで、往復には車でなくヘリを使うといい、メトロ・マニラ周辺だと、ミスター・ナカゴは人目を気にするだろ、と言った。

中子はラファエル邸でのパーティのあと、早速リズを教務主任のフランシス女史に引き合わせ、講師になるための研修を受けるよう手配したのだが、立場上、彼女をデートに誘うのは躊躇われた。

すると、リズの方から、ボニファシオ・グローバル・シティにあるスペイン料理店に招待したいというメールが来て、二人は富裕層や外国人駐在員で賑わうドノスティ・ピンチョス・イ・タパスで会うことになった。

店の奥まった一角で中子を待っていたリズは、彼が着席すると、取り敢えずブルゴーニュワインとイワシのピンチョス、イカのフリットをオーダーし、

「昔から父が贔屓《ひいき》にしている店なの。おいしいし、雰囲気も悪くないでしょ」

と言い、挨拶に来たフロア・マネージャーに愛想笑いした。

中子は、リズに対して、フランシス女史が君の英語力は凄いと驚いてたよ、と世辞を口にしたが、フランシスは、

「英語は申し分ないけど、お色気があり過ぎるわね」

と皮肉な調子で感想を述べたのである。彼女は、“too seductive”という言い方をした。

ドノスティ・ピンチョス・イ・タパスの席で中子は、酒の酔いに任せて、東京に近い三浦半島のヨット・ハーバーにキャビン・クルーザーを置いている、いつか君を乗せて、ハワイまで旅したいなどと大風呂敷を広げ、呼応して彼女が、翌週末、タガイタイにある父の別荘に行ってみないかと誘いをかけたのである。

その二日前の夕食時、ラファエルは、リズからEESで働くことに決まったと聞き、上機嫌で、

「英語教師として日本で働いたって、大した見返りは期待出来ない。だが、お前があの男をコントロール出来れば、その学校とやらを経営する側に回ることだって夢じゃない。資金が必要なら用立ててもいいぞ」

と言った。

「はじめて会った夜、彼は多分冗談のつもりで、結婚してるけど妻は柱時計みたいな存在だと言ったの。時計のような妻って、どういう意味か分からなかった」

「……昔読んだ小説の中に、倦怠期の会話がない夫婦のあいだでは、配偶者は死んでいるも同然という一節があったな。これは稀にみるチャンスかも知れないよ。明後日《あさって》は、タガイタイにヘリで行く話を……」

リズはうなずいて、

「うまくいくといいけど」

と応じた。

2

毬子《まりこ》は、アルバイトの女性から〝外線〟と言われて受話器を取り、耳に当てた途端、予期した事態が起きたことを直感した。

彼女は今朝方、廃墟の水溜りの中に立つ夢を再び見たのである。薄明の中から、何かが現れるのを待っていたのだが、突然、背後に誰かがいる気配に気づいて振り向こうとした時、目が覚めた。

相手は声のトーンから推測すると外国人の若い男性で、

「私《わたくし》はソムチャイ・パナラットと申します。タイ人で、中子脩《おさむ》さんと連絡を取りたいのですが……」

バンコク病院で看護師として働いていたチェンマイ出身のサラボーン・パナラットは、一九八二年の夏の終り、日本人商社員中子脩と出会い、恋に落ちたが、二年後の八四年秋、帰国する中子と別れざるを得なくなった。その時点で彼女は妊娠しており、堕胎を勧める中子に逆らって生むことに決め、翌年二月、男の子が誕生した。ソムチャイ・パナラットである。

バンコク郊外の農業専門学校を卒業したソムチャイは、二〇〇三年、奨学金を得て日本に留学した。彼は小学校入学時から、バンコク市内の日本人学校で開催される日本語教室に通い、中学から第二外国語として日本語を選択したので、リテラシーは問題なかったが、話し聞く能力を高めるため、まず、渋谷の東京日本語学校に入学した。同時に大学入試の準備を始め、翌二〇〇四年、第一志望の東京農業大学応用生物科学部醸造科学科に合格した。

大学に入学後、彼は中子が勤務していた総合商社の人事部に問い合わせてみたが、退社したことが分かっただけで、それ以外の情報はいっさい得られなかった。中子がクレジット・カード会社「アメリカン・エキスプレス」のメンバーだと母から聞いていたので、アメックスにも問い合わせてみたが、メンバーの個人情報は開示出来ないと冷たくあしらわれた。

彼は母から預かった中子の名刺や写真、手紙や葉書、バンコク病院で受けた健康診断報告書のコピーなど、いくつか手掛りを持ってはいたが、いずれもまだ見ぬ父を見つけ出す役には立たなかった。

いったん諦めてから三年経った今年の五月、タイからの留学生が集まる懇親会に出席したところ、日本の総合商社でタイ人が雇用されている事実を知った。タイに関する輸出入品を扱う部署で、日本人担当者のアシスタントとして雇われているのである。

ソムチャイは大使館に出向き、学生証を提示し就活のためと称して、タイ人が働いている総合商社を挙げてもらうと、その中には父のいた会社も含まれていた。

彼は醸造科学科で酒や味噌、醤油、酢などの発酵食品について学び、学内の「食品加工技術センター」で、各種食品の製造実習のトレーニングを受けている。来年、卒業後は帰国して、バンコクでタイ産の砕米《さいまい》を原料にした泡盛《あわもり》の工場を設立出来ないかという野心を抱いていた。母からは、父が優しくて勤勉で有能な日本人と聞かされていたから、是非一度会って、東南アジアで起業するノウハウについて訊いてみたい、あわよくば、資金面でも協力してもらえれば……と虫のいいことまで考えている。

懇親会を主催している幹事役に電話して、父の会社に勤めているタイ人の連絡先を知りたいと伝え、日本の大学を卒業して正式採用されたタイ人女性の名前と部署の電話番号を手に入れることが出来た。彼がその女性に会って、家族が昔大変お世話になった日本人男性の消息を求めている、お礼にチェンマイに招待して……と説明すると、彼女は少し時間をもらいたい、パソコンで社内情報を検索してみれば何か分かるかもと答え、半月後にEメールで返事が送られて来た。内容は三つに分かれていて、一つめは元社員中子脩の横浜市根岸台の住所と電話番号、二つめは社内報の慶弔欄に載った中子の〝結婚のお知らせ〟のコピー、三つめは彼女が知り得た中子の退職理由だった。ソムチャイは、「インサイダー取引の容疑」、「業務上横領」の文字を見て目を疑った。

彼は、中子と母の写真をまとめて複写し、手紙に同封して、根岸台宛郵送した。手紙は小田急線千歳船橋駅近くの彼のアパートに戻って来なかったから届いたはずだが、中子からは連絡がないまま時間が過ぎた。

手紙を書いてから二ヵ月経過したところで、彼はEメールの文面をもう一度見直してみた。そして、添付ファイルの〝結婚のお知らせ〟には写真が添えられていて、「近畿日本ツーリスト勤務の九鬼《くき》毬子さんと結婚、ハネムーンはタヒチのボラボラ島へ」というキャプションが付いていることに気づいた。

3

夏至を過ぎて間もないある夕方、瓜生《うりゅう》が店に連れて来た村井朋子《むらいともこ》は、由美に強い印象を残した。瓜生がオフィスに戻ったあと、由美と朋子の二人はカウンターを隔てて映画談議に花を咲かせた。

大阪に帰らなければならない朋子が去り際に、「八月の鯨」のファンならと勧めた小説『フライド・グリーン・トマト』（ファニー・フラッグ／和泉晶子訳）を、由美は早速アマゾンで入手して一気に読んだ。原題は“Fried Green Tomatoes at the Whistle Stop Cafe”。一九八七年にランダムハウス社から刊行された。

ストーリーは、ニニー・スレッドグッドという老女が、たまたま同じ老人ホームにいる姑を訪ねて来た中年の主婦エブリン・カウチと知り合い、エブリンに彼女の一族について語る回想形式で展開される。

ニニーとエブリンが主人公だが、由美は、作中に登場しニニーの語りの中心人物となるイジー（ニニーの義妹である）とルースの関係に注目し、興味を掻き立てられた。

一九二四年の夏の初め、アラバマ州バーミンガム郊外のホイッスル・ストップという小さな町に住むイジー・スレッドグッド（十五、六歳）の家に、隣のジョージア州バルドスタから、牧師の娘で教会活動のリーダー、ルース・ジェイミスン（二十一、二歳）がやって来る。イジーは悪戯好きの茶目っけたっぷりな少女で、いつも小鹿のように野原や森を駆け回り、木の枝から逆さにぶら下がったりする。ルースは明るい金褐色の髪、茶色の目、長い睫毛の美人だが、彼女自身は自分が美人だということをまるで自覚していないらしい。生まれつきの優しさと人当りのよさを身に付けている。

イジーはルースに夢中になる。まるで飼い慣らされた子犬みたいに大人しくなり、スレッドグッド家で働く料理名人の黒人女性シプシーは、「恋の虫に噛みつかれたって訳ですね」とイジーをからかう。ある早朝、イジーはルースを無理矢理湖の畔《ほとり》へ連れて行く。手には空っぽのガラス瓶を持っている。イジーはブンブンと口ずさみながら樫の巨木に近付き、ガラス瓶を持った手を木の洞《うろ》の中に突っ込む。

突如、空が真っ黒になるくらいの、怒り狂った蜂の大群が洞から飛び出して来てイジーの全身を覆《おお》った。イジーは洞の中から手を引き抜くと、そのままゆっくり十フィートほど離れたルースに近付き、蜂蜜の入った瓶を差し出した。いつの間にかイジーの体から蜂は飛び去っていた。ルースは度胆を抜かれ、地面に頽《くずお》れて、わっと泣き出した。

「泣かないでルース、わたし、あんたのためにとったのに……、大丈夫よ、一度も刺されたことはないわ」

とイジーは言う。

夏の終り、ルースは結婚するためスレッドグッド家を去る。ルースと別れなければならないイジーは逆上し、苦しみ、手負いの獣のように暴れる。

その後、イジーは、結婚したルースが元気でいるかどうかを確かめるためにだけ、毎月、遠く離れたバルドスタに通い続ける。

やがてイジーは、ルースの夫が紳士の仮面をかぶった冷酷無慈悲な男であり、ルースに暴力を振るい続けていることを知る。怒りに燃えたイジーはルースを取り返すため、黒人ビッグ・ジョージと四人の男たちと共にバルドスタに乗り込み、力ずくでルースを救出することに成功する。ルースがホイッスルル・ストップを去って四年余りあとのことで、この時、ルースは妊娠していた。

イジーとルースはその後、ホイッスル・ストップ駅のそばで〝ホイッスル・ストップ・カフェ〟を開店する。店は繁盛した。名物料理の一つはフライド・グリーン・トマト。二人は終生共に助け合って暮らし、ルースの死後は、イジーがルースの息子バディ、愛称スタンプ（彼は七歳の時、店の前を走る列車に轢かれて片腕を失くしている）の後見人になり、彼を立派に育て上げた。

巻末には、〝ホイッスル・ストップ・カフェ〟で供されたフライド・グリーン・トマトを始めとする「シプシーのレシピ」二十品目が併載されていて、由美はそれを微笑ましく読んで、お店でも試してみようかしら、とつぶやきながら本を閉じた。

この小説は、「訳者あとがき」にも、「四百ページ近い作品に一貫して感じられるさわやかさ」とあるように、イジーとルースの関係を麗しい友情物語として描いているように見えるが、果たしてそうだろうか、と由美は自問する。愛という言葉が、二人のあいだではしばしば強い調子で交わされる。

イジー「わたしはね、ルース、あんたのためなら人殺しだってするわ。あんたを傷つける者は誰だろうと始末してやる。後悔なんかしない」

誰かのそばにいてしだいにその者を愛し始めるというのが大半の人間の常だが、不思議なことに、愛し始めた正確な時期を知る者はいない。だが、ルースはそれを知っていた。イジーがニコニコ笑いながら彼女に向かって蜂蜜の入った瓶を差し出した時だ。


しかし、それが肉体関係を含む愛情なのかどうか、作者はいっさい説明していない。

由美は、面白く読んだことを朋子にメールで報告し、その中でイジーとルースの関係についてどう思うかと問いかけた。

朋子は、最初は原書で読み、その後翻訳でも読んでいたが、わたしもそこのところははっきり分からない、でもあなた同様、決して語られることのない二人の関係が何より気になっていて、あなたがどのように反応するか、この点に目を留めて疑問に思うかどうか、それを知りたかったので勧めた、と答えた。

由美はそれに対して、「八月の鯨」の中心人物は姉妹だったが、イジーとルースは恋人同士かもしれず、〝ホイッスル・ストップ・カフェ〟が二人の愛の巣だったと受け取った方が自然では、と綴った。

朋子は、この小説の背景には、八〇年代アメリカで大流行したラディカル・フェミニズムの影が差していると指摘して、次のように続けた。

かつて米国の女性解放運動の「聖書」と呼ばれた『性の政治学（Sexual Politics）』を書

いたケイト・ミレットは、男性を排除して女性だけで暮らす集団農場を構想し、実際ニューヨーク州ポキプシーに女性のみのコミューン「Tree Farm（木の農場）」を作り上げた。〝ホイッスル・ストップ・カフェ〟は、この農場の縮小版だろうか。

イジーとルースがカフェを経営していたのは、アメリカが未曽有の大恐慌に見舞われていた頃のことで、全土に〝地方浮浪者〟と呼ばれる人々が二十万人もいて、作中にも、夜には町のはずれで野宿する放浪者たちの小さな焚火の明かりが見えたという描写がある。彼らのあいだで、二人の女性が経営するバーミンガム郊外の線路脇の食堂へ行けば、必ず気前よく食事させてくれるという噂が立ち、実際、イジーとルースの店を訪ねた放浪者は、無料で食事の提供を受けた。

また、ホイッスル・ストップの町では、レストランやカフェは、黒人に食べものを売ってはいけないことになっている。そこでイジーは、カフェの裏口で、表より安い値段で黒人に食べものを売ることにする。これには保安官も口出し出来なかった。〝ホイッスル・ストップ・カフェ〟は、白人、黒人の区別なく受け入れる、いわば弱者のためのシェルターになっていたという面がある。

ラディカル・フェミニストは男性のセクシュアリティについては鋭く批判するが、女性のそれについては口を噤《つぐ》む傾向がある。この小説においても、イジーとルースの性的関係について、触れている個所がないのは、ラディカル・フェミニズムの影響かも。

小説は作者自身が共同で脚本を手掛けて、一九九一年にハリウッドで映画化され、大ヒットした。メール交換の後、朋子から由美にそのDVDが送られて来た。

一冊の本をめぐるこのような遣り取りを通じて、二人のあいだの距離は急速に縮まった。

九月十二日（水）午後、安倍晋三首相が内閣改造後一ヵ月足らずで突然の退陣を表明した。由美が荒と、店のテレビで記者会見の模様を見ていると、携帯に朋子から電話が入った。

「今日、美容室で雑誌を見ていて思いついたんだけど、紅葉の時期に京都を歩いてみない？　あまり知られていない場所、〝隠れ紅葉《もみじ》〟に案内するわ」

「ベストの時は十一月後半くらいかしら。でも京都に行くならいつだっていいから、もう少し早めにしない？」

と由美が応じた。

4

瓜生は博報堂に勤務していた一九七〇年代後半から八〇年代、VHS方式の映画ビデオを買い集めていた。稀少品を探したり、海外に発注したりはしないのでコレクターとは言えないが、主として戦前から戦後にかけてのフランス映画を手に入れようとし、いったん観終わると、早回しで好みに合うシーンを選び出して、飽かず楽しむという風だった。お気に入りのビデオは、ラックの所定の場所に他の作品とは区別して並べられていた。

彼は、戦前の名作だとまずルネ・クレールの「巴里の屋根の下」、「巴里祭」を挙げる。次に愛して止まないジュリアン・デュヴィヴィエの諸作品を六本、以下の順で指を折るだろう。「にんじん」、「モンパルナスの夜」、「商船テナシチー」、「我等の仲間」、「舞踏会の手帖」、「望郷」。この他に、ジャック・フェデーやジャン・ルノワール、マルセル・カルネも持っている。

戦後なら、高校時代に銀座の並木座ではじめて観たクロード・オータン＝ララの「肉体の悪魔」、ロベール・ブレッソンの「抵抗」や「スリ」、初期のヌーヴェルバーグなどが好きな作品で、気分転換には、カラーの「黒いオルフェ」や「太陽がいっぱい」、「気狂いピエロ」を観ることにしている。

一九九〇年代後半、DVDが登場した時は舌打ちしたい気分になったが、ビデオと比較して、格段に高画質であることを知ると、繰り返し観る映画はすべて買い換えることにした。

邦画はそれほど観ていない瓜生だが、小津《おづ》や黒澤《くろさわ》、溝口《みぞぐち》らの代表作は名画座で観た経験がある。だが、戦前、小津のエピゴーネンと見做《みな》されていた成瀬巳喜男《なるせみきお》のフィルムは、「妻よ薔薇のやうに」や「稲妻」、「乱れる」くらいしか記憶に残っていない。

昨日、マネージャーの曽根との打ち合わせで、通販商品として発売される「成瀬巳喜男全集」の新聞・雑誌広告を作ることになり、すでにサンプルが届いていると聞き、自宅に持ち帰って観るつもりで「浮雲」と「流れる」の二本をバッグに入れた。

遅い夕食を摂ったあと、瓜生は成瀬の「浮雲」を観ないかとちづるに声を掛けたが、給仕しながら一緒にワインを飲んでしまった彼女は、眠い、と言って浴室に消えた。

「浮雲」は昭和三十年に制作された、戦後社会にうまく適応出来ない男女の物語で、ヒロインの、

「わたしたちって、行くところがないみたいね」

というつぶやきが、哀切なムードを醸し出す抒情的な映像と響き合っている。

瓜生は深く引き込まれて、瞬きもしないで観ているうち、突然、この作品は以前観たことがあると感じ始めた。しかし、視覚芸術のジャンルで、かつて観たものをまるで忘れているはずはない。はじめてなのは確かだから、おそらく「浮雲」は何かとよく似ているのだ。

翌日、帰宅した彼はDVDとビデオを納めたラックに向かい、フランス映画のタイトルと中身をチェックしているうち、アンリ・ヴェルヌイユ監督の「ヘッドライト」を手にして、何が既視感の原因だったのかに気づいた。「浮雲」の富岡（森雅之《もりまさゆき》）とゆき子（高峰秀子《たかみねひでこ》）は不倫関係に陥り、ゆき子は堕胎する。「ヘッドライト」では、トラック運転手（ジャン・ギャバン）とウェイトレス（フランソワーズ・アルヌール）の恋愛が描かれるが、男性には妻子がいるから状況は同じである。女性が堕胎せざるを得なくなるのも一緒だし、女性が亡くなったあと、一人取り残された男性が寂寥感に襲われるところまで共通している。

ストーリー上の類似だけでなく、暗い雰囲気を湛えるモノクロ映像もそっくりと言っていい。

ビデオに添付された解説によると、「ヘッドライト」の制作年度は一九五五年で、「浮雲」は昭和三十年だから同じ年である。瓜生はこの発見に気をよくして、「浮雲」の翌年に作られた「流れる」も、前日に引き続き観ることにした。

「流れる」は、柳橋の芸者置家《おきや》「つたの家《や》」を舞台にした作品で、瓜生は、女中の目から見た花街《はなまち》という設定がユニークだと思った。芸者が生活者として登場するドラマって観たことがないと、のっけから興味津々で観ているうち、ヒロインつた奴《やっこ》（山田五十鈴《やまだいすず》）の美しさに魅了され、彼女が登場する場面は一々、一時停止して見返すから、一向に先に進まない。

つた奴は、芸は一流だが商才に乏しく、金勘定が苦手。そのうえ欺されやすい性格だから、明るい未来が待っている訳がない。失われつつある下町風景と、亡びゆく美女の運命を哀惜する成瀬美学が全篇に横溢《おういつ》していて、瓜生はこれぞmy favorite! 何回観ても飽きない傑作を見つけたと喜んだのち、またしても昔観たフランス映画を連想してしまった。すぐに題名を思い出して、ラックから取り出したのはルネ・クレマン監督の「居酒屋」である。

「居酒屋」は、一九世紀のパリで、洗濯女ジェルヴェーズ（マリア・シェル）がたどる薄幸な人生を、女の一生風に淡々と描いたもの。女主人公を、センチメンタリズムに陥らず、冷徹なリアリズムで見つめている点、ジェルヴェーズとつた奴が、共に男運が悪い女性であることなどが似通っている。「流れる」だと水野の女将《おかみ》、「居酒屋」だとヴィルジニーという性悪女に、二人の主人公が店を奪われてしまう展開は酷似しており、「居酒屋」の制作年度は一九五六年だから、これまた「流れる」と同年である。

瓜生は、成瀬の二作品とフランス映画二作品を頭の中で対照して、気づいたことを整理しているうち、シンクロニシティ、〝意味のある偶然の一致〟が起きているのではと思い始めた。

「成瀬巳喜男全集」を担当するコピーライターの竹井翠は、喫茶店「FiGARO」で瓜生の話を聞き、

「邦画と洋画の間でシンクロニシティが起きていて、その映画と瓜生さんの間でも共時性現象が……ってことですね」

と言った。

「四本ともモノクロスタンダードサイズの女性映画だし、そこはかとなく漂ってるペーソスとか諦念みたいなものも、何だかね、似てるって感じさせるんだよな」

「最近、それ以外に何か、シンクロニシティじゃないかと思った出来事はあります？」

瓜生は先月、撮影の立会で麻布スタジオに行った際、かつてモロッコロケに同行したスタイリスト、池井麻美と偶然出会した。彼女は、ＣＭの物撮《ぶつど》りに来ていたのだが、二十三年ぶりに再会した二人は、撮影終了後、六本木の「キャンティ飯倉片町本店」二階のバー

に寄って、互いのその後について語り合った。

池井は、子供服メーカーの経営者と結婚したが、夫の会社が倒産したのち離婚して、フォトグラファー三人と写真スタジオを立ち上げ、現役のスタイリストとして働き続けているという。

瓜生は、かつてマラケシュで、仏語を駆使して溌剌《はつらつ》と動き回っていた頃の彼女の面影はすっかり失われて、若作りしているものの、年齢より老けて見えるのが気になったが、もちろん、口にすることは出来なかった。

「じゃ、シンクロニシティが連続して起こってるんですね？　こうした現象が続く時は、近い将来、その人の身に何か大きな変化が、と言ったのはユングでしたっけ……」

と竹井が言った。

「大きな変化っていい変化？　それとも……」

と瓜生は問うたが、竹井は思い出せない様子だった。

……今は十月初めだから、世界陸上のコンペの結果発表は再来月か。仮に受賞したとしても、大きな変化とは受賞そのものではなく、その後に起こることを指しているかもしれない。もっと大きなイベントの依頼が……。

捕らぬ狸の皮算用で胸がふくらみ、瓜生は思わず口許を綻ばせた。

すると竹井が、瓜生に釣られて微笑みながら、

「どうしたんですか、思い出し笑い？」

と訊いた。

5

会社の談話室で、義理の息子と顔を合わせた毬子は、彼の目許や意地っ張りな気性をうかがわせる顎のかたちが、中子に似ていることに気づいた。身長は、小柄な父を十センチくらい上回っている。

社の近くの、行きつけの喫茶店「珈琲庵《いおり》」に向かう道すがら、毬子は並んで歩くソムチャイから半歩遅れて、背後を振り返る仕種を装い、素早く彼のにおいを嗅いでみた。微かに酸性を帯びた体臭は、中子そっくりだ。

昭和の雰囲気を留める、レトロモダンな店内のテーブル席に着いたところで、毬子は改めて社の名刺を差し出した。

ソムチャイは、社名のロゴマークが〝Kintetsu Inter-national Express〟と英語表記されているのを目にして、

「どうして、近畿日本ツーリストでなくて、この……」

と問うた。

毬子は、〝説明しなければ分からないでしょうけど〟と前置きして、

「Kinki と表記すると、外国人は英語の kinky を連想しちゃうの。発音も同じだし。kinky

って……」

この話をする時、彼女はいつも苦笑せざるを得なくなる。

「性的な倒錯、……倒錯って分かります？」

彼がうなずくのを見て、

「変態とかを意味する形容詞だから、日本語の社名を、こんな風に変えて表記してます」

「関西に、近畿っていう大学がありますね」

「ええ。大学名を、そのまま英語表記しづらいかも」

二人はこの話題でリラックスし、ソムチャイは、日本人の父を探そうとして、毬子にたどり着いた経緯を手短に説明し、母から預かった中子所縁《ゆかり》の品々を、バックパックから取り出した。

中子と母が海辺のリゾートに並んで立つ写真、社名と肩書が入った名刺、手紙や絵葉書、バンコク病院の健康診断報告書などをチェックするうち、毬子はアメックスのトラベラーズチェックのコピーに目を留めた。額面は、三千ドルである。これは手切れ金のつもりで渡したのだろうか。彼女は、日本人商社員が〝現地妻〟と別れる際に支払う金銭の相場など知りはしないが、子供を作ったあとのことなら、金額が小さ過ぎると感じた。

これまでの結婚生活の中で、中子が子供がいることを隠していたとは思えない。

中子がタイを離れてから、ソムチャイの母とは音信不通であること、彼が帰国した翌年に息子が生まれたとすると、中子は子供の存在を知らないでいたはずだ。

ソムチャイは、昨年夏、沖縄の伊良部《いらぶ》島にある造り酒屋「宮の華」の本社工場に、二ヵ月間住み込んで修業した体験を語り始めた。

「大学では、発酵食品の製造技術を学んでいるので、一度メーカーで実習してみたいと思って。

外米を原料に、もろみを蒸留して泡盛を造るんですが、三年以上寝かせた古酒《クース》の味は、世界で通用する水準です。じつは十六世紀に、シャム（タイ）から琉球（沖縄）に〝南蛮酒〟がもたらされたという記録が残されていて、泡盛のルーツはタイでした」

「だから、泡盛はタイ米を原料にして造られるのね。五年ものの古酒は、一度飲んだことがあるけど」

「来年帰国して、バンコクで起業するつもりですが、これをビッグ・ビジネスにするには、協力してくれる商社の資本や知恵、販売戦略が要ると思います。そのためにも、一度父に会って相談出来るといいなと……」

毬子は、ソムチャイの日本語能力の高さに舌を巻いた。彼が国からの奨学金を得て留学し、大学三年次には、東京農大の奨学金制度から返済不要の学資を支給されていると聞いて、泡盛の古酒をタイで作るという夢の実現に手を貸してもいいと思った。だが、中子は彼と会って、果たして協力する気になるだろうか。

ソムチャイ自身は、中子が彼を受け容れてくれることを疑っていないように見えるが、彼が送った手紙に中子が応答しないところから見て、突然の息子の出現を快く思っていないことは明らかである。

中子宛の郵便物は、紙バッグにまとめて入れて、帰宅する度《たび》手渡しているのだから、写真やコピーを同封した封書の中身に目を通した上で、中子は敢えてソムチャイを無視しようとしているのだ。

毬子は、中子が現在大阪にいること、近日中に戻って来るだろうから、その時、事の次第を説明して、その結果を知らせると告げて、ソムチャイの住所と携帯番号、メール・アドレスをメモしておいた。

彼女は、中子の過去の不行跡を責めたり非難するつもりはなかった。事実を知って、怒りを感じた訳でもない。ただし、この件を理由にして彼女の側から離婚を申し出ることが出来ると思い、ちづると可奈子には裏表のない関係を作り上げる約束をしたものの、取り敢えずは黙っていよう、父と子のあいだで、これから何が起きるか見届けた上で打ち明けても遅くはないと考えた。

6

一九九四年夏にフィリピンに渡り、以来、中子脩が経営するEES（Empower English School）の中軸となって働いて来た村井朋子は、二〇〇七年の春、大阪の姉妹校設立準備のため帰国した。帝塚山《てづかやま》は万代池《まんだいいけ》の畔に建つマンションの2LDKに居を定め、校舎として借り受ける予定の天王寺・浄明寺境内にある「文化センター」に通って、多忙な日々を送っていた。通勤には上町線《うえまち》を利用する。天王寺と堺市の浜寺を結ぶ一〜二両編成の鳥籠のような路面電車で、朝夕の車内は帝塚山学院に通う小・中・高の女子生徒たちの囀《さえず》りで満たされる。

朋子は、中子の期待に応えて着々と設立準備を進めていたが、時折、ふとその額を水面《みなも》に映る雲のような翳《かげ》が横切ることがある。関西、とりわけ阪神間の風光、街の佇まいや言葉遣いが、この地で味わった深い喪失感を甦らせるのだ。

彼女は京都府立宮津高校から神戸女学院大学文学部英文学科に進んだ。父親は宮津市役所に勤務して、実直が服を着たような人物で、長く総務畑を歩み、総務部次長で定年を迎えた。二歳上の兄がいて、母親は、彼女が高校一年の時亡くなった。宮津高校は府下でも進学校として知られるが、全国に先駆けて制服を廃止した京都の府立高校の中で、唯一詰襟、セーラー服が校服として残っていて、母の葬式では、朋子はセーラー服、兄は黒の詰襟で父親の隣に並んだ。

一九八一年、神戸女学院を卒業して修士課程に進んだ彼女は、八三年九月、ブリティッシュコロンビア大学大学院（博士課程）に留学、翌八四年七月、〝中途退学〟して帰国、修士課程の時取得していた高校教諭免許を活かして、一時、京都の予備校や大阪市福島区にある私立の女子高校に臨時教員として勤務した。翌年四月からは武庫川女子大、近畿大、梅花女子大など複数の大学で英語・英文学の授業を掛け持ちで担当し、週に十二コマ以上をこなすハードな日々を送るようになるが、〝非常勤講師〟の生活は経済的に苦しかった。その夏の初め、神戸新聞が主催するカルチャーセンターで、夏期特別講座の講師が倒れ、朋子にピンチヒッターの役が回って来た。教室は神戸・三宮の神戸新聞会館にある。

八月十二日夕、日航ジャンボジェット（ボーイング747）墜落事故が起きた。東京（羽田）発大阪（伊丹）行の日航機が群馬県多野郡上野村の高天原山《たかまがはらやま》山中（御巣鷹《おすたか》の尾根）に墜落、乗客乗員五百二十四名中、五百二十名が死亡した。朋子がカルチャーセンターに出講中の出来事である。

この飛行機に、兵庫県加古川市に本社のある、N化学株式会社常務取締役大阪支店長小《こ》松寛治《まつかんじ》が乗り合わせていた。享年五十三。

N化学は一九一八年（大正七）創業、東証・大証一部上場の優良企業で、日本ではじめて人造肥料を開発した化学品関連製造業の草分け的存在として知られ、亡くなった小松はN化学の創業者一族の一人だった。妻和美《かずみ》とのあいだに子供はいなかった。

四十五歳で未亡人となった和美は、八六年春から三宮のカルチャーセンターの「英文学講座」に通い始める。前年、夏期特別講座のピンチヒッターを務めた朋子の授業が好評で、春期定期講座の講師にも抜擢された。小松和美は、こうして神戸女学院の後輩である朋子の授業を受けることになった。この時、朋子二十七歳、和美四十六歳である。

五月半ば、授業が終わったあと、和美は朋子を三宮に近い布引町二丁目にある「アカデミーバー」に誘った。その後、二人は毎週金曜日の夕方、この店で待ち合わせるようになる。朋子は、東大阪市小若江《こわかえ》にある近畿大学での授業を終えると、近鉄大阪線、地下鉄御堂筋線、阪急神戸線と乗り継ぎ、住んでいる尼崎の自宅マンションには寄らず、「アカデミーバー」に直行した。

交通量の多い山手幹線道からマカダム舗装の路地へ曲がると、その十数メートル先に古い山小屋風の二階家が忽然と現れる。モルタルの壁には蔦《つた》がびっしり絡まっている。「アカデミーバー」は、一九二二年（大正十一）に開業した神戸屈指の老舗バーで、神戸時代の谷崎潤一郎《たにざきじゅんいちろう》がよく通ったバーとして知られるが、その頃は上筒井通にあり、戦後まもなく現在の布引町に移った。カウンターの中には、先代の父から跡を継いだ二代目のマスター「スギモトさん」がいる。和美は夫に連れられて、はじめてこの店に来た。

朋子と和美が並んで腰掛けたカウンターの右の壁際に、谷崎から先代に宛てた毛筆で認《したた》められた葉書が四、五枚、無造作に置かれていて、誰でも手にして読むことが出来た。背後の壁は、LPレコードが隙間なく詰まった棚で占められている。

左側の壁に嵌め込まれた一畳ほどの漆喰のボードからは、少女の横顔やカトレアの花、鳥籠とその中のカナリア、切り取られた鎧窓、コウモリ傘、輪舞する女性の裸像、水煙草のパイプ、神戸の街並などが浮かび上がる。これらはみな明るくて柔らかな中間色で描かれていて、それぞれの絵の脇には R.KOISO K.TAMURA S.OKA I.TAKENAKA などのサインが添えてある。小磯良平《こいそりょうへい》、田村孝之介《たむらこうのすけ》、岡鹿之助《おかしかのすけ》、竹中郁《たけなかいく》……、錚々たる画家や詩人たちだ。兵役に就き、ちりぢりになって復員して来た神戸在住の画家や詩人たちが、健在であることを知らせる仲間への伝言として絵を描いた。

「スギモトさん」は寡黙だが、カウンターの中に立っているだけで温かな雰囲気を醸し出す。朋子と和美はこの店で二時間ばかり過ごして、阪神間でひときわ瀟洒《しょうしゃ》な街並で知られる芦屋市平田町にある和美の邸宅へタクシーで向かう。一泊して、朋子は〝後朝《きぬぎぬ》〟という言葉を思い浮かべながら、芦屋川の水辺の遊歩道を上流に向かって阪神の芦屋駅まで歩く。


カルチャーセンターで朋子が使ったテキストは『デイジー・ミラー』だった。また、彼女はヘンリー・ジェイムズの伝記を和美に紹介して、二人で読み進めた。朋子は、和美が中年女性ながら色香を保ち——ある時、彼女の白鷹紬《しらたかつむぎ》の御召姿《おめし》を、鏑木清方《かぶらききよかた》の「築地明石町」に描かれた女性像に譬えてみたことがある——、才気があり、裕福でもあるが、夫を突然の事故で亡くして、人生は虚しいと考えており、その虚無感の深さは何によっても癒されないことを知らなければならなかった。

何かの話の序《つい》でに、和美が亡夫に対する思いをこのように洩らしたのを朋子は忘れずに覚えている。

「対人関係の上手な人っていやはるやろ。信頼関係を作り上げるのが巧みな人。そういう人とやないと、セックスの快感味わうのは無理や思うわ。相手を気遣う性のパートナー、夫はそういう人やった。それって、大事な結婚の条件の一つやない?」

朋子は和美の愛人でもあれば、娘でもあるような関係を続け、「閨房の語らひ」（『蓼喰ふ蟲』）が明け方まで続くこともあった。

前後して、同じカルチャーセンターで教えていた関西学院大学英文学科講師の早坂と知り合い、彼に誘われてGDM（Graded Direct Method）英語教授法研究会のメンバーになった。


九三年二月初め、和美は乳癌の疑いで神戸海星病院に入院した。見舞いに訪れた朋子は、彼女から思い掛けないプレゼントを手渡されて驚いた。

和美は、前年、夫と懇意な間柄だった丸紅の重役に依頼して、ヘンリー・ジェイムズの著作の初版本をニューヨークで開催されたオークションで入手しようとし、ハード・カバーの『鳩の翼』がこの年一月末に届けられたのだった。

「一九〇二年に刊行された初版やけど、ほんまは『デイジー・ミラー』あげたかった」

和美の病状の進行は、医師の予測より速かった。手術は二度に及んだが、和美は早世する運命を予感していたかのように、病に抗おうとしたり取り乱したりはしなかった。

その年、六甲では蟬が秋口になっても鳴き止まず、和美は蟬の声を聴きながら息を引き取った。享年は、夫と同じ五十三歳。

和美の死後、朋子は『鳩の翼』を読み始めて、全十部より成る物語の第三部から登場する、ミリー・シールという名のヒロインに強く引き付けられた。

「ひとより早く生きる」宿命を背負い、死の影に脅かされながらも、周囲に柔和な光を投げ掛ける存在だったミリーのイメージは、和美の思い出とそのまま重なり合い、朋子の中でいつまでも生き続けることになる。

その後、早坂から中子脩を紹介された彼女は、閉塞感を打開して目先を変えようとフィリピンに渡り、メトロ・マニラでのEESの立ち上げに加わった。九四年夏のことで、そのため朋子は、九三年に死去した和美と同様、九五年一月に起きた阪神・淡路大震災を経験していない。

朋子のメトロ・マニラでの新生活は快適で充実していた。EESの教頭役も板に付いて来た。車でマカティの高層ビル内にあるスポーツジムに通い、ケソン・シティにあるアテネオ・デ・マニラ大学ではスペイン語、のちにポルトガル語の講座に出席し、休暇にはイベリア半島を旅行、特にリスボンの街や郊外のシントラ、ケルースといった田舎町が気に入った。ユーラシア大陸最西端、ロカ岬の断崖にも立った。

リスボンの民衆歌謡、ファドの根底に流れる〝サウダーデ（saudade）〟について、ポルトガル出身のピアニスト、マリア・ジョアン・ピリスが日本公演の際、次のように語ったのを雑誌の記事で読み、その言葉を和美の思い出と共に嚙み締めた。

「サウダーデ。ノスタルジーに似ているが違う。心象の中に、風景の中に誰か大切な人が、物がない。不在が、淋しさと憧れ、悲しみを掻き立てる。と同時に、それが喜びともなる」

独身を通しているニュージーランダーの同僚フランシス女史と旅をして、二人だけの秘密を分かち合うこともあった。女史はフェルナンド・ペソアの『ポルトガルの海』の英訳詩集を携えていて、美しい声で朗誦した。

昨年（二〇〇六）の秋、中子からEES大阪校開設の話がもたらされた。双六《すごろく》で譬えれば、うんと手前まで戻されるみたいで、朋子は気が進まなかったが、中子の、立ち上げて軌道に乗るまで、二、三年でいいからという強引な折伏《しゃくぶく》に抗し切れなかった。

大震災後も何度か帰国したが、いずれも京都か実家のある宮津に二、三日滞在するだけで、阪神間に足を向けることはなかった。

だが帰国後二ヵ月足らずで、帰って来てよかったと思える出来事があった。長江由美との出会いである。『フライド・グリーン・トマト』についてメールを交換しているうち、由美と会いたいという気持が無性に募った。

京都に行くなら紅葉より早くても、と由美は言ったが、双方の都合がつかず、結局逢瀬は十一月の半ばまでずれ込んだ。

二人はJR京都駅八条口で待ち合わせた。一泊二日の予定である。

「ちょうどお昼時ね」

と朋子は言って、駅前広場を南へ突っ切ってから小路に入り、右に折れ左に折れして小さな食堂に由美を案内した。関西ならどの田舎町にもありそうな気取らない構えの木造二階家で、廂《ひさし》に「殿田《とのだ》」と看板を掲げ、紺地に「うどん」と白く抜いた暖簾が下がっている。テーブルのほとんどを地元の常連客が占めていて、店奥の天井すれすれに据え付けられたテレビを見たり、新聞を広げながら、うどんや丼物を黙々と口に運んでいる。

「お勧めはたぬきうどん。昔ね、この近くの予備校で教えてたことがあるの。お昼はいつもここで、たぬき。殿田という店名は、このあたりが南区東九条殿田だから。ご主人の姓は天良《てんら》、おばちゃんは絹代《きぬよ》、天良絹代さん。一昔前のヅカ・ガールみたいでしょ」

おいでやす、とお茶を運んで来たおばちゃんに、朋子はお久し振りと挨拶してたぬき二つを注文し、厨房を隔てるカウンター脇にあるガラスケースからいなりずしとのり巻の皿を取って来て、由美の前に置いた。

盛大な湯気を立てて、うどんが運ばれて来た。――たぬきうどんは揚げ玉と刻みねぎを入れるのが定番だが、「殿田」では刻んだお揚げに天《てん》こ盛《も》りの九条ねぎ、ダシの効いた餡掛け、それにたっぷりの下ろし生姜が載せてある。

「おいしいだけじゃなくて、メニューも値段もずっと変わらないのが凄い」

と朋子が言った。

食べ終えて、界隈をぶらついてからタクシーに乗り込み、朋子が、東山五条の河井寛次郎《かわいかんじろう》記念館へと告げる。車は八条口の信号を右折して、高架の新幹線ガードをくぐり、JR在来線の上に架かった長い陸橋を渡る。由美が、左側の車窓から見えている京都駅とその向こうの京都タワーを指差して、

「宇宙ステーションとスペースシャトルみたいね」

と言い、朋子がうなずいた。

河井寛次郎記念館では、囲炉裏の前の丸椅子に腰掛け、中庭に降り注ぐ陽光を引き分け障子越しに浴びながら、白地草花絵大壺を眺め、住居奥の登り窯ものぞいて小一時間過ごしたのち、今夜の宿に向かう。朋子が予約したのは、下京の仏光寺通油小路にある町家《まちや》の片泊り宿である。

質素な着物姿の中年女性に迎えられ、土間の通り庭から仄暗い奥へと進む。部屋は箱階段を上がった二階で、床の間付きの八畳間に小振りなベッドが二つ並んでいる。手摺りのある出窓からは、前栽《せんざい》を兼ねた坪庭と小さな土蔵が見下ろせた。

「ご不便をお掛けしますが、御不浄《ごふじょ》とお風呂は下になりますさかい。庭の縁伝いどす」

朋子には、帰国すると京都で必ず訪ねる「神馬《しんめ》」という贔屓の居酒屋がある。千本通中立売《なかだちうり》にあり、地名は西陣で、店はいつも地元の人たちで賑わっている。時に、観光客の姿を見掛けることもあるが、予約なしではなかなか席が取れない。

朋子は丹後の出だから、「神馬」には若狭・丹後の新鮮な魚や野菜、酒が揃っているのが何より嬉しいのだ。

ヒラメ、タイ、イカ、ヨコワの造りの盛合せから始めて、グジの塩焼、タイの兜煮、スッポンの小鍋と続けて、酒はビールから冷酒、熱燗へと移った。由美が、黒板にチョークの小さな文字で書かれた夥《おびただ》しいメニューの端っこに〝うずら付焼〟を見つけた。二人共、食したことがない。恐る恐る注文してみると、これが大当りで、香ばしく、焼鳥よりも深い味わいを楽しむことが出来た。

「もう一軒、行きましょう」

と朋子はタクシーを捕まえ、木屋町三条で降り、歩いて木屋町通を下って、「FLAMBEAU《フランボー》」と小さなネオンが点った店の格子戸を開けた。折返しのある階段を上ると、「いらっしゃい！」と明るく弾む女性の声が響いた。

カウンターの中に白いシャツを着た声の主がいて、朋子と由美にカウンター席を勧めてくれる。フロアを占める大きな円形のテーブルは、十人ばかりの男女の客で賑わっていた。

「村井さん、お久し振りやね。帰って来やはったん？」

「ええ、しばらく大阪にいます。こちら長江由美さん」

と朋子は紹介し、由美に向かって、

「フランボーのママ兼バーテンダー、丸尾由起子《まるおゆきこ》さん。お母さんがこの店を始められて、亡くなられてからはずっとお一人で切り盛りなさってるの」

「はい。わたしは二十歳の時から母を手伝うてます。かれこれ五十五年になりますわ」

二人はスコッチ・ウィスキーの水割りを頼んだ。

朋子がこのバーを知ったのは、マニラに赴任する前、日本英米文学会の全国大会が、立命館大学で開かれた時だった。懇親会の流れで、数人の教授や先輩に連れられて来た。

背後の円形テーブルから、鈴を転がすような女性の笑い声が上がった。由美が振り返り、着物姿の小柄な女性を認め、すぐに視線を戻すと、

「河野裕子《かわのゆうこ》さんじゃありません？」

声を潜めて、ママに問い掛けた。

かつて由美が大手出版社で女性誌の編集に携わっていた頃、その雑誌が「現代女流歌人」の特集を組んだことがあった。由美自身が担当した訳ではないが、その時、はじめて河野裕子の歌に接して以来の熱心なファンで、彼女の歌なら何十首も諳《そら》じている。数年前、彼女が乳癌の手術をして、闘病中だと風の便りで聞いていたから、今、真《ま》うしろにその声を聴いて、ああ、お元気になられたんだ、と安堵した。

宿に戻るタクシーの中で、朋子が河野裕子という歌人について訊ねたのに対して、由美は彼女の処女歌集の一首を挙げてみせた。

ブラウスの中まで明かるき初夏の日に
けぶれるごときわが乳房あり

「けぶれるごとき……」

朋子は目を閉じて、つぶやくように言った。

二人は入浴後、パジャマの上に宿の綿入れ半纏《はんてん》を羽織って、ベッドに並んですわった。由美が、「健康法」と言うほどじゃないが、毎朝、「大高酵素」を小さなカップで一杯飲んでいる、旅行の時はこれを持ち歩くの、とサービスに付いて来る小瓶を取り出して見せた。

すると朋子も、特にどこが悪いという訳ではないがと断って、浄明寺の住職に紹介された高麗《こうらい》橋の漢方医に通っていると応じた。先生は日本の医師免許を持つ、帰化した中国人だ。

「毎日一回、ナス科のクコの実、トチュウ科のトチュウ樹皮とか、四種類の生薬《しょうやく》をミックスしたお茶っ葉を煎じて飲んでるの。体調はいいし、何だか精神的に落ち着くな」

朋子は、この漢方医は四十代半ばで、北京のご出身、と続けた。

――昔、先生は、北京市朝陽《ちょうよう》区三里屯《さんりとん》の小学校に通っていた。ある冬の日の夕方、薄く雪が降り積もった校庭で、一年生と二年生十数人が二組に分かれてサッカーボールを蹴っていると（先生はその時二年生だった）、一年生の男の子が突然、

「オチンチンがない、落としてしまった」

と言い出した。驚いて、全員で校庭を隈無く見て回ったが、どこにも落ちていない。夕闇が降りて来たので、先生はひょっとしてと思い、その子のズボンと下着を降ろしてみると、オチンチンは寒さで縮《ちぢ》かんで、小さくなっていただけで、ちゃんと付いていた。一同はすっかり安心して帰宅することにした。

「その子の一家は、文化大革命の余波を受けて、青海省《せいかい》の小さな町へ引っ越して行ったが……」

先生は遠いところを見る目付きで言った——

朋子は、一呼吸置いたあと、

「わたしはもともとオチンチンが付いてないんだけど、たぶんあなたもね。……でも、一応確かめてみようかな」

と言って、左手で由美を抱き寄せ、右手をパジャマの下に滑り込ませて、目を閉じた由美を蒲団の上にゆっくりと押し倒した。


翌朝、由美は五時過ぎに目が覚めて、それから眠れなかった。こっそり隣のベッドの朋子をうかがうと、軽い寝息を立てている。

朝食は一階の坪庭に面した座敷に用意されていた。大きな御膳の真ん中に笹鰈《ささかれい》の焼き魚、黒米の御飯、焼き万願寺唐辛子、切り干し大根、生湯葉《なまゆば》、しんじょ、オクラのお浸し、けんちん汁、しば漬が並んでいる。

二人は残らず平らげ、御飯の御代りまでした。庭を飛び交っている四、五羽の青灰色の小鳥について、女主人に訊ねると、ヒヨドリどす、と答が返って来た。

「今頃、よう来るんです。ナンテンの実が好物らしおす」

チェックアウト後、いったん京都駅のコインロッカーに荷物を預け、由美のリクエストで下鴨神社にお詣りした。どんよりした曇り空の下、糺《ただす》の森を散策する。欅《けやき》や榎《えのき》、椋《むく》や楠《くす》の高い梢を見上げ、枝を渡る小鳥の羽音や鳴き声に耳を傾ける。足許には、常にせせらぎの音があった。二人はほとんど同時に「潺湲《せんかん》」という言葉を口にした。このあたりに谷崎の邸《やしき》があったはず、『夢の浮橋』の舞台にもなった「潺湲亭」が……。

しかし、二人は段々と仄暗い森に息苦しさを覚えるようになり、谷崎の邸跡を探し出す気持も薄れ、足を速めて高野川と賀茂川が合流して鴨川となる〝鴨川デルタ〟の突端に出た。

浅く広い鴨川の流れに、亀や鳥の形に彫られた大きな飛石がいくつも置かれて両岸を繋いでいる。親子連れや若い男女が、はしゃぎ声を上げながら往復していた。タキシードとウェディングドレスのカップルもいて、二人をCM撮影班の望遠レンズが狙っている。

「渡りましょう」

と朋子が率先して、水辺に降り立った。

「向こう岸の出町橋のたもとにおいしいお饅頭屋さんがあるの。豆餅が絶品！」

朋子が由美の手を引いて、二人が最初の石に飛び移った時、朋子は、向こう岸から渡ろうとするカップルを見て、それが中子とフィリピン人の女性講師リズであることに気づき、由美を促して、もと来た方向へ踵《きびす》を返した。

「……知ってる人？」

と由美は訊くが、朋子は黙ってうなずいただけで、急いで堤防の石段を駆け上がった。

豆餅は諦めることにして、かねての打ち合わせ通り、京都の書店巡りに繰り出した。出町柳から京阪に乗って、岡崎の山崎書店を皮切りに、寺町通の古書店などを経て、三条通河原町の路地裏にある湯川書房にたどり着く。由美が、吉岡実の『神秘的な時代の詩』限定百五十部の一冊を購入して、近所の「喫茶葦島《あしじま》」まで足を延ばす。葦島ブレンドと三条チーズケーキを注文した二人は、間接光に包まれた和風のインテリアに気持が和み、歩き疲れたせいもあって、軽い眠気に襲われた。

「新幹線、何時?」

と朋子が訊いた。

7

中子が毬子に手渡された郵便物の中から、ソムチャイの手紙を見つけたのは八月半ばのことだった。彼は軽い衝撃を受けた。まず思い浮かんだのは、〝陥穽《かんせい》〟という言葉である。落し穴の底に横たわって、円い穴の縁の上に広がる青空を見上げているような心持……。

そして次に、強い動揺に襲われた。これまでの人生で、致命的な失敗を犯していながらそれに気づかなかったとは。これは応《こた》えて、体の芯が疼《うず》いた。悔恨の情に溺れてしまいそうになる。

そもそも彼には、サラボーン・パナラットと結婚する気など毛頭なかった。一九八二年八月、最初に付き合い始めた時、そう宣言した。その上で彼は、海外商社員暮らしは今後も長く続くし、彼女を赴任先に同行することは出来ないと付け加えた。サラは一瞬顔を曇らせたが、気を取り直して、軽くうなずいてみせたのを覚えている。

二人が肉体関係を結んでから二年後、彼女が妊娠を告げた時、彼は堕胎を強要した。彼の言葉には、何事も素直に従ったサラだったが、この件だけはイエスと言わなかった。無言で俯き、抵抗を続けた。

中子は、彼女にとっても、私生児を生んで育てるのは大変な負担になるはず、彼の収入では、経済的な支援は難しいなどと言って、説得を試みた。もちろん妊娠は、避妊を約束していながら実行しなかった彼に責任がある。彼は謝罪を繰り返しては、堕ろしてくれと懇願した。この件は堂々めぐりで解決がつかないまま、十月、彼に転勤の辞令が下りた。

中子は、同封されていた写真のコピー、彼が買い与えたSONYのウォークマンがサイドテーブルの上に無造作に置かれている画像に、目が釘付けになった。彼女が彼との思い出を大切にしていて、彼の息子を立派に育て上げた、彼はその事実に動かされ、大きく息を吐《つ》いた。ソムチャイの手紙には、バンコクにいる母親の住所と電話番号もメモされている。連絡する気にはならないものの、彼女に対して、頭を下げる気になったのは確かだ。

しかし一方で彼は、会ったことのない父、木佐貫甫が母子《おやこ》に対してどのように振る舞ったかを連想し始めた。木佐貫の金銭面でのバックアップは申し分なかった。だが、父は決して息子の前に姿を現そうとはしなかった。今の彼は、父の気持が分からないでもない。

父が抱えていたうしろめたさのようなものを、彼も感じ始めているからだ。

生まれたことを知らなかった息子が成人して、ある日突然、中子に接近して来る。すると彼の中で、父親らしい感情がむくむくと頭を擡《もた》げて、などということは有り得ない、ナンセンスだと彼は言いたいが、一方でそのように突き放してはならないという〝お咎《とが》め〟の言葉が、どこからか聞こえて来る。

こうした手紙を寄越す息子に対して、鬱陶しさしか感じていないのは間違いないし、サラ母子と自分との間で、新しい関係を結び直す理由も必要もない以上、今後はお互いにそれぞれ別の人生を歩もうとするのが道理に適《かな》っている……のではないか。

しかし、そのように割り切るには、いくらかの時間が必要だ。どのようにアプローチして来ようと、撥《は》ね付ける決意を固めるためにも。

中子は、学生時代に観た映画「エデンの東」を思い出す。ジェームズ・ディーン演じる次男のキャルが、病床の父親の前で床に両膝をつき、涙を流して求愛する、彼はあの有名なシーンを思い起こすと同時に背筋が寒くなった。あんな愁嘆場を演じることだけは、何としても避けなければならない。

中子は翌週、もう一度手紙を読み返してみた。自筆だとすると、随分日本語が達者だな。大学四年生で来年卒業、帰国するとある。それなら、およそ半年間無視し続ければ、会わなくて済む。金銭その他、何か目的があって会いたいのかもしれないが、そうした要求や打算には応じられない。過去の亡霊は取り敢えず忘れてしまおうと、彼は手紙を机の引出しの奥に仕舞い込み、当面、解決しなければならない問題に頭を切り替えた。

8

大阪の街を南北に貫く上町台地の脊梁《せきりょう》部を走る幹線道路（府道30号）が谷町《たにまち》筋で、その南端部の西側斜面（通称夕陽丘）には大小八十を越す仏教寺院が集中して、寺町（下寺町《したでらまち》）を形成している。中子がＥＥＳを開設した浄明寺はその中の一刹《さつ》で、近くには聖徳太子建立とされ、「日想観《じっそうかん》」で知られる四天王寺や「お骨佛の寺」で有名な一心寺といった大刹がある。

緩やかな傾斜を成す広い境内には、本堂（阿彌陀堂）を中心として念佛堂、鐘楼、納骨堂、大燈籠、宿坊棟などが点在する。本堂内宝蔵庫に安置される阿彌陀如来坐像は、国の重要文化財に指定されている。

山門は西に向かって開かれ、台地下を南北に通じる松屋町《まっちゃまち》筋に面し、その脇に「浄明寺文化センター」がある。ＥＥＳは、鉄筋コンクリート三階建の二階全フロアを借り切って学校用に改装した。一、三階は百五十人収容の多目的ホールを含む大・中・小の会議室で、地域住民が低料金で利用出来るようになっている。

境内の東北の角を占める墓苑に隣接して、本格的な相撲の土俵があるのが珍しい。春場所（大阪場所）の際、下寺町の主だった寺は、相撲部屋の宿泊所の役回りを引き受けて来である。三月中旬、下寺町一帯は相撲幟がはためき、力士の鬢《びん》付け油のにおいで噎《む》せ返る。「谷町《タニマチ》」がやって来る。長老と呼ばれる住職の大杉《おおすぎ》は熱心な大相撲ファンで、文字通りの「谷町」臨時に設ける寺と、浄明寺のように常設のところもある。浄明寺には、毎年、春日野部屋た。宿泊する部屋の力士の稽古場として、各寺が境内に土俵を用意する。「場所」ごとに

二〇〇七年十月末には教室、レセプション、講師控室、談話・休憩ロビー、校長室などがマニラ校並みに整い、浄明寺が購入し管理している上汐《うえしお》六丁目の夕陽丘ユースホステルもドーミトリーへの改装工事を終えて、すでに選抜された八人の講師たちが労働ビザを取得して来日、入居していた。

正式開校は二〇〇八年一月だが、十一月からは無料の「お試し授業」が始まる。本格的な広報、宣伝物の作成については、教務主任の村井朋子がStudio Arkと打ち合わせを重ね、順調に進捗している。取り敢えずは大杉住職の口添えで、天王寺区の公報にEESの開校と「お試し授業」の「お知らせ」を載せてもらったり、JR天王寺駅や地下鉄天王寺駅、近鉄大阪阿部野橋駅周辺で女性講師を動員してチラシを配ったりと、地元へのアピールを心掛けた。更に、手書きのポスターの駅貼りも試みた。

女性講師達の大阪生活は順調に滑り出した。基本的には自炊生活だが、中子が、大阪人はおいしいものに〝欲《よく》どうしい〟、執着が強いと説明したため、この地でどんな食べ物が好まれているのか興味津々で、外食を目的に連れ立って上六《うえろく》や道頓堀に繰り出す。〝喰い

だおれ〟という言葉も覚えた。

「お試し授業」も始まり、昼間は主婦、夕刻は小・中・高生、夜間は社会人が対象で、予想を超える多くの受講生が集まって、講師達も忙しい。

講師の中でリズ一人、集団生活から離れて、難波宮《なにわのみや》跡に近い法円坂《ほうえんざか》の賃貸マンションの2LDKに住み、地下鉄谷町線で通勤する。リビングルームからは、大阪城の天守閣を眺めやることが出来る。

中子は天王寺区寺田町のウィークリーマンションを長期契約で借りているが、週の大半はリズのマンションで寝泊りするため、二人は同棲していると言ってもよい。リズの同僚達は皆このことを知っている。リズ本人が吹聴しているからで、彼女は中子をうしろ楯にして、スタッフの誰に対しても強気な態度を崩さない。しかし、「お試し授業」では愛敬を振り撒いて人気を博し、これまた同僚の反感を買う要因になっている。EES大阪校では、開校を前に、リズvs.女性講師陣の軋轢《あつれき》が深刻化し、村井朋子が間に入って、一触即発の事態には至らないよう気を配り、辛うじてコントロールしていた。中子は朋子のバランスの取れた理性的な対応に感謝しているが、対立に解消の兆しは見られない。

朋子は、中子の妻毬子とはマニラ校で数度会って、互いに好印象を抱いてはいるものの、彼女の方から中子の浮気を告げ口する気にはなれないのである。

このようなストレスが重なる勤務の合間に、京都で過ごした由美との時間は、朋子にとって大きな慰めとなった。

ある日、中子が屋上に出て、愛用の小型パイプにアシュトンの“Rainy Day”を詰めて吸っていると、女性講師のアライサが相談に来た。

先週、彼女は同僚と上六の「ビッグエコー」というカラオケ店へ行った。“Alone Again”を歌っていると、学生のアルバイト店員がオーダーしたドリンクを運んで来た。学生は桃山学院大生で、他の二つの私立大学の学生とバンドを組んで活動している。彼は、アライサが恐ろしく歌が上手いことに驚いた。声がいいだけでなく、歌い込んでいるのが分かる。廊下に立って彼女の歌声に耳を傾けた彼は、これは素人じゃないと判断した。

アライサは唯一、ＥＥＳに新卒で採用された講師だった。彼女は学生時代、マニラ周辺で開催された歌唱コンテストで何度も優勝していて、ラジオのＤＪ番組やテレビの歌番組に出演した経験もある。芸能界への誘いを断って、両親の要請に従い、堅気の仕事に就くため日本に来た。

アライサは続けてもう一曲、“Tie a Yellow Ribbon Round the Ole Oak Tree”を歌った。学生は階下の店長のもとへ行って、セミプロかもしれないフィリピーナが来店して歌っている、と興奮気味に報告し、帰りしなに彼女を呼び止め立ち話する中で、バンドで歌ってみないか、ボーカルが先日辞めてしまったので、と勧誘した。

翌日早速、谷町六丁目の貸スタジオで音合わせをしたアライサは、学生バンドと共に大学の学園祭に出演、大いに好評を博したのである。

彼女は中子に、副業として続けてもよいかと訊ねた。ギャラはともかく、歌うのが好きなんだから、仕事に差支えない限りＯＫだと中子は答えた。一度、聞かせてもらいたい、とも。

数日後、別の講師フェイが中子の部屋のドアをノックした。彼女は、ＪＲ天王寺駅のコンコースで、こういう人物に声を掛けられたと言って、一枚の名刺を差し出した。

「ファッションモデルにならないか。まずモーターショーなどのコンパニオンからスタートして、いずれはテレビＣＭに……」

とたどたどしい英語での誘いだった。

名刺には「アルファ企画」ディレクター辛川守《しんかわまもる》とある。

「それで、どう答えたの？」

フェイは講師の中でも男好きのする顔立ちの女性だった。

天王寺、阿倍野筋界隈に出没するスカウト連中は、大概がいかがわしい。動物園の坂を下った至近の距離に、「新世界」や「飛田《とび た》新地」が控えている。甘言を弄して、若い女性を〝風俗〟に送り込もうとする彼らの背後には、暴力団かそのフロント企業が、常に見え隠れしている。中子は、そのように思い込んでいた。

しかし、フェイはスカウトの言葉を真に受け、問われるままに名前と住所、携帯電話番号まで教えてしまった。

ドーミトリーには若いフィリピーナが八人いる。放っておくと、全員が彼らの餌食になりかねない。中子は迅速に動いた。名刺にある男の携帯電話に、フェイの携帯を使って電話すると、相手はすぐ応答した。中子はすかさず、フェイちゅうフィリピン娘のことやが、と強面《こわもて》に出た。相手が一瞬、固唾《かたず》を呑む気配が伝わった。中子は、

「今日の午後四時、天王寺都ホテル一階のラウンジに来いや。窓際に大きなベンジャミンの鉢植えがある。そこのテーブルで待っとる」

と続けた。

定刻ぴったりに現れたのは三十五、六歳、痩せぎす中背の男で、シャネルの濃いグレーのサングラスを掛けていたが、ベンジャミンの傍らのテーブルに近づくと外して、

「辛川です」

と丁重に頭を下げた。

中子はやや気勢を殺《そ》がれた思いで、

「まあ、すわれや」

とぞんざいな口調で言った。辛川がウェイターに、〝冷コ〟（アイスコーヒー）を注文するのを待って、言葉を継いだ。

「フェイはな、あれはうちの娘《こ》や」

「すんまへん。……兄《あに》さんはどちらの？」

辛川は、中子の思惑通り、彼を〝組〟の関係者と勘違いしているが、それも無理はない。中子は黒い上着の下にピンクのシャツを着込んで、柄ものの派手なネクタイを締め、左手首にリズから無断借用したゴールドのブレスレットを光らせていた。

辛川の「アルファ企画」の名刺が詐《いつわ》りなのは知れたことだったが、彼はあっさり、フリーの風俗スカウトマン、それも「飛田」専門だと正体を明かした。

中子は、しばらく思わせぶりな言い回しで、〝組〟関係者のロール・プレーイングを楽しんでいたが、

「なんぼで、こらえてくれはりますか」

と縋るような目付きで問われ、苦笑して仮面を脱いだ。

辛川は、心底ほっとした面持ちで胸を撫で降ろす仕種をし、

「もうてっきり〝ケツ持ち〟か思いましたよ」

「ケツ持ちて?」

「風俗の世界のトラブルに介入する怖い兄さんたちのことですわ。先《せん》に二回、やられてますねん。話のつけ方が、そら、えげつないもんだっせ」

大阪には特殊浴場、いわゆるソープランドは一軒もないが、「飛田」「松島」といった旧遊廓が、今も残っていると聞いたことがある。それを中子は不思議に思っていたが、辛川がそのへんの事情を問わず語りに解説してくれた。

――特殊浴場・ソープランドの営業は、一九九〇年の大阪「国際花と緑の博覧会」の開催に際して、大阪府条例で一斉に禁止、店舗は排除された。しかし、飛田新地、松島新地、信太山《しのだやま》新地の三つの遊廓は〝特殊浴場〟ではなく、表向き〝料亭業〟〝旅館業〟だったため排除を免れ、保健所の営業許可と公安委員会の風俗営業許可のもと存続出来ることにな

り、現在に至っている。

「飛田」の〝料亭〟経営者は組合を作り、営業の取消しを恐れ、経営に暴力団関係者が関わらないこと、その資金源にならないことなどの厳しい自主規制を敷くと共に、自警団を組織して、町内パトロールを怠らない。夜の十一時五十五分にはチャイムが鳴り、全店が一斉に十二時に営業を終える。

辛川はこの世界に入って四年になる。大阪府寝屋川市の出身で、大学を出て道修町《どしょうまち》の薬品卸会社に就職したが、人員整理で罷《や》め、コンビニやファミレスの深夜アルバイトをしながら再就職先を探していた頃、知り合った女性が「飛田」で働いていたことから、スカウトの世界に飛び込んだ。「飛田」の〝従業員〟は出入りが激しく、常に〝女の子〟が不足している。チラシ、フリーペーパー、高収入マガジンに出す広告、駅頭・街頭での声掛け、キャバクラやホテヘル・デリヘルの客となっての引き抜き、スカウトマンたちは、あの手この手で勧誘に走り回っている。金に困っている女性はいくらもいるが、「飛田」に飛び込むほど切羽詰まっている女《こ》となると……。

「午後の三時、四時ともなると、碁盤の目状に並んだ百五十軒以上もの店に一斉にぼんぼりが点り、玄関口の顔見世用の緋毛氈《ひもうせん》を敷いた『本番席』に女の子がすわって、客ににっこり微笑みかける。そりゃきれいなもんですわ。センセ、一度、上がってみませんか。ええ店、教えたげまっせ」

いつの間にか、中子を先生と呼ぶようになっている。

「メイン通り、青春通り、妖怪通り……、目移りしながら歩き回ってると、この世の現実とは思われしまへん」

中子は、かつてバンコクで痛い経験をして以来、その手の場所に出入りしたことはないが、辛川の巧みな話術に釣られ、一度、〝社会見学〟してみる気になった。

「妖怪通りて何や。ハロウィンみたいな仮装とかコスプレしとるんか？」

「人三化七《にんさんばけしち》の大年増《おおどしま》が、手ぐすね引いて待っとります。センセは、熟女好きでっか？」


「お試し授業」のリズのクラスに、浄明寺の長老、大杉住職が欠かさず出席している。リズが現在完了について説明すると、元高校英語教師の彼は、完了・結果、経験、継続の三つの用法がある、と口を出す。リズは、単に向学心の強い聖職者だと思っていた。

土曜の夕刻、授業後の雑談で住職がリズに、本尊を安置してある阿彌陀堂で仏像を見せてあげるからいらっしゃいと誘いの言葉を掛けた。国の重要文化財〝a nationally designated important cultural property〟で、めったに拝めないものだ、と。

翌日曜日の午後、リズが仏像見たさに庫裡《くり》へ行ってみると、待っていた住職は、

「ま、そこへおすわり」

と言って座布団を勧め、お茶を淹れてくれた。リズは日本のお茶が苦手だ。言葉の接ぎ穂がなく、もじもじしていると、やおら懐から長財布を取り出し、一万円の札束を見せて、

「どや、一回だけ」

と言って手を握った。

中子はリズからその話を聞いて、一度釘を刺しておかないと、と思案する。だが彼は、住職に苦手意識がある。大学の先輩だし、更に大家と店子《たなこ》の関係でもある。爺さん、好奇心旺盛で新しもの好き、博学で行動力があるから、灸《きゅう》を据えようにも、どう持ち掛ければ効き目があるか……。

いつだったか、二人で話している時、いきなり、

「ラカンいうお人が、心は三界《さんがい》から作られてる言うけど」

と切り出した。

中子は仏教の話だと思い、

「羅漢さんですか。三界て、欲界、色界《しき》……、もう一つは何やったかな」

と言うと、

「いや、精神分析家のジャック・ラカンの本読んだんや。彼は心のシステムを、現実界、象徴界、想像界の三つに分類して、これがハリウッド映画『マトリックス』のストーリーの仕組みと、ぴったり符合すると書いとる学者がおったな」

中子はすっかり煙に巻かれて、黙り込んでしまった。

彼は重い腰を上げ、本堂へ向かった。住職が庫裡に一人でいることを確認し、訪ねてみると、テレビで大相撲九州場所の取組を観ていた。

中子は、リズにちょっかいを出してくれるなと言いに行ったのだが、何とも話がうまく

切り出せないまま室内を見回していると、住職はテレビ画面を見ながら、

「昔、高校教師やった時、アナグラムに凝ったことあるんや。英語やのうて日本語の。

——だいぶん前に引退した力士やけど、水戸泉《みといずみ》いうのがおったやろ」

中子がうなずくと、住職は、

「水戸泉のアナグラムは……」

と言いつつ、傍らのメモ用紙にボールペンで〝イトミミズ〟と書き、

「きれいやろ」

と言った。

中子が返答に窮していると、

「これは人の作やけど、傑作があってな。……およしになってね」

「およしに……なってね？」

「そや、これが……こうなる」

と言いつつ、同じメモ用紙に〝オナニして寝よっ〟と書いてみせた。

「音引きが抜けてますけど」

「大阪弁やから」

ここで話の糸口を見つけた中子は、

「リズも〝およしになってね〟言《ゆ》うてますよ」

と、ようやく本題に入ることが出来た。

「doya ikkai dake言われて、意味は分からんかったみたいやけど」

日本語とは関係なく、住職の意図するところは十二分に伝わったのだが、中子は故意《わざ》とこう言った。

「そら、えらい誤解や。人と一生に一度、相見《あいまみ》えることの大切さ、一期一会《いちごいちえ》について説明しただけや」

「何で英語で説明せえへんかったんですか?」

「uniquely precious まで考えて、encounter か experience か迷うてしもて、つい日本語で……」

「一期一会と……。ま、とにかく、彼女はEESの幹部いうか、共同経営者に登用するかも知れない人材ですから。授業に出席するのは構いませんけど、庫裡で誘惑するのは勘弁して下さい」

「何や誘惑て。色んな欲望何《なん》もかも捨てて、この世界に入ったんが今のわたしや。何言うてんねん」

「長老、今後は〝およしになってね〟いうことで、宜しくお願いします」

中子がそう言って立ち上がると、住職は、フンッと荒い鼻息を吐いて横を向いた。

住職は、中子が退出したのち、

「女房がおるくせに、愛人を教師に仕立て上げたいう噂が流れとるで。何を偉そに」

と口には出さないでつぶやき、中子と賃貸契約を結んだ際、彼が、妻の実家はこのお寺の檀家だと語ったことを思い出した。

九鬼……、確か九鬼家やった、法事の時、いつも「長池昆布」の「汐昆布極上」持って来よったあの九鬼家の娘が、あいつの女房いうことや。

住職は執務机に向かい、パソコンを起動し、檀家帳を検索して、九鬼家の住所と電話番号を見つけた。


中子は時折、リズと道頓堀二丁目にある「大黒《だいこく》」という食堂を訪れる。〝創業明治三十五年〟と入った暖簾の下がった古い木造二階家の店だが、味には定評がある。おまけに安い。目玉は牛蒡《ごぼう》、人参、油揚げを混ぜて炊き込んだかやく御飯で、かつて作家池波正太郎も贔屓にした。

店内は狭く、大きなテーブルが二つしかない。いつも相席で、お茶はセルフだが、気にする客はいない。たとえ満席に見えても、誰かが席を詰めてすわらせてくれる。

中子とリズは必ずかやく御飯とはまぐりの白味噌汁を注文し、かれいの煮付かさわら焼、それにしらすおろし、酢物《すのもの》、ひじきの煮付といった小鉢も頼み、ビール中瓶一本を二人で空けて、満足して帰る。

リズはいっさい家事をしない。時に中子がホット・プレートでお好み焼や焼きそばを作ったり、フィリピンに駐在していた頃に味と作り方を覚えたアドボに挑戦して、リズを喜ばせた。買い揃えた食器や調理器具の大半は使われないで、キッチンの棚に眠ったままだ。

リズは「大黒」が供する食事が、日本料理のエッセンスそのものだと思い込んでいるフシがあるが、中子はそれを訂正しようとは思わなかった。

リズをめぐって住職と談判した日の夕刻、二人は「大黒」のテーブルで向かい合った。店内は珍しく空いている。中子はビールのコップを置いて、例の件、住職と話はつけておいたと何気ない風で口にした。

リズはうなずき、――あの人はお年寄りだがとても精力的、手を握られた時、握力が強いことが分かった、と屈託なく話して、大して悪感情を抱いていない様子である。

中子は話題を変えた。

「京都の写真、見せてよ」

リズは、デジカメで撮影した、葉書サイズの紙焼を、ハンドバッグから取り出した。

中子は二十枚もの写真にざっと目を通したあと、その中から一枚を抜いて、しげしげと見つめた。

鴨川デルタの飛石で、中子が石から石へ飛び移った一瞬をキャッチした画像を示し、

「アンリ・カルティエ＝ブレッソンの『決定的瞬間』っていう写真集を見たことあるかな。小肥りの中年男が、水溜りの上でジャンプしたところを撮った写真、両足が宙に浮いてるあの名作に似てる」

と感想を述べた。

リズは上機嫌で、

「次はあなたの番よ、わたしを撮って」

中子は、

「じゃ、ヌードになってくれる？」

と訊いた。


毬子は、久し振りに掛かって来た大阪の母からの電話に戸惑い、不吉な予感を覚えた。母は、浄明寺の住職から電話で聞いたと前置きし、毬子の夫の中子が、寺の文化センターの中に語学学校を設立、一月に開校する予定であること、彼が、講師として来日しているフィリピーナの一人と深い仲になり、この女性を共同経営者にしようと目論んでいると告げられた、と言った。

母は南森町《みなみもりまち》の探偵社に調査を依頼した。探偵は、中子とリズが住む法円坂のマンションに一週間張り付いて、中子とリズの仲睦まじい様子を撮影した写真付きのレポートを提出した。

毬子は先月、ソムチャイ・パナラットに会い、次に中子が逗子に戻って来た時、離婚話を切り出すつもりでいたのだが、先手を打たれたという思いに囚われ、唇を嚙んだ。そして、夫の不実を母親を通じて知らされたことに、屈辱感を覚えた。

「ベランダで、あんたの旦那が女物の下着を干してる写真も見たけど」

と母から聞いた時、毬子は冷静さを失い、そのことを伝えた母にすら憎しみを覚えた。

沸々と湧き上がる不快なマグマの流出先が見つからないまま、しばし途方に暮れた。

……何故、二十代の小娘を共同経営者に？　毬子はEES大阪校設立には、準備段階からほとんど関わっていないが、村井朋子がマニラから戻って来たことは知っている。彼女はこの事態を、どう受け止めているのだろうか。しかし、彼女に問い合わせるなんてことは、みっともなくて出来やしない。

母から電話があったのは日曜の夜のことで、その後毬子はキッチン・テーブルで、バーボンの「フォアローゼズ」の黒を飲み始め、リビング・ダイニングの壁に据えた大型テレビの前に並べられたDVDに目を向けた。明日は月曜日で、可燃ゴミの収集日だ。彼女はビニールのゴミ袋にDVDを片っ端から放り込み、アルコールの勢いを借りて、棚に入っていたものすべてを処分することにした。そして、それらをネットで囲まれたゴミ置き場へ捨てに行った。

翌朝目覚めて、この程度の実力行使ではとても気持が収まらないと思い、会社に休む旨連絡を入れておいて、クロゼットの中を眺め渡した。中子は、当面入り用の秋・冬物を大阪のウィークリーマンションへ送っていた。毬子は、彼の春・夏物の上着やシャツ、ズボン類を取り出し、車の後部座席とトランクに積み込むと、資源ゴミを回収している会社に電話し、場所を訊いた。ご近所の目もあるから、大量の男物の衣類を自宅近くに捨てる訳にはいかない。

そのあと、彼女は二階に上がり、〝ライブラリー〟にあるパイプのコレクションをチェックする。しかし、お気に入りのものは携行しているだろうからそのままにして、一九六五年製作のポロック・チェアに目を付けた。中子がアメリカに単身赴任していた時手に入れ、大事にしている自慢の回転椅子だ。

毬子は一階に降りて、インターネットで横浜市のアンティーク屋を検索し、港北区の「アンティーク家具ショップ河井」のホームページを開いて、「家具の買取りをご希望のお客様」の項目をクリックする。

彼女は椅子を助手席に押し込んで、午後出発し、まず逗子市内のゴミ回収会社に寄って衣類を下ろしたのち、横浜市のアンティーク屋へ向かった。椅子を売り払って帰宅し、ようやく気持の余裕を取り戻した。中子との結婚生活はこれで御仕舞、絶対に後戻りはしない覚悟を決める。そしてソムチャイに宛て、EES大阪校の住所と電話番号をメールで送信した。

9

高崎商工会議所が主催する海外視察ツアーの契約交渉が不調に終わり、毬子は、肩を落として高崎駅から「とき」に乗った。

「とき」の東京駅到着は十四時二十八分、直帰するには気が引ける時間帯だが、窓外を流れる初冬の景色を眺めているうち、帰社する気を失くし、その旨、企画室にメールで送信したのち、気象庁に今日の日没時間を問い合わせた。

直帰するなら、東京駅で横須賀線に乗換え、逗子の自宅に向かえばよいのだが、一昨日から帰宅途中に寄り道したいと考えている場所があり、今日そのチャンスがめぐって来たことに気づいた。日没時間は十六時二十九分とのこと、その時間までに目的の場所に到着していなければならない。

東京駅地下ホームから十四時三十六分の久里浜行きに乗る。退勤時のグリーン車はホームに長い行列が出来て、席を確保するのに苦労する。さすがにこの時間だと車内は空いていて、毬子はいつも通り二階建て車両の一階席窓側に腰掛けた。一階席は天井が低いため網棚が無く、手荷物はいつも膝の上に載せるのだが、今は遠慮なく隣のシートにコートとバッグを置き、背凭《せもた》れも憚《はばか》ることなく背後に倒して、全身を深く座席に沈めた。

不首尾に終わった今日の案件の企画書をバッグから取り出しかけて、また元に戻す。窓に目をやると、東海道新幹線の白いスマートな車体が、数秒間、横須賀線と並走したあと、忽《たちま》ち前方に消え去った。

電車が多摩川に差し掛かる。西に傾きかけた日が川面に反射して、散乱する光の中を小型ボートが二艘、上流に向かって水面を切って行くのを見ているうち、それまで毬子の中で、漠とした蟠《わだかま》りだったものが、次第に解きほぐされて言葉の糸を引き始める。

……夫がマニラや大阪で女遊びをしているのは承知の上で、気にしないでいた。彼女自身、夫に言えない秘密を持っている。恐らく中子はソムチャイのことを知らなかっただろうが、隠し子がいた事実を突き付けて、離婚話を切り出す口実にしようと彼女は考えていた。

しかし、母を通して聞いた今回の件は意想外の出来事で、どうやら夫は本気らしい。

大阪の法円坂のマンションで同棲し、ベランダで女物の下着を干しているって……？

しかも、そのフィリピーナを経営に参画させるなど、一体どこから思いついたのだろう。

毬子は、現に大阪で何が起こっているかは理解したが、背後に隠れている経緯や事情については想像がつかない。浄明寺の住職が母に電話して来た理由も分からないが、そのような情報の伝わり方を含めて、何もかも唐突な気がする。

電車は横浜駅に停車していた。目の高さにプラットホームがあり、乗降客の膝から下ばかりがよく見える。駅の構内放送が、辻堂駅付近で線路内への人の立入りがあったため、東海道本線に二十分以上の遅れが生じたと伝えている。横須賀線には影響がないようで、ほっとする。十五時十分、電車は定刻通り発車して、加速するにつれ、毬子の頭はそれまでとは違う方向に働き始めた。

中子が現在、最も大事にしているものは、「VIKING 48 Convertible」という船に決まっている。あの益体《やくたい》もない金食《かねく》い虫のクルーザーがあるから、彼はわたしが何も知らないと思い、素知らぬ顔をして逗子に帰って来るだろう。そう言えば今年の夏以来、たった一度しか連絡がなかった。年末年始をどうするつもりか何も言って寄越さない。愛人の部屋で年を越すつもりか。

電車が保土ケ谷駅に停車したあたりで、奇想天外なアイデアが頭に浮かんだ。

――50フィート（15m）だかのあの船を積載出来るコンテナ・トラックってあるだろうか、あればクレーンで積み込んで、三浦半島から大阪まで搬送してもらう。寺田町のウィークリーマンションでなく、女の住所に船を送り付けると、中子は届けられた〝ブツ〟と着払いの請求書を目にして、啞然として言葉を失い、立ち尽くすだろう。

電車は東戸塚駅、戸塚駅に停車した後、大船駅ホームに滑り込む。十五時三十分。彼女はここで途中下車し、いったん改札を出て、乗ったことのない湘南モノレール大船駅に向かう。

三両編成の懸垂式モノレールの車内にはオレンジ色の西日が溢れ返り、毬子の体は、不思議な浮遊感を体験しながら、六つの駅を通過して終点の湘南江の島駅に着いた。十五時五十一分。足を速めて「江ノ電」の踏切りと片瀬の海岸通りを横切り、弁天橋を渡る。

満潮時が近く、江の島と片瀬を繋ぐ砂嘴《さし》はすっかり水中に没し、千切れ雲の流れる西の空に冷たい赤い光が漲っていた。毬子は腕時計に目をやって、日没まであと二十七分、とつぶやき、橋を渡り終えた。

参道にサザエを焼くにおいが漂い、みやげ物店や食堂の呼び込みの声が響き渡る。帰路に着き始めた参詣客が続々と坂道を下りて来る。彼女はその流れに逆らって、四連のエスカレーターから成る「江の島エスカー」の乗り場へと急いだ。

江の島に渡るのは、父の工場が不振に陥る数年前、毬子が中学二年生の頃、家族で熱海、箱根、鎌倉を回って以来のことだ。その時訪れた「江の島展望灯台」は、老朽化のため取り壊され、二〇〇二年末、白色・やぐら形の「江の島シーキャンドル（展望灯台）」が新しく完成した。

毬子は一昨日、旅行雑誌で「江の島シーキャンドル」からの眺望写真を見た。海抜百メートルからの夕景、夜景の写真もあり、相模湾越しの富士山のシルエットと、天城連山に沈む夕日が鮮やかに捉えられていた。十二月初旬には、クリスマスシーズンのライトアップも始まると書かれている。植物園入園料・シーキャンドル昇塔料五百円、営業時間九時～二十時。

母からの電話以来、気がくさくさしてならなかった毬子は、どうにかして気分を変えたかった。これまでと違う方向に踏み出さないと、思い切って生き方を変えないと、今のままでは仕事まで行き詰ってしまいそうだ。そんな折、たまたま目に留まった雑誌の写真に魅了され、江の島の日没の瞬間に立ち合いたいという止《や》み難い思いに駆り立てられたのである。


彼女は、「江の島シーキャンドル」の展望フロアの西側に立った。十六時二十九分、太陽は真っ赤に燃えながら天城連山の向こうに沈んだ。逆光の中にあった富士山が、紫がかった褐色に彩られて浮かび上がる。

海も街も残照の中で、一面ワニスを掛けたような蜜色に染まっている。やがてヨットハーバーや江の島大橋、弁天橋や片瀬の海岸通りの街灯が次々に点火され、車のヘッドライトと尾灯が忙しなく交錯するようになった。

ワニスが溶け、灰色の帳《とばり》が降りる。相模湾沿いに形成された平塚、茅ヶ崎、藤沢、鎌倉の街の家々に明かりが点《とも》り始めた。一斉にではなく、暮れなずむ空に合わせるかのように躊躇いがちに灯火が広がっていくのを眺めるうち、毬子の胸に、大勢の人々が悲喜交々《こもごも》至る各自の人生を背負って、あの明かりの下で生きているという感慨が湧き起こって来た。俯瞰している陸地全体が、次第に、金銀砂子を撒き散らしたような夜景に変貌していく。

毬子は、これまでの中子との来し方を振り返ってみる。二人の関係は、一九九一年十月、ロサンゼルスのリトル東京での出会いに始まる。一九九三年、中子が国外退去を命じられ、アメリカから帰国。退職後、語学学校を設立するため、中子はマニラのケソン・シティへ。毬子と離れて暮らしているうち、二人の間に亀裂が広がって行き……。

毬子からすると、中子は人生の成功者になり、勝ち組に入ることだけをめざして生きて来たように見える。徹底したエゴイストでセルフィッシュ、結婚して妻と円満な家庭を築こうなどとは、端から考えていなかったのだ。その事に、致命的な事態に至るまで気づこうとしなかったわたしにも責任がある……？

毬子は、展望フロアを南側に回って、相模灘から遥か太平洋を望む場所に立ってみた。海上の空は、雲が吹き払われて無数の星が輝き、鳶《とび》が鳴き交わす声だけが聞こえる。点滅する小さな灯《ひ》が南の空に現れ、北を指して移動して行く。低空飛行していて、微かなエンジンの唸りが聞こえるが、米軍の軍用機だろうか。

毬子は、更にフロアの東側に回り込み、三浦半島の山影《さんえい》の中に、逗子市小坪、披露山の明かりを探した。

10

ソムチャイは、中子脩の連絡先として、EES大阪校の住所と電話番号が記された毬子からのEメールを目にして、不審の念を抱いた。彼が書き送った手紙に対して、父は返事を寄越さなかった。義理の母毬子も、父に会えるよう手配する風ではなく、いずれ逗子に帰宅したらと、消極的な態度を見せた。父と義母にとって、自分は〝招かれざる客〟だろうかと思っていたところへ、このメールが送られて来たのである。

彼は中子に会いたい理由として、功利的な目的も念頭に置いてはいたが、今や起業のノウハウや資金問題は背後に退いて、実際に会って、風貌や仕種《しぐさ》、話し振りや声のトーン、身のこなしや歩き方を目の当りにしたいと考えるようになっていた。父のリアリティーを直接摑むことが出来れば、それ以上何も望む必要はないとさえ思っている。

毬子がどのような動機からメールを送って来たか知らないが、結果はどうあれ、直《じか》に会いに行くしか手はなさそうだ、あらかじめ電話すると、言下に〝会う気はない〟と言われるかもしれないし、とソムチャイは大阪行きの具体的なプランを練り始めた。

ソムチャイにとって、大阪ははじめてである。新大阪駅から地下鉄御堂筋線で天王寺までは迷うことなくたどり着いた。目的のEESまでは、ホームページから取り出した道案内図を頼りにするしかないが、彼はこの手の地図は余り当てにならないことを知っている。間違っている訳ではないが、実際に歩いてみると、指標が少な過ぎることに気づいてしまう。

ソムチャイは地下鉄駅から地上に出て、あたりを見回し、すぐに交差点の向かい、天王寺公園入口の交番を見つけ、浄明寺への道順を訊ねた。

教えられた通りに四天王寺前の広い坂道を下り、公園北口の信号を右に曲がって松屋町筋に入る。四、五分も歩くと、目指す浄明寺の大屋根が見えて来た。山門を潜って、「文化センター」入口にしばらく佇んでいると、ダウンジャケットを羽織った中年女性が階段を降りて来て、軽く会釈をして通り過ぎようとした。

ソムチャイは、日本語で、EESの方ですか、校長の中子脩さんにお目に掛かりたいのですが、と訊いた。

村井朋子は、青年が講師の口を求めて来たものと考え、そこの階段を上がって、二階の右奥の部屋が校長室です、と答えた。

中子は、天王寺区の公立の中学・高校、私立の女子高など、計五校から、ESS

(English Speaking Society）の指導とトレーニングを要請する文書を受け取り、学校側が希望する時間帯が午後三時から七時に集中しているため、もしすべての要請に応じるなら現在のカリキュラムを大幅に組み直さないと、と時間割を前に思案している最中だった。

ドアをノックする音がした。

どうぞ、と答えると、中肉中背で右肩にバックパックを担いだ若者が入って来た。

「突然お訪ねして申し訳ありません。以前、お手紙を差し上げたソムチャイ・パナラットです……」

中子はソムチャイを見つめて小さくうなずき、目許や顎の形が自分に似ていないか確かめるため、もう一度素早く視線を送った。〝Someone Like You〟（『あなたに似た人』）って小説、誰が書いたんだっけ……。

「サラは元気か」

ソムチャイが〝はい〟と答えると、

「まだバンコク病院に勤めてる？」

「いえ、今はプラモンクットクラオ陸軍病院に。一昨年、婦長になりました」

中子は着席するよう、手で促した。

「来年大学を卒業して、帰国するんだって？」

ソムチャイは、手紙に書いておいた内容を、所属する醸造科学科では発酵食品が専門であること、「食品加工技術センター」で製造実習を受けて、現在は卒論に追われていることと等を要領よく説明した。

中子は、彼がひとしきりしゃべるのを、合の手を入れずに聞き終えてから、

「ここにいることが、どうして分かった？」

と訊いた。

「東京で、中子毬子さんに会って、その後メールで、この学校の住所と電話番号を教えてもらいました」

中子は少し間を置いてから、

「手紙は読んだ……、読んだが、正直言うと、どう対応すればよいのか分からなかった。わたしは、君が生まれていたことを知らなかったのだから」

と言った。

ソムチャイは、父が彼に親しみを覚えて、率直な感想を口にし始めたと感じた。

「わたしは……、会うことが出来れば、会いさえすれば父がどんな人か分かる。それだけが知りたくて、会いに来ました。

こうして実際に会えて、話すことが出来てよかった。とても嬉しい。感謝します」

と言って立ち上がり、父に右手を差し出した。

中子も立ち上がって手を伸ばすと、ソムチャイはその手を力を込めて握ったが、中子は軽く握り返しただけだった。

中子は母に愛されずに育ち、彼の方でも母に対して微かな嫌悪感を抱いていた。その結

果、愛されていることを確信している子供が浮かべる幸福な表情は彼には無縁で、母は無愛想な彼を、

「依怙地で頑なな性分や」

と決め付けた。

彼と関わった女性たち、サラや毬子は彼に愛情を注ごうとしたが、彼にとって、心が通じ合う関係は実《まこと》に居心地が悪いのである。サラも毬子も、共に失望させられる破目に陥った。

彼は、自身を認め、許し肯定する、言い換えれば自己を愛することが出来ないため、他者をも愛することが出来ないのだった。

中子は、ソムチャイの素直でナイーブな愛情表現に接して当惑し、どう振る舞えばよいか逡巡せざるを得なかった。彼は椅子にすわり直し、視線を落としてしばらく沈黙したのち、

「わたしには大事なものが欠けているかもしれない。父親らしい感情というか……、何故そうなのかは自分でも分からない」

と沈んだ声の調子で述べた。

ソムチャイには、自信に充ちて冷静に対応しているかに見えた中子が、急に態度を変え、覇気をなくしてしまったように感じられて、訝《いぶか》しい思いが募り、ただ曖昧にうなずいて父の顔を見つめていた。

ソムチャイは、新大阪駅で缶ビールを買い、車窓に展開するまだ紅葉の残る風景に見入った。頂上に雪を冠《かむ》った大きな山塊が左手に迫った。来る時には生憎、雲にすっぽり覆われて、富士山を見ることが出来なかったが、この山に出会えた自分はラッキーだと思った。東京に帰ったら早速、地図を開いて山の名称を調べてみよう。

車内販売で、サンドウィッチと「ワンカップ大関」を求めた。列車が高速でトンネルに入ったり出たりするのが面白くて、遊園地のアトラクションに乗っている気分である。ソムチャイは、酔いが回り始めたのを自覚した。

彼は、父の人となりが把握出来て満足していたが、同時に父が、彼には理解出来ないものを抱えて生きていることに気づいた。彼が握手を求めると、父は打ちのめされたような様子で彼には意外な言葉を口にしたが、毬子が彼に中子の住所と電話番号を知らせて来たのは、父のこのような反応を予想してのことだろうか。

ソムチャイは、もう一度毬子に会いたいと思った。

11

十二月十四日の午前十一時、出社した瓜生は、ひっきりなしに掛かって来る祝賀の電話に応対しなければならず、

「今日は、打ち合わせも会議も無理だろ」

とマネージャーの曽根一美《そねかずよし》に洩らした。

世界陸上ドイツ大会のエンブレム・コンペで、瓜生チームの応募作品が採用と決まり、朝刊で報じられたためである。コンペの記事の扱いは小さかったものの、広告業界関係者やスポンサー筋は、この栄冠を見逃さなかった。

夕刻までに、祝電は無論のこと、白やピンクの胡蝶蘭の鉢や花籠、シャンパン、ワインがStudio Arkに届けられ、アート・ディレクター仲間や洋酒会社、自動車メーカー等の宣伝部員も顔を揃えて、急遽、オフィス内で祝宴が催されることになった。

瓜生は期待通りの成果を挙げたことに満足し、今が人生のピークかもしれないという思いが、度々脳裡を掠めた。彼は曽根と竹井翠に、退職した桑洋一、黛エリカとも喜びを分かち合いたいと言い、手分けして電話させたのだが、どちらの実家も、口裏合わせをしたかのように、本人とは連絡が取れないと言って寄越した。

午後八時に、瓜生がお礼と解散する旨のスピーチをして、パーティはお開きとなり、曽根が溜池のアメリカ大使館近くに「ドナウ」という人気の店がある、そこで二次会をと言い出して、瓜生、曽根、竹井の三人と広告代理店の社員計六人が、タクシーに分乗して、そのビアホールへ向かうことになった。


ちづると可奈子、毬子の三人が「ホテル東亞」を出て、「ドナウ」に入店したのが午後七時半、寄り道しようと提案したのは可奈子だった。

この日、ホテルの部屋を決める際、毬子が、

「303号室は避けて、他の部屋に」

と言ったので、可奈子がその訳を訊くと、

「何となく」

としか答えない。ちづるが、

「最上階の部屋にしようか」

と言い、五階の部屋を選びはしたが、可奈子は毬子が何に拘っているのか、知りたくてたまらなかった。

ドイツ民謡の「乾杯の歌」を聞きながら、アイスバインを摘んで生ビールやワインを飲むうち、可奈子が再び303号室を話題にすると、毬子が、

「不動産業界の用語に、〝訳あり物件〟ってあるでしょ。あの部屋がそうじゃないのかな」

と言った。

「訳って？」

「スラブ語系統の言葉をしゃべる外国人女性が、あの部屋に出入りしてるかもしれない」

「その人に会ったの？」

毬子は首を振って、

「その女性は、わたしの妄想か夢の住人ってとこね、今のところ」

可奈子は訳が分からず、目を泳がせて出入口のドアの方を見遣《みや》った途端、思わず目を瞠《みは》

って、

「あら、瓜生……」

と言い掛けて絶句した。

「ドナウ」は、大小のテーブル席を備えた、大人数にも対応出来るビアホールで、ちづるたちはホール右側の壁に沿った席にいて、瓜生達は反対側の壁際のテーブルに着いたのだが、店内は満席に近い盛況で、可奈子が瓜生に気づかれる心配はなかった。

客席の真ん中には、背の高いツリー状の帽子掛けが据えられていて、酔っ払った客がいると、店のウェイトレスにネクタイをカットされ、アームに巻き付けられてしまうのも、この店の名物行事の一つである。ホール最奥部には舞台が設《しつら》えてあり、常時二組のバンドが交代で生演奏していた。ちづるたちが店に入った時は、ドイツやロシアの民謡が流れていて、瓜生たちが着席すると、ラテンナンバーに切り替わった。

曽根が、人数分のアクアビット（ジャガイモの焼酎）とソーセージの盛合せを注文するうち、メキシコ人の歌手が「キサス・キサス・キサス」を歌い始めた。日本人の好みをよく心得ていて、歌声は「ラ・マラゲーニャ」「カチート」「そよ風と私」と続く。

瓜生は、鼻下にチョビ髭を生やしている肥満体のメキシカンの顔を見て、彼が所蔵しているVHSビデオ、〝戦後スポーツのヒーロー〟シリーズに出演している外人プロレスラーの容貌を連想した。

そのシリーズは、第一巻が力道山《りきどうざん》、第二巻が長嶋茂雄《ながしましげお》、第三巻がファイティング原田《はらだ》……というラインアップで、第一巻に力道山の好敵手として登場する「メキシコの狂える巨象」ジェス・オルテガの人相が、この歌手と酷似しているのである。

瓜生は、オルテガが、力道山の空手チョップ水平打ちを胸板に食らって、ロープに吹き飛んだシーンをよく覚えている。

彼が誰に言うともなく、

「オルテガのそっくりさんだ」

とつぶやくと、竹井が、

「『大衆の反逆』を書いた人でしょ」

とフォローした。瓜生は〝違う〟と言おうとしたが、〝プロレスラーと哲学者を取り違えたって、何も不都合なことは起こらないと思い、黙っていた。

瓜生がトイレに立つと、代理店の社員三人も潮時とみて立ち上がり、挨拶して先に帰ってしまった。彼が用を足してトイレを出た時、五〜六メートル前方を、出入口のドアに向かって急ぎ足で歩く女性が目に留まった。彼がうしろ姿を見つめながら、誰だっけ、あの女、と思案し始めた時、背後のテーブルから〝瓜生さん〟と声を掛けられた。彼が振り向くと、妻と毬子が壁際の席に並んですわっている。

毬子が立ち上がって、

「この度はおめでとうございます」

と言い、ちづるが、

「スタッフの皆さんも一緒？」

と訊いた。

二人のテーブルに近付いて着席した時、彼は先程見掛けた女性が誰だったか気づいた。潮崎久美子、ファントム・クミコじゃないか⁉　背恰好と脹脛《ふくらはぎ》のラインで分かる。すぐに追いかければよかったが、女房の前でそんな素振りを見せる訳にもいかないしな……。

瓜生がバーボンを頼もうと目でウェイターを探していると、左手にネクタイを二本携え、右手にゾーリンゲンの裁《た》ち鋏を持って客席を巡回していたウェイトレスが傍らに立ち、

「飲み過ぎると、切っちゃいますよ、お客様のネクタイ」

と言う。彼が、

「君は〝お定《さだ》〟か。切りたきゃ、ここもチョン切っていいぞ」

とズボンのジッパーに手を掛けたので、ちづるが慌ててその手を押さえた。その場にいた三人の女性は、彼が何を言おうとしたのか、皆目見当が付かなかった。

瓜生がトイレから戻って来ないので、店内を見回していた曽根は、彼が女性二人と反対側の席で話し込んでいるのに気づき、安心して、

「瓜生さん、珍しく酔ってるね。大丈夫かな」

と言いながら、さりげなく右手を竹井のセーターの胸に伸ばした。

12

年が明けて、二〇〇八年一月八日（火）の午後五時過ぎ、麻布スタジオにいた瓜生の携帯が鳴った。旧知の通信社報道部次長からの速報で、世界陸上ドイツ大会の組織委員会マーケティング局が、エンブレム・コンペの再審査をすると発表したという。

瓜生の手許には、昨年末、瓜生の応募作品を正式に採用する旨の通知が届いている。目下、通信社ベルリン支局の現地記者が、マーケティング局の担当者に会って、背後の事情を取材しているので、詳細が判明した時点で再度連絡するとのことだった。

寝耳に水の知らせで瓜生は動揺し、撮影の立会《たちあい》は曽根に任せて、急遽 Studio Ark に戻り、電話を待った。午後七時を回って入って来た情報は、瓜生が予想もしなかった意外な内容だった。

採用が決まった瓜生の作品は、一九九二年に発表されたイタリア人デザイナーのエンブレムを、言わば下敷きにしており（次長は、剽窃《ひょうせつ》や盗用という言葉を使わなかった）、ミラノ在住のデザイナー本人に確認を取ったところ、使用差し止めを求めるとのこと、組織委員会は最終候補作の中から再選考する決定を下した。

「そのイタリア人デザイナーが、組織委員会に直訴した訳？」

「いや、そこんとこが妙なんですけどね、マーケティング局宛に、日本から英文の書簡が送られて来て、『アート・ディレクターズ・インデックス』(ADI) の一九九二年版を見て欲しい、国別に分かれている中のイタリアのページに、ミラノのデザイナーが作成したエンブレムが掲載されている、今回採用されたものと比較すると、という文面だったそうです」

「名前は？　差出人は誰？」

「Anonymous とあって、匿名で投書したって意味でしょうね」

デザイナーの名前と作品に覚えがない瓜生は、ワークショップと呼んでいる小部屋に急いだ。この部屋の壁側に、“ADI” のバックナンバーが、三種類に分類されて並んでいる。“ADI” は、ヨーロッパ各国のフォトグラファー、イラストレーター、グラフィック・デザイナーの作品を中心に、ジャンル別に纏《まと》めて、スイスのジュネーブの出版社から刊行されている商業美術の年鑑である。

瓜生は、“Art Directors' Index to Graphisists and Designers” の92年版を見つけ、震える指先でページを捲って、当該のエンブレムを探した。

ようやく見つかったその作品は、瓜生の応募作とベーシック・コンセプトが同じだと一目で分かる意匠だった。採用されたものは、瓜生が手を加えた分、色遣《づか》いが洗練されているが、基本パターンの発想に通底している要素があることは、素人目にも判断出来る。

一九八〇年代初め、当時、博報堂に勤めていた瓜生は、毎年この年鑑が刊行される度《たび》、ヨーロッパのアート・ディレクションの〝傾向と対策〟を知るため、また自身の作品のヒントにならないかと、写真やイラストレーションのディテールに気を配りながら、チェックを繰り返したものだった。

しかし、彼と同じ狙いで、"ADI"を見ていた日本のクリエーターは少なからずいた。ある年の"Art Directors' Index to Photographers"に次のようなCM写真が掲載された。

一見凡庸なサラリーマンに見える、背広姿の男性の上半身をアップで撮った画像だが、その男性は左手で黒縁の眼鏡を外そうとし、ワイシャツの前を開《はだ》けて、右手でネクタイを緩めようとしている。すると、ワイシャツの下に、青い布地に赤いSのマークが浮き出たスキン・スーツを着込んでいることが分かるという仕掛けで、アメリカの人気テレビドラマ「スーパーマン」の主人公クラーク・ケントが、今まさに変身しようとしている瞬間を、ストップ・モーションで見せようという趣向の、ウィットに富んだ作品である。瓜生は一瞬、"使える"と思ったものの、こうした"面白写真"のセンスをストレートに真似ることだけは絶対にしないというのが彼のADとしての矜持と不文律だったから、記憶に止《とど》めるだけにしておいた。

しかし、その後数ヵ月が経過してから、彼は大手出版社が発行しているビジネスマン向け男性週刊誌の一ページ広告に、全く同じ絵柄の写真が使われているのを発見したのである。スポンサーは、国内最大手眼鏡メーカーだった。

三種類刊行されている"ADI"の中でも、特に"to Photographers"が出回ると、エピゴーネンの手によるCM作品が次々に新聞や雑誌に登場するという事態を、瓜生は苦々しい思いで見ていた。その後、こうした露骨なコピー行為は行われなくなって、現在ではまず見掛けることがない。

だが、あろうことか、彼の最新作がそうであることを、海外コンペで指摘されてしまったのである。瓜生は、会議テーブルの上に“ADI”を開いたまま、茫然自失の体《てい》でオリジナルのエンブレムを凝視し続けた。

撮影を終えて戻って来た曽根は、事情を知って、

「桑洋一と黛エリカの行方を追いましょう。明朝、興信所に依頼しますよ」

と言った。瓜生は深い溜息を吐《つ》いて、

「二人の居所を突き止めても、彼らに責任を負わせる訳にはいかない」

と力なくつぶやいた。

翌日の朝刊でこの件が報じられ、扱いはエンブレムの採用が決まった日よりも大きかった。テレビのニュース番組でも取り上げられたが、Studio Ark に直接問合せや抗議の電話が掛かって来ることはなかった。瓜生は、業界筋がどのような反応を示すか気にしたが、取り敢えず目立った動きはない。

正午近く、瓜生の携帯にシニアモデルの女性から電話が入り、彼女はいきなり、

「落ち込んでる？」

と訊いた。瓜生が思わず苦笑すると、

「その気になったら連絡して」

と言うので、彼は〝分かった〟と上の空で返事した。

瓜生は、青山霊園へ下る通りの角にある喫茶店「FiGARO」の隣、ブティックビルの三階の共用トイレに籠っていた。つい一週間前も、彼はここで便座の蓋を閉め、「考える人」のスタイルですわり込んでいた。千葉県習志野市津田沼の大規模幼稚園の建て替えに、ADとしてはじめて設計段階から携わることになり、しかも設計は田代晋という願ってもないオファーである。十数分間、沈思黙考の末、〝遊びをせんとや生まれけむ〟という古謡が思い浮かんだ。この歌から幼稚園リニューアルのコンセプトが導き出せそうだ。急いで「FiGARO」に河岸を変えて、携帯でコピーライターの竹井翠に、この歌について調べ、屏風絵か何か、ビジュアル表現されたものはないか、国会図書館で確認して欲しいと依頼した。

しかし今、彼は同じ「考える人」のポーズながら、ここ数日間去来している様々な思いに、納得の行く筋道が付けられないかと思案をめぐらせている。一応の推論めいたものは導き出したものの、それが理不尽極まりないものであると感じざるを得なかった。

エンブレム・コンペの応募を終えたのち、突然曽根から、桑洋一と黛エリカの退職話を持ち出された瓜生は、当惑した面持ちで、「FiGARO」のテーブルに着いていたことを記憶している。

何の不満もないと言いながら、闇雲に辞めると言い募る二人の様子から、何か得体の知れない不穏な空気を感じ取ってはいた。しかし、それが何を意味していたか、その時点では推測しようがなかった。

これまでの仕事の進め方からすると、応募作のベーシック・デザインの中に、イタリア人デザイナーの作品を紛れ込ませたのは、桑だと考えられる。それを知っていた黛は、〝お話ししたいことがあります〟というメールを送って寄越したが、彼女は「無粋」のカウンターで黙り込んだまま、一向に用件を口にしなかった。あの時、多少のヒントでも与えてくれていたら、瓜生は直ちにベルリンへ赴いて、マーケティング局に掛け合い、応募作を取り下げる交渉をしていたはずだ。実際は、話が色恋沙汰の方向に進み、彼はHOTEL SULATAのベッドでどう振る舞うかしか考えなかった……。

俺の耳は、オールドワイズマン（老賢人）の忠告が素通りするように出来ている。しかも、近くの温泉施設で爆発事故があって、瓜生は慌てふためき、爆弾テロかも、と口走ってしまった自分が今でも許せず、顔から火が出る程の恥ずかしさを覚える。

では、そもそも何故桑は、瓜生の足を掬《すく》うような真似をしたのだろう。瓜生はかつて曽根から、桑と黛が〝出来ている〟と聞かされたが、そうしたスタッフ間の男女関係には、何の関心も払わなかった。二人が恋人同士だったとして、黛の瓜生に対する思慕の念が嘘ではなかったとすると、瓜生が何も勘付いていない間に、〝愛の三角形〟が出来上がってしまい、彼にはその危険を察知するアンテナが備わっていなかったということか。

瓜生は、日比谷の三信ビルディングの解体工事が始まる前、工事中に設けられる仮囲いのデザインを委嘱されたことを思い出した。

あの時、黛が、大正・昭和初期のアール・デコ調のモダニズム建築を代表する三信ビル解体を誰よりも惜しみ、吹抜けの天井を飾っていた〝黄道十二宮の星座〟を取り入れてはと発案し、瓜生がそのアイデアをよしとして、彼女を督励した。取り壊され、消えゆく建築物への二人の思い入れが共鳴して、エリカの瓜生に対する気持に化学反応めいた変化を齎《もたら》したと考えられなくもない。

黛の瓜生への思いに気づいた桑が、穏やかならざる心持で、エンブレム・コンペの応募作の作成に取り組んでいたとすると……。

瓜生はこうした憶測が、妄想の類に近いかと感じつつも、桑があのような行為に及んだ理由を、他に思い付かなかった。

こうした一連の出来事の流れの中で、瓜生に咎められるべき点があるとしたら、それは何か。応募作品を最終的に決定した時、類似のデザインの存在に気づかなかったことだろうか。しかし、彼は仕事柄、厖大な量の図案を日々目にしていて、十五年前に見た形と色をいつまでも覚えている訳にはいかないのも事実である。

このように思いめぐらすうち、瓜生は、彼が黛の誘いに乗って肉体関係を持ったことを、桑が知ったかどうかが、その後の成り行きに影響していないかと考え始めた。知ってしまったから、エンブレムが採用された暁には、既成のデザインからの流用であることを暴いて、瓜生にダメージを与えようと……。

曽根は、桑と黛が一緒に暮らしていると思い込んでいるが、そうとも限らないだろう。別れている可能性の方が高いのでは。すると、その原因を作ったのも、俺だということに……。

瓜生は自罰的な思考に嵌まり込んでいるのに気づき、気持を切り替えようとして、正月休みに読んだ本の一節を思い出した。

それはフランスの哲学者の著作から引用されたエピソードだった。商人がある町に行くことになり、AとBの二本の道のどちらかを選ぶ必要に迫られる。悪党の一味が出没するという噂が絶えないのはBなので、彼はAを選んだが、案に相違して追い剝ぎが現れたのはAの方である。

この場合、商人が自由意志によって主体的にAを選択したからといって、自身を責める必要はない。彼の判断と追い剝ぎの出現との間には因果関係がなく、それは人間が与《あずか》り知らぬ〝神の摂理〟に属する事柄である云々。

今回の椿事では、瓜生自身に、見知らぬデザイナーの作品を真似ようとする意図はまるでなかったのである。にも拘わらず、彼が〝自由意志〟によって〝主体的〟に剽窃する道を選択したと受け取られているのだから、この事態を〝神の摂理〟だと割り切る訳にはいかない。かといって、オフィス内の人間関係を持ち出して弁明するのは、ナンセンスである。責任逃れと批判されるだけだろう。彼が口に出来るのは、せいぜい〝わたしの不徳の致すところ〟といった情けない謝罪の言葉ぐらいではないか。

瓜生は擂《す》り鉢《ばち》状の穴に滑り落ちて行くような感覚に囚われ、身震いした。彼個人の問題ではなく、Studio Ark の存亡に関わるこの危機的状況を、何とか切り抜ける手があるだろうか。

13

瓜生が密《ひそ》かに予測した通り、エンブレムの盗用問題が繰り返し報道されることはなかったし、記者会見の場が設けられたり、テレビ番組のレポーターにいきなりマイクを突き付けられたりする事態は起こらなかった。

彼が怖《おそ》れていたのは、業界内部からの批判と中傷、仕事のキャンセルである。

昨年末、洋酒メーカーが無料で配布するトート・バッグのデザインがアップし、スポンサーの了承も取り付けて、サンプルの出来映えも申し分なかった。二月からテスト製造が開始され、四月から地方の酒販卸店に発送される見込みだった。瓜生は、昨年秋からベテランの女性イラストレーターと打ち合わせを重ね、ブルー地の表《おもて》には、夏の海の浅瀬に浮かぶビキニ姿の若い女性を、裏には、海岸への方向を指示する“BEACH”の文字が入った矢印を配して、消費者の好評を博したら、次はウィンター・スポーツをテーマに、と考えていた。

しかし、新聞報道から九日後の一月十八日、バッグの製造中止の報が、宣伝部の担当者からFAXで送られて来た。会議で検討し、〝諸般の事情に鑑みた結果、残念ながら〟とあり、瓜生は担当者本人が現れないで、紙切れ二枚の縁切り状を寄越したことからして気に入らなかったが、想定内の出来事として、努めて平静な態度を装っていた。だが、その翌週には、大手食品会社のコーヒー飲料の缶に使用する、ロゴマーク入りのラベルの制作進行をストップしたいという申し入れがあり、流石《さすが》にこうなると彼も落ち着いてはいられなくなった。

こうした手のひら返しの仕打ちは、これまで他人事《ひとごと》として見ていた経験はあったが、挫折したことが一度もない身には骨身に応えて、彼は呼吸が以前よりも浅くなったのではないかと感じ始めた。

契約書を交わした長期で定期の仕事は続いていたものの、新規の打ち合わせや進行中のキャンペーン会議が延期され、彼のデスクに置かれているカレンダー型予定表は、櫛の歯が欠けるように、空きスペースが目立つようになった。

瓜生の苦衷《くちゅう》を察したスタッフ一同は、会議の場でも降って湧いた禍事《まがこと》に決して触れようとしなかったが、曽根と竹井の二人は、時折、物問いたげな眼差しで瓜生を見つめ、言いたいことを押し殺している気配を漂わせている。瓜生は再び、以前曽根が、桑と黛は〝出来ている〟と洩らしたのを思い出し、この二人の関係も以前と違っていて、何かしらのデリケートな感情や思いを共有している、つまり曽根と竹井は〝出来ている〟と思わざるを得なかった。彼は、配下のデザイナーたちの何気ない遣り取りや立居振舞にも神経を尖らせるようになり、Studio Ark に顔を出すこと自体をストレスと感じるようになってしまった。鉢植えのゴムの葉は、年初から埃をかぶったままだ。

一月末日の木曜日、瓜生は東京アートディレクターズクラブ（ADC）の臨時総会を開催し、意図したことではなかったが、こうした不祥事を招いたのは、すべて自分の責任と述べて、会長職を辞任する旨を告げた。予期していた出席者は、今後、東京のアート・ディレクターの勢力図が大きく変わる、同時に大口のスポンサーの獲得競争が始まることだけを考えていて、瓜生の将来を慮《おもんばか》るメンバーは誰一人いなかった。

ADCの会長職を辞した日の夜、瓜生はちづるに、何がどのような経緯で起きたかのいっさいを、黛エリカとの一夜だけは省いて、淡々と説明した。彼は、容疑者が為出《しで》かした犯罪の詳細を懺悔《ざんげ》する調子ではなく、かといって自らに非がないことを弁明する風でもなく、事実関係だけを、客観的に語ろうと心掛けた。話し終わった彼が、冷蔵庫からビールの缶を取り出した時、それまで沈黙していたちづるが、

「これまでずっと、毎朝シャワーを浴びて出掛けてたでしょ。お湯を溜めるから、取り敢えずお風呂に入ってリラックスするといいんじゃない」

と言った。

瓜生はぬるま湯に首まで浸かり、何度も大きく息を吐《つ》いて、浴室の壁や天井を眺めながら、Studio Ark は Noah's Ark（ノアの方舟《はこぶね》）になってしまった、どこに流れ着いて、どん

な運命に翻弄されるんだろうと独り言ちた。

彼には、名誉回復が必要な状態に身を置いた体験がなかったため、それが心身にどのような影響を及ぼしているかの自覚が足りなかった。耐性は充分あると、根拠のない自信に支えられて、ストレスフルな日々を出来得る限り何食わぬ顔をして遣り過ごすことだけを考えていた。久し振りの入浴で、これまで溜まっていた精神的疲労が、一挙に噴き出すかも知れないという一抹の不安が頭を掠める。

彼は、心のどこかに罠に嵌《は》められたという被害者意識を抱いてはいたが、嵌めた相手を怨んで、怒りの感情を増幅させたりはしなかった。額から頬を伝って流れ落ちる汗を拭いもしないで、

「〝神の摂理〟ったって、俺にとって一方的に不利な状況を按配してくれる神様は、どうにも不公平で無慈悲な性格の持主じゃないか」

と繰り返し考え続けるだけだった。彼は、湯の中から右手を出して手のひらの運命線を見つめるうち、一瞬意識を失い、鼻孔が湯を吸い上げた途端に覚醒して、

「剣呑《けんのん》、剣呑」

とつぶやきながらバスタブの縁《へり》に左手を掛け、勢いをつけて立ち上がった。

彼が洗面所に常備してある薬箱から、ハルシオンの錠剤を取り出そうとした時、背後から近付いたちづるが、

「飲まなくても眠れるでしょ」

と言って睡眠導入剤を取り上げ、箱の蓋を閉めた。

ベッドに入った瓜生は、直《す》ぐには寝付けないまま、まず黛エリカの乳房のかたちを思い浮かべようとし、次にファントム・クミコの脹脛《ふくらはぎ》のラインを連想した。更に唯一人、彼に慰めの言葉を掛けてくれたシニアモデルの女性の蠱惑《こわく》的なヒップの形状を幻視して、〝懲《こ》りない奴〟と言われても仕方ないなと自嘲の笑みを浮かべた時、彼はベッドの横に、バスタオルを体に巻き付けたちづるが立っていることに気づいた。

ちづるは瓜生の左脇に潜《もぐ》り込み、タオルをベッドの外に落として、彼の体に覆いかぶさり、右手で彼の頭を抱えて、左手でパジャマと下着を手早く脱がせた。意外な展開に驚いた彼は身を硬くして、

「ちょっと……、待って」

と上擦《うわず》った声音で言った。

ちづるは彼の首筋から乳首に唇を這わせたのち、左手でペニスを愛撫し始め、彼が勃起するのを待ってから体位を変えて、オーラル・セックスの姿勢に移った。

瓜生は、彼女がこのように滑《なめ》らかな動きで肌を合わせ、性行為をリードすることに圧倒されて、

「誰に教わった、こんなこと」

と思いは有らぬ方向にさまようばかりだった。

瓜生は、久し振りに、体の奥底からエネルギーが満ちて来る気配を感じて体を起こし、

ちづるの尻を背後から抱え込み素早くインサートして、リニア・モーターカーの速度で絶頂に達した。

脱力して虚ろな目付きで横たわる彼の体に、騎乗位から抱きついたちづるは、もう一度彼の頭を右手で抱え込み、耳許で、

「何があっても大丈夫」

と囁いた。

14

二月最初の月曜日、瓜生はいつも通り出掛ける仕度を整えたにも拘わらず、玄関ドアには向かわないで、

「オフィスに電話してよ、今日は休むって……」

と言い、ジャケットを脱いでベランダに出ると、共同住宅四階の高みから周囲の低層住宅を見渡し始めた。

この日、空は雲一つなく晴れ上がり、風は冷たかったものの日差しは穏やかで、近くの中学校の校庭から、体育教師の吹くホイッスルの音が切れ切れに聞こえて来る。

ちづるがそれとなく様子をうかがっていると、彼はいったん室内に戻り、クロゼットから折畳み式の小テーブルとディレクターズ・チェアを一脚取り出し、ベランダにセットし

て、冷凍庫からポーリッシュ・ウォトカ、キッチン・キャビネットの棚からバカラのウィスキー・グラスとアイスペールを抜き出して、氷を入れてから小卓の上に並べ始めた。ちづるがミネラル・ウォーターのペットボトルを手渡しながら、

「朝寝、朝酒、朝湯が好きな人は……」

と言いかけると、彼は、

「身上《しんしょう》をつぶすんだっけ。もうとっくにつぶれてるかもしれないよ」

と引き取って、酒瓶《さかびん》の栓を開けた。

瓜生がズブロッカの味を覚えたのは、中子のクルーザー“Anastasia”の船上においてである。ちづるは彼が、空《あ》けた瓶の中からバイソン・グラスを摘み出して香りを嗅いだり、時には嘗めてみたりするのを、何の為かと訝しく思うことがある。

瓜生は飲み始めてから直ぐに立ち上がり、自室に赴き、SONYのウォークマンとヘッドフォン、Putumayo World Music シリーズのCD六枚を携えてベランダに戻り、まずSAMBA BOSSA NOVA から聴き始めた。

ちづるも、GYPSY CARAVAN や RUMBA FLAMENCO などを共に聴いたことがあるが、瓜生が屋外で強い酒を呷りながらラテン・ナンバーを聴くなどということは、これまで一度もなかった。何か解決しなければならない新たな問題が起きたのかもしれない……。

正午を過ぎて、厚手のカーディガンを羽織ったちづるは、チェアをもう一脚運んで、瓜生の隣にすわり、ネスプレッソのカプセル・コーヒーをマグカップで啜る。瓜生はいつま

でも同じ姿勢を崩さず、音楽に耳を傾けながらグラスを口に運んでいた。そのうちちづるは、彼が何かを一心不乱に考えているのではなく、惚《ほう》けて白日夢を見ているのではないかという疑念を抱いた。彼女は、登校拒否の児童みたいだと悪口を言って、何か聞き出せればと思ったのだが、彼がそんな冗談は通じないレベルに入り込んでいるらしいことに気づいた。

瓜生は明らかに、年齢や社会的地位に適《ふさわ》しくない行動を取っているのだが、ちづるはそれが極度の緊張状態から齎《もたら》された精神の不安定さと結び付いていることを直感し、無表情のまま硬直して前方を見つめ続ける夫の横顔を、注意深く観察し始めた。

翌朝瓜生は普段通り家を出たが、翌水曜日の朝は、パジャマ姿のままリビングルームのソファにすわり込み、朝刊にも手を伸ばそうとしないで、テレビのニュース番組をぼんやり眺め、一向に出掛ける気配を見せない。そして、自室に戻ったきり出て来なかった。

昼過ぎ、ちづるは房総九十九里の白子町で内科医院を開業している弟に電話し、瓜生の精神状態に、何か異変が起きているかもしれないと告げた。弟は、

「日常生活に支障を来《きた》すような、具体的な兆候があるの？

何か強いストレスを感じて、それを我慢し続けてるようには見えない？」

と矢継ぎ早に質問した。それまで彼は、瓜生に降り掛かった災厄《さいやく》について何も知らされていなかった。もともと、社会の雑事は、さして気に留めないタイプである。ちづるが先

月来起こった事態について話すと、

「専門じゃないから、断定的なことは言えないけど、心療内科か精神科を受診するといいんじゃないかな。西新橋の慈恵医大附属病院に先輩がいるから、紹介状を書こうか」

と言った。

翌週、ちづるに説得されて、渋々《しぶしぶ》慈恵医大の精神神経科を訪れた瓜生は、ベテランと若手の複数医師による診察を受けたのち、待っていた妻と二人で、診断結果と今後の治療方針についての説明を受けた。

「奥さんはうつ病を疑ってらしたようですが、強いストレスに晒《さら》された時期は比較的短いし、死んでしまいたいとは思わない、記憶力や集中力が低下してもいないということですから、それほど深刻な病状ではなさそうです。

また、頭痛、腰痛、下痢・便秘などの症状もないようだし、EDの兆候も見られない」

「ED……？」

ちづるが問うと、

「erectile dysfunction、勃起障害」

医師はわざと素っ気無く答えた。

「――以上の所見を考え合わせると、うつ病の前段階、〝適応障害〟じゃないかと思いますね。症状は、抑うつ症状と不安症状に分けられ、暴飲暴食や無断欠勤などの行動が見られるのが特徴です。この病気は、放って置くと五年以内に四割の患者さんが、本格的なうつ病に移行してしまいますから、初期のうちに抑え込んでしまうのが何より大事」

初老の医師はそう言ったのち、

「〝適応障害〟は、物事を白か黒かで判断して、曖昧《あいまい》なところを認めたがらない気質の人が、ストレス状態に適応出来ない場合、罹《かか》りやすい病と考えられています」

と付け加えた。

引き続き若手医師が、

「瓜生さんには、〝支持療法〟をお勧めしたいですね。担当医が週に一度診察して患者さんの話に耳を傾け、信頼関係を築きながら、自信を回復し適応力を身につけることを目指すやり方です。

同時に、向精神薬の一つ、〝抗うつ薬〟を服用すれば、副作用がない限り、比較的短い期間で、憂うつ感や気分の落ち込みなどの症状が改善される可能性があります」

と述べた。

その日、帰宅したちづるは、自室から携帯でStudio Arkに電話を入れ、翌日の午後一時に曽根一美、竹井翠と「FiGARO」で会う約束をした。

曽根は顔を合わせるなり、瓜生の健康状態について訊ね、ちづるが慈恵医大の医師の診断結果を説明すると、

「すぐに復帰するのは難しいということですね」

と言った。

ちづるは、本人はこうした事態に至ったことを申し訳なく思っている、医師の予想通り、抗うつ薬の効果が二～三週間で表れれば、三月初めにでも、オフィス存続の問題も含めて、曽根さんと話し合いたいと言っていると告げた。

先月初めにエンブレムの盗用問題が起きてから、曽根はStudio Arkをどのようにマネージメントしていけばよいか、繰り返し考え、スタッフ一同と話し合いの場を設けて議論を積み重ねて来た。

Studio Arkは瓜生の個人事業所であり、彼のアート・ディレクションがなければ、仕事が続けられないのは明らかである。しかし、現状を踏まえると、瓜生がアート・ディレクターとして信頼を回復し、以前のように広告業界に君臨するのは至難の業《わざ》だろう。然《さ》りとて、いつまでも開店休業状態を続ける訳にはいかない。では、組織を解散し廃業するとなると、折角築き上げた現在のチームワークとクリエイティビティが失われ、スタッフ中、フリーランサーとして食べていけるのは、せいぜい二～三人程度である。

この相互に矛盾する状況を乗り越える方法を模索し続けた曽根は、竹井の〝瓜生さんには、シャドー・ワークをお願いして、別の場所で新しいデザイン事務所を始められない？〟という言葉をヒントに、彼と竹井がリードはするが、スタッフ間に序列を設けない組織作りを構想し始めた。

曽根と竹井が、この件をめぐって遣り取りを続けるうち、曽根が、

「Studio Arkの名称は継承出来ないから、新しいネーミングを考えてよ」

と言うと、竹井は、

「一九五〇年代に、ニューヨークで活躍したグラフィック・デザイナー集団、確か〝プッシュピン（画鋲）スタジオ〟って言ったわね。ああいう、ちょっと惚《とぼ》けたユーモラスなニュアンスの言葉がいいな。例えば……、〝ポストイット（付箋）スタジオ〟」

と思い付きを口にすると、曽根は首を傾げて、

「半端《はんぱ》仕事引き受けます、みたいな感じを受けない？　登録商標だし」

と言った。

曽根はちづるに、瓜生が花形アート・ディレクターとして、現在のチームを率《ひき》いていくことは最早不可能であること、であれば廃業する道しか残されていないが、その際の手続と以後の展開について、以下の三点を瓜生さんに伝えていただきたい、このことを前提に、三月の第一週にでもお会いしてご相談出来れば、と言い、ちづるはその要旨を克明にメモした。

その三点とは、次のような内容である。

個人事業主が廃業するには、事業廃止や青色申告の取止め等、各種の届出書の提出が義務付けられている。これは事業主である瓜生が行わなければならず、書類は曽根が用意する。

次に廃業後、曽根と竹井が中心になって、新しいオフィスを立ち上げる方向を考えているが、その際、問題になるのは資金面である。現在、Studio Ark の運転資金が瓜生名義で

銀行預金されていて、この預金を廃業・移転に伴う必要経費、リニューアルするデザイン事務所の設立資金として使わせていただけないか、つまり貸与してもらえるとありがたいという申し出である。資金は潤沢なので、仮に従業員に退職金を払うにしても、充分に余裕がある。また、瓜生は、オーナー的存在として背後にいてくれると共に、マネージメントとディレクションに関して陰のアドバイザーになって、表に出ないかたちで運営に加わり、我々を下支えして欲しいというのが、スタッフ全員の切なる希望と願い云々。

もう一つ、複写機、写真のビュアー、パソコン、スキャナー、プリンターなどの機器、作業机や椅子、会議用テーブル、書棚等の什器を、これまで通り移転先で使用出来れば……。おんぶに抱っこみたいな要望ばかりで恐縮ですが、我々スタッフが現状を生き延びる方法は、これが最善ではないかと。

ちづるがメモをし終わったところで竹井が、

「家賃の関係で、代々木や千駄ヶ谷あたりに手頃な物件がないか当たり始めてますけど、一昨日、鳩森《はとのもり》八幡神社近くのテナント・ビルの情報を耳にしました」

と言った。

その夜、ちづるから曽根の提案を聞き終えた瓜生は、

「随分早手回しに、色んなことを考えてるんだな。でも、今のスタッフが新たな環境で仕事を続けられるんなら、異存はないよ。

ただ一つだけ気になることがあるんだけど……」

ちづるがもの問いたげな表情で瓜生を見つめると、彼は、

「曽根君には妻子がいて、竹井さんは独り身なんだ」

と言って、

「そりゃまた別の話だけどね」

とつぶやいた。

15

午前中は、仲町台の緑道を茅ヶ崎南《ちがさきみなみ》か北山田《きたやまた》か、どちらかの方角に向かって散策し、帰宅して朝昼兼用の食事を摂ったのち、シエスタと称して一～二時間の仮眠を取るのが瓜生の日課になった。そのあと読書したり映画やドキュメンタリー・フィルムのDVDを観て、夕方ちづると共にスポーツジム「オアシス」に行き、ストレッチしてから入浴し、四十分間マッサージを受ける。

時折、近所の居酒屋に出掛けたり、学生時代の友人に会うため都内に出向くこともあったが、瓜生の日常は凡《およ》そこのようだった。

ちづるは彼に付き合って、一緒にDVDを観ることがあったが、そのうち瓜生の映画の好みが変わったのではないかと思うようになった。最近観たのは、「イブの三つの顔」、「めまい」、「ピクニックatハンギングロック」の三本だが、何れ《いず》も謎が隠されたミステリ

アスなストーリーばかりで、コレクションしていた戦前戦後のフランス映画は決して観ようとはしないのだった。

時々、普段は手入れなどしたことのないライカを取り出し、細かな塵や埃を拭き取ったりレンズを磨いたり、書棚の隅から尾辻克彦《おつじかつひこ》の『ライカ同盟』を抜き出して、拾い読みすることもあった。パソコンを開くことはめったにない。

こうして一日の大半を夫と共に過ごす日々が長く続くのは、ちづるには結婚以来はじめてのことで、かつて海外旅行した思い出を語り合ったりする機会は、これまでなかった気がする。しかし、二人の記憶は、細かいところで重点の置き方が異なっていて、ちづるがほとんど忘れかけている出来事に、彼が今でも拘っているのを知って、内心驚かされたりした。

二人は、インドネシアのバリ島に行き、中子毬子が予約してくれたリゾートホテル、アマンダリに宿泊したのだが、ちづるが、プールから眺めた渓谷美や、老舗の日本旅館を思わせるシックなインテリアのヴィラ、ハンサムなイタリア人シェフなどについて語ると、瓜生はそんなことよりという口吻《くちぶり》で、

「あの人形、やっぱり買っときゃよかったな」

と言った。

アマンダリには、エントランスの傍らに土産物店の他、アンティーク・ショップがあり、二人は高級品ばかり扱うその店で、十七〜十八世紀の木彫りの彫刻を見掛けたのだった。

それは、床に見立てた長方形の板の上に、バリの民族衣裳を身に纏《まと》った中年夫婦が横座りしている奇妙な木彫《もくちょう》で、夫の座高が五十〜六十センチ、妻は四十〜五十センチくらいのサイズだったか、不思議な存在感を漂わせている代物《しろもの》だった。すべてが大木の一つの木片から彫り出されていて、人形と板とは切れ目なく繫がっている。

瓜生は、気になって仕方がない様子で、滞在中何度も見に行ったのだが、ちづるは一目見ただけで気味悪がって、

「駄目よ、買わないで」

と言い続けたのだった。

「持ち運ぶには大き過ぎるじゃない」

「航空便で送ってもらう手もある」

価格が日本円で五十万円を超えているし、仮に玄関に置くとして、この夫婦に見送られたり出迎えられたりするのは真っ平御免、何か怨霊みたいなのが憑《つ》いていて、日本に持ち帰ると、不吉なことが起きるかもしれないわよ、とちづるがどうしてもOKしなかったため、瓜生は結局買うことが出来なかった。しかし、彼は今でも、〝惜しいことをした〟と思っているようなのである。

雑談しているうち、こうした夫婦の間の些細な溝や亀裂を見つけるのは新鮮でもあったが、それとは別に、ちづるは次のような感想を抱くようになった。

瓜生はこれまで三十年間、業界の熾烈な競争を生き抜いて来たのだから、今後再び修羅

場に赴く必要はないのではないか、このまま何事もなく、平穏な暮らしを続けて、小さな諍いや仲直りを繰り返しながら、翁《おきな》と媼《おうな》になっていけばいい……。最近彼女は、夫が彼女の心の動きに敏感になって来ていると思うことがあり、それは仕事に追われ続けていた時分にはなかった傾向で、好もしい変化だと感じてもいる。

だが、同時に彼女は、現状を維持していくには、経済的な裏付けが必要であることにも気づいていた。瓜生がファイナンシャル・プランナーに依頼して、資産のポートフォリオを作ったのは知っていたが、その中身については何も教わっていなかった。ちづるは、瓜生に時間を予約してもらい、彼のFPに会ってみることにした。

新横浜駅近くの雑居ビルの五階にある事務所で待っていたのは、大柄な中年女性で、〝北見芙美子《きたみふみこ》です〟と名乗った。北見FPは、瓜生の資産内容について、まず有価証券別の説明を試みたが、ちづるには具体的なイメージが湧かないことを見て取り、全く別の角度から解説し直した。

ちづるに毎月の生活費の額を訊き、その額が今後十年間必要だとして、電卓で数字を出してメモしておく。

「これは瓜生さんがリタイアした場合に要《い》る生活資金を試算してみた訳ですが、何故十年間かと言うと、瓜生さんは毎月、保険会社が設定している個人年金の掛金を払ってらっしゃるでしょう、払い終わるのが十年後、六十二歳の時だからです。

六十三歳から、個人年金の支給が開始され、国民年金と合算すると、サラリーマンが約四十年間働いて得る厚生年金プラス国民年金の平均額とほぼ同じになります。

この厚生年金プラス国民年金の平均額は、生活していく為だけに費やされる金額で、教養娯楽費、つまり観劇やスポーツ、旅行などの費用や交際費は含まれていません。その為凡そ五万〜十万円を、預貯金の中から毎月取り崩していくというのが、一般的なパターンです。

いつか瓜生さんとお話ししていた時、丸善で外国の写真集などを見掛けると、後先《あとさき》考えず買ってしまうとおっしゃってましたが……」

ちづるは大きくうなずいて、

「そうした本に関しては、金銭感覚が麻痺しているかも」

と応じた。

「瓜生家の場合、このエクストラを十万円ではなく、二・五倍の二十五万円にしておけば充分贅沢な生活が出来るはず。それに、計算はしませんが、奥様の国民年金もあるのですから。

月二十五万円の支出が、日本人男性の平均寿命プラスアルファの八十二歳まで続くと仮定すると、トータルはこの金額に」

と言って北見FPは、電卓の数字を再びメモし、ちづるに示した。

「先程の十年分の生活資金、それをこの二十年分に足すと……。合計金額を今の資産から引けば、三十年後の時点でも、一億円を優に超える額のお金が残されていることになります」

北見FPは、いったん話を切ってから徐《おもむろ》に、

「ですから経済的には、〝何があっても大丈夫〟」

と言って微笑んだ。

抗うつ薬の効き目はあらたかで、二月末、瓜生は次第に復調し、田代晋とのコラボレーションも、僅かながら前進し始めた。田代は自室で、まだ現地に赴いていない瓜生に、五十カットを超える写真を見せながら、大規模幼稚園の立地条件を建築家の立場から分析してみせた。

ある日ちづるは、瓜生が散策中考えごとをしていたため、東山田《ひがしやまた》を越えて高田《たかた》近くまで歩いてしまい、〝帰りはバスに乗った〟と語った時、確かな回復の兆しを感じ取った。

食後のシエスタも、瞑目してはいるが、寝入っている訳ではなく、何かを思い返したり、深い物思いに沈んだり、精神が活発に働いている様《さま》は、たびたび体の向きを変えたり、足を組み替えたりする様子からうかがい知れる。

三月初めの日曜日の午後、瓜生はいつものようにソファに横になって目を瞑り、頻《しき》りと思案をめぐらしている風だった。この日の朝刊を手にしたちづるが、ソファの端に腰を下ろすと、瓜生は目を閉じたまま、

「ねえ、君は……」

と、唐突に話し掛けた。

「……三省堂の『デイリーコンサイス英和辞典』、持ってなかったっけ」

ちづるが、

「高校時代に買ったのが書棚にあると思うけど、それが何か？」

と訊き返すと、彼は、

「いや、何でもない……、忘れて」

と言って、何かが解決して安心したのか、リラックスして軽い寝息をたて始めた。

16

中子からは連絡がないまま、年が明けた。年始に毬子は、彼と電話で話そうと決意した。年末、メールを送ろうとしたのだが、感情的になり、どうにも文章が纏《まと》まらなかったのである。

中子がフィリピーナと同棲している事実を毬子が把握している、まずはそのことを彼に知らしめる必要がある。彼は弁解するかもしれないが、一応、話を聞いておいてから離婚を提案し、いつ手続するか、ストレートに問うてみよう。

土曜の夕刻、毬子はＥＥＳ大阪校に、自宅から電話を入れた。電話口に出た中子は、彼女が用件を切り出す前に機先を制して、

「あのソムチャイいう若者、ま、事情は知っとるやろ、俺の息子やけど、年末大阪まで会いに来た。そうするよう仕向けたんは、唆《そそのか》したんは君と違うの……」

と一気に捲《まく》し立てた。毬子は途端に電話を切り、彼が追い掛けてコールするのを無視し続けた。

話し合いは無理だ。彼は対立すると、負けたくないと考え、引こうとしないタイプである。彼の居丈高な物言いを耳にして、再び怒りのマグマが噴出したものの、今度は冷静に対処しなければ、と自制心が働いた。

わたしが唆したという指摘は、間違ってはいない……。

毬子は、かつて団体旅行の解約をめぐるトラブルが起きた際、広報室から紹介された社の顧問弁護士の顔を思い浮かべた。離婚の件を、弁護士を通じて事務的に処理出来るなら、多少の費用が掛かろうと余程気楽ではないかと思い、更に、自身と中子との心理的葛藤についても考え始めた。

男女の間では、求愛する側が弱者であり、される側が強者である。毬子が心を通わせようとアプローチしても、中子は受け付けないので、彼女は常に下位に立ち、上位の彼に支配されているように感じてしまう。こうした心理的にバインドされている状態から抜け出そうとするのが、〝別れる理由〟の一つだと思ったところで、アルコールが欲しくなった。

時計を見ると、針は午後五時を回っている。

社の顧問弁護士に離婚調停を依頼した毬子は、ソムチャイから、もう一度会いたいというメールを受信した。彼女は、〝一月二十五日の金曜日、午後六時に「珈琲庵《いおり》」で〟と返信した。

席に着いたソムチャイは、中子と会った時の遣り取りを忠実に再現し、父に会えたのは嬉しいが、応接の仕方が腑に落ちないという意味のことを述べ、毬子はどう思うかと問い掛けた。

毬子は、彼女が中子に悪感情を抱いていて、あなたの父親を慕う気持を言わばダシにして、彼を困らせようとした、その点は本当に御免なさいと謝り、

「でも、彼がそんな対応をするとは思わなかった。親子の情が絡む場面では、弱気になることもあるのね」

と言い、彼女が知らなかった彼の一面を発見した気がすると言い添えたが、ソムチャイは納得した風ではなかった。

毬子とソムチャイ双方にとって、中子は分かりにくい人間で、それは彼が「とかく浮世は色と金」と思い定める俗物でありながら、妻や息子と心を繋ぐことが出来ないのを気に病む面を併せ持つインテリ男性であるからだ。

毬子は話題を変えて、〝起業の件だけど〟と、タイで泡盛を作ってみたいというソムチャイの夢について語り始めた。

「ちょっと調べてみたら、タイ米を使って造る焼酎、『ラオカオ』とか『モンシャム』で

したっけ？　タイでは、伝統的な食中酒がすでにいくつか流通してるのね。そうしたメーカーを会社訪問してみれば、あなたなら技術レベルや味の水準が分かるでしょうし、タイ産焼酎が酒類販売全体でどれくらいのシェアを占めてるか、海外資本が入っていないかも知りたいわね。

要するに、マーケット・リサーチが先で、公共機関で統計や情報を持ってるとこがあるはずだから、そっちに当たる手もある。

あなたが本気なら、わたしはパトロン、じゃなくてパトロネスか、になってもいいと思ってるの。最初は小規模で開業するでしょうから、バーッと円の為替差を考えると、資本金はわたしの預金でも賄《まかな》えるんじゃないかな」

ソムチャイは喜色を浮かべて、

「早速調べて、御報告します」

と言った。

「それと、今タイ国内には、不法滞在者も含めて、十万人近い日本人が在住してるんですって？」

ソムチャイがうなずくと、

「仕事でバンコクに行った時、日本人会の幹事を務めている女性から聞いたんだけど、在留邦人を対象に、あらゆる種類の日本食品が直輸入されてるそうね。だったら味噌とか納豆とか、発酵食品を現地生産出来ないかしら。どれくらいの需要が見込めるか、日本人会で扱ってもらえるか、取り敢えずこの人に会って、相談してみるといいと思う」

毬子が日本人会幹事の名刺のコピーを手渡すと、ソムチャイは、

「投資するなら、邦人相手のビジネスの方が旨味があるかもしれませんね。発酵食品に限らず、例えば豆腐なら、邦人だけじゃなくて、タイ人のあいだにも販路を広げることが出来るような気がします」

と言った。

彼がコピーをバックパックに仕舞うと、毬子は彼にこのあと予定がないことを確認し、

「今夜、ちょっと付き合ってくれない？」

と訊いた。

二人は「珈琲庵」を出て、神田明神下の交差点でタクシーを拾い、運転手に行先を訊かれた毬子は、

「赤坂」

と答えた。

303号室に入ると、部屋の佇《たたず》まいは、ちづる、可奈子と三人で来た時と少しも変わっていないように見えた。L字型のソファや回転台と円形ベッドの位置もそのままで、三方の壁と天井に鏡像が連鎖、反復されていく様も同じだった。

毬子がソファに腰を下ろすと、ソムチャイは鏡に映る二人の像を見回しながら、

「日本語学校で使った副読本に、江戸川乱歩の短篇が載っていて、こういう部屋に閉じ込められた男の話だった……」

とつぶやくように言った。

毬子は立ち上がって、円形ベッドのヘッドボードの操作盤をのぞいてみると、「RIGHT TURN」のボタンは、相変わらず黒いテープで塞がれ、未だに故障中である。その時彼女は、ベッド脇の小テーブルの上に、蛍光管がΩ《オーム》のかたちをした卓上ランプが置かれていることに気づいた。

この部屋の中に新しく登場した備品は、恐らくこのランプだけだ。

毬子がソムチャイに、シャワーを浴びるよう囁くと、彼は躊躇う風だったが、すぐに決断し、無言でバスルームに向かった。

毬子はベッドに腰掛けて、ランプの明かりを見つめる。彼女は、ソムチャイと会うなら、中子と同じ、微かに酸性を帯びた彼の体臭を嗅いでみたくなったのだ。以前のように、気取られないよう背後からこっそり嗅ぐのではなく、正面から抱き合って、項《うなじ》や耳の裏のにおいを心置きなく嗅ぐ……。

かつて中子と知り合った頃、毬子は、彼の巧みな性戯に導かれて、はじめてセックスの喜びを知った。今、彼と別れるに際して、彼女は、彼の分身と、経済的にも肉体的にも深い繋がりを持ちたいという欲望に駆られている。中子に対して、これ以上のしっぺ返しはないだろう……。

その時、卓上ランプがジジッ、ジジッと小さな音を立てて点滅し、いったん消えたのち、すぐにまた点灯した。彼女は周囲をうかがうが、何も起こらない。鏡面には、彼女以外誰も映っていない。

毬子がバスルームを出ると、下半身にバスタオルを巻き付けたソムチャイは、ソファにすわって、鏡の中に設置された大型テレビを見上げていた。温泉宿の浴衣《ゆかた》を着た男女が、和室の蒲団の上で絡み合うアダルト・ビデオを観ているのである。毬子も並んですわり、一緒に観るうち、女優の顔だけクローズアップが多用され、男優の顔には終始スモークが掛けられていることに気づいた。

二人はソファで抱き合い、毬子が先導して円形ベッドに移り、ソムチャイは前戯もそこそこにインサートして、十分も経たないうちにあっけなく果てた。彼は暫《しばら》く瞑目して、ベッドの上に横たわっていたが、急に起き上がり、

「待ってて」

と言い残して、バスルームへ去った。

シャワーから戻ったソムチャイは、打って変わって落ち着いた様子で、毬子の腋の下から乳房にかけて舌を走らせ、指先でクリトリスとワギナを愛撫して、彼女の性的興奮が高まるのを辛抱強く待った。

ソムチャイの体臭を嗅ぎながら、彼のペニスをソフトタッチしているうち、毬子は官能の高まりを感じ始め、次第に喘ぎ声を洩らすようになる。

ソムチャイがピストン運動を始めた時、毬子は再び、ジジッ、ジジッという明かりが点滅する音を耳にした。何かの合図ではないかと思った途端、誰かがすぐ傍《そば》で二人の性行為をのぞき込んでいる気配がした。彼女は目を開けようとしたが、どうにも瞼が重く、顔の筋肉が動かない。

毬子が快感を抑制出来なくなり、身悶えする様子を見て、気配の主は、外国語を交《まじ》えながらクスクス笑い始めた。

ソムチャイの腰の動きが激しさを増して、毬子が嗚咽《おえつ》に似たよがり声を上げた時、クスクス笑いは哄笑に変わった。

17

毬子は再び廃墟の夢を見て、目を覚ました。

彼女は、禿山の頂上にある、UFOに似た巨大な建造物の床に溜まった水の中に、靴を履いたまま入って行く。高い天井の裂け目から、渦巻きながら吹き降ろす風と共に舞い込んで来た数羽のツバメが、鋭い羽音を立てて飛び交う。

いつも毬子は、膝下まで水に浸かって、何かが現れるのを待っているのだが、今回は、彼女の方から誰かに会おうとして、この場所に来ている。しかし、誰と何の為に会おうとしているのか、定かではない。

彼女が水の中を二、三歩進むと、急に床面が傾斜して、深みに嵌まりそうになる。慌てて踏み止まろうとしたところで覚醒した。

夢を見た当日、彼女は昼休みを利用して社の顧問弁護士を日比谷の事務所に訪ねて再度打ち合わせをし、着手金を払った。手続としては、まず協議離婚を持ち掛け、決着しなければ離婚調停、離婚訴訟に進むという流れだ。

三日後、遅く帰宅すると、一通のファクシミリが届いていた。弁護士からの連絡かと思って手に取ると、中子脩宛で、「出港届」とあり、発信人は「シーボニア・マリーナ」のスタッフである。

クルージングに際して、スキッパー（艇長）は、あらかじめ所属するマリーナに、航海スケジュールなどを所定のフォーマットに記入して提出する義務がある。それが「出港届」である。航海中、寄港・碇泊する場合、事前に先方のマリーナの許可を取り、碇泊栈橋を確保しておかなければならない。各マリーナにはそれぞれ独自のルールがあって、手続が煩雑なため、中子は「シーボニア・マリーナ」事務局にそれらの業務を代行してもらうことが多く、同時に「出港届」の作成も依頼することになる。

中子がクルージングのプランを大阪から送付し、「シーボニア」は、諸手続を済ませた上で作成した「出港届」を、EES大阪校校長室に送った。その際担当者は念の為、披露山の自宅へも送信したのだが、中子はそのことを知らない。

毬子は、これまで〝ライブラリー〟の夫の机に置かれた「出港届」に何度か目を留めたことがあるが、今回はじめて中身をじっくり読んでみて、中子が計画しているクルージングの詳細を知ることになった。

〝Anastasia〟は、二月二十三日、十四時に小網代の「シーボニア」を出航して熱海に向かう。熱海の「スパ・マリーナ熱海」への到着予定時刻は十六時。一泊して、翌二十四日朝、初島《はつしま》へ。初島からいったん熱海に戻ったのち、十六時、「シーボニア」に帰港。

毬子は、スケジュール表の隣に併記されている「注意事項」の中に、

「二月二十四日の日没時間は、十七時三十一分です。従って貴艇の最終帰港時間は、十六時三十分となります。厳守して下さい」

という記述を見つけた。「シーボニア」では、目視可能時間内の帰港を義務付けている。

昨年暮、「江の島シーキャンドル」から眺めた日没は、確か十六時二十九分だった。するともう一時間も日が長くなっているのか……。毬子はもう一度「出港届」に見入って、書面の最下段にある枠で囲まれた乗組員記載欄に注目した。

「Christina Mariano」と記されているところから、中子が女連れでクルーズしようとしていることが分かる。毬子は、夢の中で自分が会おうとしていた相手は、この女性であったことを確信した。昨年末、母が電話で知らせて寄こしたフィリピーナに違いない。

「出港届」のスケジュールに照らしてみると、彼らは二人で「シーボニア」から出港するのではなく、中子が大阪から新幹線で来た彼女と熱海駅で待ち合わせ、その夜は熱海市内

で一泊し、翌日、初島クルージングののち、熱海港に戻って、女性を再び新幹線で大阪に帰す、という段取りのようだ。

浄明寺の住職は、毬子の母に告げ口して、中子は愛人のフィリピーナを共同経営者にしようと目論んでいるなどと吹き込んだのだが、毬子は、彼がすでにこの女性をEES大阪校の経営に参画させていると思い込んでいた。マニラ校のマネージメントは、中子、ポール・タン、毬子のトロイカ体制だが、大阪校は中子がワンマンで牛耳っているはずで、クリスティーナが経営に携わっているとしたら、彼女は学校事業のエキスパートなのか。例えば、アヤラ財閥のような資金力のある組織が背後に控えていて、EESをフィリピンや日本でチェーン展開する方針の下、送り込んで来たとか……。

毬子には、女性の容貌、経歴など見当がつかず、かといって、今更母親に、探偵社から提出された報告書を送ってくれとは言えやしない。

一体何者だろう。

毬子の中で、この女性を一目見たいという強い衝動が湧き起こった。

中子は、毬子がキャビン・クルーザーに対して、どのような不満を抱いているか、よく承知している。この船こそ彼の身勝手な生き方と虚栄心の象徴だと言いたい彼女に、乗船するよう勧めたことはないし、「シーボニア」に招いたこともない。彼女が知る限り、これまで中子と“Anastasia”に同乗したのは、瓜生甫《はじめ》ただ一人である。

仕事上のパートナーで愛人でもある女性を大阪から呼び寄せ、クルーザーに乗せて接待するとは、中子らしからぬ行動パターンとサービス振りだが、それが意味するところは、二人を遠目からでも観察出来れば、解き明かせるのではないかと毬子は考えた。

その日は土曜日で、毬子はタートルネックのセーターに、脚にぴったり貼り付く細身のジーンズを穿き、革のブルゾンを羽織って、顎のラインを隠すため首に長いウールのマフラーを巻いた。更にメタルフレームの伊達眼鏡を掛け、ミドルブーツを履いて玄関の姿見の前に立つと、まるで別人に見えたので驚いた。

ツゲの垣で囲われた車寄せを出たところで、何度か言葉を交わしたことのある近所の老婦人と出会い、会釈をしたが、相手は怪訝そうな顔付きのまま歩き去った。毬子はこの日の変装に自信を持った。

大船で横須賀線から東海道線に乗り換え、熱海駅に十四時三十八分に着いた。“Anastasia”の到着まで、まだ充分時間の余裕がある。毬子はゆっくりした足取りで駅前広場を横切ると、仲見世アーケード街の坂道を下り始めた。事前の調べで、マリーナまでの道筋はしっかり頭に入っている。熱海には新人研修や団体旅行の添乗員として何度か来たことがあるから不案内ではないが、一歩車道から外れると、小道は迷路のように入り組み、行き止まりになる路地と階段が蔓延《はびこ》って、往生した記憶がある。しかし、行き止まりには、決まって温泉が噴き出している小さな岩井戸のあるのが不思議だった。

アーケードを抜けて、坂道が急カーブする左角に、「歓迎　御宿泊　御入浴　御休憩竜宮閣」と軒懸《のきが》けした大きな看板と、玄関の両脇をヤツデやアオキの植込みで飾った昔ながらの温泉旅館を見つけた時、彼女は、駅に降り立って以来、ずっと何か見落としたものがあるような気がしていたのだが、やっとその正体が知れた。

彼女は新入社員の頃、熱海に来ると、駅前に、屋号を染め抜いた法被《はっぴ》を着て旗や幟《のぼり》を持った呼び込みさんがずらりと並んで、賑やかに客引きしているのをよく目撃した。呼び込みは宿の番頭さんが受け持つと聞いたが、中には強引に客の袖を掴んで離さない者もいた。まだあの時代には、井伏鱒二の『駅前旅館』に描かれたような風俗が残っていたのだ。彼女は、消えてしまった慣わしを回想して、ノスタルジックな気分に誘われた。今回、久し振りに熱海駅頭に立って欠落感を覚え、それが何に由来するのか思い出せないまま坂道を下りて来て、「竜宮閣」を見掛けた弾みに、呼び込みさんの客引きを想起したのだ。

毬子はふと、中子とクリスティーナは、熱海でどこに宿泊するのだろうと思った。「ヴィラ・デル・ソル」のような、こぢんまりした高級ホテルか、それとも……。

曲がりくねった道を下って、「七尾たくあん」や「常盤木《ときわぎ》羊羹店」などの老舗が、まだ健在なのか確かめつつ歩く。熱海銀座の交差点を左折して、道なりに進めば自然と海へ導かれるが、毬子は右方向にニューフジヤホテルのエントランスを見て、久し振りに立ち寄ってみる気になった。

ニューフジヤホテルには昔、何十組もの団体客を送り込んだことがある。確か一階の端に、外部の客も利用出来る喫茶室があったはずだ。喉を潤すつもりで広いロビーに足を踏み入れると、やたら人が多くて騒々しい。疾《と》うに還暦を過ぎていると思しき女性客が、三々五々屯《たむろ》して、何かを待ち構えている風情である。フロント近くの立て看板に近寄ってみると、「フォーリーブス　再結成公演」とあった。

アイドルグループの草分け的存在であるフォーリーブスは、毬子も小学生の頃、ファンだったことがある。一九七八年、彼女が高校二年生の時、解散したのもよく覚えている。メンバーは、北公次《きたこうじ》、青山孝史《あおやまたかし》、江木俊夫《えぎとしお》、おりも政夫《まさお》の四人だった。あれから三十年経った現在、彼らはもう六十歳近いのでは？

毬子は今日、変装してやって来た熱海で、フォーリーブスの再結成公演に出会《でくわ》して心が弾み、人生、何が起きるか分からないとの思いを新たにした。

彼女は満席の喫茶室は諦めることにして、ホテルを出て海をめざした。

海岸通りを横切って、「スカイデッキ」と名付けられた遊歩道から「スパ・マリーナ熱海」の桟橋へと向かう。風のほとんどない曇り空で、時折雲間から薄日が零《こぼ》れる度《たび》、正面に位置する初島の輪郭が際立つ。

大きな桟橋が四本、東に向かって伸び、その両側から横に櫛の歯のようにいくつもの小桟橋が突き出している。毬子はざっと見て、碇泊している大小のヨット、プレジャーボートは百隻を下らないと判断した。主桟橋の先端部に、いくつか空いているバース（碇泊位置）がある。あそこがビジター用ではないか。桟橋からやや沖合に、左右から長い防波堤がマリーナを抱くように伸びて、先端に小型の白い灯台が見える。

「スカイデッキ」と桟橋の間には頑丈な鉄柵が設けられていて、ゲートは二つしかない。毬子はデッキの階段を下りて、ゲートの一つのドアノブを回してみたが、びくともしない。船から降りたクルーは、難なくドアを開けてデッキに上がり、談笑しながら街の方へ消えて行く。ドアはオートロックで、彼らは船に戻る際、専用の鍵を用いるのだろう。

　毬子は四つの桟橋が一望出来ると共に、桟橋の方からは見えにくそうな場所を探して、椰子の木蔭にあるベンチに腰掛けた。腕時計で丁度十五時三十分であることを確かめると、バッグからポケミスの最新刊を取り出して読み始めた。

　十六時五分、毬子の目は、写真でしか知らなかった“Anastasia”の白い船影を、防波堤灯台の向こうに捉えた。船はマリーナの入口付近で一時停止していたが、やがて動き出し、二番目の桟橋のバースに入って着岸した。

　マリーナの係員が駆け寄って、船内に入る。十五分程して、中子が係員と共に姿を現し、桟橋に飛び移った。携帯電話を耳に当てながらこちらに向かって歩いて来る。半年振りだが、風采に変わりはない。

　中子はゲートを出て、デッキの端にあるマリーナのオフィスに向かう。毬子は立ち上がった。やがてオフィスから出て来た中子は、海岸通りを「お宮の松」の方へ歩き始めた。毬子は三十メートルばかりうしろを付いて行く。中子はずっと耳に携帯を当てたままで、周囲に全く注意を払っていない。いきなり「ホテルかつら」の手前で左に曲がる。車が一台ようやく通れるほどの狭い曲がりくねった急坂道《きゅうはんみち》を、のんびりした足取りで登って行く。めざしているのは熱海駅に違いない。多分これが、毬子がガイドブックで読んだことのある海岸から駅への抜け道、知る人ぞ知る〝直登道〟なのだ。中子がこの道を知っているとは意外だった。二股に分岐する地点でも迷う様子がない。

彼は、「竜宮閣」の脇から仲見世アーケード街に出た。

駅に着いた中子は、改札口の上の新幹線到着標示板を見上げた。毬子は、改札口に最も近い、バス停留所のポールの陰に身を潜めた。

構内から在来線、新幹線、伊東線の発車ベルやアナウンスが、入り乱れて聞こえて来る。乗降客の大半はツーリストだが、中には通勤客の姿も混じっている。

サラリーマン風の大柄な男性が中子の前で立ち止まって、携帯電話を操作し始めた。小柄な彼が男性の陰に隠れ、数秒後、男性が歩き出した時、自動券売機にコインを投入しているのが見えた。ホームでクリスティーナを出迎えるつもりだろう。彼が改札を抜けたのを見届けてから、毬子はバス停留所のポールの陰から出て、改札口の近くへと歩を進めた。

上り東京行き「こだま」が到着し、やがて降車ホーム下の通路から、二人が並んで現れた。中子は、メタリック・シルバーのキャリーバッグを背後に引いている。

艶《あで》やかなクリスティーナの容姿は、周囲から浮き上がって、突然、駅中《えきなか》に熱帯の蝶が舞い降りたかのように見えた。毬子は、彼女の顔をはじめて目にして、思わず息を呑み、後退りした。

毬子は、彼女がEESの経営に携わっていると思っていたため、若いとは言え、遣り手《やりて》のキャリア・ウーマン風の女性を想像していた。まさか、ダーク・ブラウンのヘア、愛くるしい眼差しのラテン系美女が現れるとは……。年齢は、毬子に娘がいれば同じくらいか。

同時に、毬子はこの女性が、全身から何かしら微かに毒気のようなものを発散していることを感知し、たじろいで身体を強張《こわば》らせたのである。

クリスティーナは、花柄のシルクのガウンコートを羽織り、黒いレザーのスカートにロングブーツの出立《いでた》ちで、注目されることに馴れ切った芸能人のような微笑を絶えず浮かべている。

変装を見抜かれる恐れはないと判断した毬子は、改札口脇まで接近して、誰かと待ち合わせている風を装い、二人が改札を通り抜けるまでその場に立ち尽くした。

中子とクリスティーナは手を繋いで、バスターミナルの先にあるタクシー乗り場に向かって歩き始め、毬子は我知らず足が前に出て、あとを尾《つ》け始める。

中子は、これまで関わった女性たちと同様に彼女を扱い、対立すれば別れようとするだろう。だが、この女性は、そうした彼の身勝手さを問題にしないくらい強烈な自我を持つ、セルフィッシュなタイプではないか。男女関係では、彼女の方が強者かもしれない。

毬子は、中子への愛憎を超えた地点から、彼に向かってせめて一言、警告を発したくてたまらなくなった。彼の前途には、陥穽《かんせい》が口を開けて待っている……。

毬子が足を止め、バス停の傍らからタクシー乗り場を見つめていると、二人が客待ちの車に乗り込んだ時、一瞬中子が窓ガラス越しに彼女の方を見たような気がしたが、錯覚だろうか。

毬子は踵を返して駅の改札口をめざすうち、次第に足が重くなった。彼女は、中子が遭遇する危険を予知したのだが、彼女自身も、すでに危うい方向に一歩踏み出してしまったことを自覚したのだ。

彼は無防備だが、わたしはリスクヘッジして、状況をコントロールしなければ。この気づきが、変装して熱海の街を歩き回った功徳《くどく》じゃないか。毬子は苦笑して、速足で歩き始めた。

18

三月中旬、中子と毬子は正式に離婚した。子供がいないので、親権や養育費を争う必要はなく、財産分与、慰藉料についても、互いに問題にしなかった。

中子は離婚成立後、キャビン・クルーザーの艇置先を探し始め、西宮市の「新西宮ヨットハーバー」と交渉し、五月の連休中に「シーボニア・マリーナ」から回航することに決めた。

辛川守とメールの遣り取りを続けていた中子は、離婚直後、リズの目を盗んで飛田に〝社会見学〟に出掛け、〝体験学習〟が病み付きになって、週に一回通う羽目に陥った。

決まった敵娼《あいかた》がいる訳では無く、辛川が推奨する女性がいる店に上がるのだが、その際、裏社会の住人を装って、レイ・バンのサングラスを掛け、ダークスーツに派手なネクタイで決めるのを忘れないようにした。着替え一式は、辛川のアパートに預けてある。

彼が何より気に入ったのは、セイコーのストップウォッチを使用する飛田独特の時間割で、会話やマッサージ等は抜きにして、制限時間内にひたすら性行為するだけのドライ極まるシステムが、彼の嗜好に適ったのである。客を先導して階段を上がる女の子が、大事そうに胸に抱えている四角い籠の中には、ストップウォッチ、ローション、コンドーム、ウェットティッシュ、オイル、キャンディなどが入っていた。

初島クルージングでは、ハネムーンみたいと上機嫌だったリズは、中子が彼女とのあいだに距離を置くようになり、夜の営みもご無沙汰が続くと、イライラを隠さず、普段自宅に二人でいる時は、険しい目付きで彼の挙動を監視するようになった。アルコールが入れば、露骨で執拗な誘惑が繰り返される。

彼は自責の念に駆られながらも、強力な睡眠導入剤を手に入れ、気づかないうちに服用させることが出来ないかなどと、不穏な対処法を思い付いたりしたが、リズの父のように、彼女がニンフォマニア（色情狂）かもしれないとは、流石《さすが》に考えなかった。

辛川は、中子に対して新地へのガイド役を務めたが、彼がこれほどのめり込むとは思わなかった。

感想を聞くと、写真を見たり店内で選んだりしないで、通りから、ライトアップされた上がり框《がまち》をのぞいて、直《じか》に品定めするのがいい、ぞくぞくして興奮する、と。

靴を脱ぎ、女の子の先導で狭い階段をトントントンと二階に上がって部屋に入ると、慎みや儀礼的なものはかなぐり捨て、いわば素《す》になっても、咎め立てされることはない。畳に薄い蒲団一枚のシンプルな部屋の佇《たたず》まい。小さな卓袱台《ちゃぶだい》に置いた籠の中から、女の子がストップウォッチを取り出す……。

最近、テレビのスポーツ番組でストップウォッチ見ると、ムラムラするんや、と中子は言う。そもそも若い頃から、恋愛ゲームは苦手やった、女性の気持を忖度《そんたく》して、色々気い遣《つか》うんが嫌でしようがないんや、と洩らしたこともある。

中子は、辛川を遊郭のスカウト風情《ふぜい》とみなして軽んじることがない。物言いも率直で、顔を合わせると、紹介料代りのチップを惜しまない。

スカウトが本業の辛川は、新しい女性を店に斡旋《あっせん》して、その女性が週に四、五日勤務出来ると、親方から二十万円貰える。スカウトの対象は、ホテヘル・デリヘル、キャバクラなどの他業種で働く女性、街金《まちきん》や消費者金融から出て来た女性など様々だが、いざ喫茶店で向かい合って、飛田での商いの内容を具体的に説明すると、女性は、シャワーがない、一晩で何人も……と聞いて尻込みし、勘弁して、と逃げてしまうことが多い。しかし、その場合でも、応答に売春行為自体は吝《やぶさ》かでないというニュアンスが込められているのを察知すると、あとで連絡すると言って、携帯の番号を聞いておく。女性と別れたのち、辛川は自分の携帯のメモ帳を開いて、顧客リストをチェックし、女性のタイプから推して、食い付いて来そうな客に連絡を入れる。ＯＫなら、後日女性に電話し、話がまとまると、辛川が懇意にしている十三《じゅうそう》のラブホテルを指定する。客には先にホテルに入ってもらい、辛川は女性と落ち合って、ホテルの入口まで連れて行く。女性から終了のメールを受け取ると、十三駅中で会って精算する。女性は、十万円の中から二万円を辛川に渡し、ホテル代は客持ちである。

この仕事は、なかなか飛田向きの女の子が見つからないことから編み出された副業だが、彼はこれを独自のルールによってマネージメントしていた。女性は素人に限り、客にはその女性とは〝一回切り〟であることを言い含めて、女性の側は次の出番が来るまで〝待機中〟とする。

今から一年半くらい前、この件でトラブルが起きた。ある人物に、食品会社に勤めているＯＬを紹介し、すべてがスムーズに運んで問題なさそうに見えた。ところが、その客が〝一回切り〟のルールを破って、ＯＬの勤務先を突き止め、翌週連絡して、もう一度どや、としつこく迫った。女性からのクレームを受けた辛川は、約束違反に憤り、抗議したのち、その客を顧客リストから外したのだが、最近、彼から何度も会いたいと連絡が入って、仕方なく難波のスイスホテル南海のラウンジで待っていると、相手は時間通りに現れ、

「久し振りやな。ちょいと頼みごとがあんのや」

と言いながら着席した。浄明寺住職の大杉である。

「ある女性に、声掛けしてもらいたい」

彼女は、今年一月にオープンした英語学校の講師で、名前はクリスティーナという。

辛川はポーカーフェイスで、黙って話を聞いた。大杉が、この子や、と携帯で撮った写真を見せる。更に、曜日ごとにまとめた地下鉄谷町線四天王寺前夕陽ヶ丘駅の乗降時間とクリスティーナの終業時刻のメモを渡して、

「フィリピーナやけど、ええ女やろ。なんとかならんか」

辛川はしらばっくれて、訊き返す。

「何ちゅう学校です？」

「EES. Empower English School, Osaka」

と大杉は滑らかな発音で答えた。

中子の顔を思い浮かべた辛川は、即座に断ろうとしたが、大杉は執拗に食い下がる。

「条件は、二十万から……、そやな、上限は五十万か。あんたにもその三割払うで」

大杉は何故大枚をはたこうとするのか、フィリピーナに執着する理由は……？　と推測するうち、辛川は「ええ女」のルックスに、強い興味を掻き立てられた。

ひょっとして、絶好のチャンスがめぐって来たんと違うか。

携帯の写真では、教壇まで距離があり、顔立ちや体つきがよく分からない。辛川は腕組みして、しばらく沈黙を守っていた。

「ほなら、取り敢えず一回だけ声掛けしてみますか」

とは言ったものの、住職のお役に立ちたい訳ではない。その女を見て値踏みしたいとだ

け考えていた。

翌々日の午後八時頃、辛川は大杉のメモに従って、浄明寺山門の陰でクリスティーナらしき女性が下校して来るのを待ち伏せし、あとを尾け始めた。四天王寺前夕陽ヶ丘駅の地下への階段途中で追い越して先回りし、自動券売機の辺《へん》に立ち、左斜め方向から彼女が近付いて来るところを視界の中心に据えた。はじめて明かりの下で見たクリスティーナは、薄化粧をしているが、思い掛けない美貌の持主で、プロポーションも申し分ない。

辛川は、彼女が改札を通り過ぎるまで観察し続け、その場で早速、大杉にメールを送った。

「声掛けしましたけど、一蹴されました。スンマヘン。そのうちまた機会があれば、ご連絡させていただきます」

続けて携帯のメモ帳を開き、リストの中から神戸の芸能プロダクション社長のアドレスを捜した。この芸能プロは、表向きのビジネスとして、売れない演歌歌手の地方公演などをプロモートしているが、裏ビデオの制作が本業で、巨額の利益を上げている。社長は芦屋市平田町に邸宅を構える四十代の独身男性で、背後に武闘派で知られる関西のやくざ組織が控えていた。芸能プロはその資金源の一つで、制作された裏ビデオは日本国内では流通していない。データのみが上海の映画プロダクションに送られ、編集、加工された大量のコピーが、通販によって販売される。その後、東南アジアに向けて輸出、タイ、マレーシア、インドネシアでも売られているが、最大の取引先はフィリピンである。

辛川が送ったメールは、

「上玉を見つけました。どうやって落とすか、お会いしてご相談したいと思います」

というものだった。

辛川は関わっていなかったが、かつてこのプロダクションのスタッフは、女性を撮影現場まで拉致しようとして、大阪府警に逮捕され、取調べを受けたことがある。

辛川はEESの講師を誘惑しないよう厳しく釘を刺されていたものの、DVDは中国国内でしか流通していないのだから、女性さえ口を噤んでいれば、中子に知られる気遣いはない、ええやん、一回くらいと能天気に構えていた。

彼はこの〝上玉〟が、中子の同棲相手だとは知らなかったし、ましてや、DVDがマニラの商社によって輸入されると、どのような波紋を巻き起こすかなど、思い及ぶはずもなかった。

こうした類のスカウティングは、稀にしか成功しないのだが、報酬が新地の相場の十倍であるため、彼は常に〝女優〟を探してもいるのである。

その日、リズより先に学校をあとにした中子は、辛川のアパートに直行し、あらかじめ聞いておいた青春通りの店に上がって、初顔の女性と三十分の〝お勤め〟を果たし、午後十時過ぎ、近くの「鯛よし百番」のカウンターでビールを飲んでいると、リズの尾行を終えた辛川が顔を出し、

「あの子、お口に合いました？」

と何食わぬ顔で訊いた。

彼はうなずいて、

「今日は、ギリまで頑張った。後で時計確認したら、二十九分十二秒やった」

と言うと、

「センセ、そんなタイムで自慢したらあきまへん。この前案内した客、還暦過ぎた禿げオヤジやったけど、二十九分五十六秒言うてましたで」

中子は、鼻先で笑って、ビールの残りを辛川のグラスに注ぎ足し、

「極楽、極楽」

と小声で言った。

19

毬子は四月に、ちづると可奈子を誘って、那須高原に小旅行に出掛ける予定で、七月にはアラブ首長国連邦のドバイに出張、その帰りにタイのバンコクに立ち寄るつもりである。

ソムチャイは、彼女のアドバイスに従って、在留邦人を対象に日本食品の現地生産を企て、目下、下準備に奔走しているため、進捗状況を確認したくなったのだ。日本人会幹部、日本料理店の経営者団体代表とも会って、受け入れ態勢を整えてもらえるか感触を確かめ、資金調達をめぐっては、バンコク銀行の貸付担当者を交えて、話し合わなければならない。

その後、ソムチャイのガイドで、チェンマイを旅するプランを立てているが、時間が許せば、日本人の海外移住先として人気が高いプーケットやパタヤも見て回ろうと思っている。

ちづるは以前可奈子が、二子玉川のショッピングモールにあるネイルサロンに勤めていた時、仕事帰りに「JOKER」というペットショップに寄り、集団で飼われている子犬が遊ぶ様を見るのが楽しみだったと話すのを聞いたことがある。当時可奈子は、精神的に追い詰められていたせいもあって、ペットを飼えればと思ったのだが、経済的にも時間的にもそんな余裕はなかった。

ちづるが、玉川高島屋での買物のついでに「JOKER」を訪れ、貰ったパンフレットを瓜生に見せると、彼は、

「ミニチュア・シュナウザーの専門犬舎か。トイ・プードルと並んで、今、人気の犬種なんだよね、シュナちゃんは。一度のぞいてみてもいいな」

と言った。

二人は翌週初め、車でその店を訪れ、訓練士の女性に、ブリーダーから預けられたばかりの犬を順次見せてもらった。白い眉毛と顎鬚《あごひげ》が特徴的な、ブラックアンドシルバーの雄の子犬が、抱き上げたちづるの胸に前足を掛け、彼女の下顎を舌先で一度だけ舐めた時、彼女は〝あら〟と言ってその子犬を抱き締め、このまま拉致してしまいたいという素振りで、瓜生の顔を見た。

瓜生は、子犬の背後から、断尾した尻尾の先を親指と人差指で摘んで、

「取り敢えず写真、撮っとこうか」

と言い、携帯のカメラで、床に置いた子犬を三カット、スナップショットした。

帰りの車の中で、二人はその子犬について話し合い、翌日、撮った写真を何度も見直してから「JOKER」に連絡し、週末に引き取りたいと申し出た。

名付けに際して、ちづるは翻訳で読んだことのある英国の小説、『高慢と偏見』の登場人物、ダーシィ卿の名前を候補に挙げた。瓜生が、

「文芸評論家の江藤淳《えとうじゅん》さんが飼っていた、アメリカン・コッカー・スパニエルの名前、ダーキイじゃなかったっけ」

と言うと、ちづるは、

「〝キ〟より〝シ〟の方が、品がいい気がする」

と、勝手な思い込みを口にした。

ダーシィは、瓜生とちづるとの生活にすぐに溶け込み、一日二回の食事と散歩を何より楽しみにしていた。彼は、家事で動き回るちづるのあとを尾いて歩いたりしたが、瓜生は敬して遠ざける風で、自分から近寄ろうとはしなかった。

ちづるにも理由が分からないのだが、ダーシィは掃除機とアイロン台を敵視し、彼女がアイロン台の脚を広げようとすると、唸り声を上げて脚先に噛み付こうとするのである。

その様子を見ていた瓜生は、

「風車に向かって突進する、ドン・キホーテみたいじゃないか」

と面白がった。

ある日の午後、キッチン・シンクでちづるが食器を洗っていたところ、ダーシィがリビングルームのカーテンに近寄って行き、新しい玩具を見つけたとばかり、裾を咥《くわ》え、体重を掛けて思いっきり斜めに引っ張った。止めさせようとちづるが急いで布巾で手を拭いた時、瓜生がソファから立ち上がり、カーテンに近付いて、伸びた布地の中程をスリッパの先で軽く蹴った。

反動で子犬は背後に引っ繰り返り、一回転して慌てて体勢を立て直し、小さく〝キャン〟と鳴いた。

その日の夕方、ダーシィはおずおずと瓜生の足許に接近し、右の前足で彼のくるぶしのあたりを二～三度軽く引っ搔いた。

瓜生が抱き上げると、尻とうしろ足を彼の右胸にくっ付けて、ソファの袖の上に腹這いになり、ウトウトし始めた。

この日以降、ダーシィは日に数回、瓜生に身体の一部を密着させて転《うた》た寝するのが習慣になった。

三月下旬、ちづるが朝食を終えたダーシィに、スプーンでサプリメントを与えていた時、大学で同じクラスだった志水真弓から、電話で思いがけない申し出があった。

彼女の父は東京創元社の編集者で、一九七〇年代半ば、現在のしなの鉄道中軽井沢《なかかるいざわ》駅から南に三キロの地に、瀟洒でこぢんまりした別荘を建てた。彼はこの建物と周囲の自然をこよなく愛し、まとめて休暇を取っては、新着の海外ミステリーを携えてこの別荘に引き籠もり、ひたすら読み耽るのが唯一の道楽という〝変わり者〟だった。

父の死後、真弓は母と共に何度か南軽井沢を訪れたが、根っからの都会っ子である彼女は、どうしても田舎暮らしが性に合わないのである。

「今の相場の半額でいい。築三十三年だけど、しっかりした造りだからお買い得よ。裏手には、『ルヴァン美術館』があって、夏には室内楽のコンサートが催されるの」

瓜生が、

「メールに別荘の外観と内観の写真を添付して送ってもらい、田代晋の意見を聞いてみれば」

と言い、その結果、真弓、ちづる、田代の三人で現地に赴き、実地検分してみることになった。

南軽井沢までは、関越、上越自動車道を利用すると、日帰り出来る。

田代は、瓜生とちづるに、

「建物本体は堅牢で、手を入れる必要はないでしょう。トイレと浴室を改修して、キッチンはオール電化に。是非、お勧めしたいのは、バーモントキャスティングスの薪《まき》ストーブで、大袈裟に言うと、秋から冬にかけての別荘ライフを満喫出来るか否かは、これ一つにかかってます」

と言い、

「煙突を取り付けるのは簡単ですから」

と言い添えた。

まだ決めた訳ではないが、ちづるは瓜生が書棚から堀辰雄や立原道造の著作を取り出して、ベッド脇の小テーブルに並べているのを見て、食指が動いていると推測し、彼が買うと決断するのを心待ちにした。

そして四月初め、瓜生に、大阪芸術大学から客員教授として招聘したいとの申し入れが、書面で送られて来た。週に三日の授業で、九月からスタートし、以後三年間の契約とある。すでに、多摩美術大学の特別招聘教授の職を辞していた瓜生は、関西の大学からのオファーに戸惑い、

「さて、どうしたものか」

と、膝の上で昼寝しているダーシィにお伺いを立てると、子犬は迷惑そうな顔をして身じろぎし、再び鼾《いびき》をかいて寝てしまった。

大学を下見しに行き、結局引き受けることにした瓜生は、レクチャーのためのノートを、毎日少しずつ書き溜めて行くことにした。彼がソファに寝転んで、最初の授業で取り上げる予定の『消費社会の神話と構造』を再読していると、ダーシィは彼の腋の下に潜り込んで本文ページをのぞき込み、資本主義と個人の欲望の関係について考察し始めるのだった。

昨年末、長尾由美と村井朋子は京都を再訪し、俵屋旅館に宿泊して、今後について話し

合うことにした。由美が、

「世田谷のわたしのマンションで、一緒に暮らさない？　イジーとルースのように」

と提案すると、内心フィリピン人講師間の軋轢《あつれき》にウンザリしていた朋子は、

「東京の大学と専門学校で教えることが出来ないか、年が明けたら就活してみるわね」

と答えた。

横浜の女子大と四谷のN会話学院に職を得た朋子は、三月半ばに上京し、駒澤大学近くの由美のマンションから、新しい職場に通い始めた。彼女は、専門学校で〝TOEIC900点を目指すクラス〟を担当することになったのだが、

「指導する立場のわたしが言うのもヘンだけど、仮に満点取ったって、大して意味ないかも、あの試験」

と言って、由美を驚かせた。彼女は、読む、書く、話す、聞くの四技能のうち、主として読解力を試す類のテストは、実用的でないと考えているのである。

四月末日、由美は朋子を南青山四丁目の青山教会に案内し、二人は最前列に並んですわり、牧師の講話に耳を傾けた。

四月から、渋谷ネイリスト・アカデミーで講師を務めることになった可奈子は、彼女のクラスの受講者の中に、現役の美容関係者がいることを知った。調べてみると、西島美波《にしじまみなみ》という名のエステティシャンで、二十五歳である。

美波は色白、肌理《きめ》の細かい肌の持主で、それとなく挙措を観察していた可奈子は、彼女が真正の同性愛者ではないかと直感した。授業後、質問に来た彼女の、講師が自分に特別な関心を払っているか探るような眼差しや、柔らかな物腰、指先や手のひらの敏感さなどから、可奈子は、ある種のシグナルをキャッチし続け、次第に確信を持つに至る。

可奈子は折を見て、美波を四谷左門町の小料理「若菜《わかな》」に誘った。カウンターで「黒牛《くろうし》」の常温《ひや》を酌み交わすうち、美波は、出身地は秋田の角館《かくのだて》だが、東京の都心でエステとネイルのお店を持ちたいと、将来設計を語った。

可奈子が、元手がないにも拘わらず、恵比寿で店を始めてしまった経緯を、有体《ありてい》に話して聞かせると、美波は、実家が造り酒屋であることを打ち明けた。

「じゃ、麴町《こうじまち》あたりにゴージャスなお店をオープンして、わたしを雇ってちょうだい」

と可奈子が戯言《ざれごと》を口にすると、美波は微笑んで、右手で可奈子の左手を包み込み、自身の太腿の上に誘《いざな》い、

「このあと、わたしの部屋に来て」

と囁いた。

20

露天風呂を〝貸切り〟にして、三人は湯に浸かった。那珂《なか》川最上流の深い谷間にある温

泉宿で、風呂の前では渓流が瀬音を立てている。霧に煙る対岸の山の斜面から、もう終り頃の山桜の花びらが風に運ばれ湯面《ゆおもて》に浮かんだ。大きな湯槽《ゆぶね》は、いくつもの巨石で縁取られている。可奈子は、それら巨石の一つに腰掛けて肢体を風に晒し、渓流の上を飛び交う野鳥の姿を目で追い掛けるうち、

「あら、あそこに吊橋！」

と川下《かわしも》を指差した。

ちづると毬子は、可奈子の言葉に釣られて湯から立ち上がり、彼女が指し示した方向を眺めた。

「車窓からは見えなかったわね」

と毬子が言った。

「長さは三、四十メートルくらいかしら」

とちづるが応じる。

「随分低いとこに架かってるのね。あれなら高所恐怖症のわたしでも渡れそう」

「揺れるかも」

と言って、可奈子が振り返った。

一泊二日の温泉旅行は毬子の発案で実現した。日程の調整、場所の選定から予約まで、すべて毬子に委ねられた。

「那須高原の外《はず》れに板室《いたむろ》っていう温泉があるの。古くからの湯治場だけど、そこに一風変

わったモダンな宿があって、わたしは行ったことないけど、会社の同僚やお客さんの評判がいいのよ」

三人連れの旅行は、はじめてである。そして、おそらく最後になる。

毬子は去年の六月、ちづるに誘われて訪れた「ニューグランド」のバーで、彼女から可奈子の提案を持ち掛けられた。その時、ちづるは、〝メービウスの帯〟を引合いに出して、三人で愛し合うなら、表も裏もない、赤裸々に自分を曝《さら》け出せるような付き合い方をしないと、関係が続かないような気がするの、と語った。

この言葉が、それ以降、三人の言わば黙契《もっけい》となった。しかし現在、毬子は、二人に対して、自身の離婚を話題にしたくないし、ソムチャイの件は尚更である。

ちづるも可奈子もまた、口に出せない屈託や秘密を抱えていて、毬子と変わらない心境だった。ちづるは、夫の瓜生に起きた盗作騒動の顛末《てんまつ》を、可奈子は、「若菜」で進展した新しい恋を。

こうして、三人揃って黙契を破る事態に至ったからには、愛し合う関係は解消せざるを得ない。毬子としては、〝卒業旅行〟のつもりで、板室行を提案したのだった。

三人は、東京駅発十一時八分の「なすの」に乗り込んだ。各自が口に出せない感慨を胸に秘め、最後まで気持よく、晴れやかに振る舞ってこの旅を終わらせたいと願っていた。

出発時、関東平野を濡らしていた春の雨は、宇都宮を過ぎたあたりで上がった。

那須塩原駅に十二時二十一分に到着し、駅前からタクシーで目的地に向かう。所要時間は約三十分と聞いて、チェックインには早過ぎるので、途中どこか見所はと訊ねると、運転手は「深山湖《みやま》」を勧めた。——那珂川本川《ほんせん》最上流にある、灌漑と発電、上水道用を兼ねた大きなダム湖で、今頃は大量の雪解け水が溜《た》まって、晴れていればまだ雪をかぶった那須岳が青い湖面に映えて、そりゃきれいなんだが……。

しかし、いったん止んだとみえた雨が再びより強く降り出し、「湖への道は、狭くて七曲りの山道《さんどう》」という運転手の言葉に、「深山湖」見物は諦めることにした。

広い落ち着いた雰囲気のラウンジの壁には、村井正誠《むらいまさなり》の油絵や版画が飾られ、テラス側の窓辺の一角にグランドピアノが置かれている。ラウンジにすわっているのは、湯から上がったばかりの、浴衣掛けの三人だけだ。抹茶のもてなしで寛いでいると、何処《どこ》からともなくジーンズに洗い晒しの綿シャツを着た初老の男性が現れ、ピアノの前にすわった。

柔らかなタッチで、音を極力抑えて演奏する。ちづるたちがよく知っているメロディーの歌曲だが、タイトルや歌詞をすぐには思い出せない。やがて男性はピアノに合わせて歌い始めた。澄んだテノールで、耳に快く響く。

「思い出したわ」

とちづるが囁いた。

「『いつくしみ深き友なるイエス』よね」

毬子がうなずき、

「『星の界《よ》』っていう題名もあった。出だしは、……月なきみ空にきらめく光……」

「賛美歌だけど、この曲にはいくつもの歌詞があるのよね。わたしが小学生の時歌ったのは、澄みゆくみ空に落ち行く夕日……だったかな」

可奈子は、ピアノの反対側に置かれた大型テレビの画面に引き付けられていて、パフォーマンスには無関心を装っている。

男性が歌っているのは、「月なきみ空にきらめく光　嗚呼《ああ》　その星影　希望のすがた」と続く「星の界」だった。

演奏が終わり、ちづると毬子が小さく拍手した。男性は立ち上がると会釈するでもなく、現れた時同様、廊下伝いに何処《いずこ》ともなく立ち去った。

お茶を下げに来た作務衣《さむえ》姿の若い女性に、

「お客様？」

と毬子が訊くと、

「うちの社長です。お客様がいるいないに拘わらず、ああやって一日一回歌うのが日課なんです」

と照れ臭そうな笑みを浮かべた。

「他にどんな曲を？」

「いつも同じ歌です。お庭で、伴奏無しで歌うこともあります」

作務衣の女性が消えると、ちづるが、

「お客に御愛想を言わない人なのね。変わってるけど、歌はよかった」

と言った。

可奈子がテレビ画面を指差して、

「六月下旬から七月にかけて、ここで蛍狩りするんですって」

テレビには、長靴を履き、懐中電灯を持った宿泊客が、乱舞する蛍を眺めて楽しむ様が映し出されている。

「七夕の頃、もう一度来てもいいかも」

と可奈子は二人を振り返った。ちづると毬子は、押し黙っている。

やがて、何組もの客が到着して、従業員たちが慌しくロビーから廊下を行き来し始めた。ほとんどが常連の客らしく、

「そろそろダムの放流が始まるんじゃない？」

などと従業員に話し掛けたりしている。


部屋は広く、ツインベッドが置かれた部屋とは別に、障子で仕切った四畳の畳敷きが隣接し、リビングルームには食事の際に食卓となるテーブルが置かれている。大きく切った窓の向こうにベランダがあり、躑躅《つつじ》の植込みが点在する芝生の庭越しに渓流が望めるし、ベランダから直接サンダル履きで那珂川の岸辺まで降りることも出来る。

夕食はたっぷりとした部屋食で、天然の舞茸が出て、三人を喜ばせた。ワインリストに

は栃木の地酒が六種と「グリッド甲州」の白と、赤の「グレイス茅ヶ岳」が載っていたが、今夜はアルコールを極力控えることにして、可奈子が持参したラムで作った「モヒート」一杯ずつに止めた。

ちづるは畳部屋を選んで、自ら蒲団を敷いて横たわった。毬子と可奈子はいったん大人しくベッドに入ったのち、示し合わせたように起き上がって、ちづるの蒲団に潜り込んだ。

耳の奥で、渓流のせせらぎの音が幽《かす》かに響いて、そのリズムに先導されながら、三人は快楽の余韻に浸《ひた》り続けた。宿がすっかり寝静まった深夜、三人は再び露天風呂に浸かった。夥《おびただ》しい星が谷間の空を埋め尽くしていた。

翌朝、障子越しに差し込む朝日にも気づかず、揃って寝坊して、朝食の膳を運んで来たノックの音でやっと目を覚ました。帰り仕度をしたあと、呼んでもらったタクシーの到着が一時間かかると聞いて、三人は旅行鞄をフロントに預け、庭の石段を降りて川辺の散策に繰り出した。

二百メートルほど下流に、昨日望見した吊橋が架かっている。

「記念に渡ってみる？」

ちづるの提案で、吊橋に向かって、河原のごろた石のあいだに作られた遊歩道を歩き出した。

「桜はもう終り、これからは新緑ね」

と毬子は周囲の山々を見回しながら言った。ちづるがうなずき、可奈子は晴れ上がった空に向かって伸びをした。

三人は努めて明るく振る舞い、他愛のないおしゃべりに余念がない様子で、吊橋の方へ近付いて行った。その為、遊歩道の脇に立てられた看板に気づかないまま通り過ぎてしまった。

それは、「**危い!!**」と赤く大きな文字で書かれた、ダムの放流による増水に注意を呼び掛ける看板だった。


この川の上流2・7キロメートルのところに深山ダムがあり、ときどきダムに溜まった水を流します。

このため、川の水が急に増えることがありますから注意して下さい。

放流の際は、各警報局及び警報車が順次サイレンを吹鳴《すいめい》してお知らせしますので、危険ですから絶対に河原へ降りないで下さい。

警報局及び警報車によるサイレン
六十秒鳴り（休止）、六十秒鳴り（休止）、六十秒鳴り、終了。

国土交通省河川局・那須広域ダム管理支所

吊橋は、石積みの堤から向かいの堤に架け渡された長さ四十メートル、平均水面からの高さ五メートルの人専用橋。鉄筋コンクリートの主塔から主塔へ架け渡されたメインケーブルとハンガーロープから成っていて、橋桁《はしげた》は一メートル幅の横板で組み、両側には腰までの高さの金網が張られている。

遊歩道を歩いて来た三人は、橋の下を潜《くぐ》って、コンクリートの階段を上がり、橋の袂《たもと》に立った。対岸には建物らしきものはなく、深い木立に覆われている。

吊橋の下流に県道の鉄橋が小さく見え、街宣カーらしき車がスピーカーを鳴らして通過して行く。可奈子が〝選挙？〟と独り言つ。

橋から川の水面までの落差を目測していた高所恐怖症の毬子が、

「こういう時は、やっぱり若い人が先陣を切らないとね」

と言って可奈子の顔を見た。仕方なく可奈子は橋桁の上に右足を乗せ、目を閉じてこわごわ歩き出そうとしたものの、一歩踏み出す度《たび》足裏に揺れを感じて、慌てて退却し、ちづるの腕に縋《すが》った。

「じゃ、皆で手を繋ぎましょうよ」

とちづるが言って可奈子の手を取り、可奈子は毬子の腕を摑んだ。ちづるを先頭におそるおそる渡り始めると、橋は不思議と調教された動物のように大人しくなり、三人を先へ先へと導いた。

半ば近くまで進んだところで立ち止まり、川の上流を望む。右手に、宿の前景と、三人が過ごした部屋のベランダと窓がくっきり見えた。川は宿の左後方で鋭くカーブして、急峻な山襞《やまひだ》が左右から閉じるように重なった地形の中に、吸い込まれるように消えていた。

ちづるは、空がからりと晴れているにも拘わらず、遥か彼方の山間《やまあい》から、白くて濃い靄《もや》が川下目指して漂い流れて来ることに気づいた。すると、突然、宿の周辺でサイレンが鳴り響き、約一分続いていったん休止した時、遠い地鳴りのような轟音が、川上から次第に吊橋に向かって迫って来た。

再び、サイレンが鳴る。

土砂を含んだ濁流が、山襞の間から怒濤の勢いで迸《ほとばし》り出た瞬間、三人はようやく何が起きているのか把握し、驚愕して棒立ちになった。

「急がなきゃ」

とちづるが叫んで二人を促した。三人はつんのめるようにして橋桁の上を走り出し、それにつれて吊橋が左右に大きく揺れた。

参考文献

『堀部安嗣の建築　form and imagination』堀部安嗣、TOTO出版
『LOVE MY LIFE』やまじえびね、祥伝社
『百合子、ダスヴィダーニヤ　湯浅芳子の青春』沢部ひとみ、学陽書房
『オウム事件取材全行動』毎日新聞社会部、毎日新聞社
『史上最悪の英語政策　ウソだらけの「4技能」看板』阿部公彦、ひつじ書房
『マラケシュの声　ある旅のあとの断章』エリアス・カネッティ（岩田行一訳）、法政大学出版局
『やねの上のカールソン』アストリッド・リンドグレーン（大塚勇三訳）、岩波書店
『上海時代　ジャーナリストの回想』（上・中・下）松本重治、中公新書
『漢奸裁判史　1946-1948』益井康一、みすず書房
『秘密解除　ロッキード事件　田中角栄はなぜアメリカに嫌われたのか』奥山俊宏、岩波書店

『清川妙の萬葉集』清川妙、集英社文庫
『「超常現象」を本気で科学する』石川幹人、新潮新書
『量子の宇宙でからみあう心たち　超能力研究最前線』ディーン・ラディン（石川幹人訳）、徳間書店
『フライド・グリーン・トマト』ファニー・フラッグ（和泉晶子訳）、二見書房
『東京アンダーワールド』ロバート・ホワイティング（松井みどり訳）、角川書店
『飛田で生きる　遊郭経営10年、現在、スカウトマンの告白』杉坂圭介、徳間書店
『スピノザの世界　神あるいは自然』上野修、講談社現代新書

解説　現代の語り部

阿部公彦

「ロッキード事件」「日航ジャンボ機墜落事故」「オウム真理教事件」「渋谷温泉施設爆発事故」「五輪エンブレム盗用事件」「英語民間試験中止騒動」……。世間を騒がせた事件や事故が本書にはふんだんに取り込まれている。タイトルは明らかに谷崎潤一郎の『卍《まんじ》』を連想させるものだが、辻原版の「卍」は谷崎的な人間関係の錯綜《さくそう》を引き継ぎつつも、時間的空間的により自由により大きく画幅をとった作品で、昭和から平成に至る日本の歴史を振り返りながら、青山、逗子、大阪から中国、東南アジア、カリフォルニアと自在に舞台を広げる。登場人物のヴァリエーションも多岐にわたり、華やかな広告代理店からあやしげな裏社会までさまざまな業界にフォーカスしながら、その特徴を緻《ち》密《みつ》にとらえていく。多様な登場人物たちを自在に動かし、意外なところで遭遇させる作家の手さばきはまさにノヴェル的と呼ぶにふさわしいもので、群像劇のおもしろさが堪能できる。

あらためて思う。人間には、それぞれの生きる世界に根付いた物語がある。社会とはそうした個々の物語が出会う場なのである。社会にあるのは単一のプロットではない。つねに複数の筋書きがひしめき合い、そこから思いもかけぬ展開が生まれ、つかの間、「これが現実か」と言いたくなるような何かが立ち現れる。辻原登ほど、そうした光景へと私たちを導くのがうまい作家はいない。

辻原はこれまでも現実の出来事や事件を取り入れた作品を多く書いてきた。記憶に新しいのは、阪神・淡路大震災を背景に組み込んだ『冬の旅』や「JT女性社員逆恨み殺人事件」に材を取った『寂しい丘で狩りをする』などである。『冬の旅』では大震災という状況の中ならではの人間心理が活写されているし、『寂しい丘で狩りをする』では緻密な取材に基づいて、人間心理の動機の部分に光が当てられた。

『卍どもえ』も辻原の作風が活かされた作品だが、その特有のリアリティを生み出すのは、こうした事件が差し込まれるタイミングである。「渋谷温泉施設爆発事故」や「エンブレム盗用事件」などはまだ記憶に新しく、そのインパクトが残っているだけに、虚構が現実に負けてしまいそうだが、辻原は「まさか」というタイミングでそうした事件を組み込むことで、見事に虚構世界の一部として取りこんでしまう。その巧みな手際にうなるだけでも本書を読む甲斐はある。

『卍どもえ』には二人の中心人物がいる。ともに自身の会社を切り盛りする経営者、瓜生甫《うりゅうはじめ》と中子脩《なかごおさむ》である。この二人が関わり合いを持つところから、物語は始まる。人と人とを結ぶ線はあちこちで交わり、それらの接点が灯りをともすようにしながら広大な物語世界を照らし出す。

瓜生はもともと大手広告代理店の博報堂に勤めていたが、独立後、順調に自身の代理店を成長させ、大きな国際イベントにもかかわるほどの信頼を得た。いかにも広告マンらしく、生活はスマート。私生活や趣味にも大人のこだわりを見せ、節度は守りつつ洒落て気の利いたライフスタイルを実践している。酒の飲み方にしても、女遊びにしても、本人としては安全運転のつもりなのである。コンドームやバイアグラといった小道具の使い方も——作家の視線には微妙な皮肉が織り込まれているものの——瓜生本人はぬかりないつもりでいるらしい。瓜生がいつも心がけるのは、性行為の場面も含めて、「手順」を守ることである。

ところが、そんなスマートな瓜生の人生が、思わぬところでほころびを見せる。自己の「手順」にこだわるあまり、周囲の世界が十分に見えていなかったのだ。社員の不穏な動き。近づいてくる女。何と言っても、最大の誤算がもっとも身近にいるはずの妻のちづるだったというのは、実にアイロニーがきいている。まさか妻が女性のネイルアーティストに誘惑されているとは。

一方の中子。母子家庭で育ち、父とは会ったことがない。いわゆる非嫡出子だ。母に対する感情は愛憎半ばするが、負けん気も強く、小柄ながら学生時代はラグビー部のスクラムハーフとして活躍した。その後も大胆な決断でビジネスの修羅場を渡り歩き、ときにはあやしい世界にも足を踏み入れる。インサイダー取引で逮捕され、働いていたアメリカから追放されるものの、折からの英語ブームに乗ってこんどはフィリピンに英語教室を開設、事業を順調に拡大させる。実にたくましい男である。

中子は少しずつ父のことを調べる。名前を木佐貫甫《きさぬきはじめ》といって、右翼のフィクサーと言われた児玉誉士夫《こだまよしお》の世話になり商売を成功させた。母はその愛人で、裕福だった木佐貫からの資金援助も手厚かったようだ。中子は父のそんな商才を受け継ぎ、やり手のビジネスマンとなったが、その心にはいつも欠落したものがあった。その欠落が何かを呼び寄せる。思いがけない連関が事件をつなげる。児玉のかかわったロッキード事件と、その後につづいた謎の殺人事件、さらにその舞台となった赤坂のラブホテル。連鎖の果てに、辻原が得意としてきた「偶然」が物語に大きなひねりを加える。

いわゆる純文学の世界では「偶然」はご都合主義として禁じ手となってきた。しかし、辻原は「偶然」を冷涼なリアリズムとともに描き出すことができる。決して安易なファンタジーには陥らない。人間の心のロジックを丁寧にたどりつつ、綿密な取材に基づいて事件を構成、そこへ満を持して「偶然」を呼びこむのである。あらためてこの作家の特異な資質に魅せられる。

辻原登は一九四五年生まれ。和歌山県の印南町《いなみちょう》出身で、父親は社会党の県議会議員だった。中学生の頃から小説の執筆をはじめ、高校時代は学校新聞に作品を連載。卒業後に上京して文化学院に入学してからは同人誌に加わり、一九六七年、『文藝』の文藝賞に応募した作品が佳作となった。まだ二〇歳そこそこである。早熟な作家と言えよう。その後、『文學界』に掲載された「犬かけて」ではじめて芥川賞の候補となり、一九九〇年「村の名前」で同賞を受賞。その後の経歴は実に華々しい。『翔べ麒麟《きりん》』で一九九八年度の読売文学賞を受賞すると、谷崎潤一郎賞（二〇〇〇年『遊動亭円木《ゆうどうていえんぼく》』）、川端康成文学賞（二〇〇五年「枯葉の中の青い炎」）、大佛次郎賞（二〇〇六年『花はさくら木』）、毎日芸術賞（二〇一〇年『許されざる者』）、芸術選奨文部科学大臣賞（二〇一一年『闇の奥』）、司馬遼太郎賞（二〇一一年『韃靼《だったん》の馬』）、伊藤整文学賞（二〇一三年『冬の旅』）と主立った文学賞を次々に受賞した。

しかし、こうした一見して華々しい経歴とは裏腹に、辻原は深刻な挫折をも経験してきた。この作家の真の力の在処を見極めるには、この挫折体験を見据える必要がある。

まず遠く遡《さかのぼ》れば、高校生のときに学校新聞に連載していた小説が、おもしろくない、わからない、と批判を浴び休載に追いこまれた。次いで、文藝賞の佳作に入選した作品は、選考委員の一人だった江藤淳の強い反対に遭い、佳作であるにもかかわらず、そして小島信夫、吉行淳之介といった委員には高い評価を得ていたにもかかわらず雑誌に掲載されないという異例の事態となった。

本人にとってはとくに『文藝』の不掲載は大きなトラウマとなったようで、その後、『三田文學』から同作の掲載を持ちかけられても拒否している。年譜を確認すればわかるように文藝賞の佳作から芥川賞の受賞まで、実に二〇年以上のときが流れている。早熟な作家だった辻原も、芥川賞受賞時にはすでに四四歳になっていた。

一九六七年から一九九〇年。この空白期間が意味深い。辻原は文藝賞の不掲載事件がトラウマとなって小説を書くことをいったんやめ、大学受験もあきらめて二年間ほどはアパートにこもり本ばかり読んでいたという。やがて和歌山に帰郷し、原稿用紙千枚にも及ぶ長い作品を書き上げたものの、編集者には相手にされなかった。

度重なる挫折である。この頃の辻原は、いったいどんな思いでいただろう。執筆をあきらめてしまってもおかしくない。とにかく食べていく必要があったので中国語の勉強を始め、これを生かして小さな商社に入って中国関係の業務につく。はじめは語学の方はおぼつかず仕事相手に怒られることもあった。しかし、小説もあきらめなかった。勤めをつづけながら睡眠時間を削って執筆を再開。そんな中ではじめて文芸誌に掲載されたのが『文學界』に持ち込んだ「犬かけて」だったのである。このときも掲載までには紆余曲折があり、二年を要した。

次作「村の名前」で芥川賞を受賞した後、辻原にはまたしても転換期が訪れる。いよいよ純文学作家辻原登の誕生となるところだったが、『文學界』でしばらく連載をしてからふと考えたという。自分が目指したのは、夏目漱石、森鷗外、谷崎潤一郎、尾崎紅葉、泉鏡花のような作家だったはずだ。こんなふうにちまちま純文学を書いていてもしょうがないのではないか？

そこで考えたことがおもしろい。「新聞小説を書かねばならぬ」というのだ。単なる夢想ではなかった。会社勤めで積んだ事務や営業の経験が活きたのかもしれないが、辻原のプランは実に実践的なもので、企画書をつくり、主立った新聞社すべてに送ったという。営業活動そのものである。こんなことができる芥川賞受賞作家がどれだけいるだろう。そうして誕生した初の連載が『翔べ麒麟』（「読売新聞」）だった。辻原はその後、次々に新聞小説を発表することになる。『発熱』（「日本経済新聞」）、『花はさくら木』（「朝日新聞」）、『許されざる者』（「毎日新聞」）、『韃靼の馬』（「日本経済新聞」）。

こうした展開には、より多くの読者に作品を届けたいという、小説家としてごく自然な欲求があるだろう。作品を見ればわかるように、何よりも大切なのは辻原が持って生まれた「語る才」であり、それを支える本人の意欲や衝動である。読まれない、活字にならない、という挫折を経験すればするほど、語りたいという衝動は形を変えて進化発展していったように思える。その中で、この世界に拡がるさまざまな物語の形を辻原は吸収し、自分のものにした。一人の作家であるとともに、共同体の生み出した語り部のような存在ともなっていったのだ。「私」へのとらわれがないわけではないが、そうした「私」と、それをはるかに凌駕《りょうが》する大きな言葉の力とが彼の小説では拮抗《きっこう》してきた。

『卍どもえ』にもそうした拮抗のヴァリエーションが見て取れる。とくに印象に残るのは夫婦生活の背後に覗く女たちのつながりだ。瓜生も中子も妻との関係は順調とは言えない。そんな彼らの妻たちが、夫たちの知らないうちに、性的な関係を持ち、男に満たされなかった奥の部分が充実のときを迎える。女同士のつながりは、一対一といった枠をも越えて共同体的なものとなり、権力と金とに守られた男たちの世界を巧みに転覆する。プライベートな部分の掘り下げは小説に深さを生むが、そのむこうにはいつもはっきりとは見えない他者の物語がある。他者の物語はからみあい、複数の物語が連鎖して大きなネットワークを編む。このネットワークが共同的な物語としてプライベートなそれと拮抗する。辻原のリアリズムを読み解くヒントはこのあたりにありそうだ。

＊辻原の伝記的背景については総合文学ウェブ情報誌「文学金魚」に掲載されたイ

ンタビュー「辻原登 小説文学を語る」に詳しい。

（あべ・まさひこ／東京大学大学院人文社会系研究科・文学部教授）

『卍どもえ』二〇二〇年一月　中央公論新社刊
〈初出〉
「中央公論」二〇一七年八月号〜二〇一八年六月号／
二〇一八年八月号〜二〇一九年九月号

実在する個人、団体等が登場しますが、
この作品はフィクションです。

中公文庫

卍《まんじ》どもえ

2023年2月25日　初版発行

著　者　辻《つじ》　原《はら》　登《のぼる》
発行者　安部順一
発行所　中央公論新社
〒100-8152　東京都千代田区大手町1-7-1
電話　販売 03-5299-1730　編集 03-5299-1890
URL https://www.chuko.co.jp/

ＤＴＰ　平面惑星
印　刷　三晃印刷
製　本　小泉製本

Published by CHUOKORON-SHINSHA, INC.
Printed in Japan　ISBN978-4-12-207325-8 C1193

い-127-1
ため息に溺れる
石川 智健
立川市の病院で、蔵元家の婿養子である指月の遺体が発見された。心優しき医師は、自殺か、他殺か——。見えていた世界が一変する、衝撃のラストシーン！
206533-8

い-127-2
この色を閉じ込める
石川 智健
人食い伝説を残す村で殺人事件が発生。住人の口から上がった容疑者の名は、十年前に死んだ少年のものだった。恐怖度・驚愕度ナンバーワン・ミステリー。
206810-0

い-127-3
私はたゆたい、私はしずむ
石川 智健
八丈島近海で無人の客船を発見した刑事の薫と赤川。中には海上で遭難した「成功者」たちが。謎に包まれた船中で凄惨な連続殺人が発生する。文庫書き下ろし。
207085-1

し-18-9
赤頭巾ちゃん気をつけて
庄司 薫
女の子にもマケズ、ゲバルトにもマケズ、男の子いかに生くべきか。既成秩序崩壊のさなかに生れた青春文学の金字塔。芥川賞受賞作。〈解説〉佐伯彰一
204100-4

し-18-10
白鳥の歌なんか聞えない
庄司 薫
死にゆくもの滅びゆくものを前に、ふとたじろぐ若い魂。早春のきらめきの中に揺れる、切ないほど静かで不思議に激しい恋の物語。〈解説〉高見沢潤子
204101-1

し-18-11
さよなら快傑黒頭巾
庄司 薫
この大きな世界の戦場で、戦いに疲れ傷ついた人々をどう支えればよいのだろうか。理想は現実の前に必ず破れるからこそ理想なのか。〈解説〉奥野健男
204102-8

し-18-12
ぼくの大好きな青髭
庄司 薫
若者の夢が世界を動かす時代は終ったのか。月ロケット成功の熱気渦巻く新宿を舞台に、現代の青春の運命を鮮かに描く四部作完結編。〈解説〉山崎正和
204103-5

し-18-13
狼なんかこわくない
庄司 薫
豊かな社会の中で、若者はいつまでも大人になれない。成熟を困難にする時代に、純粋さと誠実さを求めて闘うための、永遠の指南の書。〈解説〉萩原延壽／御厨貴
204758-7